Danielle Steel

LA FOUDRE

FRANCE LOISIRS
123, boulevard de Grenelle, Paris

Titre original : *Lightning*
Traduit par Vassoula Galangau

Édition du Club France Loisirs, Paris
réalisée avec l'autorisation des Presses de la Cité

Le Code de la propriété intellectuelle n'autorisant, aux termes des paragraphes 2 et 3 de l'article L. 122-5, d'une part, que les « copies ou reproductions strictement réservées à l'usage privé du copiste et non destinées à une utilisation collective », et, d'autre part, sous réserve du nom de l'auteur et de la source, que les « analyses et les courtes citations justifiées par le caractère critique, polémique, pédagogique, scientifique ou d'information », toute représentation ou reproduction intégrale ou partielle, faite sans le consentement de l'auteur ou de ses ayants droit ou ayants cause, est illicite (article L. 122-4). Cette représentation ou reproduction, par quelque procédé que ce soit, constituerait donc une contrefaçon sanctionnée par les articles L. 335-2 et suivants du Code de la propriété intellectuelle.

© Danielle Steel, 1995
© Presses de la Cité, 1996, pour l'édition française
ISBN 2-7441-0233-4

V

LA FOUDRE

A Popeye,

*Ma première et ma seconde
et mon unique chance.
Puisse la vie te sourire
et te combler de bienfaits.*

*De tout mon cœur, avec
toute ma tendresse,
pour toujours,*

Olive

1

La salle de réunion était pleine de brouhaha. Les jambes croisées sous l'imposante table d'acajou, Alexandra Parker griffonna à la hâte une remarque à l'intention de Matthew Billings. Ce dernier, son aîné de douze ans, jouissait, à cinquante-cinq ans, de l'estime de ses associés. En règle générale, il plaidait seul la cause de ses clients, mais il lui arrivait de demander à Alexandra qu'elle assiste aux dépositions. La vivacité d'esprit de la jeune femme, son style flamboyant, sa capacité à déceler le point faible chez la partie adverse en faisaient une alliée précieuse. D'ailleurs, sitôt la faille découverte, guidée par une intuition extraordinaire, elle assenait le coup de grâce, avec une rigueur implacable qui ne manquait jamais de susciter l'admiration de Matthew... Et ne voilà-t-il pas qu'elle l'avertissait par un coup d'œil entendu qu'elle avait repéré la fameuse fêlure, en l'occurrence une réponse ne correspondant pas tout à fait au témoignage précédent. Elle détacha la feuille de papier de son bloc-notes pour la lui passer. Il la parcourut rapidement, puis, sans se départir de son sérieux, hocha la tête en signe de compréhension.

L'instruction traînait depuis des années. A deux reprises déjà, l'affaire avait été présentée à la Cour suprême de New York où malgré diverses motions rien n'avait été résolu, avant d'être renvoyée devant un tribunal de droit commun.

Finalement, les parties impliquées s'étaient mises d'accord pour tenter un arrangement à l'amiable, mais la première rencontre, aujourd'hui, n'avait fait que révéler l'extrême complexité du problème.

Deux cents familles de la zone industrielle de Poughkeepsie avaient intenté un procès en responsabilité civile contre l'une des plus grosses usines des États-Unis. L'accusation reposait essentiellement sur la pollution de l'environnement causée par des déchets chimiques, et la collectivité réclamait plusieurs millions de dollars de dommages et intérêts. Alexandra se félicitait de n'être pas mêlée directement à ce casse-tête chinois. Deux cents plaignants, ce n'était pas vraiment « sa tasse de thé », avait-elle déclaré à Matthew.

Elle préférait que les actions en justice soient menées rondement. Alexandra Parker excellait dans les cas réputés difficiles. Ayant constitué sa propre équipe d'assistants, elle se distinguait par une ténacité hors du commun, une parfaite connaissance des lois, une formidable capacité de concentration. Spécialisée dans le droit du travail et les procès en diffamation, elle avait remporté des victoires éclatantes dans ces deux domaines, préconisant parfois des arrangements à l'amiable susceptibles d'épargner à ses clients les procédures onéreuses. Aux yeux des ténors du barreau, elle passait pour une battante doublée d'une excellente oratrice. De fait, elle adorait son métier.

Profitant d'une suspension de séance, Matthew se pencha vers la jeune femme, tandis que le défendeur quittait la pièce, flanqué de ses avocats.

— Qu'en pensez-vous, Alex ?

Il avait toujours eu un faible pour elle, pour sa pertinence et son talent. Solide, compétente, efficace... et belle de surcroît, ce qui ne gâchait rien.

— Vous obtiendrez gain de cause. On vient de vous servir un argument de taille sur un plateau d'argent. Il y a dix minutes, le directeur de l'usine a prétendu qu'il n'avait pas la preuve de la toxicité de ses produits. Il ne vous reste plus qu'à lui mettre sous le nez les rapports des autorités, qui datent de six mois, et le tour est joué.

— Oui, je sais, jubila-t-il. On dirait qu'il est tombé dans le piège que je lui ai tendu, n'est-ce pas ?

— A pieds joints. Vous n'avez plus besoin de moi à présent.

Elle glissa le bloc-notes dans son attaché-case, jeta un coup d'œil à sa montre. Onze heures trente. Dans une demi-heure, la réunion serait suspendue pour la pause de midi, mais si elle partait tout de suite, elle aurait le temps de faire un saut à son bureau avant le déjeuner.

— Merci de vos conseils, ma chère. Votre présence a dû les dérouter. Pendant que le pauvre homme admirait vos jambes, je l'ai entortillé dans mes filets.

Il plaisantait, bien sûr. Elle acceptait ses taquineries de bonne grâce. Au fond, il avait pour elle une immense estime, et elle le savait. Matthew Billings ne manquait pas de séduction, avec sa haute stature et ses tempes grisonnantes. Il avait épousé une ravissante Française, ancien top-model chez un grand couturier parisien. Amateur de créatures de rêve, il appréciait tout autant la compagnie des femmes de tête. Et Alexandra combinait le charme à l'intelligence. Elle était très en beauté, aujourd'hui, dans son tailleur strict dont l'étoffe d'un noir satiné formait un contraste éblouissant avec ses cheveux cuivrés ramassés en un chignon austère, et ses yeux d'un vert de jade.

— Merci du compliment ! riposta-t-elle, faussement indignée. Si j'avais su que je sortirais de la faculté de droit pour servir d'appât pour industriels malhonnêtes, j'aurais choisi une autre discipline.

— Continuez donc sur la même voie, puisque ça marche.

Ils s'adressèrent un sourire de connivence. Les autres revinrent alors dans la salle, et ils poursuivirent leur conversation à voix basse.

— Matt, je voudrais m'en aller, si vous n'y voyez pas d'inconvénient. J'ai rendez-vous avec un nouveau client, sans parler des dossiers en instance.

— Votre paresse vous perdra ! se moqua-t-il gentiment. Allez, mon petit, sauvez-vous. Vous vous êtes parfaitement acquittée de votre mission. Je vous dois une fière chandelle.

— Je ferai taper mes notes et vous les déposerai plus tard à votre bureau.

Ses appréciations personnelles lui seraient d'un grand secours, il en avait conscience. Alexandra Parker comptait parmi les juristes les plus doués de sa génération. « Remarquable à tous points de vue », songea-t-il, alors qu'elle traversait la pièce sous les regards admiratifs des avocats de la défense. Elle ne semblait tirer aucune fierté des hommages muets de la gent masculine, modestie qui ne faisait qu'ajouter à la liste déjà longue de ses qualités. Elle sortit d'un pas tranquille, fine et racée, sans même se rendre compte de l'effet qu'elle avait produit sur l'assistance.

Son bureau était de l'autre côté du hall, au bout du couloir. Elle retrouvait toujours avec plaisir ce refuge calme et spacieux, aux murs d'un gris bleuté, couleur qui, à son avis, favorisait la méditation. La décoration était luxueuse sans être tapageuse : deux gravures sobrement encadrées, de larges et profonds fauteuils de cuir, d'un gris plus soutenu que celui des cloisons, une plante verte dans un pot de grès devant la baie vitrée surplombant Park Avenue, qu'elle aimait à contempler du haut de son vingt-neuvième étage.

Le cabinet de conseil juridique Bartlett et Baskin occupait à lui tout seul huit étages et employait deux cents avocats. C'était une entreprise moyenne en comparaison de la société de Wall Street où Alexandra avait fait ses premières armes, en tant que spécialiste des lois antitrust. Ici, l'ambiance plus détendue, voire plus cordiale, prédisposait davantage au travail d'équipe, mais c'était grâce à son premier emploi qu'elle avait appris à aller au fond des choses, à ne jamais négliger un détail, si infime fût-il, et surtout à ne pas se fier aux apparences.

Un monceau de papiers encombrait son bureau : messages de clients, de ses assistants ou de confrères, documents concernant des affaires en cours et dossiers de toutes sortes. Comme toujours, elle croulait sous les responsabilités, et cela la comblait d'aise, en fait. Elle éprouvait une véritable passion pour son métier. Elle adorait plaider au tribunal, acculer l'adversaire, gagner des batailles qui, à première vue, paraissaient perdues d'avance. C'était à ces moments-là qu'elle ressentait la satisfaction du devoir accompli. Ses plaidoiries l'accaparaient presque totalement mais elle tentait néanmoins de garder du temps pour Sam, son mari. Un bourreau de travail, lui aussi : en cela, ils formaient un couple parfait. Mais si Alex avait opté pour la défense de la veuve et de l'orphelin, Sam s'était consacré aux investissements. Grand amateur de capital-risque, il avait fondé sa propre société de financement, avec deux associés aussi talentueux que lui. Il avait contribué à bâtir des empires, certains de ses clients avaient failli se ruiner, mais il les avait aidés à refaire surface, et c'était ce tourbillon incessant d'émotions fortes, cette fièvre constante, ce besoin d'être toujours sur la brèche qui l'avaient propulsé au zénith. Aujourd'hui, il s'était quelque peu assagi. Depuis une dizaine d'années, il gérait d'immenses capitaux dans le secteur de l'informatique de pointe au Japon, en Allemagne, à Silicon Valley... Les jeunes loups et les vieux renards de Wall Street voyaient en Sam Parker un visionnaire, qui n'en gardait pas moins les pieds sur terre ; bref, un homme « qui savait ce qu'il faisait ».

Alexandra aussi savait ce qu'elle faisait, lorsqu'elle l'avait épousé. Elle l'avait rencontré lors d'un réveillon de Noël chez son patron de l'époque. Il était arrivé en compagnie de trois amis, grand et élancé, très séduisant dans son costume bleu nuit. Des flocons de neige scintillaient dans sa chevelure brune et lustrée, l'air vif avait rosi ses pommettes. Il débordait de vitalité. Et quand leurs regards s'étaient croisés, elle avait ressenti comme une faiblesse dans les jambes. Elle avait alors vingt-cinq ans ; il en avait trente-deux et appartenait à la faune sophistiquée de ces hommes d'affaires new-yorkais attachés aux charmes du célibat. Ils s'étaient mis à deviser gaiement jusqu'à ce qu'un collègue d'Alexandra les interrompe. Puis une connaissance de Sam l'avait entraîné à l'écart, et ce soir-là, ils n'avaient plus eu l'occasion d'échanger le moindre mot. Ils s'étaient perdus de vue...

Le hasard avait voulu que leurs chemins se croisent une nouvelle fois six mois plus tard, pour une question d'ordre professionnel. Sam et ses partenaires avaient sollicité un avis juridique à propos de l'achat d'une entreprise en Californie. Alexandra avait participé à la réunion, avec l'un des grands pontes de sa firme. Sam l'avait fascinée par son esprit incisif, la puissance de son raisonnement, la rapidité avec laquelle il appréhendait l'ensemble de la situation. Il était difficile de l'imaginer autrement qu'en train de commander. Le risque ne lui faisait pas peur. Rien ne semblait l'effrayer d'ailleurs. Il combinait la prudence à la témérité... et à l'obstination. Il entendait conclure le marché à son avantage ou pas du tout. A première vue, Alexandra l'avait considéré comme un excentrique, puis, au fil des semaines, elle en était venue à changer d'avis. Envers ses associés et ses clients, Sam Parker faisait montre d'une intégrité absolue et d'un courage qui forçait le respect.

La fascination était réciproque. Il s'était tout de suite senti attiré par la jeune et brillante avocate dont il admirait l'esprit de synthèse, la perspicacité, et la rapidité avec laquelle elle analysait chaque donnée du problème. Ensemble, ils réussirent un tour de force magistral. L'investissement s'avéra des plus fructueux. Le marché fut conclu dans l'intérêt des acheteurs et, revendue cinq ans plus tard à un prix astronomique, la compagnie californienne avait rapporté un bénéfice substantiel.

Au moment de leur rencontre, la renommée de Sam était à son apogée. A la Bourse, il passait pour un génie de la finance. A mesure que sa société prospérait et qu'il fréquentait la jet-set internationale, son train de vie s'améliorait. C'est un de ses clients qui lui prêta le luxueux jet privé à bord duquel il s'envola pour Los Angeles, avec Alexandra. Ils passèrent le week-end au *Bel Air*, en faisant chambre à part, et il l'emmena dîner dans d'excellents restaurants.

— Êtes-vous toujours aussi grand seigneur, avec vos invités ? questionna-t-elle, impressionnée par tant d'égards.

Mais déjà, elle était conquise. Jusqu'alors, elle n'avait connu qu'une idylle plus ou moins sérieuse avec un garçon de son âge, alors qu'elle suivait ses études à Yale. Cette amourette s'était terminée, dès la seconde année. Par la suite, deux ou trois rendez-vous avec des camarades de classe étaient restés sans lendemain. Aux décibels assourdissants des boîtes de nuit, Alexandra préférait le calme des bibliothèques. Elle tenait par-dessus tout à réussir. Et elle n'avait pas changé. L'ambition prenait le pas sur les loisirs. A présent, elle voulait devenir la meilleure avocate de sa société... D'une certaine manière, Sam troublait le cours tranquille de sa vie. En vérité, il ne correspondait guère à son idéal. Il n'avait rien en commun avec les hommes de son entourage, des juristes comme elle, pondérés et rassurants. Sam, lui, faisait penser à un aventurier de haut vol, à une espèce de cow-boy intrépide. C'était un compagnon agréable, spirituel, plein d'humour, en un mot irrésistible. Il plaisait aux femmes. Alexandra avait un mal fou à se soustraire à son magnétisme.

Avant de regagner New York, ils firent une promenade sur la plage de Malibu, face à l'océan. L'heure était aux confidences. Ils évoquèrent leurs familles, leur passé, leur avenir. Sam avait eu un parcours très différent de celui d'Alexandra. Le décès de sa mère, alors qu'il avait à peine quatorze ans, avait fait basculer sa vie dans un cauchemar, lui avoua-t-il avec un détachement dans lequel perçait néanmoins une note d'amertume. Son père l'avait envoyé dans un pensionnat qu'il avait abhorré, tout comme il avait détesté les autres élèves, parce que ses parents lui manquaient. Pendant ce temps, M. Parker sombrait dans l'alcoolisme et dépensait ses maigres économies au jeu. La mort l'avait emporté à son tour, l'année où son fils était entré en terminale. Sam avait pu s'inscrire à l'université grâce à un modeste pécule hérité de ses grands-parents. Son choix s'était fixé sur Harvard, dont il conservait un excellent souvenir. Il s'était amusé comme un fou, déclara-t-il avec assurance, et Alexandra se demanda si, au fond, il ne s'efforçait pas de nier la souffrance et la solitude qu'il avait dû ressentir à cette époque.

Ensuite, il avait suivi les cours de la Harvard Business School. Bardé de diplômes, il avait trouvé sans peine un emploi de courtier en Bourse. Il avait travaillé d'arrache-pied ; au cours des huit années qui avaient suivi, il s'était constitué une clientèle de premier ordre, puis s'était mis à son compte.

— Mais vous, Sam ? demanda-t-elle, alors qu'ils marchaient le long de l'océan, dans l'éclat embrasé du crépuscule, le sable blanc crissant sous leurs pas. Il n'y a pas que les tractations financières, dans la vie. On dit que le monde est petit, mais tout de même ! Il dépasse les limites de Wall Street, vous savez !

Elle venait de passer un week-end inoubliable. Il l'avait

traitée comme une invitée de marque, sans essayer de la séduire, et elle avait tout à coup envie d'en savoir plus sur Sam Parker, avant que leurs chemins ne se séparent une nouvelle fois, peut-être à jamais.

— Vraiment ? s'esclaffa-t-il en l'enlaçant. Personne ne me l'avait jamais dit. Mais qu'entendez-vous par là, Alexandra ?

Il la dévisageait avec une expression qu'elle ne sut déchiffrer. Elle était à cent lieues d'imaginer qu'il éprouvait à son égard une attirance si forte qu'il en était effrayé. Comme elle ignorait qu'il la trouvait superbe, avec ses magnifiques cheveux roux qui flottaient sur ses épaules, sa peau laiteuse et ses grands yeux de jade.

— Euh... eh bien, ma foi, bredouilla-t-elle en cherchant fébrilement ses mots, prise de court, j'entends par là qu'il y a aussi les autres, les gens que l'on côtoie, ceux qu'on aime, les amis... les...

Elle omit d'ajouter « les femmes ». Elle savait qu'il n'avait jamais été marié et qu'il ne comptait plus ses conquêtes.

— Les autres ? Je n'ai pas le temps de m'occuper des autres, lança-t-il en se remettant en marche. Je n'ai pas une minute à leur consacrer.

— Vous êtes un personnage trop important, peut-être ?

Elle se tut soudain, craignant d'être allée trop loin, mais il ne se départit pas de sa bonne humeur.

— Moi, important ? Qui vous a dit une ânerie pareille ?

— Mon petit doigt... Voyons, Sam, vous êtes une star dans votre genre. Vous n'arrêtez pas de signer des contrats mirobolants dans toutes les grandes villes américaines, sans parler de l'étranger : Tokyo, Londres, Paris, Rome, que sais-je encore ?

— Je travaille dur et c'est tout. Comme vous, d'ailleurs.

— A ceci près que moi, je ne me déplace pas dans les avions privés de mes clients. Ceux-ci viennent me voir en taxi... les plus fortunés, s'entend. Les autres prennent le métro.

Il laissa échapper un rire amusé.

— Bon, d'accord, peut-être les miens ont-ils eu plus de chance. Moi aussi, sans doute. Mais la chance ne vous sourit pas toujours. Voyez l'exemple de mon père.

Elle le dévisagea un instant, intriguée par cette facette inattendue de sa personnalité.

— Auriez-vous peur qu'il vous arrive la même chose ? que vous perdiez tout d'un seul coup ?

— Je ne sais pas jusqu'à quel point on est responsable de son destin. Mon père était un faible. La mort de ma mère n'a fait que révéler cet aspect de son caractère, je crois. Dès qu'elle est tombée malade, il a baissé les bras. Il l'aimait tellement qu'il n'a pas voulu lui survivre.

Ça ne risquait pas de lui arriver. Il s'était juré d'éviter les pièges d'un amour aussi destructeur. Il ne permettrait jamais à une femme de l'entraîner à sa perte.

— Cela n'a pas dû être facile, remarqua-t-elle, compatissante. Vous étiez si jeune...

Il esquissa un sourire un peu triste.

— Il paraît qu'un gosse passe brutalement de l'enfance à l'âge adulte au terme d'une telle épreuve. Ou alors, il refuse de grandir. Je pense que c'est mon cas. Mes amis me traitent parfois d'immature. Disons que j'ai gardé mon âme d'enfant, ce qui m'empêche de me prendre trop au sérieux. On ne vit qu'une fois, après tout.

Songeuse, elle garda le silence. Peut-être se prenait-elle trop au sérieux, contrairement à Sam. Elle aussi avait perdu ses parents, quoique dans des circonstances moins dramatiques. Le deuil l'avait mûrie. Elle s'était jetée à corps perdu dans le travail, en dédiant sa réussite à leur mémoire. Son père avait été avocat, lui aussi. S'il avait pu la voir, il aurait été fier d'elle, se disait-elle souvent, la gorge serrée.

Ses yeux croisèrent ceux de Sam. L'impression qu'ils se ressemblaient par certains côtés s'imposa à son esprit. Tous deux avaient tout misé sur leur carrière, tous deux s'entouraient de personnes qui avaient remplacé leur famille. Sauf qu'elle avait continué à fréquenter les relations de ses parents, tandis que Sam avait formé son propre cercle d'amis.

Ils avaient continué leur promenade, et il l'avait embrassée sur la plage déserte, dans les rayons poudreux du couchant. Dans l'avion qui les ramenait à New York, il s'était endormi, la tête sur l'épaule d'Alexandra, tel un petit garçon confiant, et elle s'était demandé s'il chercherait à la revoir, ce dont elle doutait. A un moment donné, il avait mentionné une jeune actrice de Broadway, son flirt actuel, avait-il précisé d'un ton désinvolte.

— Pourquoi n'est-elle pas ici, à ma place ? avait-elle voulu savoir, avec l'expression neutre de l'avocate qui tente de confondre un témoin à charge.

— Elle était prise, avait-il répondu en toute franchise. Et puis, tant pis ! j'avais trop envie de mieux vous connaître.

Il lui avait alors adressé un sourire à faire fondre un iceberg, avant de reprendre :

— A vrai dire, je ne lui ai rien demandé. Elle devait répéter je ne sais plus quelle pièce d'avant-garde. Au fond, je préfère de loin votre compagnie.

— Pourquoi ? s'étonna-t-elle, inconsciente de ses attraits.

— Parce que vous êtes la femme la plus intelligente que j'aie jamais connue. Parce que j'aime bien parler avec vous, et que vous êtes plutôt agréable à regarder.

Il l'embrassa à nouveau, en la déposant devant son immeuble. Ce fut un baiser rapide, presque distrait, un baiser qui ne sous-entendait aucun engagement, nulle promesse... Le taxi démarra, et quand il fut hors de vue, elle se sentit étrangement abattue et comme abandonnée, tandis qu'elle gagnait son appartement solitaire, son bagage à la main. Grâce à lui, elle venait de passer deux merveilleuses journées. Et *alors* ? lui susurra une petite voix intérieure. En ce moment même, il devait se précipiter dans les bras de sa comédienne. Certes, il avait été charmant, attentif et prévenant, mais cela ne voulait rien dire... rien du tout. Ce n'était qu'un simple passe-temps, une rencontre fugitive, une fin de semaine comme tant d'autres dans la vie trépidante de Sam Parker ; une vie dans laquelle il n'y avait guère de place pour Mlle Alexandra Andrews.

Le lendemain, il lui envoya une gerbe de roses rouges au bureau puis l'appela peu après pour l'inviter à dîner. Leur histoire commença ainsi... Ils se virent presque tous les soirs. Il la demanda en mariage le jour de la Saint-Valentin, quatre mois plus tard. Elle avait alors vingt-six ans et lui trente-trois. Ils échangèrent leurs serments de fidélité dans une petite église de Southampton, devant une assistance souriante et émue. N'ayant ni l'un ni l'autre aucune famille, ils avaient convié à la cérémonie leurs amis les plus proches.

Le jeune couple s'envola pour l'Europe le lendemain. Ils descendirent dans des palaces cinq étoiles qu'Alexandra ne connaissait que par les magazines, passèrent un séjour enchanteur à Paris, à Monaco, puis à Saint-Tropez où ils assistèrent à une soirée organisée par un client de Sam sur un yacht somptueux, à bord duquel des milliardaires côtoyaient des stars de cinéma. Ils franchirent ensuite la frontière italienne, visitèrent la Toscane, Venise, Florence, Rome, firent un rapide détour par Athènes où ils furent reçus par un autre client de Sam, dans une villa de rêve. Sur le chemin du retour, ils firent une halte à Londres. Là aussi ce fut un tourbillon de sorties, de dîners dans de grands restaurants, dont le célèbre *Annabel's,* l'endroit le plus fermé d'Europe. Ils coururent les antiquaires et les boutiques de luxe. Sam couvrit sa jeune épouse de cadeaux ruineux : bijoux de chez

Garrard's, vêtements achetés dans le quartier chic de Chelsea, tenues excentriques, dont Alexandra disait en riant :

— En tout cas, je ne les porterai pas au bureau.

Ce fut un voyage de noces idyllique, une lune de miel parfaite, prélude à une union heureuse et durable. Ils revinrent à New York, détendus et rayonnants, et elle s'installa officiellement dans l'appartement de son mari.

Elle apprit à préparer de succulents petits plats, et il continua à la gâter. Pour son trentième anniversaire, il lui offrit une magnifique rivière de diamants. Il aurait voulu la combler de cadeaux, mais Alexandra n'était pas exigeante. Les biens matériels ne l'intéressaient pas. Sa vie avec Sam, leur respect mutuel, la passion que chacun avait de son métier lui suffisaient amplement. Une fois, au début de leur mariage, il avait lancé, en plaisantant, qu'il se contenterait volontiers d'une femme au foyer et d'une ribambelle d'enfants, mais elle s'était bornée à le regarder, bouche bée, comme s'il avait débité une énormité. A plusieurs reprises, il avait remis la question sur le tapis et récolté, à chaque fois, un refus catégorique.

— Pourquoi, ma chérie ? Tu ne veux pas d'enfants ?

Ils étaient alors mariés depuis quatre ans. Sam pensait qu'un bébé comblerait le manque qu'il ressentait mais, invariablement, Alexandra répondait qu'elle ne se sentait pas prête.

— Je n'arrive pas à imaginer qu'un être humain puisse dépendre entièrement de moi. On ne peut pas élever un enfant tout en travaillant autant, tu ne l'ignores pas, je crois.

— A moins de s'en donner les moyens, répondit-il.

Tous deux savaient ce que cela signifiait.

— Je ne crois pas que l'on puisse exercer la profession d'avocat à mi-temps, rétorqua-t-elle après un silence. Certaines de mes collègues ont tenté l'expérience et ça n'a jamais marché. L'une d'elles a dû se retirer complètement, l'autre est revenue à plein temps au cabinet.

— Es-tu en train de me signifier une fin de non-recevoir ?

Au terme de la discussion, ils décidèrent d'en reparler plus tard. La question se reposa cinq ans après. Elle avait trente-cinq ans et tous les couples qu'ils connaissaient avaient fondé une famille depuis longtemps. Or, Sam et Alexandra n'y songeaient plus vraiment. Même incomplète, leur union fonctionnait à merveille. Ils menaient une existence plus que confortable. Elle était devenue associée chez Bartlett et Baskin. La compagnie de Sam n'avait cessé d'étendre ses activités à tous les coins du globe. L'absence de contraintes procurait à Alexandra une sensation de liberté illimitée. A tout moment, ils pouvaient sauter dans un vol à destination de Paris, qu'ils adoraient, aller passer le week-end sur la côte Ouest, rendre visite aux clients de Sam à Tokyo ou dans les Émirats. Ils sortaient énormément, allaient au spectacle, dînaient en ville presque tous les soirs tout en poursuivant brillamment leurs carrières. Au fond, un bébé aurait été de trop, dans une vie si bien remplie.

— Parfois, je me sens coupable de n'avoir pas d'enfants, avoua-t-elle un jour, pensive. Comme si j'avais transgressé une loi immuable de la nature.

Ils n'en reparlèrent plus pendant trois ans jusqu'à ce qu'elle eût trente-huit ans, et Sam quarante-cinq. Cette fois, ce fut au tour d'Alexandra d'aborder ce sujet épineux. On eût dit que l'alarme secrète de son horloge biologique s'était mise à sonner ; elle commença à envisager sérieusement la possibilité de donner la vie. Une de ses consœurs venait de mettre au monde un bébé adorable, et n'en menait pas moins de front sa carrière de juriste et sa vie de mère. Bizarrement, ce fut Sam qui s'opposa à ce projet. Entre-temps, il avait parcouru le chemin inverse. Après douze ans de mariage, il s'était parfaitement adapté à la situation. C'était trop tard, décréta-t-il, avec une sorte de désinvolture résignée, qui surprit Alexandra. Leur vie était maintenant réglée comme du papier à musique, et c'était très bien ainsi. Apparemment, elle avait manqué le coche. Peu de temps après, elle eut un procès compliqué sur les bras, qui lui fit complètement oublier son rêve fugace de maternité.

Elle n'y pensa plus. L'incident eut lieu quatre mois plus tard. Au retour d'un voyage en Inde où elle n'avait jamais été auparavant, elle se sentit fatiguée. Jusqu'alors, sa santé ne lui avait procuré aucun souci. Se croyant atteinte de quelque maladie pernicieuse contractée à New Delhi ou à Calcutta, elle se précipita chez son médecin, terrifiée. Le diagnostic ne fit qu'accroître son désarroi. Le soir même, désespérée, elle mit Sam au courant. Elle était enceinte ! Comme lui, elle avait renoncé à avoir des enfants, et elle éprouvait maintenant la sensation d'être prise au piège. Les deux époux échangèrent un regard désemparé.

— Tu en es sûre ?

— Certaine, malheureusement.

Devant cette inéluctable réalité, ses anciennes craintes avaient repris le dessus. Elle ne voulait pas d'enfant.

— Ce n'est pas le choléra, la malaria ou quelque chose de ce genre ? insista-t-il.

Une grave maladie les aurait moins bouleversés que l'arrivée d'un bébé.

— Le docteur a été formel. Je suis enceinte de six semaines.

Elle avait eu du retard pendant le voyage et l'avait mis sur le compte des vaccins, des traitements contre le paludisme, du changement de climat.

— Mon Dieu, Sam, s'écria-t-elle, en proie à une terrifiante détresse, je suis trop âgée pour avoir un enfant ! Je n'en ai pas envie. Je n'y arriverai pas.

Cette déclaration parut le soulager. Cet enfant, il ne le désirait pas non plus.

— Veux-tu t'en débarrasser ? fit-il à mi-voix.

— Je ne sais pas... je ne crois pas que ce soit la bonne solution, non plus. Bien sûr, nous avons les moyens d'avoir un bébé, mais j'ai peur de manquer de courage. Je n'en vois pas... (elle chercha le mot adéquat)... l'intérêt, acheva-t-elle, d'une petite voix, les yeux humides. C'est bizarre : la dernière fois que nous en avons discuté, nous avons pris la décision de ne pas avoir d'enfants. Je croyais le chapitre clos. J'avais tourné la page et me voilà enceinte !

Un sourire espiègle éclaira les traits réguliers de Sam.

— L'ironie du sort ! répliqua-t-il, en reprenant une de ses expressions favorites. La vie nous joue de drôles de tours. Comme s'il suffisait de renoncer à une chose pour l'obtenir, malgré soi. Eh bien, ma chérie, qu'as-tu décidé ?

— Je n'en sais rien, murmura-t-elle, en larmes.

Elle ne désirait pas le bébé mais hésitait à se faire avorter. Ses convictions l'en empêchaient. En fait, elle ne voulait ni l'un ni l'autre. Ils en débattirent pendant quinze jours. Finalement, ils tombèrent d'accord. Ils garderaient l'enfant, il n'y avait pas d'autre solution. Ils n'avaient pas le droit de supprimer une vie. Mais leur résolution manquait singulièrement d'enthousiasme. Une boule se formait dans la gorge de la future mère, lorsqu'il lui arrivait d'y songer. Le futur père, lui, s'efforça d'oublier ce fâcheux épisode. Ils vivaient la grossesse d'Alexandra comme une maladie.

Quatre semaines plus tard, elle fut prise d'une violente nausée. Elle dut quitter son bureau en début d'après-midi. Une douleur fulgurante la cassa en deux, alors qu'elle pénétrait dans son immeuble. Le portier la soutint jusqu'à l'ascenseur. Il s'inquiéta de sa mauvaise mine, mais elle persista à affirmer qu'elle se sentait bien. Elle parvint à se traîner jusqu'à son appartement. Peu après, la femme de ménage la découvrit sur le carrelage de la salle de bains dans une mare de sang, à peine consciente. Une ambulance la conduisit aux urgences, la femme de ménage à ses côtés. Ce fut celle-ci qui avertit Sam, qui se précipita à l'hôpital Lenox Hill, où il apprit que son épouse venait de perdre le bébé.

Ils auraient dû se sentir soulagés puisque la source de leur angoisse n'existait plus. Et pourtant, c'est en versant toutes les larmes de son corps qu'Alexandra reprit conscience en salle de réveil. Ils surent alors que cette perte inattendue avait engendré un deuil cruel. Et que la nature humaine était imprévisible. En songeant à l'enfant qui ne verrait jamais le jour, la jeune femme sombra dans un morne abattement. C'était comme la fin d'un espoir, la constatation d'un échec cuisant qu'attisait le sentiment d'une faute écrasante. Son amour infini pour le petit être qu'elle ne mettrait jamais au monde prit une importance inimaginable. Seul un autre bébé comblerait ce vide effroyable. Sam paraissait aussi secoué qu'Alexandra. Ensemble, ils pleurèrent l'enfant perdu, l'enfant qu'ils n'avaient pas désiré.

Ils s'offrirent un long week-end au cours duquel ils essayèrent d'analyser leurs émotions. La même culpabilité les consumait. Tous deux ressentaient le même manque et donc le même besoin d'essayer à nouveau d'avoir un enfant. Ils ignoraient encore s'il s'agissait d'une simple réaction au chagrin ou d'un besoin réel, mais ils voulaient recommencer. Un changement radical s'était opéré. Soudain, ils voulaient un bébé plus que tout au monde.

Leur raison leur intimait d'attendre quelque temps, afin de s'assurer du bien-fondé de leur désir. Leur impatience leur dictait le contraire. Deux mois à peine s'étaient écoulés qu'Alexandra, rayonnante, annonçait à Sam la bonne nouvelle. Elle était de nouveau enceinte.

Cette fois-ci, ce fut une fête, même si, au tout début, la crainte d'une fausse couche assombrit leur joie. Elle avait trente-huit ans, un âge relativement avancé pour devenir mère, mais elle jouissait d'une robuste constitution, d'une santé de fer. Son médecin la rassura. Il n'y avait aucune raison d'anticiper un malheur, qui, selon toute probabilité, n'arriverait pas.

— On est fous à lier ! exulta-t-elle une nuit, tout en dévorant des biscuits dans le lit conjugal. Il y a quelques mois, nous étions au bord de la dépression à l'idée d'avoir un bébé et maintenant, nous en sommes complètement gâteux.

Il lui adressa un sourire affectueux.

— En tout cas, ça devient fichtrement difficile de partager le même lit que toi. Si j'avais su que les miettes faisaient partie du contrat de mariage, j'aurais réfléchi à deux fois avant de t'épouser. Est-ce que tu crois que cette fringale s'arrêtera un jour ?

Elle lui sourit malicieusement, puis ils s'enlacèrent tendrement. Ils s'aimaient beaucoup plus souvent, dernièrement, presque autant que pendant leur lune de miel. Ils parlaient du bébé des heures durant, comme s'il était déjà là, bien réel et bien vivant. Elle avait subi une amniocentèse et passé une échographie, et dès qu'ils avaient su que c'était une petite fille, ils lui avaient cherché un prénom. D'un commun accord, ils avaient décidé de l'appeler Annabelle, en souvenir de leur club londonien favori et des souvenirs heureux de leur voyage de noces... Et cette attente, ils la vivaient comme un don du ciel, une consolation à la perte de leur bébé, que chacun considérait secrètement comme un châtiment.

Juste après le Nouvel An, les collègues d'Alexandra organisèrent un pot pour son congé de maternité. Elle quitta le bureau à contrecœur, dix jours seulement avant la date prévue de l'accouchement. Elle avait tenu à travailler jusqu'au dernier moment, avait mis de l'ordre dans ses dossiers, établi un tableau net et précis des affaires en cours. Elle regagna l'appartement pour y attendre l'arrivée du « petit miracle », ainsi que Sam avait surnommé leur fille. Elle, qui avait eu peur de s'ennuyer à la maison, découvrit un plaisir indicible à errer dans la nursery, pliant et rangeant avec soin les affaires du bébé, petits bavoirs brodés, chaussons en laine, bonnets, pyjamas, adorables petites robes à smocks... La terreur des tribunaux s'était métamorphosée en paisible ménagère. Elle craignait parfois que cette douceur toute maternelle ne la rendît moins agressive à l'encontre de ses adversaires, à son retour au palais de justice ; mais cette pensée ne l'effleurait que rarement. Elle ne pensait plus qu'au bébé. A sa petite Annabelle dont elle sentait battre le cœur en son sein. Oh, comme elle avait hâte de la tenir dans ses bras, de la dorloter, de sentir sa petite bouche contre sa poitrine ! Elle l'imaginait tour à tour rousse aux yeux verts, comme elle, ou brune aux yeux bleus, comme Sam.

La naissance aurait lieu à l'hôpital de New York où ils avaient réservé depuis longtemps une chambre individuelle. Alexandra souhaitait que tout se passe au rythme de la nature. A trente-neuf ans, elle entendait vivre pleinement chaque étape de cette aventure, la plus belle de l'humanité. En dépit de son aversion pour les hôpitaux, Sam l'avait accompagnée au cours d'accouchement sans douleur ; il lui avait promis d'assister à la délivrance.

Elle avait dépassé la date prévue de deux jours, et ils étaient en train de dîner tranquillement chez *Elaine's,* quand elle eut quelques contractions. Ils se ruèrent à l'hôpital où on les rassura et on leur conseilla de rentrer chez eux et de ne revenir que lorsque le travail aurait commencé.

Ils s'exécutèrent docilement. Une fois à la maison, ils entreprirent de répéter tout ce qu'ils avaient appris aux cours d'accouchement sans douleur. Surtout pas de panique ! se souvinrent-ils. Alexandra s'efforça de se détendre puis elle fit quelques pas, et Sam lui massa le dos. Tout paraissait aller pour le mieux.

Ils s'allongèrent et se mirent à bavarder puis finirent par s'endormir. C'est la perte des eaux qui tira Alexandra de son sommeil. Là encore, elle fit ce qu'on lui avait appris, prit une douche chaude, et comptait les minutes entre chaque contraction lorsque la douleur la transperça. Le travail avait commencé. C'était plus pénible, plus affreux que tout ce qu'elle avait imaginé... Une atroce douleur la tétanisa. Elle se traîna jusqu'au lit et secoua Sam en pleurant. Il se réveilla en sursaut. A la vue du visage livide de sa femme, il bondit sur ses pieds.

— Ça va aller ? s'enquit-il, alarmé, cherchant partout ses habits sans pouvoir mettre la main dessus.

Agrippée à son mari, Alexandra gémissait.

— Non... c'est trop tard... oh, mon Dieu ! le bébé arrive !

La panique la submergea à tel point qu'elle en oublia ses exercices respiratoires. Seigneur, si seulement elle ne souffrait pas tant ! Elle savait que ce serait long, et que cela ne faisait que commencer. Mais pourquoi avait-elle opté pour un accouchement naturel ? Soudain, elle n'en voulait plus.

Elle avait communiqué son angoisse à Sam, qui eut toutes les peines du monde à passer son pantalon.

— Comment ça, le bébé arrive ? s'inquiéta-t-il. Là, tout de suite, tu veux dire ?

— Oui, je crois... je ne sais pas... oh, Sam ! c'est trop horrible. Je n'y arriverai pas.

— Mais si, ma chérie, voyons. Ils vont s'occuper de toi. Vite, habille-toi.

Il dut l'aider à enfiler ses vêtements et ses chaussures. Il ne l'avait jamais vue aussi vulnérable, aussi démunie et apeurée. Le portier avait appelé un taxi, qui attendait en bas de l'immeuble.

Elle ne tenait plus sur ses jambes, lorsqu'ils arrivèrent à la maternité. Il était quatre heures du matin. Le médecin les attendait sur place, entouré de ses infirmières. Il parut très satisfait des progrès accomplis, qu'il qualifia gaiement de « période transitoire ». Quant à la parturiente, elle ne semblait guère rassurée. Sam ne la reconnaissait plus. Son épouse, si digne, si réservée d'ordinaire, se tordait sur la table d'examen en réclamant des calmants, d'une voix aiguë. On lui fit une piqûre qui l'apaisa momentanément... Deux heures après, le travail commença réellement. Les contractions se succédaient sans interruption. L'obstétricien lui fit une péridurale et, peu après, elle se mit à pousser, haletante, tandis que Sam la soutenait par les épaules, avec l'impression que cela durait depuis des siècles. Encouragée par le médecin et les infirmières, Alexandra poussait de plus belle. Les minutes s'égrenaient lentement, plus longues que l'éternité, lorsque, enfin, au bout d'une demi-heure d'efforts, la petite tête d'Annabelle apparut... Elle avait des cheveux d'un roux flamboyant, et quand le médecin la tira hors du nid maternel, elle émit un vagissement semblable à un cri de surprise, les yeux fixés sur Sam, qui pleurait d'émotion, comme si elle le cherchait depuis longtemps et l'avait enfin trouvé. Une infirmière la déposa ensuite sur le ventre de sa mère. Alexandra la tint contre son cœur, submergée par des sensations jusqu'alors inconnues : une ineffable douceur, une infinie tendresse, une plénitude absolue. Un soupir expira sur ses lèvres pâles. Soudain, elle sut quel était le vrai sens de la vie.

Une heure plus tard, mère et fille étaient installées dans leur chambre. Pour la première fois, Alexandra donna le sein à son bébé avec ces gestes à la fois sûrs et délicats que toute mère accomplit naturellement avec le petit être qu'elle vient de mettre au monde. Sam prit des dizaines de photos, alors qu'Alexandra souriait à l'objectif à travers ses larmes. Le miracle s'était produit. Ils auraient pu passer à côté d'un grand bonheur, mais par chance, ils s'étaient engagés dans le bon chemin, comme si une force supérieure avait guidé leurs pas.

Sam resta auprès de sa femme et de sa fille la première

nuit. Ils passèrent le plus clair de leur temps à admirer le nouveau-né, son petit corps souple, la perfection de ses traits si minuscules. Ils s'amusèrent en lui changeant ses couches et son petit pyjama, puis Sam regarda, fasciné, la mère allaiter l'enfant. On pouvait difficilement imaginer tableau plus merveilleux. Et dire qu'ils avaient failli se priver d'une telle joie !

Et à peine remise des douleurs de l'accouchement, Alexandra songeait déjà à renouveler l'expérience. Elle le dit à Sam, alors qu'ils échangeaient un baiser au-dessus du bébé endormi.

— Chéri, je voudrais recommencer.

— Oh, Alex, ce n'est pas sérieux ! feignit-il de s'étonner, au fond enchanté.

Comme elle, il avait hâte de rattraper le temps perdu, de donner un petit frère ou une petite sœur à sa fille, d'éprouver de nouveau cette incommensurable tendresse qui le submergeait dès que son regard se posait sur Annabelle. Sur sa petite figure rose. Sur ses petits pieds qu'il ne pouvait s'empêcher de caresser, sur ses petites mains aux doigts si minuscules et déjà si parfaits, qu'Alexandra couvrait de mille baisers... Ils étaient tombés éperdument amoureux de leur fille.

De retour à la maison, ils continuèrent à l'aduler. Annabelle s'épanouissait sous les regards énamourés de ses parents. Sam rentrait de plus en plus tôt. Quand sa fille eut trois mois, Alexandra reprit le chemin du bureau à regret. Elle ne manquait jamais de faire un saut à la maison à l'heure du déjeuner, ou parfois dans l'après-midi, dès que son emploi du temps le lui permettait. D'autres procès l'accaparèrent, bien sûr, mais à cinq heures tapantes elle se précipitait vers sa petite chérie. Elle avait dû la sevrer, mais tenait à lui donner son biberon du soir, avant de se pencher à nouveau sur ses dossiers, dès qu'Annabelle s'était endormie. Le vendredi, elle quittait le cabinet à treize heures. Durant le week-end, ils s'occupaient exclusivement de leur bébé. C'était devenu un rite cher à leur cœur. Le système fonctionnait comme un mécanisme parfaitement huilé. Alexandra et Sam parvinrent sans difficulté à mener de front leurs deux grandes passions : leur métier et leur enfant. Ils chérissaient profondément Annabelle, qui le leur rendait bien. Elle était tout pour eux, leur rayon de soleil, l'amour de leur vie, leur doux espoir. En leur absence, Carmen les remplaçait. Cajolée par sa nounou, la petite fille n'en était pas moins à l'affût du retour de ses parents, qu'elle accueillait avec des cris de pur ravissement.

Carmen estimait qu'elle avait eu de la chance. Elle était folle d'Annabelle, et fière de travailler pour M. et Mme Parker. Ses employeurs personnifiaient à ses yeux la réussite sociale, le rêve américain auquel aspiraient tant de personnes de condition modeste, comme elle. Le nom de Sam Parker figurait souvent dans les pages financières du *Wall Street Journal* ou du *New York Times,* et quant à Mme Parker, Carmen l'avait vue quelquefois à la télévision, lors de procès qui avaient défrayé la chronique. Carmen aimait beaucoup ça... Sam et Alex ne vivaient plus que pour Annabelle. Ils lui avaient décerné le titre de la plus jolie petite fille de la terre. Bientôt, elle présenta les signes d'une intelligence précoce. Elle fit ses premiers pas à dix mois et demi, prononça ses premiers mots peu après, des phrases entières énoncées clairement, à un âge où d'autres enfants ne font que babiller.

— Elle sera avocate ! décréta Alexandra.

Et en effet, Annabelle était tout le portrait de sa mère, dont elle avait hérité le teint de lis, les cheveux roux et les yeux verts. Ses mimiques, ses attitudes, le ton même de sa voix, rendaient cette ressemblance encore plus frappante.

Les deux époux vivaient la période la plus heureuse de leur vie commune. Un seul point noir ternissait leur joie ; leurs efforts pour avoir un deuxième enfant s'étaient avérés vains. Ils avaient commencé très vite, dès qu'Annabelle avait eu six mois. Une année s'écoula. Alexandra se résolut à consulter un spécialiste. A son tour, Sam se plia aux examens d'usage, qui ne révélèrent aucune faille. Selon le praticien, c'était une simple question de temps. Souvent, la conception se faisait attendre chez les femmes qui avaient atteint la quarantaine. A quarante et un ans, Alexandra dut avaler des comprimés de progestérone censés accroître sa fertilité. Pourtant, rien ne se passa durant l'année suivante. Leurs ébats se déroulaient suivant un calendrier mis au point par le praticien, qui permettait à Alexandra de repérer les jours les plus féconds de son cycle. Ils devaient effectuer eux-mêmes des tests pour connaître la montée de LH dans les urines. Lorsque celles-ci viraient au bleu, c'était signe qu'ils avaient toutes les chances de leur côté. Ils évoquaient ces « jours bleus » en plaisantant, mais ils eurent beau se conformer aux prescriptions médicales, rien n'y fit. A la pression due à leurs professions respectives, s'ajoutait à présent l'angoisse d'un échec à chaque mois.

Une fois de plus, Sam s'en prit à l'ironie du sort. On aurait dit, en effet, que la fatalité s'amusait à les narguer. Leur désir d'enfant demeurait vain. Ils envisagèrent alors des traitements plus forts : des piqûres de Pergonal associées à la progestérone et même une fécondation *in vitro*. Pourtant, ils préférèrent patienter encore avant de recourir à des moyens aussi draconiens. Après tout, Alexandra n'avait que quarante-deux ans. Tout espoir n'était pas perdu. Elle continua donc de suivre courageusement son traitement hormonal tout en surveillant sa température et en se conformant religieusement à son calendrier. On leur avait appris que le Pergonal pouvait avoir des effets indésirables. En outre Alexandra supportait mal toute forme de médication. Mais cela en valait la peine, se disait-elle. Un deuxième bébé exaucerait leurs vœux les plus ardents. Annabelle leur avait appris tant de choses ! La fusion en un seul et même être, le fait que désormais ils étaient soudés l'un à l'autre à jamais par un indestructible lien... A présent, ils regrettaient d'avoir attendu aussi longtemps pour éprouver un tel enchantement.

Annabelle avait maintenant trois ans et demi. Un halo de boucles cuivrées entourait son petit visage de poupée, voilé par un semis de taches de son, que sa mère appelait « poudre de fées ». Dans un cadre en argent ciselé une photo d'elle qui la montrait sur la plage de Quogue l'année précédente, brandissant joyeusement un coquillage, trônait sur le bureau d'Alexandra. Celle-ci lui adressa un sourire attendri, puis baissa les yeux sur son bracelet-montre. Les dépositions l'avaient occupée une grande partie de la matinée. Elle avait moins d'une heure pour achever l'étude du dossier qu'elle était en train de lire, avant de rencontrer son nouveau client.

La porte s'ouvrit sans bruit. Elle leva le nez de sa lecture, tandis que Brock Stevens entrait dans la pièce. C'était le benjamin du cabinet et il travaillait presque exclusivement pour elle. Son rôle consistait à effectuer toutes les recherches préalables, lors de la préparation d'un procès. Il avait été embauché chez Bartlett et Baskin deux ans plus tôt ; ses supérieurs s'étaient tout de suite rendu compte de ses capacités.

— Bonjour, Alex. Avez-vous un moment ?
— Oui, bien sûr. Mais asseyez-vous donc.

Elle lui sourit. A trente-deux ans, il était beau garçon, avec ses cheveux blond cendré et ses airs d'éternel étudiant. En fait, elle le considérait comme son petit frère. Issu d'une famille modeste, il avait fait ses études dans l'Illinois. Sa passion pour la justice avait incité Alexandra à le prendre sous son aile.

Il traversa la pièce, en manches de chemise, le nœud de sa cravate desserré, ce qui le rajeunissait encore davantage, et prit place en face de l'avocate.

— Comment s'est passée la réunion, ce matin ?
— Fort bien. Matt a eu le dessus. Le principal défendeur a commis une maladresse qui lui coûtera cher, à mon avis. De toute façon, Matt n'en fera qu'une bouchée, ce qui ne veut pas dire que le procès ne s'éternisera pas. Mon Dieu, un imbroglio comme celui-là m'aurait rendue dingue.

Brock sourit.

— Moi aussi, bien que je trouve l'affaire intéressante. Ce sont des cas susceptibles de faire jurisprudence.

Jeune et naïf, ne put-elle s'empêcher de penser en l'enveloppant d'un regard indulgent. Un peu rêveur aussi... Mais compétent, avant tout.

— Du nouveau sur l'affaire Schultz ? demanda-t-elle.
— Oh, oui ! répondit-il, l'air réjoui. On a tapé dans le mille. Figurez-vous que le plaignant a fraudé le fisc pendant les deux dernières années. Devant un jury, il n'en mènera pas large. C'est la raison pour laquelle il a tant traîné avant de nous communiquer ses livres de comptes.

— Bravo ! Comment avez-vous découvert le pot aux roses ?

Ils avaient déposé une requête au tribunal, et les documents réclamés étaient arrivés le matin même.

— En épluchant sa comptabilité. Je vous ferai lire mon rapport, à l'occasion. Je pense que cela permettra à M. Schultz de s'asseoir du bon côté de la table des négociations.

— Ça m'étonnerait de lui, dit-elle, songeuse.

Patron d'une petite société, Jack Schultz avait été traîné en justice par des anciens employés à deux reprises. Il avait eu alors recours à des arrangements privés. Sa faiblesse avait créé un précédent, car un troisième ancien employé lui intentait un procès pour licenciement abusif et discrimination. Il avait sans doute escompté un dédommagement de la main à la main, mais cette fois-ci, Schultz avait décidé de se battre.

— De toute façon, ce ne sera pas nécessaire, reprit Brock. A la fraude fiscale se greffe une sombre histoire de dessous-de-table versés par le plaignant à ce type du New Jersey, qui a accepté de témoigner en faveur de M. Schultz.
— Formidable !
Le procès devait commencer le mercredi suivant.
— Mon flair m'avertit toutefois que l'avocat de la partie adverse vous passera un coup de fil dans la semaine pour vous demander de négocier. Alors, que comptez-vous lui répondre, cher maître ?
— Qu'il n'en est pas question. Nous irons jusqu'au bout. Jack est bien parti pour gagner son procès. J'espère, du reste, que d'autres employeurs suivront son exemple.

Depuis quelque temps, on assistait à une véritable recrudescence de litiges entre employeurs et employés. Afin de s'épargner les désagréments d'une action en justice, les premiers préféraient souvent indemniser les seconds, sans passer devant le juge. L'année précédente, Alexandra avait défendu avec succès des patrons d'entreprise injustement accusés.

— Alors, prête pour le grand jour ? s'enquit Brock, en souriant.

C'était une question purement rhétorique. Tout le monde savait qu'Alexandra Parker s'acquittait de son rôle avec un professionnalisme exemplaire. Elle n'entrait jamais dans une salle d'audience sans connaître à fond les tenants et les aboutissants d'une affaire et ne négligeait aucun détail. Brock adorait travailler sous ses ordres. Elle demandait à son subordonné autant qu'à elle-même. Elle savait déléguer ses pouvoirs tout en prenant ses propres responsabilités. C'était une femme loyale, une avocate exceptionnelle, un puits de connaissances. Il l'admirait beaucoup et faisait de son mieux pour l'aider à mettre au point la stratégie appropriée à chaque cas. Alexandra tenait toujours à mettre ses clients en garde contre les dangers qu'ils encouraient, plutôt que de les impliquer dans une procédure qui risquait de tourner à leur désavantage.

Brock rêvait d'accéder au titre d'associé à part entière, comme elle, et cela n'allait pas tarder. Alexandra l'avait recommandé à Matthew Billings, tout en sachant qu'elle aurait du mal à le remplacer.

— Eh bien, quel est ce nouveau client qui a rendez-vous avec vous aujourd'hui ? s'enquit-il.

Il s'intéressait à tout ce qu'elle faisait. Il lui vouait une profonde amitié.

— Je ne suis pas sûre de pouvoir l'aider. Si j'ai bien compris, il a l'intention de porter plainte contre un confrère d'un cabinet concurrent.

Elle n'acceptait de défendre que les causes qui lui semblaient justes. Les règlements de comptes dictés par la haine ou la colère lui répugnaient. Elle écartait d'emblée les mesquins, les grincheux, les envieux, tous ceux qui confondaient la justice avec un instrument de vengeance.

— Faites le nécessaire pour le dossier Schultz. Nous en parlerons plus longuement demain matin. Je m'en irai à treize heures comme tous les vendredis, mais nous aurons largement le temps de nous pencher sur la question.

Elle décidait le vendredi matin des documents qu'elle emportait à la maison.

— J'ai classé les dépositions, dit-il. Et j'ai aussi pris des notes que je vous communiquerai. Nous pourrons également regarder les vidéocassettes.

Ils avaient enregistré chaque témoignage.

— C'est parfait. Merci, Brock.

Une fois de plus, elle se félicita de l'avoir embauché. Sans lui, elle aurait été aussi perdue qu'un navire sans boussole et sans sextant sur une mer démontée.

— Alors, à demain, huit heures et demie. Et merci encore de votre rapidité.

Il répondit par un haussement d'épaules plein d'humilité, qui laissait sous-entendre qu'il ne faisait que son travail. Brock travaillait sans relâche, tard le soir et même le week-end. Le fait qu'il ne fût pas marié lui facilitait la tâche. Il souhaitait réussir et déployait toute son énergie pour y arriver. A ses débuts, Alexandra avait fait montre de la même ténacité. Évidemment, depuis la naissance d'Annabelle, elle avait découvert, comme Sam, qu'il y avait d'autres priorités dans la vie. Heureusement, Brock Stevens n'en était pas là. Fonder un foyer ne faisait pas encore partie de ses préoccupations immédiates. Pendant un certain temps, il était sorti avec l'une des avocates du cabinet, une jolie jeune femme, diplômée de Stanford. Alexandra l'avait su. Comme elle avait su que le jeune homme avait mis un terme à cette situation, qui aurait pu évoluer au détriment de sa carrière. Les règles de la profession interdisaient les liaisons sentimentales entre les membres d'un même cabinet. Et Brock était trop ambitieux pour transgresser la tradition.

Le nouveau client arriva à l'heure convenue. Elle l'écouta attentivement, en s'efforçant de dissimuler sa méfiance. Il avait une idée très subjective du préjudice dont il estimait avoir été victime. Alexandra réprima un soupir. En général, elle avait scrupule à représenter des plaignants devant une cour de justice. Elle se sentait plus à l'aise en avocate de la défense. A la fin de l'entretien, elle opta pour une réponse diplomatique.

— Je me concerterai avec mes associés et vous rappellerai, monsieur.

Elle ne se concerterait avec personne ! Elle s'accordait simplement un temps de réflexion, bien que son opinion soit déjà faite... Cinq heures à sa montre ! Elle appuya sur le bouton de l'interphone, afin de prévenir sa secrétaire, Élisabeth Hascomb, qu'elle s'apprêtait à partir. Presque aussitôt, la porte s'ouvrit et celle-ci entra. Les deux femmes échangèrent un sourire amical. Veuve, quatre fois mère et grand-mère de six petits-enfants, Élisabeth approchait de la retraite. A ses yeux, Alexandra était à la fois une juriste hors pair, une excellente mère et une épouse dévouée. Fréquemment, Alexandra la régalait d'anecdotes amusantes sur Annabelle, tout en lui montrant des photos de son petit trésor qu'elle apportait à son intention au bureau.

— Embrassez votre petite fille pour moi. Comment se débrouille-t-elle à la maternelle ?

— Elle adore y aller, fit Alexandra avec tendresse en lui tendant le courrier qu'elle avait signé et en ramassant son attaché-case. N'oubliez pas de faire parvenir à Matthew Billings les notes que je vous ai dictées, s'il vous plaît, Liz. Et il me faut tout le dossier Schultz pour demain matin.

Il y avait encore nombre de détails à régler. Dès mercredi, date de l'ouverture du procès, elle passerait ses journées au tribunal, ce qui voulait dire qu'elle ne ménagerait pas ses efforts. La semaine s'annonçait rude.

— A demain, dit-elle, en dédiant un sourire chaleureux à Liz.

— Bonne soirée, Alex, répondit sa secrétaire.

En cas d'urgence, elle savait toujours où la joindre. Il lui était souvent arrivé de l'appeler à la maison, le week-end, ou tard dans la soirée, ou même de la déranger en pleine salle d'audience.

L'heure de pointe était à son comble et les embouteillages dans Manhattan étaient monstrueux. Alexandra réussit à héler un taxi en maraude qui remontait Park Avenue. Confortablement installée sur la banquette arrière, elle poussa un soupir de soulagement. C'était une journée splendide, remarqua-t-elle soudain, presque avec surprise, un de ces magnifiques après-midi d'octobre, tout pailletés de soleil et où, pourtant, un vague frisson au fond de l'air annonce l'arrivée de l'automne. Par ce beau temps, elle serait rentrée chez elle à pied, si elle n'avait pas été si pressée de retrouver sa fille. La frimousse espiègle d'Annabelle, criblée de minuscules taches de rousseur, lui traversa l'esprit, puis ses pensées prirent un autre cours, moins réjouissant. Cela faisait trois ans maintenant qu'ils essayaient d'avoir un deuxième enfant. Les résultats étaient décourageants. Encore irrésolue, elle songea aux piqûres de Pergonal et à l'insémination artificielle. D'après son dernier dosage hormonal, le terrain était favorable à la conception et pourtant il n'y avait toujours pas de bébé ! Ce soir, elle examinerait une fois de plus le fameux calendrier. Selon ses savants calculs, les jours les plus féconds de son cycle débuteraient à la fin de la semaine. « Avant l'ouverture de ce fichu procès, Dieu merci ! » se dit-elle, alors que le taxi se faufilait péniblement au milieu des encombrements.

Un gigantesque bouchon les arrêta au coin de Madison Avenue et de la 74e Rue. Alexandra régla la course au chauffeur. Elle irait plus vite à pied. Un instant plus tard, elle longeait les façades cossues d'un pas alerte, sa mallette à bout de bras. Bientôt, elle serrerait Annabelle contre elle. Peut-être Sam serait-il déjà à la maison. La pensée de son mari fit éclore un sourire radieux sur ses lèvres pleines. Après plus de dix-sept ans de mariage, elle l'aimait comme au premier jour. Rien n'avait altéré sa passion pour lui. Elle avait une chance incroyable ! Elle possédait tout ce qu'une femme peut désirer : une carrière fabuleuse, une petite fille adorable, un mari qu'elle chérissait tendrement. Que pouvait-elle souhaiter de plus, sinon remercier le ciel de l'avoir comblée de tant de bienfaits ? Après tout, même s'ils n'avaient pas d'autre enfant, ils pourraient toujours en adopter, pensa-t-elle en forçant l'allure... ou rester avec Annabelle seule. Elle comme Sam étaient des enfants uniques, et cela ne leur avait créé aucun problème psychologique. Au contraire, on disait que l'intelligence de ces enfants-là était plus vive, plus développée...

Un flot de bien-être l'inonda. Non, rien, jamais, ne viendrait assombrir l'éclat de leur bonheur, conclut-elle, alors qu'elle gravissait la volée de marches de son immeuble, et elle sourit au portier, avant de traverser d'un pas confiant le vestibule de marbre.

2

La porte d'entrée s'ouvrit sur l'appartement étrangement calme. Alexandra se figea un instant sur le seuil, à l'affût d'un bruit quelconque, or rien ne vint briser le silence. Carmen et Annabelle avaient dû s'attarder au parc, très certainement... Mais en gagnant sa salle de bains personnelle, Alexandra découvrit sa petite princesse assise dans la vaste baignoire, dans un nuage de mousse bleutée, qui la recouvrait presque entièrement. Assise sur le bord de la baignoire Carmen la surveillait. La petite fille s'adonnait à son jeu favori, « la petite sirène ». Au moment où sa mère apparut, elle faisait semblant de nager, en brassant les bulles irisées. Utiliser la salle de bains de maman était un traitement de faveur. La pièce, toute tapissée d'azulejos bleu pâle, jouxtait leur chambre, au bout de l'appartement.

— Ah, te voilà, coquine ! sourit Alexandra, enchantée de voir sa fille.

C'était incontestablement la plus jolie petite fille du monde, se dit-elle, alors qu'elle contemplait la petite figure radieuse, auréolée de frisettes cuivrées.

— Ch... chut ! intima Annabelle avec sérieux, en portant l'index à ses lèvres. Les sirènes ne parlent pas.

— Tu es donc une sirène ?

— Oui, bien sûr. Carmen a dit que je pouvais me servir de ton bain moussant si je la laissais me laver les cheveux.

La gouvernante sourit à sa patronne, qui laissa échapper un rire aérien. Annabelle adorait les pactes. Entre ses mains, Carmen devenait aussi malléable que ses parents ; toutefois, la petite fille n'en abusait pas.

— Et si je prenais un bain avec toi ? Et si nous en profitions pour nous laver les cheveux ensemble ? suggéra Alexandra.

De toute façon, elle avait projeté de se baigner avant le retour de son mari à la maison. La fillette parut considérer la proposition. Elle détestait les shampooings. A ses yeux, c'était un mal nécessaire, auquel on ne pouvait échapper.

— Bon, d'accord, admit-elle du bout des lèvres.

Carmen en profita pour aller préparer le dîner.

Alexandra se débarrassa de ses escarpins à talons aiguilles, avant de laisser glisser sa jupe et sa veste noires sur le carrelage. Peu après, elle était dans l'immense baignoire remplie d'eau parfumée, en compagnie de son petit trésor, qui la bombarda de questions sur sa journée. Annabelle avait une idée très précise de la profession de ses parents. Maman était avocate, elle le savait, et papa s'occupait de « capitalisme risqué », comme elle se plaisait à répéter. C'était une sorte de banquier, puisqu'il dépensait l'argent des autres, expliquait-elle, ce qui ne correspondait pas exactement à la définition que Sam aurait donnée de son métier, mais qui semblait satisfaire pleinement sa progéniture. Celle-ci savait également que maman se rendait « à la cour », afin de discuter avec « M. le juge », mais qu'elle était trop gentille pour envoyer les gens en prison.

— Et toi, as-tu passé une bonne journée, mon lapin ? s'enquit Alexandra, enfin détendue, en plantant un baiser sur la joue rose de sa fille.

— Oh, oui.

— Rien de spécial à l'école ?
— Non... si ! nous avons mangé des grenouilles.
— Des grenouilles ? fit-elle mine de s'étonner, habituée au langage sibyllin de sa petite. Quel genre de grenouilles ? Sûrement pas des vraies !
— Des vertes. Avec des yeux ronds, tout noirs, et des cheveux en noix de coco.

Alexandra eut du mal à garder son sérieux. Mais comment avait-elle pu vivre tant d'années sans Annabelle ?

— Tu veux dire comme sur les pâtisseries ?
— Oui, voilà ! C'est Bobby Bronstein qui les a apportées, pour son anniversaire.
— Mmm, ça m'aurait bien plu.
— Et sa maman nous a apporté des asticots en boule de gomme et des araignées aussi. Elles étaient *é-nor-mes* ! acheva la petite fille, au comble du ravissement.
— Eh bien, quel festin, dis-moi !

Alexandra sourit à Annabelle, qui haussa les épaules en un geste désabusé, soudain indifférente aux délices qu'elle avait dégustés dans l'après-midi.

— Mmoui... c'était bon. Mais je préfère tes gâteaux. Surtout tes cookies au chocolat.
— Peut-être pourrions-nous en faire quelques-uns demain.

« Après que papa et moi aurons essayé de te donner un petit frère ou une petite sœur », pensa-t-elle, se rappelant de nouveau le fameux jour bleu.

— Que ferons-nous donc demain ? fit une voix familière.

Appuyé au chambranle, Sam contemplait la scène avec un sourire amusé. C'était un tableau charmant, et lorsque son regard croisa celui de sa femme, il éprouva une bouffée de désir. Il s'approcha, se pencha pour embrasser son épouse et sa fille. Alex l'attrapa par la cravate, quémandant un deuxième baiser, qu'il lui accorda volontiers.

— Nous étions en train de tirer des plans sur la comète, expliqua Alexandra d'un ton suggestif. De petits gâteaux au chocolat, entre autres.

Il desserra le nœud de sa cravate, les sourcils levés, et fit sauter le bouton de son col de chemise.

— Y a-t-il d'autres projets pour le week-end ? demanda-t-il négligemment.

A l'évidence, lui aussi se souvenait du jour bleu.

— Je crois que oui, répondit-elle, et elle lui adressa un clin d'œil malicieux auquel il répondit par une moue sensuelle.

A l'approche de la cinquantaine, il était beau comme un dieu. On lui donnait facilement dix ans de moins. Alexandra ne faisait pas son âge non plus, d'ailleurs. Ils formaient un couple splendide. Après tant d'années de vie commune, l'habitude n'avait guère émoussé leur passion.

— Mais que faites-vous là, toutes les deux ? demanda-t-il à Annabelle.

La fillette le dévisagea avec cette expression grave qui le faisait fondre de tendresse.

— Nous sommes des sirènes, papa.

— Cela vous ennuierait si une vieille baleine vous tenait compagnie ?

— Oh, papa, tu viens aussi ? s'esclaffa Annabelle, alors qu'il ôtait sa veste, puis déboutonnait sa chemise, tandis que tous les trois riaient aux éclats.

Il ferma la porte à clé, afin que Carmen ne puisse les surprendre, et un instant plus tard, il se laissait tomber dans l'eau moussante et bleutée, entre ses deux sirènes. Il se mit à les éclabousser, et leurs rires redoublèrent. Profitant du jeu, Alexandra fit un shampooing à Annabelle. Enfin, elle sortit du bain, enfila son peignoir, enveloppa sa fille dans une ample serviette rose et l'entraîna dans la chambre attenante.

Sam se doucha avant d'aller rejoindre ses deux amours, une ample serviette neigeuse autour des reins.

— Alors, les jumelles ? les taquina-t-il.

Il sourit aux deux chevelures rousses, si semblables. Alexandra se plaignait d'avoir découvert son premier cheveu blanc, mais dans l'ensemble, ses boucles étaient aussi souples et brillantes que celles de sa fille.

— Papa, que ferons-nous à Halloween ?

Il fit mine de réfléchir. Il prenait un immense plaisir à ce petit jeu-là. Annabelle représentait le centre de son univers. Et Alex... leur entente était parfaite sur tous les plans, au-delà de toute espérance. Il adorait la prendre dans ses bras, en rentrant le soir, passer des heures avec elle ou simplement être là, à son côté, même lorsqu'elle travaillait tard dans la nuit. Le temps n'avait guère altéré leurs sentiments, à ceci près que chaque année leur apportait son lot de tendresse et de complicité. Depuis la naissance d'Annabelle, leur amour avait atteint des sommets. Son seul regret était d'avoir attendu si longtemps pour connaître ce merveilleux bonheur.

— Eh bien, comment veux-tu te déguiser, ma chérie ? demanda Alexandra à Annabelle.

— Je voudrais être un canari, déclara la petite, d'un ton ferme.

— Un canari ? Mais pourquoi ? sourit sa mère.

— Ils sont si mignons. Hilary en a un... Ou alors, je pourrais me déguiser en bohémienne. Ou en petite sirène. Ou...

— Je ferai un saut chez Schwarz à l'heure du déjeuner, la semaine prochaine. J'y trouverai sûrement quelque chose d'intéressant, d'accord ?

Oh, zut ! l'affaire Schultz ! se souvint-elle brusquement. En conséquence, il lui faudrait effectuer ses achats avant mercredi, sinon elle devrait attendre la fin du procès. Peut-être Liz trouverait-elle un moment pour appeler le célèbre magasin de jouets, ne serait-ce que pour voir ce qu'ils avaient à la taille d'Annabelle ?

— Alors ? avez-vous pris une décision pour Halloween ? s'enquit Sam, revenu dans une tenue décontractée : jeans et sweater vert foncé.

— Le mieux serait de passer la soirée avec des amis, comme l'année dernière, dans l'immeuble, dit Alex.

Elle portait un peignoir de bain fuchsia, une serviette en velours éponge rose sur la tête, et venait d'aider Annabelle à enfiler sa chemise de nuit. Gentiment, elle poussa la fillette dans les bras de son père, puis fila vers la cuisine, afin de voir où en était le dîner. Il y avait un poulet dans le four, des pommes de terre dans le micro-ondes, des haricots verts sur le feu. Carmen se préparait à partir. Elle restait auprès d'Annabelle lorsqu'ils sortaient, mais en temps normal, elle mettait en route le dîner et s'en allait.

— Merci pour tout, Carmen. La semaine prochaine, j'aurai besoin de vous. A partir de mercredi je dois aller tous les jours au tribunal.

Celle-ci lui rendit son sourire.

— Ne vous inquiétez pas, madame. Je resterai tard s'il le faut. Il n'y a aucun problème.

Dommage que M. et Mme Parker n'aient pas eu un deuxième bébé ! pensa-t-elle en même temps. Mme Parker n'avait rien à envier aux mères de familles nombreuses, Carmen était bien placée pour le savoir.

— A demain ! lui cria Alex, au moment où elle partait.

Restée seule dans la vaste cuisine rustique, la jeune femme promena autour d'elle un regard satisfait. La table était dressée, l'évier rutilait, un délicieux fumet lui chatouillait agréablement les narines. Elle retourna rapidement dans sa chambre et passa un blue-jean et une chemise à carreaux. Il ne restait plus qu'à allumer les chandelles. Les couverts en argent scintillaient sur la table en merisier. Cinq minutes plus tard, elle appela Sam et Annabelle pour dîner. Ils n'utilisaient pratiquement jamais la salle à manger, trop protocolaire à leur goût. Lorsqu'ils ne dînaient pas en ville, ils tenaient à prendre le repas du soir en famille, avec leur fille.

Ils devisèrent joyeusement de différents sujets, après quoi Sam aida Alexandra à débarrasser la table, tandis qu'Annabelle se penchait sur un album de coloriage. Ensuite, il regarda le journal télévisé, pendant qu'Alex lisait à sa petite sirène son conte favori, avant de la border dans son lit. Il était huit heures lorsqu'elle ressortit sur la pointe des pieds de la chambre d'enfant toute rose, en laissant la veilleuse allumée. Ils avaient toute la soirée à eux.

Avant de retourner au salon, elle effectua le test d'ovulation. Rien encore... Ils devaient s'astreindre à un programme minutieux. Trois à cinq jours d'abstinence, avant le fameux « jour bleu » qui, comme elle l'avait prévu, ne surviendrait pas avant samedi ou dimanche. Cette contrainte avait ôté toute spontanéité à leurs ébats, mais Sam s'y était plié de bonne grâce. Le médecin lui avait interdit l'alcool avant chaque étreinte, tout comme les bains chauds. La chaleur tuait les spermatozoïdes, avait-il expliqué. Sam prétendait souvent, en riant, qu'il finirait par porter des glaçons dans son caleçon, comme certains hommes affectés de troubles de la fécondité. Mais il n'avait aucun problème de ce genre, les examens l'avaient prouvé, et du côté d'Alexandra tout semblait fonctionner à merveille... « Une question de temps », avait conclu le praticien. Elle avait quarante-deux ans maintenant, c'était le moment ou jamais d'être enceinte.

Elle se laissa tomber sur le large canapé de cuir havane, près de Sam, qui la regarda, une lueur malicieuse au fond des yeux.

— Eh bien, jolie madame, auriez-vous besoin de mes services, ce soir ? interrogea-t-il avec humour.

— Eh non, pas encore, répliqua-t-elle étourdiment, puis

elle pouffa, se sentant ridicule. Je te demande pardon ! Ce sera pour ce week-end, je crois.

Il opina de la tête. Le même espoir les animait, le même désir de mettre au monde un nouveau petit être. Les bonnes choses se méritaient, avait décrété Sam. L'enjeu valait bien un sacrifice passager.

— Tant mieux. J'adore les longues siestes, les samedis après-midi, soupira-t-il d'une voix enjouée, en lui entourant les épaules de son bras.

Carmen serait là, ils auraient tout loisir de paresser au lit. Ils pouvaient toujours compter sur « la perle rare », comme ils l'appelaient. La gouvernante adorait Annabelle, et celle-ci lui témoignait une profonde affection.

Enlacés, ils se mirent à bavarder devant le poste de télévision dont Sam avait baissé le son. Ils avaient toujours mille choses à se dire. Alexandra lui résuma la tactique qu'elle allait adopter pour le procès. A son tour, il mentionna un de ses nouveaux clients qu'il avait surnommé « le Crésus de Bahrein », puis il évoqua la possibilité d'intégrer un nouveau partenaire dans le groupe, un Anglais, qui s'était forgé une solide réputation de gagneur dans les cercles financiers de la City. Il avait conclu des marchés mirifiques, et semblait avoir gagné à sa cause les deux associés de Sam, qui le lui avaient chaudement recommandé. Il avait accepté de le rencontrer, l'avait vu deux ou trois fois et pourtant... sans parvenir à en déceler la raison, il hésitait. En fait, il le trouvait trop tape-à-l'œil.

— C'est-à-dire ? insista Alexandra, l'incitant à révéler le fond de sa pensée.

Les sourcils de Sam se froncèrent. Plus d'une fois il s'était fié à l'intuition de sa femme. A son sens, si Alexandra n'avait pas embrassé la profession de juriste, elle aurait fait une excellente femme d'affaires.

— Je n'arrive pas à le cerner, admit-il. Il est à la tête d'une fortune personnelle colossale et semble bénéficier d'un réseau considérable de contacts fabuleux... Je ne sais pas, mais quelque chose en lui ne m'inspire pas confiance. J'ai l'impression qu'il n'est pas clair. Il est tellement imbu de lui-même ! Il a été marié à une lady quelque-chose et, naturellement, il ne rate pas une occasion de le souligner. Il m'a déplu, j'ignore pourquoi. En revanche, Larry et Tom voient en lui une mine d'or.

— Est-ce que les faits confirment ses affirmations ? As-tu pris des renseignements ?

— Bien sûr. Et ça correspond bien à ce qu'il dit. Trop bien, peut-être. Ce monsieur a commencé à gagner beaucoup d'argent en Iran, du temps du Shah dont il était très proche. Divorcé et remarié, il a continué à faire fortune au Moyen-Orient et dans les Émirats, notamment au Bahrein. Pendant le déjeuner, l'autre jour, il a laissé entendre qu'il avait pratiquement le sultan de Brunei dans sa poche. Franchement, je ne le crois pas. Tom et Larry, eux, ne jurent plus que par lui. L'attrait du pouvoir illimité, que veux-tu !

— Tu pourrais le mettre à l'épreuve. Un essai de six mois t'aiderait sûrement à y voir plus clair.

— C'est ce que j'ai proposé à mes associés. Ils ont répondu que ce serait une attitude injurieuse vis-à-vis de quelqu'un de sa classe. Le dénommé Simon n'appartient pas à cette catégorie d'individus à qui l'on inflige l'affront d'un contrat temporaire. Je suppose qu'ils n'ont pas tort. Pourtant, je ne suis pas prêt à me jeter à l'eau.

— En ce cas, suis ton instinct. Il ne t'a jamais trompé, que je sache. Je crois énormément aux petites voix intérieures.

— Et moi, je crois en toi, murmura-t-il, en se penchant pour cueillir un baiser sur ses lèvres.

Son désir pour elle surgit d'un seul coup, comme le feu qui couve sous la cendre. Il admirait son esprit et était totalement subjugué par son corps. C'était une combinaison explosive.

— Si nous allions nous coucher, histoire de nous exercer pour le week-end, hein ? chuchota-t-il d'une voix enjôleuse.

— Excellente idée, fit-elle en l'embrassant dans le cou.

Ils pouvaient encore s'offrir le luxe de s'aimer, ce soir. Il restait deux ou trois jours avant que le test vire au bleu. Dès le lendemain, une étreinte amoureuse risquait de compromettre gravement leurs chances de conception. Faire l'amour sur commande devenait de plus en plus difficile mais rien ne pouvait entamer la détermination d'Alexandra. Il fallait qu'elle ait un bébé maintenant, c'était impératif. Ou alors, ils arrêteraient tout et vivraient pleinement leur vie de couple.

Sam éteignit les appliques. Enlacés, ils prirent le chemin de leur chambre où Alexandra se déshabilla en s'efforçant d'oublier son attaché-case empli de documents. Assis au bord du lit, Sam la contemplait.

— Tu ne vas pas travailler ce soir ?

Elle haussa les épaules. Le serrer dans ses bras lui paraissait autrement plus important que tous ses dossiers réunis. Il se dévêtit à son tour. Ensemble, ils se glissèrent entre les draps, gagnés par une douce fièvre, éprouvant la fraîcheur de l'étoffe satinée contre leur peau. Les bras puissants de Sam serrèrent sa taille fine, puis sa bouche contre la sienne distilla l'oubli dans ses veines, comme un filtre magique. Elle en oublia jusqu'au bébé qu'elle voulait tant, ne songeant plus qu'à assouvir sa passion. Il la prit lentement, dans un mouvement lancinant, qui lui arracha un long gémissement. Le plaisir montait dans leurs deux corps emmêlés ; ils sombrèrent dans une extase vertigineuse qui n'en finissait plus. Puis, frissonnants et émerveillés, ils demeurèrent enlacés, hors d'haleine. Les paupières de Sam s'alourdirent. Il n'aspirait plus qu'au repos.

— Je t'aime, murmura-t-elle tout contre les cheveux bruns de son mari.

Un léger ronflement lui répondit. Elle resta immobile un long moment, craignant de le réveiller, avant de défaire tout doucement l'étau de son étreinte pour se glisser hors du lit. Puis, douchée et vêtue de son peignoir, elle s'empara de son attaché-case. Elle n'aurait pas trouvé le sommeil, de toute façon. Peu après, installée dans le fauteuil confortable, au milieu de leur vaste chambre, elle feuilletait ses dossiers. Elle prit des notes, en jetant de temps à autre un coup d'œil vers Sam. Il ne bougea pas une seule fois. Annabelle l'appela, et Alexandra alla lui donner un verre d'eau. Elle attendit patiemment que la petite fille se rendorme, puis se remit au travail. Vers une heure du matin, elle s'étira en bâillant. Elle aimait travailler la nuit. Le silence paisible qui régnait dans le grand appartement était propice à la concentration.

Elle éteignit la lampe. Sam remua à peine, lorsqu'elle se glissa près de lui. Alexandra resta longtemps étendue dans l'obscurité, les yeux clos. Une foule de pensées fourmillaient dans son esprit. Sam. Annabelle. Le procès de la semaine prochaine. Le nouveau client dont elle refuserait de défendre les intérêts. Le futur partenaire anglais de Sam... tant de choses... Imperceptiblement, une insidieuse torpeur l'engourdissait. Finalement, elle s'abandonna au sommeil à côté de son époux, et elle dormait encore profondément quand le réveil sonna, le lendemain matin.

3

Sa journée commença comme à l'accoutumée : un baiser tendre de Sam, une caresse sur la joue. La radio était allumée, et comme toujours, Alexandra s'accorda quelques minutes de répit avant de se lever. Chaque matin, elle avait la même difficulté à sortir du lit comme si la fatigue ne devait jamais s'atténuer. Les sollicitations répétées dont elle était l'objet au bureau, le stress, la pression constante due aux préparatifs du procès l'épuisaient. Elle finit par se lever, enfila sa robe de chambre, alla réveiller Annabelle, qui dormait encore à poings fermés. La petite fille s'étira en bâillant quand sa mère l'embrassa, et celle-ci en profita pour la chatouiller avec douceur ; leurs rires s'égrenèrent entre les murs pivoine, puis Alexandra entraîna sa fille dans la salle de bains où elle l'aida à faire sa toilette. Quand elle lui eut brossé les cheveux, il ne resta plus qu'à l'habiller. Elles arrêtèrent leur choix sur un adorable petit ensemble en vichy rose et blanc, un cadeau de Sam, rapporté de son dernier voyage à Paris, et sur une paire de tennis, rose également.

— Eh bien, princesse, vous êtes ravissante aujourd'hui ! s'exclama son papa, peu après.

Il était déjà attablé dans la cuisine, à moitié caché derrière le *Wall Street Journal* qu'il lisait religieusement, très élégant

dans son costume anthracite et sa chemise immaculée, agrémentée d'une cravate Hermès bleu marine.
— Merci, papa.
Souriant, détendu, Sam lui servit un bol de céréales, avant d'ajouter deux toasts dans le grille-pain. C'était un rituel immuable, instauré une fois pour toutes par les deux époux, qui se partageaient équitablement les tâches quotidiennes. Aujourd'hui, c'était Alexandra qui conduirait Annabelle à l'école, située à deux pas. Sam la relayerait, dès l'ouverture du procès... La jeune femme apparut dans la cuisine trois quarts d'heure plus tard, juste à temps pour avaler à la hâte une tasse de café avant de partir au bureau. Sam était en train de donner à leur fille un cours sur l'électricité, la mettant en garde contre les dangers qu'on encourait en plongeant sa fourchette dans le toaster.
— C'est vrai, maman ?
Alexandra acquiesça avec sérieux, avant de jeter un coup d'œil au journal, par-dessus l'épaule de Sam. Elle apprit que le Congrès avait tapé sur les doigts du président, et qu'un juge qu'elle ne portait pas dans son cœur avait pris sa retraite.
— Ah, tant mieux, au moins il ne sera pas là la semaine prochaine pour me mettre des bâtons dans les roues, marmonna-t-elle tout en grignotant son pain beurré.
Cette remarque déclencha l'hilarité de Sam. En général, il trouvait qu'elle avait du mal à se réveiller le matin et qu'elle était souvent incohérente. Elle acceptait ses taquineries de bonne grâce.
— Que fais-tu aujourd'hui ? demanda-t-il lorsqu'il se fut arrêté de rire.
Lui était débordé, comme d'habitude ; un rendez-vous avec des clients, suivi d'un déjeuner d'affaires au *21*, avec le fameux Anglais dont il lui avait parlé la veille.
— Le vendredi, c'est ma journée la plus courte de la semaine, lui rappela-t-elle. J'ai une réunion de travail avec

un de mes assistants, après quoi je serai libre comme l'air !
Ah, oui, je dois passer chez le Dr Anderson, pour un examen
de routine. Ensuite, j'irai chercher Annabelle à l'école et je
la conduirai à son cours de danse, chez miss Tilly.

Elle sourit, réjouie à l'idée de passer l'après-midi en
compagnie de sa fille, mais Sam posa sur elle un regard
anxieux.

— De quel examen s'agit-il ?

— D'un simple frottis annuel, tu sais bien. J'en profiterai
pour lui demander si je peux arrêter pendant un certain
temps la prise d'hormones. Ou, du moins, s'il est possible
de modifier le dosage. J'ai l'impression que ces cachets me
portent sur les nerfs. Je te tiendrai au courant des recommandations du bon docteur.

— J'y compte bien, sourit-il, touché par son acharnement
à lui donner un autre bébé. Et bonne chance avec la préparation du procès, mon amour.

— Bonne chance avec l'étrange M. Simon. J'espère que
cette entrevue t'aidera à y voir plus clair.

— Je l'espère aussi, soupira-t-il. Cela me simplifierait la
vie. Je ne sais plus si je dois me fier à mon instinct, à ses
antécédents ou au flair de mes partenaires. Enfin, la paranoïa
me guette, avec mon grand âge.

Il allait bientôt passer le cap de la cinquantaine, et semblait
inquiet. Alexandra l'enveloppa d'un regard plein d'affection.

— Aie confiance en ton intuition, mon chéri.

— Entendu, votre honneur !

Ils passèrent leurs manteaux. Alexandra aida Annabelle à
mettre le sien. Une fois la porte de l'appartement refermée,
ils prirent tous trois l'ascenseur. Dehors, Sam les embrassa
chacune à son tour, avant de héler un taxi. Mère et fille se
dirigèrent vers l'école sans trop se presser. Le joyeux babillage
d'Annabelle eut le don de dérider Alexandra. Et c'est de

bonne humeur qu'elle franchit le seuil de son bureau, vingt minutes plus tard. Brock l'attendait déjà.

Comme d'habitude, il avait tout préparé avec une extrême minutie : notes, appréciations personnelles, et, bien sûr, tout le dossier Schultz. Une fois de plus, Alexandra lui fit compliment de son sens de l'organisation. Ils travaillèrent sans relâche jusqu'à onze heures et demie. Son rendez-vous chez le médecin était à midi et d'ici là, elle avait quelques coups de fil à passer.

— Que puis-je faire d'autre ? questionna Brock.

Elle le regarda, lui enviant sa décontraction. Comme avant chaque procès, elle au contraire se sentait tendue. Son bon sens lui soufflait de revenir au bureau l'après-midi, mais elle n'avait pas le cœur d'abandonner Annabelle. Certes, Carmen pourrait la conduire au cours de danse, mais la petite fille serait déçue, et à juste titre ! Elle eut l'impression que son existence n'était qu'une sorte d'éternelle fuite en avant. Comment y remédier ? se demanda-t-elle, anxieuse, puis de nouveau son regard se posa sur Brock, qui attendait tranquillement une réponse. Avec un sourire de gratitude, elle lui tendit quelques messages.

— Téléphonez à ces personnes, s'il vous plaît.

— Avec plaisir. Rien d'autre ?

Il avait un sourire si chaleureux, remarqua-t-elle. Ils formaient un tandem d'une redoutable efficacité. Ils étaient d'accord sur tout, tel un couple de danseurs dont les pas s'harmonisent à merveille.

— Non... si ! Pourriez-vous aller chez mon docteur à ma place ?

— Pourquoi pas ? répondit-il avec un sourire.

Elle laissa échapper un rire nerveux.

— Si seulement c'était possible...

Mais pourquoi perdre du temps ? Elle pouvait parfaitement s'entretenir avec son médecin au téléphone, après tout.

Elle saisit le combiné, résolue à ajourner le rendez-vous, et composa rapidement le numéro du cabinet médical. Occupé ! Dépitée, elle raccrocha. Elle avait scrupule à faire faux bond au praticien. C'était lui qui l'avait accouchée, lui qui la suivait, depuis trois ans, dans ses efforts pour enfanter une seconde fois. Elle appuya sur la touche « bis ». Cela sonnait toujours occupé. Exaspérée, elle se leva et prit son manteau.

— On dirait qu'il a décroché, maugréa-t-elle. Brock, n'hésitez pas à m'appeler si vous avez le moindre doute à propos de l'affaire Schultz. Je ne bougerai pas de la maison.

— D'accord. Mais ne vous inquiétez pas. Nous sommes prêts, et il nous reste un petit moment avant le procès. Essayez donc de vous détendre, Alex. Passez un bon week-end.

— Je crois entendre mon mari. Qu'allez-vous faire, vous ? dit-elle en enfilant son manteau et en prenant sa mallette.

— Travailler, bien sûr.

— Formidable ! Donc, vous passerez un week-end de rêve, plaisanta-t-elle, puis redevenant sérieuse : Mille mercis, Brock.

— Il n'y a pas de quoi. Reposez-vous. Surtout, ne vous faites aucun souci. Tout ira pour le mieux, mercredi.

— Merci encore, Brock.

Elle sortit de la pièce, passa en coup de vent devant le bureau de Liz, qu'elle salua de la main, avant de s'engouffrer dans l'ascenseur. Cinq minutes plus tard, elle se dirigeait en taxi vers la 72e Rue, et éprouva bientôt l'envie de faire demi-tour. Elle n'avait rien de spécial à dire à son médecin, en dehors de ses sempiternelles récriminations à propos des effets secondaires du Sérophène, et de son désir frustré d'enfant... Enfin, autant en finir avec le frottis, se dit-elle en guise de conclusion.

Il l'accueillit avec chaleur, comme un vieil ami, et prêta

une oreille attentive à ses problèmes habituels. Elle était à bout de nerfs, à cause de la progestérone, dit-elle, et elle craignait de ne plus jamais être enceinte. Le praticien se montra rassurant. La procréation avait ses mystères, déclara-t-il. Le stress, l'âge, les soucis, tout jouait un rôle déterminant. Alexandra avait déjà été enceinte à deux reprises, elle avait mené à terme sa seconde grossesse sans la moindre anicroche, il n'y avait aucune raison que cela ne se reproduise pas. Pourtant, les faits étaient là : trois ans d'efforts n'avaient abouti à rien. Une fois de plus, ils évoquèrent les piqûres de Pergonal, puis la fécondation *in vitro,* bien qu'à son âge, Alexandra ne soit pas franchement une candidate idéale, selon le Dr Anderson. Ensuite, ce dernier énuméra d'autres techniques de fécondation, dont celle des donneuses d'ovule, qu'Alexandra refusa. Finalement, ils décidèrent de continuer le traitement progestatif au Sérophène, et de tenter une insémination le mois suivant, si rien de nouveau ne survenait ce mois-ci.

Il procéda à un examen de routine, fit le frottis, puis, tout en consultant la fiche de sa patiente, lui demanda à quand remontait sa dernière mammographie.

— Cela fait deux ans, je crois.

De ce côté-là, elle n'avait jamais eu la moindre alerte : aucune grosseur suspecte, aucun antécédent familial.

— Vous devriez en faire une tous les ans, la gronda Anderson. Après quarante ans, c'est indispensable.

Il lui avait palpé les seins très attentivement, sans rien détecter d'anormal. Elle les avait petits, haut placés et ronds ; leur petite taille et le fait qu'elle ait allaité Annabelle amenuisaient les risques, d'après les statistiques. Par ailleurs, les hormones qu'elle absorbait étaient inoffensives de ce point de vue.

— A quand votre prochaine ovulation, m'avez-vous dit ? s'enquit-il, le regard rivé sur la fiche.

— Demain ou après-demain, probablement.

— En ce cas, je ne saurais trop vous recommander d'effectuer la mammographie aujourd'hui. Les rayons X sont déconseillés aux femmes enceintes comme à celles qui nourrissent au sein leur bébé. Supposez que vous vous retrouviez dans un état intéressant après ce week-end. L'examen serait alors repoussé de deux ans. Allez-y aujourd'hui. Cela serait fait et je serais rassuré.

Elle imagina Annabelle en train d'attendre dans la cour de l'école « l'heure des mamans », comme elle disait.

— J'ai mille choses à faire, soupira-t-elle, avec un coup d'œil à sa montre. Je n'ai pas le temps.

— C'est important, Alex, répliqua-t-il d'un ton si ferme qu'elle leva soudain sur lui un regard interrogateur.

— Pourquoi ? Auriez-vous senti quelque chose tout à l'heure ?

— Mais non. Simplement, je ne voudrais pas que vous ayez un problème plus tard. Je vous en prie, Alex, faites-le.

Elle repensa aux théories de Sam sur l'ironie du sort. Oui, supposons que, ce week-end, aussi invraisemblable que cela puisse paraître, ses espérances soient exaucées...

— Vous m'avez convaincue. Où dois-je aller ?

Il écrivit une adresse sur une ordonnance qu'il lui tendit. C'était à quelques pâtés de maisons, elle pourrait s'y rendre à pied.

— Vous en aurez pour cinq minutes.

— Aurai-je les résultats sur place ?

— Je ne crois pas, non. Ils conservent tous les clichés à l'intention du médecin radiologue qui les examine plus tard. Il me communiquera les résultats. Naturellement, s'il y avait le moindre problème, je vous appellerais. Mais je suis sûr que tout sera parfaitement normal. C'est une simple question de prévention, Alex.

— Je le sais, John, sourit-elle.

Elle appela Carmen du secrétariat de John Anderson et la

pria d'aller chercher Annabelle à l'école. Elle précisa qu'elle serait de retour à temps pour conduire la petite fille à son cours de danse.

Une douzaine de femmes attendaient leur tour. De temps à autre, une infirmière apparaissait à une porte, appelait un nom, et l'une des patientes la suivait ; mise à part une toute jeune fille, la moyenne d'âge se situait entre quarante et cinquante ans. Alexandra feuilleta distraitement un magazine. Dix minutes s'écoulèrent avant que son nom soit prononcé. Elle se leva et emboîta le pas à la femme en blouse blanche. Elle se sentait mal à l'aise à l'idée de cet examen, et éprouvait la sensation d'être une criminelle que l'on fouille pour trouver l'arme du crime. La culpabilité qu'elle éprouva subitement la fit trembler de colère et elle déboutonna son chemisier avec fébrilité. Mais était-ce la colère ? Cela aurait pu être la peur. Une toute petite voix raisonnable la rappela à l'ordre. Il s'agissait d'un examen de routine, d'un simple test préventif, guère plus effrayant en soi que le frottis qu'elle avait subi un peu plus tôt, à ceci près que la mammographie était effectuée par de parfaits inconnus. La femme en blanc se tenait près d'elle, pendant qu'elle se déshabillait. Elle lui passa une blouse d'hôpital, qu'elle enfila.

— Laissez-la ouverte sur le devant, précisa-t-elle.

Après quoi, elle indiqua à Alex une pile de serviettes propres et lui demanda d'ôter toute trace de parfum ou de déodorant. Elle s'exécuta sous le regard de l'assistante médicale, sans un mot. Lorsqu'elle s'avança vers la grande machine, qui trônait au milieu de la pièce, semblable à n'importe quel appareil de radiographie, son anxiété s'était dissipée. Un interne la pria de placer sur le plateau porte-film le sein gauche, qu'il comprima à l'aide d'une plaque

transparente. Il lui enjoignit de retenir sa respiration, prit deux clichés, recommença avec le sein droit. Clic-clac ! c'était fini.
Elle remit ses vêtements, plutôt contente, tout compte fait. L'examen, parfaitement indolore, pourrait s'avérer utile en cas de grossesse. Elle aurait préféré avoir les résultats sur-le-champ, mais après tout, lundi serait tout aussi bien.
Une fois sortie, elle prit un taxi et arriva à la maison au moment où Annabelle finissait de déjeuner. En l'aidant à enfiler son collant de ballerine, elle se sentit déborder de tendresse. Et pourtant, sans raison valable, la frayeur qu'elle avait ressentie tout à l'heure revint la hanter. « Oh, non ! se tança-t-elle, arrête de te raconter des histoires ! » D'après des statistiques qu'elle avait parcourues récemment, une femme sur huit était atteinte d'un cancer du sein. Laquelle sera-ce ? ne put-elle s'empêcher de se demander en repensant aux patientes assises dans la salle d'attente. Elle réprima un frisson, avant de poser les lèvres sur les boucles rousses et brillantes de sa fille, puis sourit... Rien de tel pour vous guérir de vos angoisses que d'emmener votre petit trésor à son cours de danse !

— Maman, pourquoi tu n'es pas venue me chercher à l'école ? voulut savoir Annabelle d'un ton malheureux, dans l'ascenseur.

Le vendredi était le jour d'Alex. Aussi avait-elle été déçue de voir Carmen se présenter à « l'heure des mamans ».

— Je te demande pardon, ma chérie. J'ai dû passer chez mon médecin. Cela m'a pris plus de temps que je ne pensais.

— Tu es malade ? s'alarma aussitôt la petite fille, avec un ton plein de sollicitude.

— Mais non ! Tout le monde va se faire examiner de temps à autre, tu sais, même les mamans et les papas.

— Est-ce qu'il t'a fait une piqûre, le docteur ?

— Non, non, répondit-elle en riant et en secouant la tête. Je n'en avais pas besoin.

— Ah, tant mieux, alors.

Après le cours, elles allèrent déguster une énorme glace au chocolat, puis reprirent à pied le chemin de la maison, dans la clarté orangée de l'après-midi. Le lendemain, ils avaient prévu d'aller au zoo, ce qui enchantait Annabelle. La petite fille aurait préféré aller à la plage mais sa mère lui expliqua que l'eau serait trop froide pour nager. De retour à l'appartement, elles regardèrent un dessin animé au magnétoscope, allongées sur le vaste lit de Sam et d'Alexandra. Ce genre de moments était d'une douceur infinie, et la jeune femme les savourait avec délectation. Aujourd'hui, plus que les autres jours, elle était consciente de cet instant privilégié qui peut-être ne se reproduirait pas de sitôt. La fatigue de la journée, la préparation du procès, la séance de mammographie semblaient avoir drainé toutes ses forces, et elle se contenta de regarder sans les voir les images sur l'écran, tout simplement heureuse d'être là, auprès de son enfant.

Carmen s'en alla plus tôt, comme tous les vendredis, et, en attendant le retour de Sam, Alexandra prépara le dîner. Il rentra vers dix-neuf heures, plus tard que d'habitude. Annabelle avait déjà dîné. D'un commun accord, ils attendirent que leur fille soit couchée, avant de passer à table. Et vers huit heures et quart, quand ils s'assirent devant un succulent dîner Sam se lança dans le récit animé de sa journée — le rendez-vous, puis le déjeuner avec l'Anglais.

— Il m'a favorablement impressionné, cette fois. Je me suis inquiété pour rien. Tom et Larry avaient raison. Ce type est une mine d'or. Il possède des contacts fabuleux dans tout le Moyen-Orient... Finalement, il est sérieux, malgré ce côté m'as-tu-vu qui m'avait déplu au départ.

— Entre « contact » et « contrat », il y a un monde, fit-elle remarquer prudemment.

— Justement, il nous apportera une pléthore de contrats.

Tu aurais dû voir la liste de ses clients, rien qu'en Arabie Saoudite !

— Mais le suivront-ils jusqu'ici ?

Sam sirota une gorgée de sancerre blanc, puis sourit. Elle était si séduisante, quand elle se mettait à jouer l'avocat du diable... Lui aussi s'était posé la même question, bien sûr. Or, Simon l'avait convaincu. Il avait donné le feu vert à ses associés. L'Anglais deviendrait bientôt le quatrième partenaire de sa société.

— En es-tu sûr, Sam ? Tu semblais absolument contre, hier soir. Parfois, la première impression est la bonne, tu sais.

— Et parfois, on se fait des idées. Nous avons discuté pendant trois heures, Alex. Et il a su gagner ma confiance. Ma chérie, des milliards sont en jeu, ajouta-t-il sur un ton confidentiel.

— Ne sois donc pas si cupide ! fit-elle mine de s'offusquer. Tu veux dire que nous pourrons nous offrir un château dans le sud de la France ?

— Peut-être pas, mais nous aurons largement les moyens de nous payer un appartement à New York, dans un quartier chic, et une maison de campagne à Long Island.

— Oh, Sam, nous n'avons pas besoin de ça !

Bien sûr que non, pensa-t-il, et son sourire s'épanouit. Plus que l'argent, il aimait l'aventure. L'argent n'était jamais qu'un moyen, pas une fin en soi. Mais il aimait endosser le rôle de l'enfant terrible de Wall Street, comme il l'avait fait des années auparavant. Cette nouvelle aventure lui redonnerait une deuxième jeunesse. Naturellement, il saurait rester vigilant, soucieux de sa réputation.

— Et toi ? demanda-t-il. Comment s'est passée ta journée ? Es-tu prête pour le procès ?

Il témoignait un vif intérêt pour les activités de sa femme. Avant la naissance d'Annabelle, leur passion pour leur travail avait tissé entre eux un lien indestructible.

— Oui, je crois. Mon client mérite d'obtenir gain de cause.

— Et il l'obtiendra, avec une avocate comme toi.

Il se pencha vers elle et l'embrassa. Il avait une allure très juvénile, ce soir, dans son pull rouge vif, sur son vieux blue-jean. Ces derniers temps, d'ailleurs, elle le trouvait plus beau que jamais.

— Au fait, qu'a dit Anderson ?

— Rien de nouveau. Nous avons passé en revue toutes les possibilités, une fois de plus. Le Pergonal me fait peur, le Sérophène me rend dingue, et personne n'acceptera, paraît-il, de procéder à une fécondation *in vitro* sur une femme de quarante-deux ans. Par ailleurs, les donneuses d'ovules constituent une solution qui, très franchement, ne m'emballe pas. Reste l'insémination artificielle qu'il pourrait essayer le mois prochain, avec ton sperme... si toutefois tu veux bien, ajouta-t-elle timidement, rougissante.

— Tu veux dire que je devrai me livrer au plaisir solitaire, en feuilletant des revues pornos ? à mon âge ? feignit-il de s'indigner. Eh bien, soit ! Je suis prêt à tout si notre bonheur en dépend, mon amour.

— Oh, chéri, je t'aime. Tu es formidable.

Ce fut elle qui chercha ses lèvres, et il répondit avec ardeur à son baiser. Hélas, le test n'ayant pas encore pris sa teinte d'un bleu brillant, ils devraient refréner leur désir.

— Quand ? chuchota-t-il d'une voix rauque.

— Demain... promit-elle. Dès que ça vire au bleu. Nous y arriverons, j'en suis sûre. Anderson y croit dur comme fer. Figure-toi qu'il m'a fait faire une mammographie aujourd'hui, au cas où je tomberais enceinte ce week-end... Parce qu'il est déconseillé aux femmes enceintes de s'exposer aux rayons...

Elle s'arrêta net en voyant l'expression de son mari.

— Une mammographie ? Tu as les résultats ?

Son inquiétude arracha un tendre sourire à Alexandra.

— Non, on ne les a jamais tout de suite, à moins que le radiologue soit sur place, ce qui est rarement le cas. Ils les communiqueront à Anderson la semaine prochaine. Il ne s'agissait que d'un examen de contrôle.

— Ça fait mal ? s'enquit-il avec une curiosité où perçait une pointe d'inquiétude.

— Pas plus qu'une radio. Évidemment, d'un point de vue psychologique, c'est assez dur à supporter. Je n'ai pas pu m'empêcher de penser aux statistiques. Toutes ces femmes dans la salle d'attente... Je me suis dit : « Pourvu que ce ne soit pas moi ! » De ma vie je n'ai été aussi contente de retrouver Annabelle.

— Oublie tout ça. Rien ne t'arrivera, affirma-t-il d'un ton ferme, presque avec ferveur.

Ils débarrassèrent la table, regardèrent un film à la télévision et allèrent se coucher. Tous deux avaient besoin de se reposer après une semaine exténuante. Comme prévu, le lendemain, le test fut positif. Elle annonça la bonne nouvelle à Sam, tandis qu'ils prenaient un petit déjeuner tardif. Dès que Carmen partit avec Annabelle au parc, ils se précipitèrent dans leur chambre à coucher. Après l'amour, elle resta allongée, un oreiller sous les reins, comblée et somnolente. Sam revint se glisser à son côté un peu avant midi.

— Vas-tu rester au lit toute la journée, jolie marmotte ?

Il embrassa la peau sensible de son cou et elle tressaillit sous la caresse de ses lèvres.

— Ça se pourrait, si tu m'y encourages.

— Cela dépend. Quand sommes-nous censés recommencer ?

— Demain.

— Pourquoi pas cet après-midi ? souffla-t-il, et elle éclata de rire. Bon ! puisque tu le prends sur ce ton ! Concentre-toi sur notre futur bébé, alors.

Il s'en fut dans la salle de bains. Une minute plus tard, elle alla le rejoindre sous la douche. Il frissonna lorsque leurs corps nus se frôlèrent. L'attente qu'ils s'infligeaient ne faisait qu'exacerber leurs sens. C'était un doux supplice que de devoir réprimer leur ardeur, sous prétexte que le Dr Anderson l'avait prescrit.

— Chérie, tu me rends fou, murmura-t-il en l'enlaçant.

Elle le sentit se raidir contre son ventre, alors que leurs lèvres se cherchaient avidement.

— Alex, je t'aime tellement...

— Moi aussi, murmura-t-elle, haletante, oh, Sam, je te veux, si tu savais...

— Attention, danger ! prévint-il en tournant à fond le robinet d'eau froide.

Sous le jet glacial, elle laissa échapper un cri de surprise, avant de se ruer hors de la douche, en riant, Sam sur les talons.

Dix minutes plus tard, rhabillés, ils dégustaient une tasse de café noir et corsé dans la cuisine, plongés dans la lecture de la presse, lorsque Annabelle réapparut avec Carmen. Celle-ci prépara le déjeuner. L'après-midi ils allèrent se promener au zoo, comme promis, puis dînèrent au restaurant. Le lendemain, toute la famille partit faire un tour à bicyclette — Sam avait installé Annabelle derrière lui, sur un petit siège spécialement aménagé pour elle. C'était un bel après-midi tout doré par le soleil automnal. Le dimanche soir arriva trop vite.

Ils couchèrent leur fille, attendirent qu'elle fût endormie, puis Sam ferma la porte de leur chambre. Lentement, il dévêtit Alexandra, qui demeura debout sous son regard émerveillé, fine et élancée comme un lis. Il la prit dans ses bras et la fit basculer sur le lit où ils s'unirent longtemps, éblouis par la force inouïe de leur passion. Elle était la femme de sa vie, songea-t-il obscurément, alors que le plaisir les transperçait comme un éclair brûlant. Parfois, il se disait qu'il lui serait impossible de l'aimer davantage et les émotions qu'elle éveillait en lui le submergeaient.

— Eh bien, si je ne suis pas enceinte après ça, j'abandonne, murmura-t-elle plus tard en posant sa tête rousse sur son épaule.

D'une main dolente, il caressa les seins d'Alexandra.

— Je t'aime, chuchota-t-il.

Il se hissa sur un coude, afin de mieux la regarder. Elle était si belle... si parfaite...

— Moi aussi, je t'aime, Sam. Et plus encore.

Avec un sourire, il secoua la tête.

— Tu ne le pourrais pas.

Leurs lèvres se frôlèrent en un ultime baiser. Déjà, les rêves se glissaient tout doucement sous leurs paupières closes. Comblés, ils s'endormirent dans les bras l'un de l'autre, sans plus se demander s'ils avaient réussi à donner la vie...

4

Le lundi matin, Alexandra fut debout à l'aube. Lorsque Sam et Annabelle se levèrent, le petit déjeuner était servi. Elle habilla sa fille, comme d'habitude ; aujourd'hui c'était le tour de Sam de la conduire à l'école. Fin prête, Alex annonça qu'elle partirait plus tôt. Elle avait une foule de choses à faire, un tas de détails à revoir avant l'ouverture du procès, mercredi, ainsi qu'une réunion avec Matthew Billings, afin de passer en revue les affaires les plus importantes. Brock Stevens serait là toute la journée, bien sûr, ainsi que deux nouveaux assistants.

— Je rentrerai tard, expliqua-t-elle à Sam, qui acquiesça.

Aussitôt, les grands yeux verts d'Annabelle se levèrent sur sa mère.

— Mais *pourquoi* ?

Elle détestait que l'un de ses parents fût absent, surtout Alexandra.

— A cause du procès, ma chérie. Tu sais bien, je dois aller à la cour parler avec M. le juge.

— Tu ne peux pas lui parler au téléphone ?

Alexandra la serra dans ses bras et déposa un baiser sur la chevelure soyeuse de son enfant. Elle essaierait de revenir le plus tôt possible, la rassura-t-elle.

— Et toi, sois sage à l'école, mon cœur. Je t'appellerai dans l'après-midi. D'accord ?

Un sourire détendit le joli minois d'Annabelle, mais les grands yeux verts restèrent sérieux.

— Et mon déguisement de Halloween ?

— Je m'en occuperai aujourd'hui. C'est promis.

Elle se sentait souvent tiraillée entre les exigences de sa carrière et sa vie de famille. Un deuxième enfant lui compliquerait l'existence, pensa-t-elle en passant son manteau de cachemire bleu sombre, mais tant pis ! Elle ne serait pas la seule dans ce cas.

Elle partit d'un pas tranquille. A cette heure matinale — il était à peine sept heures et demie — la circulation était fluide. Un taxi la déposa peu après devant le building qui abritait Bartlett et Baskin. Dans le hall, la pendule murale indiquait huit heures moins le quart ; avec un curieux petit pincement au cœur, elle se représenta Sam et Annabelle, seuls devant leur petit déjeuner. A huit heures, elle était en pleine séance de travail, et Brock Stevens venait de lui apporter une tasse de café. Vers dix heures et demie, elle poussa un soupir de satisfaction. Ils avaient tout examiné, tout vérifié. Pour la première fois, elle se sentit prête à assurer la défense de Jack Schultz.

— Bon... qu'y a-t-il d'autre ? interrogea-t-elle, le regard posé sur la liste interminable des autres affaires en cours, que Brock avait commencé à étudier.

Elle était en train de lui exposer les idées qui lui étaient venues pendant le week-end, quand la porte roula sur ses gonds. Élisabeth Hascomb passa la tête par l'entrebâillement. Alexandra leva la main à l'intention de sa secrétaire, signe qu'elle ne voulait être dérangée sous aucun prétexte. Aussi avait-elle relié sa ligne téléphonique au standard, et avait-elle déjà donné à Liz des instructions dans ce sens. La secrétaire ne battit pas en retraite, cependant.

— Une urgence ? demanda Brock.
— Liz, je vous ai demandé de ne pas nous interrompre ! lança Alexandra d'une voix tendue.
— Oui, je sais... je vous demande pardon... mais... bredouilla Liz.
Alexandra sentit un frisson de frayeur la parcourir.
— Quelque chose est arrivé à Sam ou à Annabelle ? (Puis, comme sa secrétaire faisait non de la tête :) Alors, je ne veux pas le savoir.
— Le Dr Anderson a appelé deux fois. Il veut que vous le rappeliez de toute urgence.
— Anderson ? Pour l'amour du ciel, Liz, ça peut attendre, non ? Je lui passerai un coup de fil après le déjeuner... ou plus tard, dès que j'aurai un moment.
— Il voudrait vous parler ce matin. Avant midi.
Il était déjà onze heures et demie. Liz esquissa un sourire gêné. Elle détestait importuner sa patronne en pleine séance de travail, mais le praticien avait tellement insisté ! Elle lui avait promis de passer son message. Alexandra lui jeta un coup d'œil irrité. L'espace d'un instant, elle se surprit à se demander si le docteur n'avait pas une mauvaise nouvelle à lui annoncer. Non, c'était impossible, elle refusait de s'alarmer. L'inquiétude céda le pas à l'agacement.
— Je l'appellerai dès que je pourrai. Merci, Liz !
La porte se referma. De nouveau, elle reprit sa liste, mais elle avait perdu le fil de ses pensées.
— Pourquoi ne téléphonez-vous pas à votre médecin tout de suite, Alex ? Cela doit être important, s'il a demandé à Liz de vous déranger.
— Ne soyez pas ridicule. Nous avons un travail fou.
— Une pause de quelques minutes ne nous ferait pas de mal. Je vais chercher du café pendant que vous l'appelez.
Elle s'apprêtait à refuser, mais ressentit une vague angoisse. *Cela doit être important*, avait dit Brock, et en y repensant,

elle conclut qu'il avait sans doute raison. Sinon, Liz ne l'aurait pas interrompue au beau milieu d'une réunion ; qui plus est, cette intrusion en pleine séance avait déconcentré tout le monde.

— C'est entendu, rapportez-moi donc une tasse de café. Revenez tous dans cinq minutes.

Brock sortit, suivi des deux assistants. Onze heures quarante ! Chaque minute comptait à la veille d'un procès. Elle saisit le combiné et composa le numéro d'Anderson. Sa standardiste la pria d'attendre un instant, et tandis qu'elle prêtait une oreille distraite à la musique qui s'égrenait dans l'écouteur, le premier soupçon fulgura. Et s'il avait vraiment une *mauvaise nouvelle* à lui annoncer ? Ce qui, une minute plus tôt, paraissait improbable prenait à présent l'allure d'une éventualité. La foudre en avait frappé d'autres.

— Alex ?

Anderson fut brusquement au téléphone, l'air affairé.

— Oui, John. Que se passe-t-il donc ?

— Passez me voir à midi, voulez-vous ?

Rien, pas le moindre indice ne transparaissait dans le ton parfaitement neutre de sa voix.

— Vous n'y songez pas. Après-demain, je plaide au tribunal. Je suis débordée. S'il y a un problème, dites-le-moi au téléphone.

— Je préfère vous voir. Essayez de faire un saut jusqu'à mon cabinet.

Où voulait-il en venir ? Sa main se crispa sur l'écouteur.

— Qu'est-ce qui ne va pas ? (Elle hésita une seconde, incapable de formuler le mot qui se dérobait.) Est-ce la mammographie ?

Cela pouvait-il être possible ? Les doigts experts du Dr Anderson n'avaient rien détecté de suspect, pas la moindre grosseur, pas le plus infime nodule. La réponse, lui sembla-t-il, tarda à venir, comme si, à l'autre bout du fil, le médecin hésitait.

— Nous en parlerons de vive voix.

A l'évidence, il n'en dirait pas plus, et soudain, elle n'eut nulle envie de le forcer.

— J'espère que la consultation ne sera pas longue.

Elle jeta un nouveau coup d'œil à sa montre. A l'heure du déjeuner, elle risquait d'être retardée par les embouteillages.

— Oh, je ne vous garderai pas plus d'une demi-heure. D'ailleurs, si vous pouviez venir tout de suite, ça m'arrangerait. Ma dernière patiente vient de s'en aller, et je dois filer à l'hôpital.

— J'arrive ! répondit-elle avec brusquerie.

Quand elle raccrocha, son cœur battait à tout rompre. Quelque chose ne tournait pas rond. Et elle avait maintenant hâte de savoir quoi. Elle s'empressa d'enfiler son manteau et passa la tête chez sa secrétaire.

— Dites à Brock et aux autres de profiter de mon absence pour déjeuner. Je reviens dans trois quarts d'heure.

— Tout va bien, Alex ?

— Oui, très bien. Commandez-moi un sandwich au poulet, s'il vous plaît.

« Elle est peut-être enceinte ! » pensa Liz, réjouie. Elle ne voyait aucune autre explication à une telle précipitation. Elle savait qu'Alexandra souhaitait ardemment un deuxième enfant, et que John Anderson était son gynécologue.

Dans le taxi qui longeait Park Avenue, Alexandra s'efforça de mettre de l'ordre dans ses pensées. Assaillie par un pressentiment funeste, elle se demanda pour la énième fois pour quelle raison le médecin l'avait appelée. A cause des résultats de la mammographie, sans doute, à moins qu'il ne s'agisse du frottis... Oh, Seigneur ! Si le test de dépistage avait révélé des lésions, comment pourrait-elle jamais concevoir une nouvelle fois ? Elle chercha fébrilement à se rassurer. Certaines de ses amies, après un traitement au laser ou une radiothérapie, avaient eu, par la suite, des enfants. Ses craintes n'auraient bientôt plus de raison d'être. Oui, dans quelques minutes, elle saurait que sa vie n'était pas en danger, et qu'elle pourrait enfanter.

Elle arriva chez son médecin rapidement, pénétra dans la salle d'attente vide d'un pas vif. La secrétaire la fit passer aussitôt dans le bureau du praticien. Il était assis derrière son vaste bureau, vêtu d'un costume au lieu de sa blouse blanche habituelle. Lorsqu'il la vit, il afficha une expression solennelle.

— Bonjour, John, souffla-t-elle, un peu haletante, en se laissant tomber dans un fauteuil, sans ôter son manteau.

— Merci d'être venue, dit-il. Il le fallait. Je voulais vous en parler personnellement.

— C'est le frottis ?

A nouveau, son cœur s'emballait. Ses paumes étaient moites, ses doigts se crispaient nerveusement sur son sac. Il secoua la tête.

— Non... la mammographie.

Elle le regarda sans comprendre. C'était impossible. Elle n'avait jamais eu la moindre alerte. Pas de kyste. Rien d'anormal...

Il avait placé deux clichés sur un écran lumineux, et indiquait le premier, une vue de face, avant de désigner le second, le cliché du sein vu de profil. Elle porta son attention sur la fine pellicule transparente, qui lui sembla aussi mystérieuse que la carte géographique d'une planète inconnue. Mais déjà, le praticien se tournait vers elle, le front plissé.

— Il y a une ombre, là, déclara-t-il, et elle crut apercevoir, en effet, une sorte d'étoile diffuse sur la radiographie. Une masse assez compacte. Et profonde. Bien sûr, ça pourrait provenir d'un certain nombre de choses, mais le radiologue est inquiet, et moi aussi, je ne vous le cache pas.

— Qu'entendez-vous par un certain nombre de choses ? murmura-t-elle, consternée.

Une masse... compacte... profonde... Comment ne s'en était-elle pas aperçue ?

— Je veux dire qu'on ne peut encore présumer de rien. Mais, compte tenu de sa taille et de sa forme, nous craignons que ce soit une tumeur, Alex.

— Oh, mon Dieu !

Pas étonnant qu'il ait été aussi discret au téléphone ! Et qu'il ait tellement insisté pour la voir. Elle eut l'impression que le sol se dérobait et crut qu'elle allait s'évanouir.

— Qu'est-ce que ça signifie, au juste ? Que va-t-il se passer maintenant ? interrogea-t-elle d'une voix angoissée, blanche comme un linge.

— Nous allons procéder à une biopsie, le plus vite possible, répondit Anderson avec douceur.

— Le procès débute dans deux jours. Ne puis-je attendre la fin de l'instruction ?

L'espoir absurde que, d'ici là, l'ombre disparaîtrait sans laisser de traces s'évanouit presque aussitôt.

— Non, Alex.

— Je ne peux pas laisser tomber mon client. Ce n'est pas une question de quelques jours, tout de même...

Et si c'était le cas ? Horrifiée, elle scruta le visage empreint de gravité de son vis-à-vis. Mais qu'était-il en train de lui annoncer ? Qu'elle allait mourir ? Elle se mit à trembler de peur.

— Quelques jours ne changeront rien, bien sûr, articula-t-il, en pesant chaque mot. Mais pas trop longtemps. Faites-vous faire la biopsie. Ensuite, à la lumière du diagnostic, vous prendrez une décision.

Oh, Seigneur ! Tout cela paraissait si compliqué... si effroyable... et si horrible !

— Vous ne pouvez pas pratiquer la biopsie vous-même ?

Le désespoir fondit sur elle d'un seul coup. La ronde infernale des mots, jusqu'alors inconnus, poursuivit sa folle sarabande dans son esprit enfiévré. *Tumeur... diagnostic... biopsie...* Elle s'étonna d'avoir presque oublié la panique qui l'avait envahie le jour de la mammographie. Le pire était arrivé. Un coup de tonnerre dans un ciel d'azur.

— Ceci n'est pas de mon ressort, Alex, dit-il, presque à regret. Vous avez besoin d'un chirurgien.

Il avait saisi une feuille blanche pour y inscrire quelque chose. Une demi-heure s'était écoulée depuis son arrivée, mais elle ne bougea pas. Le cours de son existence venait de changer radicalement et elle n'était pas prête à partir... Il lui tendit le feuillet blanc, qu'elle prit machinalement. Trois noms y figuraient, ceux de deux hommes et d'une femme.

— Contactez-les de ma part. Tous les trois sont d'excellents chirurgiens.

Chirurgiens ! Elle fondit soudain en larmes, incapable de se contrôler.

— Je n'ai pas le temps ! hurla-t-elle, terrifiée. Je dois assurer la défense d'un client, j'ai des responsabilités, des...

Elle s'interrompit, à bout de souffle. Emplis d'effroi, ses yeux cherchèrent à accrocher le regard d'Anderson.

— Pensez-vous que ce soit une tumeur maligne, docteur ?

— C'est possible, répondit-il avec franchise. La biopsie nous le dira, après quoi vous pourrez agir.

— C'est-à-dire ?

— Si les résultats s'avèrent positifs, votre chirurgien vous indiquera la marche à suivre. Naturellement, ce sera à vous de décider.

— Décider quoi ? si oui ou non j'accepte de sacrifier un sein ? questionna-t-elle d'une voix blanche.

— Écoutez, Alex, n'anticipons pas. Nous n'en savons rien, encore.

Il essayait gentiment de la calmer, mais ses tentatives ne firent qu'accroître sa détresse.

— Nous en savons assez. Il y a une ombre sur mes radios, que vous avez définie comme une « masse compacte et profonde », et qui vous inspire les plus vives inquiétudes. Cela veut dire que je risque de perdre un sein, n'est-ce pas ?

Elle le poussait dans ses derniers retranchements, comme elle avait l'habitude de le faire au tribunal, lors de ses célèbres contre-interrogatoires.

— Oui, peut-être, admit-il tranquillement.

Il en était désolé. Il éprouvait une profonde sympathie à l'égard d'Alex, et savait que la perte d'un sein était un choc terrible.

— Et après ? plus de sein, plus de problème ?

— Pas forcément. Tout dépendra de la nature de la tumeur, de sa malignité, et de son stade d'évolution... si elle est bien localisée, si elle a infiltré vos ganglions lymphatiques ou encore si elle a affecté d'autres organes... Il se peut que vous ayez besoin d'une mastectomie, d'une ablation des ganglions axillaires, d'une chimiothérapie ou d'une radiothérapie. Je n'en sais rien. Et je ne peux rien affirmer avant qu'il y ait eu prélèvement du tissu concerné. Alex, je sais combien vous êtes occupée mais, à vrai dire, je m'en fiche. Trouvez le temps de contacter ces chirurgiens.

— C'est urgent à ce point ?

— Finissez-en avec votre procès, à condition qu'il ne dure pas plus d'une semaine, quinze jours maximum. Entretemps, prenez date pour la biopsie.

Son regard balaya la liste des noms, avant de se poser à nouveau sur le praticien.

— Lequel, à votre avis ?

— Ils sont tous très compétents. Je vous recommande,

toutefois, plus particulièrement le Dr Peter Herman. C'est un grand spécialiste qui ne manque pas de psychologie. Bref, il est assez humain, pour un chirurgien, acheva-t-il dans un sourire plein d'humour qu'elle ne remarqua pas.
Elle inclina la tête, encore incrédule.
— Très bien. Je l'appellerai demain.
— Pourquoi pas cet après-midi ? insista-t-il.
Il ne voulait pas qu'elle utilise son travail comme un prétexte. Il fallait agir vite, avant qu'elle ne se mette à nier la réalité.
— Oui, d'accord, cet après-midi.
Ses épaules s'étaient voûtées, comme sous le poids d'un fardeau écrasant. Soudain, en proie à une nouvelle angoisse, elle le dévisagea, affolée.
— Et si je suis tombée enceinte ce week-end ? Si j'attends un bébé et que je suis atteinte d'une tumeur maligne ?
— Nous aviserons alors. Vous aurez les résultats du test de grossesse et de la biopsie pratiquement en même temps.
— Et si tous deux s'avèrent positifs ? s'écria-t-elle d'une voix stridente qu'elle ne se connaissait pas.
Allait-elle devoir aussi sacrifier son bébé ?
— Dans ce cas, des priorités s'imposent. Votre vie passe avant tout, il me semble.
— Oh, mon Dieu... murmura-t-elle, le visage dans ses mains, oh, mon Dieu... John, à votre avis, les hormones y sont pour quelque chose ?
Un doute affreux la terrassa. S'était-elle inoculé la mort en essayant de donner la vie ?
— Franchement, non, je ne crois pas. Téléphonez donc à Peter Herman. Voyez-le dès que possible. Procédons avec méthode, voulez-vous ?
Cela semblait raisonnable. Mais pouvait-on se montrer raisonnable, devant le spectre hideux de la mort ? Pouvait-on procéder avec méthode, lorsque deux vies étaient en jeu ?

Obscurément, ses pensées allaient à Sam... Sam à qui elle annoncerait, tout à l'heure, la catastrophe. Elle avait peine à y croire. Pourtant, c'était là. L'ombre fatale sur la pellicule translucide. L'étoile sombre qu'elle distinguait clairement à présent sur l'écran luminescent, aussi évidente que la pitié qu'elle pouvait lire dans les yeux de John Anderson. Enfin, elle trouva la force de se redresser.

— Je suis navré, Alex, dit-il tristement. N'hésitez pas à m'appeler si vous en éprouvez le besoin. Tenez-moi au courant de vos démarches.

— Oui, bien sûr...

Il glissa les radiographies dans une enveloppe brune qu'il lui tendit, afin qu'elle les montre au chirurgien.

Elle se retrouva dans la rue où le soleil d'octobre répandait une lumière éclatante. Elle leva machinalement le bras pour héler un taxi. Un étrange engourdissement alourdissait ses membres. Tel un automate, elle se glissa sur la banquette arrière, lança l'adresse de son bureau au chauffeur, d'une voix qu'elle ne reconnut pas. Tandis que la voiture roulait, elle s'efforça en vain d'oublier tous ces termes affreux, *mastectomie, ablation des ganglions, chimiothérapie*. Chaque phrase du docteur s'était gravée au fer rouge dans sa mémoire. Elle se souvint avoir lu un article à ce sujet, dans une revue médicale : des femmes qui ne pouvaient plus lever le bras, celles que le cancer tuait chaque année. Le temps était compté... Le temps avait amorcé une courbe inexorable... Ses yeux restaient secs. Brûlants. Elle fixait le vide, incapable de réaliser ce qui lui était arrivé. Incapable d'en comprendre la signification.

Au bureau l'équipe au complet l'attendait. Liz, Brock, une stagiaire, les deux assistants. Elle s'était absentée plus d'une heure, mais personne ne fit la moindre remarque. Liz avait commandé le sandwich au poulet, de fines tranches dans du pain blanc, mais elle n'y toucha pas. Brock remarqua son visage décomposé. Il garda le silence, comme les autres. Ils travaillèrent jusqu'à six heures de l'après-midi. Lorsqu'ils furent seuls, il ne put s'empêcher de demander :

— Comment vous sentez-vous, Alex ?

Il avait eu tout le loisir de l'observer pendant la réunion et il avait vu ses mains trembler chaque fois qu'elle lui avait passé un document.

— Très bien, pourquoi ?

Elle avait adopté un air détaché, un ton calme, qui ne le trompa pas. Il était trop fin pour ça.

— Vous paraissez épuisée... Cessez donc de brûler la chandelle par les deux bouts, Alex. Que vous a dit votre médecin ?

— Oh, rien d'important. Il voulait me communiquer les résultats d'un test. Ils ne le font jamais par téléphone. Il y avait du monde, j'ai dû attendre. C'est ridicule ! Il aurait pu me les envoyer par la poste, ce qui nous aurait évité une regrettable perte de temps.

Il n'en crut pas un mot. « Pourvu que ce ne soit pas grave ! » pria-t-il. Le procès débutait le surlendemain, elle aurait besoin de toute son énergie. En tant qu'avocate de la défense, elle allait subir seule une pression incroyable. Il n'osa pas la questionner plus avant, de peur de se montrer indiscret, mais remarqua :

— Vous devriez rentrer chez vous, maintenant.

Elle indiqua une pile de dossiers sur son bureau.

— Je n'ai pas fini.

Elle avait décidé de remettre au lendemain matin son appel au Dr Herman.

— Puis-je vous aider ? Pourquoi ne pas aller vous reposer ?

Alexandra secoua la tête, et il sortit. Elle téléphona chez elle. Ce fut Annabelle qui décrocha.

— Tu m'avais dit que tu m'appellerais cet après-midi, reprocha-t-elle, boudeuse.

La culpabilité la terrassa. Elle avait complètement oublié sa promesse.

— Je sais, ma chérie, mais je n'ai pas eu une minute à moi.

— C'est pas grave, maman.

La petite fille se lança dans le récit de son après-midi avec Carmen, d'une voix enjouée qui fit naître un sentiment de jalousie dans le cœur d'Alexandra. Et puis, comment expliquait-on à un bout de chou de trois ans et demi qu'on ne rentrait pas dîner ce soir ?

— Je peux t'attendre ? demanda Annabelle d'une voix pleine d'espoir.

— Je rentrerai trop tard, mon lapin. Je viendrai t'embrasser dans ton lit. Et je te réveillerai demain, comme d'habitude, d'accord ? Je vais avoir beaucoup de travail cette semaine, et la semaine suivante. Mais après, nous serons tout le temps ensemble, au déjeuner comme au dîner.

— Alors tu me conduiras à mon cours de danse ?

— Non, ma chérie. Nous en avons parlé, tu t'en souviens ? Je dois aller discuter avec M. le juge pendant une quinzaine de jours.

— Tu ne peux pas lui demander de te laisser rester à la maison ?

— J'aimerais bien mais ce n'est pas possible, mon ange, dit-elle, en priant pour que l'ombre sur les radiographies ne soit pas une tumeur maligne. Papa n'est pas rentré ?

— Si. Il dort.

— Déjà ?

Il était sept heures du soir.

— Il s'est endormi devant la télévision. Carmen dit qu'elle restera jusqu'à ce que tu rentres.

— Passe-la-moi, s'il te plaît. Et... Annabelle... (Les larmes

lui piquèrent soudain les yeux en imaginant la jolie petite frimousse criblée de taches de son. Et si elle mourait ? Si Annabelle perdait sa maman ?) N'oublie pas que je t'aime, murmura-t-elle.
— Moi aussi je t'aime, maman. A plus tard.
— Fais de beaux rêves, mon trésor.
La voix de la gouvernante remplaça alors celle de la fillette. Alexandra la pria de partir après avoir couché Annabelle. Elle n'aurait qu'à réveiller Sam, avant de s'en aller.
— Je n'ose pas, madame Parker. Je peux rester, si vous voulez.
— Voyons, Carmen, c'est inutile. Secouez donc un peu M. Parker. Il ne vous en voudra pas.
— Oui, entendu. A quelle heure rentrerez-vous ?
— Pas avant dix heures. J'ai encore mille choses à faire.
Pourtant lorsqu'elle raccrocha, elle demeura un long moment immobile, les yeux fixés sur le téléphone, avec la pénible sensation qu'elle les avait déjà perdus. On aurait dit qu'un rideau de ténèbres les avait tout à coup séparés. Ils étaient vivants, bien portants, et elle allait peut-être mourir... *Mourir !* Aussi incroyable que cela puisse paraître. Mais l'espoir subsistait, telle une vive lueur dans l'obscurité. Elle ne se sentait pas malade, après tout. Aucun symptôme alarmant ne s'était manifesté. Enfin, qu'avait-elle vu au juste ? Rien de tangible. Une ombre sur un cliché. Une tache sombre sur une surface claire. Quelque chose de secret et de caché, qui pouvait néanmoins la tuer, selon le Dr Anderson. Hier encore, elle était la plus heureuse des femmes. L'avenir lui paraissait aussi éclatant qu'un ciel pur, et aujourd'hui, des nuages sombres avaient envahi l'azur. Hier, elle essayait de faire un enfant, et maintenant, sa propre vie était en danger. De nouveau, la peur la tétanisa. Les pilules d'hormones avaient sûrement détraqué son système nerveux, songea-t-elle, sachant au fond qu'elle s'efforçait de se rassurer.

Brock réapparut vers vingt et une heures. Le sandwich au poulet était toujours sur le bureau, intact, nota-t-il aussitôt. Elle avait avalé plusieurs tasses de café noir, et buvait maintenant un grand verre d'eau fraîche.
— Vous n'avez rien mangé !
Il lui trouva une mine de papier mâché.
— Je n'ai pas faim. En fait, j'ai oublié mon sandwich. J'étais trop occupée.
— Objection, votre honneur. C'est une piètre excuse. Vous ne viendrez pas à bout de l'affaire Schultz à jeun.
— Objection retenue, je grignoterai un morceau plus tard, à la maison. (Un début de sourire s'effaça, et elle leva sur lui un regard anxieux :) Brock, je suppose que vous êtes capable de me remplacer, si c'était nécessaire.
— Peut-être. Mais M. Schultz vous a choisie pour le défendre, et il me verrait sûrement d'un œil hostile si je devais vous remplacer. Vous êtes son avocate, Alex, c'est avec vous qu'il veut se battre.

C'était exactement ce qu'elle avait déclaré tout à l'heure à Anderson. Un tas de personnes dépendaient d'elle, elle ne pouvait pas les abandonner... ses clients, bien sûr, mais aussi Sam et Annabelle, se dit-elle, en ravalant de nouvelles larmes. L'enveloppe qui contenait les radiographies gisait sur son bureau, comme une menace omniprésente.
— Rentrez chez vous, dit-il gentiment. Je finirai de classer les dossiers. Ayez confiance, tout ira bien.

Elle hocha la tête avec lassitude. Il était inutile d'insister. La fatigue lui tomba dessus d'un seul coup. Elle se sentit brisée comme après une chute. Pour la première fois depuis le début de sa carrière, elle oublia d'emporter son attaché-case, mais Brock ne le lui rappela pas. Il se contenta de la regarder, alors qu'elle sortait de la pièce, plein de compassion. « Ça n'a pas l'air d'aller. Quelque chose ne tourne pas rond, et je ne peux pas l'aider. »

Dans le taxi qui la ramenait à la maison, elle appuya la tête contre le dossier de cuir, les tempes bourdonnantes. Parvenue à destination, elle régla la course, les yeux mornes, avant de gravir les marches du perron d'un pas incertain. Dans l'ascenseur, elle se demanda comment elle allait annoncer la mauvaise nouvelle à Sam. Ce serait un coup terrible, pour lui aussi... pour eux... pour Annabelle.

Elle entra dans l'appartement comme une somnambule. Assis devant la télévision, il l'accueillit d'un sourire chaleureux. Il portait encore sa chemise blanche sur un vieux jean, et sa cravate traînait sur la table basse.

— Ah, ma chérie, te voilà. Oooh, dure journée, on dirait, s'exclama-t-il, tandis qu'elle s'affalait pesamment sur le canapé, à son côté. (Puis, voyant ses yeux brillants de larmes :) Mon pauvre bébé, tu es à bout. Ces satanées pilules te mettent les nerfs en pelote.

Il l'avait attirée dans ses bras, et elle s'était accrochée à lui, comme une noyée.

— Tu as l'air éreintée, remarqua-t-il avec sollicitude. Tu t'inquiètes trop pour ce procès.

Il avait raison. Les pilules d'hormones l'épuisaient... A moins que... mais elle refusa d'y penser.

— Oui, c'est vrai, je me fais trop de souci. Mon Dieu, j'ai eu une journée harassante.

— Et cela se voit. As-tu mangé ?

— Je n'avais pas faim.

— Ah, bravo ! Crois-tu que tu pourras tomber enceinte, si tu t'affames ? Allez, debout ! Je vais préparer une omelette.

Il essaya de la tirer hors du canapé, sans y parvenir.

— Non, merci, je ne pourrai pas avaler une bouchée. Allons plutôt nous coucher.

Son corps épuisé aspirait au repos. Elle voulait juste embrasser Annabelle, avant de s'étendre près de Sam, longtemps. Très longtemps. Pour toujours.

— Quelque chose ne va pas ?

Il ne l'avait jamais vue aussi pâle. Aussi défaite. Mais elle ne répondit rien. Après s'être péniblement redressée, elle se dirigea vers la chambre de leur fille. Elle resta un moment à son chevet, à contempler la petite figure, les yeux clos festonnés de cils d'or bruni, et enfin se pencha pour l'embrasser. Sam l'attendait dans leur chambre. Il semblait franchement inquiet à présent, mais elle n'y fit pas attention. Avec des gestes lents, elle se dévêtit, enfila sa chemise de nuit, disparut dans la salle de bains d'où elle ressortit presque aussitôt. Elle s'était juste brossé les dents, trop lasse pour prendre une douche ou même passer un peigne dans ses cheveux. Elle s'allongea près de Sam, triste et silencieuse, cherchant désespérément comment lui annoncer la nouvelle.

— Ma chérie, que se passe-t-il ? Est-il arrivé quelque chose au bureau ?

Elle prenait son travail trop à cœur. Qu'un client soit inquiet, et elle partageait son tourment. C'était sûrement un problème de ce genre, qui l'avait mise dans cet état... Mais il la vit secouer la tête.

— Anderson m'a rappelée ce matin, dit-elle d'une voix à peine audible.

— Et puis ?

— Je suis allée le voir.

— A quel sujet ? Ne me dis pas que tu voulais savoir si tu étais déjà enceinte, sourit-il.

De nouveau elle se tut, incapable de formuler l'atroce vérité. Il fallait que ça sorte. Il devait savoir.

— Il y a une ombre sur la mammographie, souffla-t-elle, mais ses paroles, qui sonnèrent comme un glas à ses propres oreilles, ne parurent pas impressionner Sam.

— Et alors ?

— Il se pourrait que ce soit une tumeur.

— Il se *pourrait*. Ce qui veut dire que ton Anderson n'en

sait rien. Il se pourrait aussi que les Martiens nous envahissent cette nuit, mais le feront-ils ? J'en doute, comme je doute que la fameuse ombre soit vraiment une tumeur.

Sa façon d'aborder le problème eut le don de rasséréner Alexandra. Pendant un instant, elle s'était affolée, croyant que son corps l'avait trahie. Vue sous un autre angle, la question semblait plus simple. Plus réaliste. Moins effrayante en tout cas. Peut-être que Sam avait raison. Peut-être avait-elle eu une réaction trop primaire.

— Oui, ils n'en savent pas plus, convint-elle. Oui, si ça se trouve, ce n'est pas grand-chose. Anderson voudrait que je me fasse faire une biopsie. Je n'ai pas eu le temps de contacter le chirurgien qu'il m'a indiqué. J'essaierai de l'appeler demain. Sinon, il faudra attendre la fin du procès.

— Est-ce qu'il pense que ça ferait une différence ?

— Non, pas vraiment, fit-elle, se sentant mieux tout à coup. Mais il prétend qu'il faut se dépêcher.

— Autrement dit, il n'y a pas le feu. La plupart du temps, ces gars-là ne songent qu'à se protéger. A cause de toutes ces poursuites pour faute professionnelle contre le corps médical, ils préfèrent envisager le pire, afin que leurs patients n'aillent pas dire, après coup, qu'ils n'ont pas été informés. Ensuite, si les résultats sont bons, tout le monde est content. Et peu importe s'ils vous ont fichu une frousse bleue en attendant. Enfin, Alex, pour l'amour du ciel ! Tu es juriste, tu devrais être au courant. Ne te laisse pas intimider par ces guignols !

Un sourire effleura les lèvres d'Alexandra, qui regarda son mari avec un regain d'optimisme. Il avait su trouver les mots justes pour la réconforter. Il n'avait pas cédé à la panique... Lui aussi lui souriait tendrement. A l'évidence, il ne la croyait pas malade. Il ne semblait absolument pas inquiet. Au contraire, il lui avait remis les idées en place. Et il avait raison, réalisa-t-elle soudain, délivrée de son angoisse. Même un médecin de la renommée de John Anderson devait se méfier comme de la peste des procès pour faute ou négligence professionnelle qui, ces derniers temps, avaient mis plusieurs de ses confrères sur la sellette.

— Selon toi, que dois-je faire ?

— Agir à ton propre rythme. Commencer ton procès, puis faire ta fameuse biopsie. Surtout rester calme. Ne permets pas à ces gens de te terroriser. Je parie tout le bénéfice de mon prochain contrat que tu n'as rien de grave. Une ombre sur une radiographie n'est jamais, à première vue, qu'une ombre. Bon sang, Alex, regarde-toi, tu es en pleine forme. Du moins tu le serais si tu te nourrissais correctement et si tu te reposais un peu plus.

Elle l'écoutait en hochant la tête. Oh, cher, cher Sam ! Les fantasmes les plus morbides, les pressentiments les plus sinistres, reculaient devant son sens des réalités. Il avait vu juste, se répéta-t-elle. Oui, oui, il avait très certainement raison. Quelque chose se dénoua en elle, et elle poussa un soupir de soulagement. Lorsqu'il éteignit la lampe de chevet, elle se sentait immensément mieux. Elle fut tirée de son sommeil paisible, le lendemain matin, par une inquiétude sournoise. Elle rouvrit les yeux sur le décor familier de leur chambre, avec la sensation bizarre qu'un changement s'était produit ; puis les souvenirs de la veille l'assaillirent, et à nouveau elle ressentit ce sentiment d'abandon que l'on éprouve devant un désastre imminent. Mais les paroles rassurantes de Sam lui revinrent en mémoire. Aussitôt, son moral remonta.

Peu après, elle réveilla Annabelle avant de préparer le petit déjeuner. La conversation roula sur Halloween. La veille, Liz avait dressé une liste de déguisements possibles : citrouille, princesse, ballerine, infirmière. La petite fille choisit sans hésiter le costume de princesse.

— Oh, maman, je t'adore ! s'exclama-t-elle en entourant la taille d'Alexandra de ses bras fluets.

— Moi aussi, mon trésor, répondit-elle, tout en lui servant des pancakes au sirop d'érable.

Elle se sentait à l'abri du danger. Annabelle était heureuse, Sam l'avait convaincue que l'ombre sur les radios n'était qu'une fausse alerte. De toutes ses forces, elle s'accrochait à cette interprétation. Elle se jura d'appeler sa fille à midi et embrassa Sam avec ferveur.

— Merci pour tes bons conseils, mon chéri.

— De rien. Si tu m'avais appelé hier, au lieu de paniquer, je t'aurais tenu les mêmes propos.

— Je sais. J'ai réagi de façon un peu excessive. Par moments, je suis bête, et tu le sais !

Au bureau, Brock l'attendait, ainsi que le reste de l'équipe. Puis elle se rendit à une réunion avec Matthew Billings, et il était onze heures et quart lorsqu'elle se souvint du chirurgien que le Dr Anderson lui avait recommandé. Elle s'obligea à l'appeler.

— C'est à quel sujet ? demanda une voix impersonnelle.

Elle expliqua qu'elle venait pour une biopsie. Tandis qu'elle attendait que le Dr Herman vienne en ligne, Brock entra, et elle regretta de n'avoir pas fermé sa porte à clé. Son assistant prit un dossier et s'éclipsa, alors que la voix sérieuse, distante, presque froide du médecin retentissait dans l'écouteur. Alexandra décrivit l'ombre sur le cliché de la mammographie.

— Le Dr Anderson s'en inquiète. Il m'a conseillé de m'adresser à vous.

— Je suis au courant, madame Parker. Il m'a téléphoné ce matin. Vous devez faire une biopsie, en effet. Le plus vite possible, ainsi que le Dr Anderson a dû vous le signaler.

« Surtout ne pas se laisser terroriser », avait dit Sam.

— Oui, il me l'a dit, répondit-elle en se forçant au calme, un peu effrayée tout de même. Écoutez, docteur, je suis avocate, j'ai un procès qui commence demain. Je pensais venir vous voir dans huit ou dix jours.

— Ce serait une décision bien imprudente, affirma-t-il avec brusquerie, balayant d'un seul coup les affirmations de Sam.

« Encore un qui se méfie des poursuites pour faute professionnelle », se dit-elle.

— ... Pourquoi ne pas venir me voir aujourd'hui ? Ainsi, nous saurions à quoi nous en tenir, enchaîna le médecin. Nous pourrions envisager la biopsie la semaine prochaine. Cela vous convient-il ?

— Euh... oui... mais je ne crois pas que j'aurai le temps, aujourd'hui, car le procès débute demain...

Elle se répétait. La peur insidieuse qu'elle avait cru surmonter avait repris le dessus.

— Quatorze heures, ça vous va ? insista-t-il.

Ne lui laisserait-on donc pas de répit ?

— Oui... pour... pourquoi pas, bredouilla-t-elle, incapable de le contrer.

Heureusement, son cabinet n'était pas loin.

— Venez avec une amie, si vous le désirez.

— Pourquoi ? demanda-t-elle, sans dissimuler sa surprise. Depuis quand passait-on une visite médicale en compagnie d'amis ?

— Certaines femmes, confrontées à des situations difficiles, ainsi qu'à une trop grande quantité d'informations, se troublent.

— Vous êtes sérieux ? Je suis avocate, comme je vous l'ai déjà signalé, docteur. Je suis donc confrontée à des situations difficiles toute la journée. Je reçois plus d'« informations » par jour que vous en une année.

— Sauf qu'elles ne concernent pas votre santé. Même des médecins perdent pied, quand ils doivent faire face à une tumeur maligne.

— Nous ne pouvons pas encore parler de malignité, n'est-ce pas ?
— Non, en effet. Je vous attends à quatorze heures.
Elle n'osa refuser.
— A tout à l'heure, dit-elle, avant de raccrocher, furieuse.
Le traitement hormonal et le fait que le Dr Herman puisse être porteur d'une mauvaise nouvelle lui mettaient les nerfs en boule. Elle écrasa l'un des boutons de l'interphone. Un instant après, la jeune stagiaire apparut. Alexandra la chargea d'une mission singulière. Elle lui confia la liste du Dr Anderson en la priant d'effectuer des recherches sur les trois spécialistes qui y figuraient. Elle voulait tout savoir sur eux, jusqu'au moindre détail : les échecs, les succès, leur place au sein de leur profession.
— Renseignez-vous le plus possible. Appelez les hôpitaux où ils exercent, la faculté de médecine, l'ordre des médecins. Et n'en parlez à personne, est-ce clair ?
— Oui, madame Parker.
Deux heures plus tard, elle revint avec la fiche signalétique de Peter Herman. Spécialiste du cancer du sein, il était considéré comme une sommité du monde médical et jouissait auprès de ses confrères d'une réputation sans faille. Toutefois, sa froideur et sa réserve mettaient fréquemment ses patientes mal à l'aise. D'après les informations qu'elle avait pu obtenir, les deux autres médecins, presque aussi réputés que le Dr Herman, étaient encore plus déplaisants avec les malades.
— Ah, j'oubliais. Herman discute plus volontiers avec les médecins qu'avec les patients.
C'était sans doute la raison pour laquelle Anderson l'avait recommandé en premier.
— Du moins, il a l'air de connaître son métier, même s'il n'est pas le prince charmant, soupira Alex. (Puis, après avoir remercié la jeune femme :) Continuez votre enquête en ce qui concerne les autres.

Elle fit appeler un taxi. Tout en se dirigeant vers le cabinet médical, elle brossa le bilan de la situation. Deux avis s'affrontaient : celui de son obstétricien, inquiétant, et celui de son mari, plus rassurant, et auquel elle préférait se rallier, même si elle n'y croyait pas vraiment.

Mais le Dr Peter Herman mit fin à son semblant d'optimisme. A la vue des clichés, il déclara qu'il n'y avait aucun doute. Elle avait bien une tumeur au sein et sa forme indiquait qu'il s'agissait certainement d'une tumeur maligne. Naturellement, l'examen histologique confirmerait tout cela mais d'ores et déjà, il pouvait avancer un diagnostic. *Cancer !* Le mot tomba comme un couperet. Le reste dépendrait du stade d'évolution de la maladie, le degré d'infiltration des tissus voisins, la présence ou non de métastases. Il s'exprimait d'un ton docte et froid, dépourvu de toute émotion.

Stade d'évolution... infiltration... métastases... Alexandra passa la main sur son front comme pour effacer l'écho de ces mots affreux.

— Ce qui veut dire ?

— Nous le saurons quand nous aurons effectué l'analyse. Au mieux, vous aurez une tumorectomie, c'est-à-dire une ablation de la tumeur, au pire une mastectomie totale avec curage ganglionnaire. La chirurgie constitue généralement le premier traitement envisagé.

Ce disant, il déploya un graphique couvert de lettres, de chiffres et de courbes, auquel elle ne comprit strictement rien. Il n'avait pas tort lorsqu'il lui avait demandé de venir accompagnée. Elle nageait en pleine confusion.

— L'opération suffira-t-elle à enrayer la maladie ? demanda-t-elle d'une voix étranglée.

— Cela dépendra de l'extension de la tumeur. D'habitude, on associe à la chirurgie une chimiothérapie ou des séances de rayons, afin d'éviter les récidives.

Un gouffre noir menaçait de l'engloutir. Un désespoir

abyssal l'ensevelit. Chimiothérapie, radiothérapie *et* ablation du sein. Et pourquoi pas une balle dans la tête ? Pourquoi ne la tuait-on pas tout de suite ? Où était donc passé Sam et qu'était-il advenu de son optimisme et de ses affirmations à propos de praticiens redoutant la faute professionnelle ? Qu'avait-il dit exactement ? Elle ne s'en souvenait plus. Soudain, c'était cet inconnu, ce Dr Herman, qui représentait la réalité. Une réalité si horrible qu'elle n'arrivait plus à la cerner.

— Comment procéderez-vous ?

— D'abord la biopsie. Sous anesthésie générale, compte tenu de la profondeur de la tumeur. Ensuite, ce sera à vous de prendre l'une ou l'autre décision.

— Ai-je le choix ?

— Oui, théoriquement. Bien qu'il n'y ait pas un nombre infini d'options. Mais quoi qu'il en soit, il me faut votre accord.

— Pourquoi ? C'est vous le médecin, non ?

— Mais c'est de vous qu'il s'agit, madame Parker. Si vous voulez mon avis, je suggère toujours la mastectomie. C'est plus sûr, voyez-vous. Plus tard, vous aurez la possibilité de recourir à la chirurgie plastique pour vous faire refaire un sein.

On eût dit qu'il parlait d'une roue de secours dans le coffre d'une voiture, et pas d'un sein, d'une partie de son corps. Elle ignorait que sa préférence pour les mastectomies était à l'origine de sa réputation de médecin conservateur.

— Faites-vous la biopsie et la mastectomie en même temps ?

— Normalement non. Mais si vous le souhaitez, c'est envisageable. Vous semblez être une dame très occupée, et nous gagnerions du temps, si toutefois vous m'accordez votre confiance. Encore une fois, tout dépendra des résultats de l'examen histologique.

Elle hocha la tête, songeuse, comme engourdie, puis une autre pensée jaillit dans le vide de son esprit.

— Et si j'étais enceinte ?

— C'est quelque chose de possible ? demanda-t-il d'un ton surpris qu'elle ressentit comme une insulte.

Pensait-il qu'elle n'était plus assez jeune pour avoir des enfants ? qu'à son âge on n'avait que des tumeurs ?

— Je prends du Sérophène depuis trois ans, docteur.

— En ce cas, il faudra interrompre votre grossesse, j'en ai peur. On ne peut pas prendre le risque d'attendre huit ou neuf mois. Votre mari et votre famille ont besoin de vous, madame Parker, plus que d'un autre bébé.

L'espace d'un instant, le vertige la saisit. Son cœur cessa de battre. Les mots implacables formaient des phrases aussi tranchantes que la pointe acérée du bistouri, qui bientôt s'enfoncerait dans sa chair. Elle demeura prostrée pendant un long moment, parfaitement immobile. En un seul jour, sa vie venait de basculer dans le cauchemar. Et cet homme, indifférent aux affres dans lesquelles elle se débattait désormais, poursuivait, imperturbable, son terrifiant discours.

— ... programmer la biopsie pour la semaine prochaine. Prenons date pour un rendez-vous préalable, afin de discuter des différentes options.

— Il n'y en a pas beaucoup, il me semble.

— Non, admit-il. Mais nous devons avant tout pratiquer l'analyse des tissus atteints. Ensuite, nous verrons. Sachez toutefois que je préconise l'ablation, dans les cas de cancers précoces. Je veux sauver votre vie, madame Parker, pas votre sein. C'est une question de priorité. Si vous êtes affectée d'une tumeur maligne, il faut réagir d'une manière radicale. Je défends, certes, une position que d'aucuns qualifient de conservatrice, mais qui a fait ses preuves. Des opérations dites moins mutilantes se soldent souvent par un désastre. Une mastectomie totale constitue la plupart du temps l'unique recours contre la maladie ; intervention à laquelle on associe généralement une chimiothérapie, qui débute quatre semaines plus tard. Il faut se montrer agressif avec le cancer, si l'on souhaite gagner la partie. Cela peut vous paraître effrayant aujourd'hui, mais après six ou sept mois de traitement, vous en serez débarrassée, du moins je l'espère.

— Et après ? Pourrai-je... (Sa phrase resta en suspens un instant :) Avoir un enfant ? parvint-elle à achever.

Il s'accorda une minute de réflexion. D'autres patientes lui avaient posé la même question. Des femmes plus jeunes. A quarante-deux ans, elles pensaient davantage à sauver leur vie qu'à concevoir des bébés.

— Je l'ignore. Dans cinquante pour cent des cas, la chimiothérapie provoque la stérilité. De toute façon, vous devrez suivre ce traitement, madame Parker, faute de quoi vous iriez au-devant de graves ennuis.

De graves ennuis... Qu'essayait-il de lui signifier au juste ? Que sans la chimiothérapie elle allait mourir ? Le cauchemar continuait.

— Pensez-y pendant votre procès. Nous établirons un protocole en tenant compte de votre emploi du temps. Le Dr Anderson m'a dit que vous êtes une avocate très occupée.

L'espace d'une seconde, l'ombre d'un sourire se risqua sur ses lèvres minces. Un sourire fugace qui correspondait sans doute au côté « humain » auquel le Dr Anderson avait fait allusion. C'était peu de choses en comparaison de la froideur qu'il montrait par ailleurs... Elle le dévisagea, interloquée. L'énumération froide de ses souffrances futures avait réveillé la frayeur qui l'habitait. Mais elle avait besoin d'un excellent chirurgien, se rappela-t-elle, pas d'une âme charitable. Si la biopsie montrait qu'elle était atteinte d'une tumeur maligne, Sam serait là pour lui remonter le moral.

— Mes explications vous paraissent-elles assez claires, madame Parker ?

Elle ne put que hocher la tête. L'épée de Damoclès qui semblait prête à s'abattre sur sa tête depuis la veille se précisait de plus en plus. Hier, il était question d'une biopsie, éventuellement d'une intervention. Aujourd'hui, on évoquait la chimiothérapie. Elle eut soudain la vision fulgurante d'un sein manquant, d'un crâne chauve, mais aucune question ne franchit ses lèvres. Elle se vit mutilée, défigurée. « Vais-je perdre mes cheveux, docteur ? » A quoi bon le savoir à l'avance ? Ce n'était qu'un inconvénient de plus sur la liste terrifiante des douleurs à venir.

Elle quitta le cabinet médical dans un état second. De retour à son bureau, elle s'effondra sur son siège. Elle aurait été incapable de décrire le Dr Herman ; comme si une légère brume avait estompé ses traits. Elle n'aurait pas su répéter non plus leur entretien. Les propos du chirurgien se perdaient dans un bourdonnement discordant, incompréhensible, avec, çà et là, un mot audible, bien distinct : *tumeur, mastectomie, chimiothérapie...*

— Vous n'êtes pas malade, au moins ?

Brock la considérait d'un air inquiet. Elle ne l'avait pas entendu entrer. Malade ? moi ? Oui, probablement, au dire des médecins. Mais cela semblait inconcevable. Elle ne sentait rien, aucune douleur, aucun symptôme particulier, et pourtant ils avaient décrété qu'elle avait le cancer. *Le cancer !* Elle avait du mal à y croire. Et Sam réagirait certainement comme elle.

Elle lui raconta sa visite chez le Dr Herman, le soir même, mais contre toute attente, il ne montra aucun signe d'affolement. Une fois de plus, il se contenta de balayer les arguments du praticien, avec un calme admirable, presque avec sérénité.

— Ma chérie, je te l'ai déjà dit. Ces types-là ne font que se protéger contre d'éventuelles poursuites.
— Peut-être pas, Sam. « Ce type-là », comme tu dis, est l'un des plus grands chirurgiens des États-Unis. Pourquoi m'aurait-il raconté des histoires, à seule fin de se couvrir ?
— Mais je n'en sais rien, Alex ! Peut-être parce que sa maison est hypothéquée. Il faut beaucoup d'opérations pour payer les traites, non ? Enfin, ma chérie, tu vas voir un chirurgien, que veux-tu qu'il te dise ? Rentrez chez vous, chère madame, et prenez une aspirine ? Tu rêves ! Ils adorent charcuter les gens, c'est bien connu. Et ils abusent de leur pouvoir en terrorisant leurs patients... A mon avis, tu n'as rien. Rien du tout !
— Mais qu'est-ce que tu dis ? Qu'il est prêt à me retirer un sein alors que je n'aurais pas le cancer ? (Ce mot affreux, si redouté autrefois, était maintenant couramment employé, au même titre que « rhume » ou « saignement de nez », pensa-t-elle soudain, horrifiée, mais elle poursuivit :) Crois-tu vraiment que Herman est un charlatan ?

D'une façon étrange, au lieu de la réconforter, l'optimisme de Sam ne faisait que l'irriter.

— N'exagérons rien. Il doit s'agir d'un homme responsable, puisque John Anderson te l'a recommandé. Mais, et tu le sais bien, on ne peut faire confiance à personne, surtout pas aux médecins.
— On dit la même chose des avocats, contra-t-elle d'une voix lugubre.
— Allons, chérie, cesse donc de te mettre martel en tête. Herman pratiquera une petite incision, il fera analyser le prélèvement, et voilà ! Il n'aura plus qu'à poser quelques points de suture et à t'inciter à oublier ce fâcheux incident. Tout va bien se passer, tu verras.

Sa désinvolture acheva d'exaspérer Alexandra, qui le dévisagea avec irritation.

— Et s'il avait raison ? Il prétend que des nodules de cette taille, à cet endroit précis, sont en général cancéreux.

Mais il secoua la tête, incapable de partager son angoisse.

— Tu n'as pas le cancer ! C'est moi qui te le dis.

Il ne voulait rien comprendre. Rien entendre. Son entêtement à croire à un dénouement heureux plongea Alexandra dans un abîme de perplexité. Et de solitude. Au lieu de l'apaiser, ses affirmations ne firent qu'ébranler la confiance qu'elle portait aux docteurs Anderson et Herman. Le deuxième jour du procès, profitant d'une suspension d'audience, elle appela la chirurgienne dont le nom figurait sur la liste du Dr Anderson.

Le Dr Frédérica Wallerstrom était plus jeune que Peter Herman. Elle était moins célèbre que lui mais sa renommée avait dépassé le cadre étroit de l'hôpital où elle exerçait. Elle donna rendez-vous à Alex pour le lendemain à sept heures et demie du matin, une heure avant l'ouverture de l'audience. Celle-ci pénétra dans la salle d'examen en se disant que le Dr Wallerstrom, parce qu'elle était femme, pouvait être plus à même d'apaiser ses craintes. Comme si elle pouvait, d'un coup de baguette magique, faire cesser le cauchemar. Alexandra l'avait imaginée douce et maternelle. Mais ce fut quelqu'un de sévère, de presque dur, qui l'accueillit. Frédérica Wallerstrom l'examina attentivement, sans un mot, puis se pencha un instant sur les clichés. Lorsqu'elle prit la parole, ses yeux restèrent froids, sa figure inexpressive.

— Je partage entièrement l'opinion du Dr Herman, déclara-t-elle sans préambule. Il y a de toute évidence une anomalie sur vos radios. Compte tenu de la forme et de la taille, c'est vraisemblablement une tumeur maligne.

Elle n'avait pas pris de gants, ne s'était pas donné la peine de choisir les termes les moins choquants, insensible à l'état psychologique de sa patiente. Celle-ci l'écoutait, comme envoûtée par quelque maléfice. Cette femme, avec ses cheveux gris coupés court et ses mains aussi puissantes que des mains d'homme, n'avait rien à envier à Herman. Elle était aussi directe, aussi brutale, aussi indifférente.

— Bien sûr, on ne sait jamais, mais ça m'étonnerait qu'il se trompe, ajouta-t-elle froidement. C'est une question d'expérience, voyez-vous.

Les paumes moites, Alexandra sentit ses jambes flageoler. L'ultime espoir, lueur ténue dans le noir, venait de s'éteindre. Elle était seule dans la nuit, comme une enfant perdue dans une forêt menaçante.

— Que préconisez-vous si c'est une tumeur maligne, docteur Wallerstrom ? s'entendit-elle demander.

Rien ne bougea sur le visage de son interlocutrice.

— Il existe deux écoles, pour les cancers du sein, répondit-elle. La tumorectomie, c'est-à-dire uniquement l'ablation de la tumeur, ce qui à mon avis comporte des risques énormes de récidive. Et la mastectomie, associée à une chimiothérapie dans la plupart des cas. C'est à mon avis la seule manière d'enrayer l'évolution de la maladie, sinon de l'éradiquer... Maintenant, vous êtes libre d'opter pour une tumorectomie suivie d'une radiothérapie. Mais à mon sens, ce n'est pas une solution réaliste. Épargner un sein constitue souvent une erreur mortelle. C'est à vous de décider. Mais puisque vous me l'avez demandé, je suis entièrement d'accord avec le Dr Herman.

Elle termina sur un geste tranchant de la main, lui notifiant ainsi la fin de l'entretien. Elle n'avait pas eu un mot de gentillesse ou de compassion. Rien. Rien qu'une sorte d'indifférence glaciale, alors qu'elle assenait son verdict, d'une voix distante. Alexandra, qui aurait voulu se confier de femme à femme, ne trouva rien à dire. La colère la fit suffoquer. Elle n'eut plus qu'une hâte : quitter au plus vite cet endroit hostile.

Elle arriva au tribunal à huit heures et quart. Sa visite

n'avait pas duré plus de quinze minutes. Le Dr Frédérica Wallerstrom n'avait pas jugé nécessaire de lui consacrer un peu plus de son temps précieux. « Bonjour, madame, vous avez sûrement un cancer, on va sûrement vous retirer un sein. Au revoir, madame. » Ils étaient les médecins, ils détenaient la vérité. En tant que patiente, elle n'avait plus qu'à s'incliner. Il y allait de sa vie, de son intégrité physique, de son avenir, et pour eux elle n'était qu'un cas de plus, un chiffre sur un tableau de statistiques... Le deuxième avis médical n'avait fait que corroborer le premier. Au lieu d'apaiser ses craintes, le Dr Wallerstrom les avait confirmées. Alexandra savait à présent ce qui l'attendait. La gorge nouée, elle essaya de s'imaginer après l'opération, mais ce fut au-dessus de ses forces. Il est des situations inconcevables, des malheurs qu'on ne peut anticiper. Certes, elle avait toujours la possibilité d'espérer encore les résultats de la biopsie ; après tout, celle-ci pourrait révéler la présence d'une tumeur bénigne, mais elle n'y croyait plus. Les avis des spécialistes concordaient, et, dès lors, elle sut que son destin était en marche. Et l'entêtement de Sam à ne pas croire au cancer lui paraissait désormais absurde. L'ombre des clichés s'étendait sur leur vie quotidienne. On aurait dit que leur complicité s'était brusquement brisée. Et ce procès qui n'en finissait pas... Un soupir de pur désespoir franchit les lèvres pâles d'Alexandra.

Les jours suivants, seule la présence amicale de Brock allégea quelque peu son angoisse. Durant l'instruction, son assistant lui apporta un concours appréciable. Et le miracle se produisit, quand le jury opposa un veto catégorique aux exigences du plaignant, innocentant du même coup Jack Schultz. Celui-ci exultait. Il remercia mille fois Alexandra. Le procès n'avait pas duré plus de six jours. Le coup de marteau autoritaire du juge y mit fin le mercredi suivant, à quatre heures de l'après-midi. Le fait d'avoir gagné constituait le seul événement heureux des huit derniers jours.

Tant que la salle se vidait, elle resta assise à sa place, épuisée mais satisfaite. Brock s'approcha ; elle l'enveloppa d'un regard empreint de gratitude. Elle avait traversé les jours les plus pénibles de son existence, et sans le savoir, il lui avait prêté main-forte.

— Merci, Brock. Je ne sais pas ce que j'aurais fait sans vous.

Il lui adressa un sourire admiratif, inconscient des affres dans lesquelles elle se débattait tous ces derniers jours.

— Tout le plaisir a été pour moi. Votre plaidoirie était un pur chef-d'œuvre. La grâce d'une danseuse étoile et la précision d'un chirurgien de renom !

Il ne savait pas si bien dire ! Sa comparaison fit redescendre Alexandra de son nuage. Elle allait devoir rappeler Peter Herman, se dit-elle, le cœur serré. La biopsie aurait lieu dans cinq jours. Et elle redoutait son verdict ! Elle avait mis Sam au courant mais, une fois de plus, il avait haussé les épaules, en l'accusant de « se noyer dans un verre d'eau ». Alexandra avait essayé de lui expliquer ce qu'elle ressentait, cette sensation glaciale de solitude, cette sourde terreur qui la rongeait, il n'avait rien voulu savoir. Il n'en démordait pas : l'ombre n'était qu'une ombre, comme son nom l'indiquait. D'ailleurs, l'examen histologique le prouverait.

Elle déploya un effort surhumain pour arborer un air victorieux, tandis que ses collègues la félicitaient... « Lundi prochain ! plus que cinq jours ! »

Le lendemain, elle retourna chez Peter Herman. Il l'accueillit, plus glacial que jamais, et à nouveau, elle dut affronter l'implacable réalité. La tumeur était volumineuse, décréta-t-il, sans mâcher ses mots. En cas de malignité, il fallait envisager une mastectomie complète, suivie d'une chimiothérapie. La biopsie se déroulerait sous anesthésie générale. Elle avait le choix entre deux solutions : soit retourner à l'hôpital, soit autoriser le chirurgien par écrit à opérer dans la foulée, ce qui lui éviterait les inconvénients d'une seconde anesthésie... Une éventuelle grossesse semblait être la seule complication qu'il redoutait. Mais là encore, la décision revenait à la patiente, conclut-il d'une voix neutre. Ses explications parvenaient à Alexandra comme à travers du coton. Elle commençait à s'habituer aux mots terribles qui la transperçaient, comme autant de coups de poignard. Peu à peu, son esprit s'habituait à cette effroyable certitude. Si la tumeur s'avérait cancéreuse, ce dont elle ne doutait plus, il lui faudrait sacrifier le sein malade. Autant que cela se passe en une seule fois, décida-t-elle soudain, paralysée par une peur innommable. Elle avait longuement réfléchi. La tumorectomie l'avait tentée, au début, mais, au terme d'un pénible débat intérieur, elle s'était rangée à l'avis du chirurgien.

La possibilité d'une grossesse n'avait fait qu'accroître son épouvante. Elle avait des devoirs vis-à-vis de Sam et d'Annabelle, bien sûr, mais de là à supprimer une vie nouvelle pour conserver la sienne... Ce cruel dilemme semblait la préoccuper davantage que l'opération elle-même, remarqua le Dr Herman. Il entreprit aussitôt de clarifier la situation.

Durant le premier trimestre de la grossesse, on pratiquait automatiquement la mastectomie, dit-il, car la simple ablation de la tumeur nécessitait obligatoirement plusieurs séances de radiothérapie, pouvant nuire à l'embryon. Et de toute façon, la chimiothérapie provoquait des avortements spontanés, acheva-t-il, comme si cela pouvait résoudre le problème.

Elle sut alors qu'il ne subsistait plus le moindre espoir. Le Dr Herman avait fait son diagnostic. Et il possédait une trop grande expérience des tumeurs pour se tromper. D'ailleurs il s'était exprimé très clairement là-dessus. A un moment donné, il avait mentionné qu'il y avait une chance pour qu'il s'agisse d'un cancer « de stade un », sans envahissement ganglionnaire. *Envahissement ganglionnaire !* Encore un terme de ce jargon horrible, qu'Alexandra en était venue à détester. Elle le regarda, en s'efforçant de comprendre. Elle aurait voulu que Sam fût là, à son côté, mais il mettait une telle énergie à nier l'évidence qu'elle n'avait pas osé lui demander de l'accompagner.

— A votre avis, quelles sont les probabilités d'une grossesse ? demanda Herman.

— Je l'ignore... pour le moment, répondit-elle tristement. Elle le saurait à la fin de la semaine.

— Aimeriez-vous voir quelqu'un avant la biopsie ? s'enquit-il subitement, de son air « humain », cette espèce de grimace qui ressemblait à un sourire. Voulez-vous contacter un psychiatre ou un de ces groupes de femmes qui sont passées par là ? Elles peuvent vous aider, vous savez.

— Non, merci. Je n'ai pas le temps. Je dois mettre de l'ordre dans mes dossiers.

Elle avait demandé un congé de deux semaines à Matt Billings, qui le lui avait accordé, et avait prié Brock de la remplacer. Elle s'était gardée de leur signaler les véritables raisons de son absence, se contentant d'évoquer un « petit problème de santé ». Une lueur anxieuse était apparue dans les yeux de Brock. Matt, lui, n'y avait accordé aucune importance. Alex semblait en si bonne forme ! En y repensant, il s'était dit qu'elle allait se faire retoucher le nez ou les paupières. Sa propre épouse avait eu recours à la chirurgie esthétique un an plus tôt. Elle aurait pu s'en abstenir, comme Alex, du reste, mais, aux environs de la quarantaine, les femmes semblaient obsédées par leur apparence physique !

— A votre avis, quand pourrai-je reprendre mon travail ? voulut-elle savoir.

— D'ici deux ou trois semaines, répondit Herman. Tout dépendra de votre réaction à l'opération, et ensuite à la chimio, bien sûr. Certaines patientes s'en sortent à merveille, d'autres souffrent d'effets secondaires. Mais on verra.

Ainsi il n'avait aucun doute, ne put-elle s'empêcher de penser, et un frisson glacé la parcourut. Pour lui, c'était clair : elle avait un cancer, donc on retirait le sein atteint, et on prescrivait des séances de chimiothérapie. Point final. Est-ce que Sam n'avait pas raison, finalement ? se demanda-t-elle, mais à peine l'eut-elle formulée que cette interrogation se dissipa. Le Dr Herman était plus qualifié que Sam pour appréhender la situation.

Il la pria de se rendre à l'hôpital durant le week-end pour une prise de sang et une radiographie des poumons. C'était l'usage, ajouta-t-il. L'intervention ne requérait pas forcément une transfusion, mais mieux valait parer à cette éventualité.

— Appelez-moi si vous découvrez ce week-end que vous êtes enceinte, dit-il en la raccompagnant jusqu'à la porte.

Elle acquiesça, puis sortit, comme un automate.

Elle passa l'après-midi au bureau. Le soir, au cours du dîner, seule Carmen nota son manque d'appétit. Elle attendit qu'Annabelle soit couchée, avant de parler à Sam de sa visite chez Herman. Mais lorsqu'elle voulut en discuter, il ne lui répondit pas, déjà à moitié endormi. Et peu après, il se mit à ronfler légèrement.

« Plus que trois jours ! »

Le vendredi matin, elle rangea son bureau. Brock vint comme d'habitude chercher des dossiers et lui souhaita « bonne chance pour la semaine prochaine ». Depuis qu'il avait surpris par inadvertance une conversation téléphonique d'Alexandra, il craignait le pire. Le mot « biopsie » qu'elle avait alors prononcé avait instillé une légère inquiétude dans l'esprit du jeune homme. Il n'avait posé aucune question, bien sûr. Il la suivit d'un regard attentif alors qu'elle s'éloignait d'un air absent.

Avant de partir, elle donna à Liz ses dernières instructions.

— Prenez soin de vous, dit gentiment la secrétaire en la serrant brièvement dans ses bras, et Alexandra détourna la tête, afin de dissimuler ses yeux pleins de larmes.

— Vous aussi, Liz, à bientôt, répondit-elle en affichant une assurance qu'elle n'éprouvait pas.

Dans le taxi qui l'emmenait vers l'école d'Annabelle, elle fondit en larmes. Mère et fille déjeunèrent ensemble dans un petit restaurant du quartier à l'ambiance feutrée, après quoi elles se dirigèrent vers le cours de danse de miss Tilly. La petite fille avait retrouvé le sourire.

— Oh, maman, promets-moi que tu n'iras plus discuter avec M. le juge, s'exclama-t-elle, ravie qu'Alexandra soit de retour.

— J'essaierai, mon trésor.

Comment expliquerait-elle à sa fille son séjour à l'hôpital à partir de lundi ? Annabelle accepterait mieux l'idée d'un voyage. Le lendemain, samedi, elle fit part à Sam de ses réflexions, mais il la considéra d'un regard ennuyé.

— Il est hors de question que tu dises quoi que ce soit à Annabelle ! rétorqua-t-il d'un ton énervé, presque furieux. Puisque tu rentreras dans l'après-midi !

Elle le fixa tristement. Son mari continuait à s'accrocher à sa vision, avec l'énergie du naufragé qui attend avec certitude ses sauveteurs.

— Ce n'est pas sûr, Sam, dit-elle tranquillement. Il se pourrait que je reste à l'hôpital toute la semaine, si je subis une mastectomie.

— Arrête un peu ton cinéma ! Tu me rends fou ! Tu cherches à te faire plaindre ou quoi ?

Il avait hurlé, hors de lui, et elle se demanda si cette colère subite n'avait pas un rapport avec la maladie qui avait emporté sa propre mère, quand il avait quatorze ans. « Ce n'est pas une raison », se dit-elle en se tournant pour le dévisager, furieuse elle aussi.

— Je cherchais juste un soutien moral, articula-t-elle, les yeux étincelants. Mais tu préfères suivre la politique de l'autruche. L'idée que je pourrais avoir besoin de ton aide ne t'effleure-t-elle pas ? Nom d'un chien, Sam, je risque de perdre un sein dans deux jours, et tu continues à te comporter comme si tout allait pour le mieux dans le meilleur des mondes.

— Il ne t'arrivera rien, jeta-t-il d'un ton bourru. Rien du tout.

Il avait détourné la tête, afin de dissimuler ses larmes, comme un gosse obstiné. Après quoi, il évita soigneusement le moindre tête-à-tête avec sa femme. Le dimanche, Alexandra comprit qu'il était inutile d'insister, inutile d'essayer de combattre la terreur de Sam. Pareille à un animal tapi au fond de son terrier, qui se réveille après une longue hibernation, la peur avait rejailli, plus puissante que jamais. Il ne pouvait — ni ne voulait — faire face à une situation qu'il percevait comme une menace. Et à force de se protéger, il en était venu à refuser son aide à Alexandra. Ayant compris qu'elle ne pouvait vraiment pas compter sur lui, celle-ci passa mentalement en revue ses amis, puis se ravisa. Elle avait scrupule à faire appel à une aide extérieure, sous prétexte que son mari se défilait. Car que pourrait-elle bien leur dire ? « Salut, c'est Alex, on va me faire une biopsie demain, voulez-vous m'accompagner ? » Puis, suivant la réponse : « En fait, selon les résultats, il se pourrait qu'on me retire un sein... Comment ? Sam ? Oh, il dit que grâce à nous, le chirurgien finira de payer sa Mercedes... » C'était trop dur de chercher ailleurs un soutien, mais encore plus dur d'admettre que son époux la laissait carrément tomber... Le soir même, elle donna quelques explications à Annabelle. Elle devait partir en voyage le lendemain matin, dit-elle, et resterait absente quelques jours.

— Oui, maman, je comprends, murmura la fillette d'un air déçu.

Alexandra refoula ses larmes.

— Je t'appellerai, mon trésor. Papa prendra soin de toi.

— Tu reviendras pour m'emmener au cours de danse, vendredi ? demanda Annabelle, ses grands yeux verts écarquillés.

— J'essaierai, ma chérie, je te le promets... Sois sage et ne fais pas enrager papa et Carmen, d'accord ? Tu vas me manquer, mon lapin.

Plus qu'elle ne pouvait l'imaginer, pensa-t-elle, la gorge serrée. Ses bras se refermèrent autour de sa petite fille et elle la serra contre son cœur, une prière silencieuse sur les lèvres. « Pourvu qu'il ne m'arrive rien. »

— Pourquoi tu t'en vas, maman ? demanda Annabelle, comme si elle ne croyait qu'à moitié à ce voyage de dernière minute.

— Je suis obligée. A cause de mon travail.

Elle manquait de conviction, elle en avait conscience.

— Tu travailles trop, murmura doucement Annabelle. Je m'occuperai de toi quand je serai grande, maman, tu verras.

Alexandra la tint enlacée un long moment, yeux clos, terrassée par une effroyable sensation de solitude.

Plus tard, pendant le dîner, la nausée la submergea alors qu'elle imaginait l'épreuve qui l'attendait. Sam ne desserra pas les dents de tout le repas. Une fois le dîner avalé il s'enferma dans son bureau. Dans la soirée, après avoir nettoyé la cuisine, Alexandra entra sur la pointe des pieds dans la chambre de sa fille. Elle contempla longuement la petite silhouette immobile, posa un instant la joue contre les boucles rousses de son petit ange endormi, et regagna sa propre chambre, en priant pour qu'un miracle se produise le lendemain à l'hôpital.

Sam s'était assoupi devant le poste de télévision, lorsqu'elle se glissa dans leur lit. Des tractations avec un groupe d'investisseurs saoudiens l'avaient épuisé. De toute la soirée, il n'avait pas adressé la parole à Alexandra. Pas un mot encourageant. Pas un geste tendre. Elle resta allongée près de lui, partagée entre le désespoir et la colère. Il n'ouvrit un œil que pour se déshabiller, avant de se recoucher.

— Sam ?

Elle avait besoin de sa compréhension, de son amour.

— Mmmm ?

— Est-ce que tu dors ? (Et comme il ne répondait rien :) Je t'aime, chuchota-t-elle, désemparée.

Il ne l'entendit pas. Il s'était réfugié dans le sommeil. Tandis que sa femme se préparait à une longue descente aux enfers, il avait tissé autour de lui un cocon protecteur. Sa lâcheté découlait d'une peur viscérale, elle le savait. Mais elle ne pouvait s'empêcher de lui en tenir rigueur.

Elle se dirigea vers la salle de bains où elle se dévêtit... et découvrit une tache de sang, signe que leurs efforts de la semaine passée n'avaient pas abouti. Il n'y aurait pas de bébé... Il n'y aurait qu'une biopsie, suivie probablement d'une intervention chirurgicale.

5

Debout dès six heures du matin, Alexandra déambula dans l'appartement silencieux, encore plongé dans une pénombre grise, comme dans les rêves... Sauf qu'il ne s'agissait pas d'un rêve ! Le jour si redouté était arrivé avec une rapidité hallucinante.

Elle dressa la table pour le petit déjeuner dans la vaste cuisine, mit en marche la cafetière électrique qui émit un ronflement familier. Annabelle dormait encore, tout comme Sam, et en les regardant un peu plus tôt, elle avait ressenti une nouvelle angoisse sourdre dans son cœur. Tout à l'heure, elle s'en irait, mais pour combien de temps ? Quelques heures, quelques jours, peut-être davantage. Elle allait livrer une bataille acharnée dont l'issue lui parut soudain incertaine. Elle eut alors l'impression de se tenir à un tournant fatal de son existence, au-delà duquel s'ouvrait un gouffre béant, ténébreux, encore inconnu mais qu'elle devinait. Elle luttait pour refréner ses larmes, et le désir impérieux de fuir, comme un animal traqué, l'envahit. Mais pour aller où ? On ne peut se cacher nulle part quand c'est votre propre corps qui vous trahit... L'arôme du café lui chatouilla les narines mais elle n'y toucha pas, bien sûr, puisqu'il fallait être à jeun au moment de la biopsie... La jeune femme battit en retraite dans la salle de bains. Le miroir lui renvoya son reflet et elle demeura longuement immobile, sa brosse à dents à la main, les joues blêmes, le cœur battant à tout rompre. Lentement, elle fit glisser ses bretelles sur ses épaules. La chemise de nuit tomba sur le carrelage, comme une mare soyeuse à ses pieds, et elle contempla son corps nu, si fin, si élancé, si fragile en même temps. Elle avait les seins petits et haut placés. Le droit était un peu plus rond, remarqua-t-elle. Annabelle le préférait du temps où elle l'allaitait, se rappela-t-elle avec un sourire qui s'effaça aussitôt. Elle laissa errer son regard sur ses longues jambes fuselées, sa taille fine, sa silhouette filiforme, d'une minceur juvénile. La perfection de ses formes la frappa pour la première fois et d'un seul coup les larmes jaillirent, brouillant l'image dans le miroir. Que lui réservait l'avenir ? Comment serait-elle à la fin de cette terrible journée ? Qui serait-elle si elle perdait un sein ? Quelqu'un d'autre, très certainement. Une pauvre créature défigurée dont Sam ne voudrait plus...

Durant le week-end, elle avait tenté de l'amener à lui dire que rien ne changerait entre eux, qu'il continuerait à l'aimer, à la désirer, même mutilée. Un mot rassurant, un seul, l'aurait délivrée de cette souffrance lancinante, un simple mot qu'il n'avait jamais prononcé. Au contraire, il l'avait rembarrée en prétendant que tout se passerait sans problème, et qu'elle finissait par devenir morbide.

A présent elle pleurait sans retenue. Le sacrifice d'un sein était un prix modique à payer pour conserver la vie et pourtant, elle n'arrivait pas à s'y résoudre ; elle aurait voulu revenir en arrière, remonter le temps, avant que la maladie ne s'abatte sur elle, comme la foudre dévastatrice.

— Bonjour ! lança Sam d'une voix ensommeillée.

Il se dirigea vers la douche, sans prêter attention aux larmes d'Alexandra, qui se couvrit avec une serviette éponge lilas en un geste instinctif, comme pour dissimuler une difformité.

— Tu t'es levée drôlement tôt, dis-moi.

Il méritait des gifles ! Toute son ancienne compréhension semblait s'être volatilisée en l'espace de deux semaines.

— Je dois me faire opérer aujourd'hui, lui rappela-t-elle d'une voix oppressée.

— Une biopsie, rectifia-t-il. Ne dramatise pas, je t'en prie !

— Toi, au moins, tu n'as pas peur des mots, hurla-t-elle, incapable de se contrôler plus longtemps. Quand vas-tu te réveiller, enfin ? Quand te décideras-tu à affronter la réalité ? Lorsque j'aurai perdu un sein ? Même pas, si j'en juge par ton comportement ridicule.

Il était entré dans la douche sans la regarder. Le bruit du jet d'eau rendit sa réponse inintelligible. Folle de rage, elle écarta brutalement le rideau de Nylon.

— Qu'est-ce que tu as dit ?

— Qu'on était en plein mélodrame.

Ils se faisaient face, elle furieuse, lui embarrassé. Elle était belle à couper le souffle, se dit-il obscurément. Mais ils n'avaient pas fait l'amour depuis les résultats de la mammographie. Leur dernière étreinte remontait au fameux jour bleu, soudain si lointain. En fait, il s'était ingénié à l'éviter.

— Dans ce mélodrame, tu es parfait dans le rôle du lâche, Sam. Je veux bien que ça te flanque la frousse, mais après tout c'est moi qui suis malade, pas toi.

Il se contenta de tirer le rideau transparent.

— Voyons, Alex, tâche donc de te détendre. Tout sera terminé cet après-midi. Après, tu te sentiras mieux.

C'était sans espoir ! Il se refusait à voir la menace qui planait hideusement sur Alexandra. Celle-ci baissa la tête, accablée. Sa vie était en danger, sa féminité, et Sam continuait à enfouir la tête dans le sable. Elle n'en ressentit que plus cruellement la solitude à laquelle elle se savait désormais condamnée.

Carmen arriva peu après. Alors qu'elle habillait Annabelle,

Alex apparut sur le seuil de la chambre rose. Sa nervosité à fleur de peau n'échappa guère à l'œil averti de la gouvernante. Elle savait que sa maîtresse partait en voyage d'affaires, et elle avait accepté avec plaisir de rester pendant son absence.

— Ça n'a pas l'air d'aller, madame Parker.

L'espace d'une seconde, Alexandra fut tentée de tout révéler à son employée de maison. Elle se ravisa. La version du voyage la rassurait. Comme si ce pieux mensonge pouvait conjurer le mauvais sort.

— Ça va très bien, merci, répondit-elle.

Carmen plissa les paupières, l'air dubitatif. Elle ne la croyait qu'à moitié. Ses soupçons se confirmèrent peu après, quand Alexandra pénétra dans la cuisine, vêtue d'un simple sweater blanc sur un jean, et chaussée de mocassins. Aucun maquillage ne masquait son étrange pâleur. Elle s'habillait avec plus de recherche pour se rendre au travail d'habitude. Les sourcils froncés, Carmen l'examina, puis elle regarda Sam, qui dégustait tranquillement son café et ses œufs brouillés, en lisant le journal. Il était élégamment vêtu, comme à l'accoutumée. Rien dans son attitude ne trahissait la moindre inquiétude. Au contraire, il semblait de bonne humeur... une bonne humeur un peu forcée, peut-être. Il n'adressa pas une fois la parole à sa femme mais plaisanta avec Annabelle, remarqua la gouvernante, persuadée à présent que quelque chose n'allait pas. La voix de sa patronne la tira de ses réflexions, une voix tendue, nerveuse, qu'elle ne lui connaissait pas.

— C'est l'heure, Sam.

Il ramassa son attaché-case et le sac de voyage d'Alex, se pencha pour embrasser sa fille et lui ébouriffa les cheveux en déclarant qu'il rentrerait en début de soirée. Ensuite, il sortit appeler l'ascenseur, tandis qu'Alexandra serrait son enfant dans ses bras.

— Tu vas me manquer, mon bébé, souffla-t-elle tout contre les bouclettes cuivrées d'Annabelle.

Alexandra se redressa, les traits tirés, un sourire crispé sur les lèvres.

— Je t'aime, ma chérie, à bientôt... à bientôt...

Un éclat singulier faisait briller ses yeux. Elle s'élança vers la porte sous le regard inquiet de la gouvernante. La petite fille ne s'était aperçu de rien mais l'expression douloureuse qu'elle avait surprise sur le visage d'Alexandra, au moment des adieux, hantait Carmen. En empilant les assiettes sales dans l'évier, elle se souvint d'un autre détail bizarre. Mme Parker n'avait rien pris, pas même une tasse de café ou un jus d'orange... Oh oui, quelque chose ne tournait pas rond, elle en eut soudain la conviction. « Pourvu que ce ne soit pas grave », pria-t-elle en silence.

Dans le taxi qui les conduisait à l'hôpital, Sam s'était mis à parler de tout et de rien, comme s'il s'agissait d'une journée comme les autres. Alexandra se taisait. Elle aurait préféré qu'il garde le silence. Ses pensées allaient à Annabelle et elle crut sentir son parfum à l'eau de rose, alors qu'elle l'avait embrassée — un souvenir si doux et à la fois si douloureux !

— ... groupe d'Arabes arrive aujourd'hui, sans parler de nos clients hollandais, disait Sam, avec sa volubilité coutumière. Je dois avouer que Simon m'impressionne. Je m'étais totalement trompé à son sujet. Ce type possède un réseau de relations fabuleux.

— Ah, tant mieux... (Les qualités supposées du dénommé Simon étaient le cadet de ses soucis.) Tu restes un moment avec moi ou tu pars tout de suite au bureau ?

Cela ne l'aurait pas surprise outre mesure. Et pourtant, elle souhaitait ardemment qu'il soit auprès d'elle.

— Je tiens toujours mes promesses, non ? J'ai demandé à

Janet d'appeler mon médecin. Selon lui, les effets de l'anesthésie durent une demi-heure, trois quarts d'heure tout au plus. Évidemment, tu seras un peu groggy. J'attendrai ton réveil jusqu'à dix heures et demie, onze heures. Je suppose que tu te reposeras après... Je repasserai te chercher dans l'après-midi comme convenu.

Alexandra hocha la tête, le regard rivé sur la vitre de la voiture qui roulait à vive allure.

— J'aimerais partager ton optimisme, dit-elle, après un silence pesant.

Elle l'avait mis au courant de sa décision de se faire opérer immédiatement, si les résultats de l'analyse histologique l'exigeaient. Elle signerait une autorisation à l'intention du Dr Herman. Quoi qu'il arrive, biopsie, tumorectomie dans le meilleur des cas, ou mastectomie au pire, elle ne le saurait pas avant de reprendre conscience. Du moins s'épargnerait-elle la terreur inutile d'un deuxième passage au bloc opératoire. Évidemment, Sam n'était pas d'accord.

— As-tu vraiment confiance en ce toubib ? demanda-t-il une fois de plus.

Ils traversaient York Avenue. Alexandra écarquilla les yeux. L'hôpital venait de surgir devant eux, tel un monstre prêt à la dévorer.

— Oui, absolument. Herman est un chirurgien hors pair. Je me suis renseignée à son sujet. Et j'ai demandé un second avis médical. (Elle avait omis de le lui signaler.) Le deuxième diagnostic a confirmé le premier.

— A ta place je me serais bien gardé de lui donner carte blanche. Chaque chose en son temps...

Mais le temps pressait, songea-t-elle avec tristesse. John Anderson, qu'elle avait eu au téléphone, l'avait incitée à s'en remettre entièrement à Peter Herman.

Un crissement de pneus la fit sursauter. Le taxi venait de s'immobiliser. Sam régla la course avant de saisir le sac de voyage. Mue par un ultime espoir, Alexandra n'avait emporté que le strict nécessaire. Maintenant encore, elle s'accrochait à l'idée que ce soir, elle rentrerait à la maison... Ce soir ou demain. En faisant son bagage, elle s'était remémoré son précédent séjour à l'hôpital. Mais alors, elle attendait un heureux événement, il y avait à peine quatre ans de cela.

Ils se dirigèrent vers le bureau des admissions. Alexandra avait réservé une chambre le jour où elle était venue pour la prise de sang et la radio des poumons. L'employé de service lui remit un verre en plastique, un tube de pâte dentifrice, un savon. Sa chambre se trouvait au sixième étage, déclara-t-il. Elle opina de la tête, avec l'impression d'être dans une prison dont les grilles venaient de se refermer sur elle.

Ils prirent l'ascenseur après s'être frayé un chemin à travers l'incroyable pagaille qui régnait dans le hall. Visiblement, Sam n'en menait pas large. Il avait pâli sous son hâle. Les griffes de la peur serrèrent à nouveau la gorge d'Alexandra, tandis que la cabine montait. La porte s'ouvrit sur un palier éclairé au néon. Ils passèrent devant deux patients endormis sur des chariots. Une infirmière leur indiqua le chemin. Ils longèrent un couloir où flottait une odeur de désinfectant. Enfin, ils entrèrent dans une vilaine petite chambre peinte en bleu clair... un poster banal au mur... un lit qui semblait occuper tout l'espace.

Sam se remit à bavarder d'un ton léger. Il commença par tomber en arrêt devant ce qu'il appela « une vue panoramique », après quoi il critiqua le prix exorbitant des hospitalisations en signalant au passage que la médecine sociale fonctionnait encore plus mal au Canada... Elle se retint de lui montrer son exaspération. Elle savait que Sam s'efforçait d'exorciser ses propres démons.

Une infirmière entra afin de s'assurer que la patiente était à jeun. Un aide soignant apporta une potence d'intraveineuse près du lit. Alexandra le suivit d'un regard craintif, alors qu'il posait sur le drap une blouse d'hôpital soigneusement pliée, qui lui fit l'effet d'un linceul... Dès qu'il sortit, elle fondit en larmes, puis des sanglots la secouèrent tout entière, saccadés, suffocants, irrépressibles.

Sam la prit dans ses bras.

— Voyons, Alex, calme-toi. Oublie un peu tout ça, mon bébé. Pense plutôt à Annabelle, à nos prochaines vacances d'été, à Halloween. Ce sera fini avant que tu t'en rendes compte.

— Oh, Sam, j'ai tellement peur, murmura-t-elle, lovée contre lui, tellement peur, si tu savais.

— Je sais, ma chérie, je sais. Et je te comprends. Ce n'est qu'un mauvais moment à passer. Rien ne t'arrivera, je te le promets.

Personne au monde ne pouvait lui faire une telle promesse, pensa-t-elle entre deux sanglots. Elle était entre les mains de Dieu. Et elle ignorait quels étaient Ses desseins.

— C'est étrange, chuchota-t-elle. On est heureux, en bonne santé, on a mille projets, on se croit invincible. Et soudain, sans prévenir, le malheur vous frappe... Et du jour au lendemain, on se retrouve impuissant, à la merci de n'importe qui, de gens qu'on ne connaît pas, de la fatalité, de son propre corps... de... de...

Sa voix se brisa, elle ferma les yeux, submergée par une immense lassitude. Oh, c'était inutile d'essayer d'arrêter le cauchemar.

L'infirmière réapparut.

— Déshabillez-vous, passez la blouse et allongez-vous. Je reviendrai vous poser l'intraveineuse.

Il n'y avait aucune chaleur dans sa voix, aucune sympathie, que de l'indifférence.

— Enfin, une bonne nouvelle ! plaisanta Sam. On dirait qu'ils vont t'apporter le petit déjeuner.

Alexandra sécha ses larmes. Seigneur, pourquoi se trouvait-elle ici ? Pourquoi n'avait-elle pas ignoré purement et simplement l'ombre sur les clichés de la mammographie ? Sam avait sans doute raison. Cette sinistre comédie ne servait qu'à alimenter le compte bancaire des chirurgiens. Ce minuscule espoir chassa pendant un bref instant la frayeur qui la rongeait. Mais la peur revint une minute plus tard, en même temps que l'infirmière.

Elle avait enfilé la blouse blanche et s'était étendue sur le lit, constata-t-elle, on pouvait mettre en place l'intraveineuse.

— C'est du sérum physiologique, afin que vous ne soyez pas déshydratée. J'ajouterai plus tard un deuxième tube, au cas où vous auriez besoin d'une transfusion. Vous allez subir une anesthésie générale aujourd'hui, expliqua-t-elle, semblable à une hôtesse de l'air annonçant que l'appareil allait traverser une zone de turbulences.

— Oui, je sais, répondit Alexandra.

Elle avait déployé un effort surhumain pour s'exprimer normalement sans y parvenir tout à fait, mais de toute façon, l'autre femme semblait se moquer éperdument de ses états d'âme. Elle se bornait à effectuer les tâches qui lui incombaient sans se soucier des problèmes psychologiques des patients. Un hôpital n'avait rien d'une institution de charité, après tout. C'était une sorte d'usine à réparer les corps, et son travail consistait à rythmer les allées et venues de ces corps, afin de faire de la place pour les suivants.

L'aiguille s'enfonça dans le bras d'Alexandra. Le goutte-à-goutte se mit à couler dans sa veine. Ça démangeait un peu, mais l'infirmière l'assura que ça ne durerait que quelques minutes. Elle prit sa tension, l'ausculta à l'aide d'un stéthoscope, griffonna une remarque sur la feuille de soins fixée au montant du lit, et appuya sur un interrupteur. L'ampoule rouge qui surmontait la porte de la chambre s'alluma.

— C'est pour qu'ils sachent que vous êtes prête à y aller.

Dans cinq minutes, ils vous emmèneront en salle de préparation.

Plus que cinq minutes ! Il était huit heures et demie, la biopsie avait été fixée à neuf heures.

— Veux-tu que j'appelle ton bureau, pendant ce temps ? s'enquit Sam négligemment.

— Non, merci. J'ai tout mis en ordre avant... avant mon départ.

La porte s'ouvrit sur une deuxième infirmière qui tendit un feuillet à Alexandra. Le formulaire de consentement... elle y jeta un coup d'œil. Elle savait déjà ce qu'il contenait, elle en avait longuement discuté avec le Dr Herman lors de sa dernière visite. Elle ne put aller plus loin que le premier paragraphe. Les mots terrifiants lui sautèrent une fois de plus aux yeux, comme une nuée d'insectes noirs et malfaisants. Mais elle était en mesure de traduire, à présent, le charabia médical. Elle savait très précisément la signification des phrases qui semblaient entamer une danse macabre devant ses yeux, dans la lumière du matin. Selon les résultats de la biopsie, le Dr Herman demandait l'autorisation de procéder à une mastectomie partielle ou totale, simple ou élargie, s'il le jugeait nécessaire. Ce qui signifiait qu'il retirerait le sein malade, les ganglions de l'aisselle, le muscle pectoral mineur... Il avait dit qu'il laisserait en place le muscle pectoral majeur, sinon la chirurgie réparatrice plus tard serait impossible. *Ablation... curage... incision...* elle apposa sa signature au bas du papier qu'elle rendit à l'infirmière. Ses yeux fiévreux se fixèrent sur Sam.

— N'oublie pas d'appeler Annabelle vers midi, au cas où je serais encore endormie... ou en salle d'opération.

« Oh, mon Dieu, mon Dieu, non, je vous en supplie ! »

— Entendu. Je déjeune à *La Grenouille* avec les Saoudiens de Simon et son assistante, qui arrive juste de Londres. Diplômée de l'université d'Oxford, s'il te plaît ! D'après Simon, nos diplômes de Harvard ne valent pas tripette en comparaison d'Oxford.

Il avait pris un accent snob, destiné probablement à distraire Alexandra, qui ne lui rendit pas son sourire. Elle avait tourné les yeux vers la porte qui, de nouveau, venait de s'ouvrir. Deux internes étaient là, pareils à des anges de la mort, avec un chariot. Ils portaient des blouses vertes, des bonnets de chirurgie sur la tête, un film transparent sur leurs chaussures.

— Alexandra Parker ?

« Non ! » aurait-elle voulu crier. Aucun son ne franchit ses lèvres, cependant. Ils la soulevèrent pour l'allonger sur le chariot et elle se remit à pleurer silencieusement, sans quitter Sam des yeux. « Oh, mon Dieu, pourquoi cela m'arrive-t-il ? pourquoi moi ? »

— Allez, tiens bon. Je serai là. Ce soir, nous célébrerons ton retour. Je t'emmènerai au restaurant.

Il déposa un baiser sur sa joue pâle et mouillée.

— Je veux juste être avec toi et Annabelle à la maison, devant la télévision, souffla-t-elle dans un murmure étranglé.

— D'accord. Courage, ma chérie. A tout à l'heure.

Du bout des doigts, il lui chatouilla la poitrine, et elle laissa échapper un rire nerveux, aussitôt noyé dans un nouveau flot de larmes. Elle avait hâte d'en finir, pensa-t-elle, tremblante comme une feuille. Oui, d'en finir. Le chariot s'ébranla et Sam disparut de son champ de vision. Elle s'efforça de ne pas se rappeler qu'il n'avait jamais prononcé les mots qu'elle avait vainement tenté de lui extorquer. Qu'il l'aimerait quoi qu'il arrive, qu'il la trouverait toujours désirable, même avec un sein en moins.

Le plafond, au-dessus de sa tête, lui semblait défiler à une vitesse folle. Un bruit métallique. Les parois d'un ascenseur. A l'intérieur de la cabine, des gens qui faisaient semblant de ne pas la voir. De nouveau, le bruit métallique. Le palier d'un autre étage. Le chariot roulait, roulait, inéluctablement. Des relents d'eau de Javel lui piquèrent la gorge, une porte électrique coulissa, puis se referma, et soudain, elle se trouva dans une pièce brillamment éclairée, pleine de machines au chrome étincelant. Un visage se pencha sur le sien. Elle reconnut Peter Herman.

— Bonjour, madame Parker.

Il lui toucha la main, comme pour la rassurer.

— Nous allons pratiquer l'anesthésie, reprit-il, avec une douceur qui la surprit.

Ici, il était dans son élément. Il paraissait plus gentil que d'habitude. Sans doute parce qu'il compatissait, songea-t-elle, à moins que ce ne soit parce qu'il avait eu gain de cause ? Sam avait-il raison ? Avait-elle eu tort de se montrer aussi confiante ? Étaient-ils tous fous ? Lui avaient-ils menti ? Mais dans quel but ? Allait-elle mourir ? Où était Sam ? et Annabelle ? Un vertige l'envahit, alors qu'une autre aiguille s'enfonçait dans sa chair. Le grand plafonnier éclairé, là-haut, se mit à tournoyer, elle sentit une odeur d'ail dans sa bouche suivie d'un goût de cacahuètes, et une voix désincarnée lui enjoignit de compter à l'envers à partir de cent. Elle n'alla pas plus loin que quatre-vingt-dix-huit, puis un voile noir l'enveloppa.

6

Sam attendit dans la pièce exiguë aux murs bleu pâle pendant près d'une heure, jusqu'à neuf heures et demie. Il en profita pour appeler sa secrétaire, confirma le déjeuner avec Simon, passa plusieurs coups de fil. Dans l'après-midi, ils avaient rendez-vous avec leurs avocats respectifs, afin d'établir le contrat de l'Anglais. En devenant associé, ce dernier amènerait dans son sillage toute sa précieuse clientèle d'Europe et du Moyen-Orient ; en revanche du fait de son apport financier plus modeste, son pourcentage sur les bénéfices serait moins important que celui de Sam, de Tom ou de Larry. La formation de cette société en commandite semblait satisfaire pleinement tout le monde et Simon pourrait toujours racheter des actions plus tard, afin de devenir associé à part entière.

Les aiguilles de sa montre, qu'il consultait fréquemment, avançaient inexorablement. Les nerfs tendus comme des ressorts, Sam sortit dans le couloir, fit glisser deux pièces dans une machine à café, et avala le jus brunâtre en deux gorgées. Il jeta autour de lui un regard excédé. Il détestait cet endroit lugubre, saturé d'effluves de désinfectant douceâtres et écœurants, avec tous ces aides soignants qui passaient sans cesse en poussant des patients encore endormis sur des chariots ou des fauteuils roulants. Il avait toujours eu les hôpitaux en horreur. Il avait dû se faire violence pour accompagner Alex lors de son accouchement mais il avait estimé, alors, qu'elle avait besoin de lui. Mais aujourd'hui, il jugeait sa présence parfaitement inutile. Alex devait être endormie quelque part, dans cet immense labyrinthe aseptisé. Il regretta de lui avoir promis de rester.

Il retourna dans la petite chambre vide où le téléphone restait muet. A dix heures et demie, il ne tenait plus en place. Au train où allaient les choses, il ne serait jamais au bureau à onze heures. Il en avertit sa secrétaire, puis se dirigea d'un pas ferme vers le bureau des infirmières.

— Je voudrais avoir des nouvelles de Mme Alexandra Parker, mademoiselle. Elle était censée subir une biopsie à neuf heures. C'était supposé se terminer à dix. Il est presque onze heures maintenant. Je ne peux pas attendre ici indéfiniment. Veuillez vérifier s'il n'y a pas eu du retard.

L'infirmière de garde leva les yeux. L'homme qui venait de l'apostropher était grand, séduisant, extrêmement bien habillé, quelqu'un d'important très certainement, qui avait l'habitude de donner des ordres et d'être obéi au doigt et à l'œil, à en juger par son ton autoritaire. Elle composa le numéro de l'étage du dessus. En chirurgie, ils étaient débordés, comme tous les lundis, à cause des accidents de la route survenus pendant le week-end, lui fut-il répondu.

La situation dans laquelle il se trouvait lui rappelait les interminables attentes dans un aéroport, quand un vol avait du retard. Alex s'était ainsi retrouvée stoppée pendant six heures, avant de pouvoir le retrouver à Washington. Une tempête de neige avait cloué au sol tous les avions... A onze heures et demie, il retourna au bureau des infirmières, passablement furieux.

— C'est ridicule à la fin ! explosa-t-il. Ils ont eu largement le temps de l'opérer dix fois ! On pourrait au moins avoir l'amabilité de me tenir au courant.

— Désolée, monsieur. Nous avons eu un grand nombre de patients envoyés par les urgences... des cas qui ne peuvent pas attendre.

— Moi non plus, je ne peux pas attendre, figurez-vous. Tâchez de savoir où en est ma femme en ce moment.

— Sans doute en salle de réveil, monsieur Parker. Allez prendre un café. Je vais essayer de me renseigner pendant ce temps.

— Merci, mademoiselle.

Il lui décocha un sourire dévastateur, et elle se dit que ce sourire valait la peine de se donner un peu de mal. Peu après, elle eut à nouveau le service de chirurgie. Mme Parker se trouvait encore en « salle d'op ». Ils avaient commencé l'intervention plus tard que prévu. Personne ne savait quand elle en sortirait.

La jeune femme communiqua le message à Sam, qui arpentait la chambre d'Alex de long en large. Dès qu'elle fut repartie, il sauta sur le téléphone. Il regrettait de ne pouvoir assister à la réunion de onze heures, expliqua-t-il à Janet, sa secrétaire. Mais il les retrouverait au restaurant vers treize heures au plus tard.

Midi et demi ! La porte s'entrebâilla sur la silhouette blanche d'une infirmière. Mme Parker avait été transportée en salle de réveil, annonça-t-elle.

— Ce n'est pas trop tôt ! grommela Sam.

Il avait hâte de s'en aller.

— Le Dr Herman désire vous parler. Il va venir vous voir dans quelques minutes, si vous voulez bien patienter encore un instant.

La porte se referma. De nouveau, il fut seul.

Il était une heure moins dix quand le médecin arriva. Sam ressemblait à un lion en cage. L'interminable attente dans ce décor sinistre l'avait exaspéré. Mais que croyaient-ils donc ? Il n'avait pas que ça à faire.

— Monsieur Parker ?

Le Dr Herman entra dans la pièce en blouse chirurgicale verte, son masque stérile autour du cou. Il serra la main de Sam sans émotion d'aucune sorte.

— Comment va ma femme ?

Il n'avait plus une minute à perdre, songea-t-il à bout de nerfs. Bientôt il allait rater le déjeuner avec Simon, son assistante et leurs nouveaux clients, après avoir perdu bêtement toute la matinée.

— Assez bien, monsieur, aussi bien que possible. Elle n'a pas perdu beaucoup de sang, une transfusion ne sera donc pas nécessaire.

Sam le dévisagea froidement.

— Une transfusion ? pour une biopsie ?

— Je ne m'en suis pas tenu à une simple biopsie, monsieur Parker, répondit le praticien d'un ton calme. Malheureusement, mon diagnostic à la vue des radiographies s'est avéré exact. Il s'agissait d'une lésion tumorale développée à partir des structures canalaires du sein, qui a largement débordé sur les tissus voisins. Dans deux ou trois jours, nous saurons à quel point la prolifération cellulaire a affecté le système lymphatique. Quoi qu'il en soit, c'est bien une tumeur maligne, monsieur, comme je le craignais, un cancer de stade deux.

La tête de Sam se mit à tourner. Un léger brouillard descendit sur ses yeux. Il éprouva le vertige qu'Alexandra avait déjà ressenti en contemplant l'ombre funeste sur les clichés de la mammographie. Le reste n'était qu'une masse d'informations indistinctes, un bourdonnement confus, un étrange compte rendu dans un langage incompréhensible.

— J'ai fait ce qu'il fallait pour tout nettoyer, poursuivit le chirurgien, imperturbable. Toutefois, j'ai déjà signalé à votre épouse les risques de récidives ; celles-ci sont fatales le plus souvent, c'est pourquoi nous nous efforçons de les éviter à tout prix. Le traitement le plus efficace contre le cancer consiste à l'éliminer dès son apparition, avant qu'il n'ait affecté d'autres parties de l'organisme. A cette fin, nous sommes obligés d'adopter des mesures radicales, voire agressives. Avec un peu de chance, si le système lymphatique n'a pas été trop infiltré, je crois qu'elle s'en sortira.

Les genoux de Sam fléchirent et il s'assit pesamment sur le lit, le front couvert d'une sueur glacée.

— Que voulez-vous dire ? Avez-vous retiré la tumeur ?

— Bien sûr. Ainsi que le sein, de manière à empêcher les récidives locales. On n'a jamais vu pousser une nouvelle tumeur sur un sein qui n'existe plus, n'est-ce pas ? Certes, on n'est pas à l'abri des métastases, mais tout dépend du stade d'évolution de la tumeur primitive et, comme je vous l'ai déjà dit, des atteintes subies par le système lymphatique. En éliminant le sein cancéreux, nous supprimons du même coup quantité de problèmes inhérents à la maladie.

Sam le considéra, incrédule.

— Pourquoi ne l'avez-vous pas achevée, pendant que vous y étiez ? Cela aurait carrément supprimé tous les risques. Nom d'un chien, quelle barbarie ! Mais quelle sorte de médecine pratiquez-vous donc ?

Il était devenu livide et hurlait sans même s'en rendre compte. Herman ne broncha pas.

— La médecine préventive, monsieur Parker. La meilleure défense étant l'attaque, nous attaquons avant qu'il ne soit trop tard. Autrement dit, nous essayons de maintenir nos patients en vie. J'ai dû procéder également au curetage des ganglions de l'aisselle. Des examens d'imprégnation hormonale dans une quinzaine de jours nous donneront des indications quant à la poursuite du traitement.

— Quel traitement ? Qu'allez-vous lui infliger encore ? vociféra Sam d'une voix haineuse.

« Des bouchers ! » pensa-t-il dégoûté et, comme aveuglé

par la lueur du scalpel qui avait irrémédiablement abîmé le merveilleux corps d'Alex, il ferma les yeux un instant.

— Là aussi, tout dépendra du degré de l'infiltration lymphatique. Des séances de chimiothérapie seront prescrites en conséquence. Je ne crois pas qu'un traitement hormonal sera utile à son âge mais on ne sait jamais. Étant donné que le sein malade a été retiré, elle n'aura pas besoin de radiothérapie. Nous ne commencerons pas la chimio avant quelques semaines. Elle a besoin de temps pour se remettre du choc opératoire et nous pour évaluer la situation. Mon équipe et moi-même allons nous pencher sur son cas avec la plus grande attention.

— Oui, comme vous vous êtes penché sur son sein, ricana Sam.

Comment avaient-ils pu ? Comment avaient-ils osé ?

— Je n'avais pas le choix, monsieur Parker, répliqua Herman tranquillement.

Il avait déjà eu affaire à des maris outrés, des maris effrayés, d'autres encore qui, comme celui-ci, étaient incapables de faire face à la réalité. Ils se comportaient à peu près comme les patientes elles-mêmes. La peur, la révolte ou la résignation. A moins que ce ne soit le déni pur et simple.

— J'ai dû pratiquer une mastectomie totale comprenant, outre le sein et les ganglions axillaires, le tissu conjonctif et le muscle pectoral mineur. Cela signifie que, si elle le désire, elle aura la possibilité de recourir à la chirurgie réparatrice plus tard. Sinon, elle portera une prothèse.

C'était facile à dire. Moins facile à entendre. Sam fixa l'homme qui avait détruit sa vie en un seul geste. Un coup de bistouri précis et tranchant.

— Je n'arrive pas à comprendre comment vous avez pu lui faire ça, murmura-t-il, horrifié, et le médecin réalisa que son interlocuteur était pour le moment incapable de saisir la situation.

— Monsieur Parker, votre femme a un cancer. Nous voulons la soigner.

Sam inclina la tête, les yeux voilés de larmes.

— Très bien, murmura-t-il. Et quelles sont ses chances de s'en sortir ?

Herman eut un haussement d'épaules significatif. Il abhorrait ce genre de questions. Il n'était pas Dieu. Il n'était qu'un homme. Et il ne connaissait pas les réponses.

— Il est actuellement difficile d'émettre un pronostic définitif, monsieur Parker. On doit tenir compte de la sensibilité ou de la résistance spontanée de chaque cancer... Nous avons supprimé la tumeur et les tissus atteints. C'est déjà une bonne chose. Il faut maintenant empêcher l'émigration des cellules cancéreuses, s'il en reste. La chimiothérapie a pour but de les éliminer de l'ensemble des tissus... Seul le temps nous dira si nous avons réussi. Vous allez devoir, tous les deux, faire preuve de patience et de courage, comprenez-vous ?

De nouveau, Sam hocha la tête. Oh, il avait très bien compris. Alex était condamnée à plus ou moins brève échéance. Ils allaient la découper en rondelles, la charcuter, l'empoisonner avec des produits mortels. Il allait la perdre et cela, il ne pouvait le supporter. En tout cas, il ne la regarderait pas dépérir, puis s'éteindre, comme sa mère autrefois.

— Je suppose que vous ne verrez pas d'inconvénient à ce que je vous demande quel est votre taux de réussite, en général ?

— Nous avons obtenu de longues rémissions, parfois même nous avons pu éradiquer la maladie. Mme Parker a une bonne constitution, ce qui joue en sa faveur. C'est une femme forte, vous savez.

Forte, peut-être, mais pas chanceuse. A quarante-deux ans, elle allait devoir livrer l'ultime combat contre la mort. Un combat qu'elle risquait de perdre au bout du parcours. Sam se passa la main sur le front, comme pour stopper l'afflux de pensées. Il avait l'impression de se trouver dans un mauvais film. Un de ces films larmoyants où l'héroïne meurt, laissant son mari seul avec ses enfants. Son père avait traversé la même épreuve, et cela l'avait tué. Mais Sam, lui, résisterait. Il ne laisserait pas Alex l'entraîner dans la tombe. D'un revers de main rageur, il essuya ses larmes en se forçant à ne pas imaginer le corps mutilé qui gisait quelque part à l'étage supérieur. Non, il ne baisserait pas les bras ! Il s'appliquerait à rayer de son esprit les mots affreux de *chirurgie réparatrice*, *chimiothérapie*, *prothèse*. Il ne se prêterait pas à cette farce sinistre, ça jamais, c'était au-dessus de ses forces.

— Votre femme restera en réanimation pendant tout l'après-midi. Elle retrouvera sa chambre ce soir, vers six ou sept heures. Voudriez-vous faire appel à des gardes-malades du secteur privé ? Je crois qu'elle se sentirait plus rassurée.

— Oui, bien sûr, occupez-vous-en.

Le regard de Sam s'était durci en se posant sur l'homme qu'il tenait pour l'unique responsable de son malheur. Il avait associé une fois pour toutes le Dr Herman au cancer et non pas à l'espoir d'une guérison.

— Jusqu'à quand comptez-vous la garder ici ? s'enquit-il d'une voix glaciale.

— Jusqu'à vendredi. Peut-être pourra-t-elle sortir plus tôt, cela dépendra de sa réaction au choc post-opératoire. L'ablation du sein est moins douloureuse qu'on ne l'imagine, en raison de l'absence de nerfs.

Sam réprima un haut-le-cœur. Il n'en avait que trop entendu.

— Mettez en place des gardes-malades jour et nuit, s'il vous plaît. Quand pourrai-je la voir ?

— A son retour de réanimation, en début de soirée.

— Je repasserai à ce moment-là... Allez-vous revoir Alex aujourd'hui ?

— Naturellement. Dès qu'elle sera réveillée. S'il y a un problème, je vous appellerai. Je ne crois pas que nous ayons des complications. L'opération s'est remarquablement bien passée.

Sam sentit son estomac se soulever. A ses yeux, la seule chose de remarquable, c'était la façon dont ce boucher avait traité Alex. Tandis que le Dr Herman quittait la pièce, il se cantonna ostensiblement dans un silence hostile.

Il laissa le numéro de téléphone de son bureau, du restaurant et de la maison à l'infirmière de garde, avant de se précipiter dans l'ascenseur, les yeux fixés sur les numéros des étages, éprouvant un furieux désir d'évasion. Une fois dehors, il respira l'air frais à pleins poumons et héla un taxi. Lorsque la voiture franchit les grilles de l'hôpital, il se sentit mieux. Il avait hâte de se retrouver dans le joyeux tourbillon de la vie active... de la vie tout court... parmi des gens gais, souriants, bien portants, des gens qui n'avaient rien perdu, qui n'étaient pas rongés par le cancer. A mesure que le taxi se plongeait au cœur du trafic, les mots horribles prononcés par le Dr Herman s'estompaient. « Qu'il aille au diable, avec ses amputations, sa chimiothérapie et ses prothèses », pensa-t-il, parcouru d'un frisson. D'ailleurs, il ne voulait plus en entendre parler. Plus jamais.

Une foule chatoyante avait pris d'assaut les tables de *La Grenouille*. Le brouhaha des voix, le léger bruit des couverts d'argent que l'on entrechoque et le tintement des verres de cristal lui firent l'effet d'une mélodie divine. Il était quatorze heures lorsqu'il pénétra dans l'établissement, et Simon l'accueillit avec un large sourire.

— Ah, mon cher, nous désespérions de vous revoir ! Nous avons failli nous enivrer en vous attendant et, comme nous ignorions où vous étiez passé, nous nous sommes résignés à commander.

Les Saoudiens, qui respectaient à la lettre l'interdiction de boire de l'alcool dans leur pays, n'en appréciaient pas moins le champagne à sa juste valeur lorsqu'ils voyageaient à l'étranger. Sam salua les invités, quatre hommes au charme ténébreux, des magnats du pétrole au dire de Simon, qui avaient vécu à Paris et à Londres pendant de nombreuses années, et qui étaient prêts à investir d'énormes sommes aux États-Unis après avoir sillonné les marchés européens. Simon, lui, incarnait le type même de l'aristocrate britannique — la cinquantaine, grand, les cheveux blonds ondulés, les tempes légèrement dégarnies, les yeux d'un bleu pétillant. Il dissimulait une tendance à l'embonpoint sous des costumes en tweed faits sur mesure à Regent's Street, affectionnait les chemises de chez Harrods et les chaussures cousues main. Son intelligence, son éducation, son sens des affaires avaient fini par l'emporter sur la mauvaise impression qu'il avait faite à Sam lors de leur première rencontre. Simon avait laissé son épouse à Londres. Ils vivaient séparément, mais passaient souvent leurs vacances ensemble. Leurs trois fils avaient commencé leurs études à Eton.

Il présenta son assistante, la fameuse économiste diplômée d'Oxford, une splendide jeune femme aux longs cheveux noirs qui lui descendaient à la taille, en un contraste époustouflant avec sa peau de magnolia. Daphné était gracieuse et à l'aise, et elle s'exprimait avec cet humour pince-sans-rire typiquement britannique. Ses yeux sombres se mirent à briller lorsqu'ils captèrent ceux de Sam. Celui-ci eut l'occasion d'admirer sa silhouette fine et élancée peu après, alors qu'elle se levait pour aller se repoudrer le nez. Sa minirobe en laine noire mettait en valeur de très longues jambes, gainées de bas noirs et satinés. Elle traversa la salle de restaurant d'une démarche ondulante, son sac Hermès négligemment pendu à l'épaule, sous les regards admiratifs de la clientèle masculine. Elle formait un cocktail détonant de distinction et de sensualité ; à l'évidence, tous les hommes présents la trouvaient somptueuse.

— Ravissante, n'est-ce pas ? lui souffla Simon en aparté.

— En effet. Vous savez choisir vos assistantes, cher ami.

— Je l'ai sélectionnée pour son intelligence... Mais il faut admettre qu'en maillot de bain, elle ferait pâlir de jalousie tous les top-models réunis, ajouta l'Anglais, tandis que la jeune femme regagnait sa place. Et sur une piste de danse, attention ! c'est de la dynamite !

Ce disant, il adressa un clin d'œil à Daphné... Un signe de connivence amoureuse ou tout simplement d'amitié, Sam n'aurait su le dire. En tout cas, elle semblait parfaitement à l'aise à cette tablée d'hommes. En se tournant vers l'un des investisseurs, elle entama une brillante discussion sur les prix du pétrole.

A mesure que le déjeuner avançait, Sam se détendait. Les rires et les conversations eurent un effet bénéfique sur ses nerfs éprouvés. Peu à peu, les images dérangeantes de l'hôpital se dissipaient dans l'euphorie provoquée par le champagne auquel il fit honneur, un peu plus qu'à l'accoutumée. Mais cet étourdissement n'était que momentané, il ne l'ignorait pas. Dans quelques heures à peine, il serait obligé d'affronter de nouveau Alex... Alex et sa maladie. Pour échapper à l'angoisse qui revenait, Sam se lança dans un exposé sur les immenses possibilités du marché américain, avec une verve inhabituelle. A la fin du repas, il les avait convaincus, et ils échangèrent de chaleureuses poignées de main.

Ce ne fut que bien plus tard, après la réunion avec les juristes chargés d'établir le contrat de Simon, alors qu'il était seul dans son bureau, que la réalité lui tomba dessus comme une chape de plomb. Alex... Alex qui avait subi une mastectomie parce qu'elle avait le cancer ! Appuyé au dossier capitonné de son siège, il scruta le vide, incapable encore d'y croire vraiment.

— Ça ne va pas ?
La voix, légèrement voilée, le fit sursauter. Il leva les yeux. Daphné se tenait devant lui, et il dut se faire violence pour ne pas regarder ses jambes. Il était difficile de ne pas succomber aux attraits de Daphné. Ainsi debout, fine et racée avec son opulente chevelure d'ébène, elle était l'incarnation de la jeunesse et de la beauté, se dit-il, déconcerté par le charme qu'elle dégageait. Il n'avait jamais trompé Alex et n'en avait d'ailleurs aucunement l'intention. Et puis, cette somptueuse sirène entretenait sûrement avec Simon des relations qui dépassaient largement le cadre professionnel.

— Mauvaise journée ? s'enquit-elle en prenant place sur un fauteuil.

Ça, on pouvait le dire !

— Non, pas du tout. Certains jours sont plus fatigants que d'autres. Je suis en train de conclure une affaire qui me donne du fil à retordre. Mais, soyez rassurée, tout va bien.

Il se justifiait, pensa-t-il agacé. Il mentait, comme s'il avait quelque chose à cacher mais, au fond, ne s'agissait-il pas d'un secret à taire ? d'un vilain secret nommé cancer...

— Oui, certaines affaires sont compliquées, admit-elle en croisant les jambes, puis en les décroisant et, de nouveau, il se força à ne pas les regarder. Je voudrais vous remercier de m'avoir autorisée à me joindre à vous. J'espère que vous n'avez pas accepté uniquement par sympathie pour Simon.

— Un peu, je l'avoue, mais je ne le regrette pas, sourit-il. Vous le connaissez depuis longtemps ?

Elle paraissait trop jeune pour entretenir une liaison depuis longtemps, songea-t-il en même temps et pourtant, Simon lui avait dit qu'elle avait vingt-neuf ans. On lui en donnait facilement cinq de moins.

— Oh, oui. Depuis toujours... Il est mon cousin.

— Ah bon ? s'exclama-t-il, amusé par ses propres supputations qui se révélaient inexactes. Il en a de la chance.

— Je n'en suis pas si sûre. En fait, il est beaucoup plus proche de mon frère. Il m'a toujours traitée de chipie. Il a commencé à me témoigner de l'estime quand je me suis inscrite à l'université d'Oxford. Mon frère, qui est mon aîné de quinze ans, adore Simon. Ils ont le même goût pour la chasse... quelle barbe !

Elle lui dédia un sourire éblouissant, puis recroisa les jambes, sûre de sa beauté. Sam feignit de ne rien remarquer. Il se demanda soudain si sa présence constante n'allait pas le perturber. Simon souhaitait la garder avec lui pendant un an, après quoi elle retournerait en Angleterre pour enseigner dans une école de droit. Bizarrement, elle rappelait à Sam Alex à ses débuts. Elles avaient le même entrain, la même flamme, la même vitalité.

— Vous vous plaisez à New York ? Je suppose que cela ne vous change pas beaucoup de Londres.

Il trouvait les grandes métropoles excitantes. Vivantes surtout. Comme Daphné.

— Oh, j'aime beaucoup les États-Unis, bien que je ne connaisse encore personne, à part Simon. Il m'a déjà fait découvrir un tas d'endroits amusants, des restaurants, des boîtes de nuit. Ça doit l'ennuyer à périr mais que voulez-vous, l'esprit de famille !

— Je suis sûr qu'il se plaît en votre compagnie.

— En tout cas il est très gentil. Et vous aussi. Merci encore de m'avoir acceptée parmi vous.

— Il n'y a pas de quoi. Vous serez bientôt un atout supplémentaire pour nous, dit-il avec politesse.

Ils échangèrent un sourire, puis elle prit congé, et il la suivit d'un regard admiratif. Quand la porte se referma, le charme se rompit. Les aiguilles de la pendule murale avançaient inexorablement. Cinq heures. Puis six. Sam s'abîmait dans une morne contemplation de la trotteuse qui courait, courait sans répit. Il pensa vaguement qu'il devait passer à l'hôpital à moins de faire d'abord un saut à la maison pour embrasser Annabelle. Il n'avait pas essayé d'appeler Alex, craignant de la réveiller. D'après le médecin, elle ne serait pas dans sa chambre avant sept heures. Enfin, il se décida. La maison d'abord. Il dîna avec Annabelle, la mit au lit, lui lut une histoire, regarda la télévision. Sitôt qu'elle l'avait aperçu, Carmen s'était empressée de demander s'il avait eu des nouvelles de Mme Parker, et Annabelle s'était mise à pleurer parce que maman ne l'avait pas appelée.

— Elle te téléphonera sûrement demain, ma chérie. Elle a dû avoir beaucoup de travail, tu sais.

Il avait senti le regard dubitatif de la gouvernante et s'était tu brusquement... Huit heures ! Il échangea sa tenue d'homme d'affaires contre un pull-over et un jean. Elle devait l'attendre. Une boule se forma au creux de son estomac. Il aurait voulu s'épargner ce face-à-face qu'il devinait pénible. Mais il ne pouvait décemment y échapper. Il eut la vision d'un corps disloqué, d'une figure décomposée par la douleur car elle devait souffrir, bien sûr, malgré les affirmations du chirurgien. On lui avait ôté un sein, après tout. Le savait-elle ? Et en ce cas, comment avait-elle réagi ? Son cœur se serra à l'idée de la voir aussi diminuée.

Il traversa le hall d'hôpital d'un air sombre. L'ascenseur le déposa au sixième et il entra dans la chambre, la mort dans l'âme. A son désespoir, elle était complètement réveillée. Elle gisait sur le lit. Une infirmière installée sur une chaise feuilletait un magazine à la lumière de la lampe de chevet. Alex pleurait en silence, les yeux rivés au plafond bleuâtre. A l'approche de Sam, la garde se leva, et Alexandra murmura un « mon mari » d'une voix faible. La femme sortit alors de la pièce en précisant qu'elle resterait à côté, dans la salle d'attente. Sam fit quelques pas en avant, avec l'impression que chacun de ses pieds pesait une tonne. Enfin arrivé à hauteur du lit, il la regarda. Elle était aussi belle que d'habitude, bien qu'elle lui parût aussi pâle et fatiguée que le jour de la naissance d'Annabelle ; à ceci près que, alors, elle rayonnait de bonheur. Sam lui saisit la main droite. Il pouvait voir tout son côté gauche entièrement bandé, il détourna les yeux.

— Alors, chérie, comment vas-tu ?

Il se sentait mal à l'aise mais elle ne fit rien pour lui dissimuler ses larmes, qui traçaient leurs sillons brillants sur ses joues. Ses grands yeux verts se fixèrent sur lui, chargés de lourds reproches.

— Où étais-tu quand on m'a ramenée ici ?

— Ton chirurgien m'a dit que tu ne sortirais pas de réanimation avant dix-neuf heures. Je suis passé d'abord à la maison border Annabelle. Je croyais bien faire...

Elle n'eut pas l'air convaincue.

— Ils m'ont ramenée à quatre heures de l'après-midi, dit-elle d'une voix cassante. Où étais-tu ?

— Au bureau, puis avec Annabelle. Je l'ai mise au lit et je suis tout de suite venu ici.

Son expression innocente ne trompa pas Alexandra.

— Pourquoi ne m'as-tu pas téléphoné ?

— Je pensais que tu dormais, Alex, répondit-il, à bout de nerfs.

Alors, elle le dévisagea et se mit à sangloter sans retenue, sans pouvoir s'arrêter. Peter Herman l'avait mise au courant de tout. La tumeur, la mastectomie, le curetage des ganglions, les risques encourus, le danger qui planait, le fait qu'il espérait que le mal ne s'était pas propagé ailleurs. Elle savait aussi que, dans quatre semaines, les séances de chimiothérapie commenceraient.

Elle pleurait toujours, inconsolable. Aussi loin que son regard pouvait se porter dans l'avenir, elle ne voyait que des ténèbres. Elle était entrée dans une nuit sans fin, sans espoir de revoir se lever le soleil. Le coup de scalpel qui l'avait mutilée à jamais avait tranché en même temps le fil ténu de sa vie. Elle se voyait défigurée et, bientôt, brûlée par des drogues qui la rendraient encore plus malade. Et laide. Elle allait perdre ses cheveux, après avoir perdu un sein, et elle avait une chance sur deux de demeurer stérile. Il ne restait plus rien, rien que des ruines et même son mari ne lui avait pas apporté le soutien qu'elle espérait. Sam avait brillé par son absence, lorsque, en rouvrant les yeux dans la petite pièce bleu pâle, elle l'avait vainement cherché. Il n'avait pas été à son côté. Des heures s'étaient écoulées avant qu'il se décide à lui rendre visite. Herman, lui, avait été là. Il avait pour principe de toujours annoncer la vérité à ses patientes. Il préférait les avertir personnellement, plutôt que de charger les infirmières de cette pénible besogne. Il avait longuement exposé à Alexandra son point de vue... Et elle avait cru mourir en l'écoutant... Et Sam n'avait rien fait pour arrêter le cauchemar.

— J'ai perdu mon sein... j'ai le cancer... ne cessait-elle de murmurer, encore et encore, en versant de nouvelles larmes.

Sam pleurait, lui aussi, en pressant la main d'Alexandra entre les siennes. C'était horrible. Plus qu'il ne pouvait endurer... Pire que tout ce qu'il avait imaginé.

— Je suis désolé... ça va aller... Herman a dit qu'il a fait tout ce qu'il fallait... tu t'en sortiras...

— Il n'en sait rien, en fait. *Rien !* s'écria-t-elle, sans pouvoir réprimer ses sanglots. Je vais devoir subir une chimio, maintenant... Oh, mon Dieu, je n'en veux pas. Je veux mourir.

— Ne dis pas ça ! Ne dis jamais ça, Alex !

— Pourquoi pas ? Comment te sentiras-tu quand tu regarderas mon corps ?

— Navré, admit-il avec une franchise qui fit jaillir de

nouvelles larmes des yeux d'Alexandra. Je suis vraiment navré pour toi.

Pour toi ! Pas pour nous... pensa-t-elle avec amertume. Il se comportait comme si ce drame ne le concernait pas. Comme le spectateur d'un événement attristant qui regarde sans participer. Sam sortit un mouchoir et se sécha les yeux. Oui, il était infiniment triste, mais il n'avait pas l'intention de se laisser embarquer dans cette galère. Il ne voulait pas en mourir, comme son père, des années auparavant, après la mort de sa mère, emportée elle aussi par un cancer. Dans sa mémoire, les deux décès étaient intimement liés. Sam, lui, se battrait pour survivre.

— Tu ne me toucheras plus... sanglotait-elle.
— Chérie, ne sois pas stupide. Et les jours bleus, alors ?
Sa plaisanterie tomba à plat. Elle le regarda d'un air douloureux.
— Il n'y aura plus de jours bleus, Sam. La chimio rend stérile dans cinquante pour cent des cas. De toute façon, je ne dois pas prendre de risques pendant cinq ans, par crainte d'une récidive. Dans cinq ans, je serai trop âgée pour avoir un bébé.
— Pour l'amour du ciel, Alex, arrête un peu de broyer du noir. Tâche de voir le bon côté des choses, dit-il, en affichant un optimisme qu'il n'éprouvait plus du tout.
— Quel bon côté ?
— D'après Herman, la perte de ton sein te permet de conserver la vie, déclara-t-il d'un ton ferme.
— Comment réagirais-tu si tu avais perdu un testicule ?
— J'en serais désolé, bien sûr. Mais j'essaierais de surmonter ma peine.

Elle secoua la tête. Elle n'était pas prête à entendre ce genre de propos lénifiants.

— Eh bien, pour moi, c'est impossible, vois-tu ? Pendant les six ou sept prochains mois je serai malade comme un chien, je suis déjà défigurée, et tout cela n'empêchera pas les métastases.

— Seigneur, Alex, tu te mines inutilement. Tu n'envisages que le pire.

— Tu ferais peut-être la même chose à ma place. Toi, tu vas rentrer à la maison revoir Annabelle. Demain, en te regardant dans le miroir, tu n'auras pas changé. Alors que moi... ma vie entière a changé en un instant. Alors ne me dis pas de quelle façon je dois envisager mon avenir. Je n'en ai pas. Et puis tu ne peux pas comprendre.

Sans s'en apercevoir, elle avait haussé le ton. Sam ébaucha un geste d'apaisement.

— Je sais, ma chérie. Mais tu m'as, moi, et tu as Annabelle. Cela, personne ne peut te l'enlever. Tu es toujours aussi belle, Alex. Et tu as toujours ton travail. D'accord, tu as perdu un sein. Mais tu aurais pu avoir un accident. Rester clouée sur une chaise roulante. Je t'en supplie, ne te laisse pas abattre.

— Ah oui, se moqua-t-elle. Bien sûr.

— Mais que veux-tu de moi, à la fin ? demanda-t-il avec lassitude.

Il avait pourtant fait de son mieux pour lui remonter le moral.

— Un peu de sympathie, répliqua-t-elle. Un peu d'attention. Tu ne t'es même pas donné la peine de m'écouter ces derniers temps. « Ne t'en fais pas, chérie, tout ira bien », me répondais-tu chaque fois que je cherchais du réconfort auprès de toi. Et maintenant, tu viens me débiter un tas de lieux communs, de platitudes. Tu n'étais pas près de moi, quand le Dr Herman m'a dit ce qu'il m'avait fait, non ! Tu étais au bureau, en train de conclure des affaires mirifiques, puis à la maison à regarder la télé, sous prétexte qu'il fallait border notre fille... Cesse donc de me répéter que je ne dois pas me laisser abattre. Tu n'es pas capable d'imaginer ce que je ressens.

— Je suppose que non, murmura-t-il, anéanti par sa véhémence. Je ne sais pas quoi te dire, Alex. J'aimerais pouvoir changer tout cela mais je ne peux pas. Je suis désolé de n'avoir pas été là.

— Moi aussi, dit-elle, aveuglée par les larmes. (Elle se sentait si seule, si perdue, si effrayée.) Oh, mon Dieu, que vais-je devenir ? Comment continuerai-je à travailler, à être ta femme, à être la mère d'Annabelle ?

— Tu feras comme tu pourras. Tu te ménageras des plages de repos. Veux-tu que j'appelle ton bureau ?

— Non. Je les appellerai dans quelques jours. D'après le Dr Herman je devrai peut-être me mettre en congé maladie quand je commencerai la chimiothérapie. Le traitement détruit aussi les cellules saines. On sort des séances littéralement lessivé... Six mois de chimio, tu te rends compte ? Non, sûrement pas !

— C'est peut-être trop tôt pour y penser. Pour le moment tu viens juste d'être opérée. Occupe-toi d'abord de toi.

— En faisant quoi ? En allant voir un groupe de soutien ?

Herman le lui avait recommandé, mais elle n'avait rien voulu savoir. Elle n'irait pas s'asseoir en rond avec d'autres estropiées pour parler de ses malheurs.

— Je ne sais pas... Pourquoi n'essaies-tu pas de te détendre ?

Il la vit se hérisser et baissa la tête, accablé, s'attendant à une nouvelle avalanche de reproches. Heureusement, l'infirmière entra et proposa à Alexandra une piqûre contre la douleur et un somnifère. Sam lui conseilla d'accepter, mais elle le fixa d'un œil soupçonneux.

— Pour que j'arrête de te crier dessus, n'est-ce pas ?

Elle lui faisait penser à une gamine, à une toute petite fille perdue. Sam se pencha pour effleurer son front d'un baiser.

— Exactement. Dors bien. Arrête de te faire du mal.

Décidément, il ne comprenait rien. Tout ce qu'elle redoutait lui était arrivé en un seul jour, et il l'exhortait au calme. La route serait longue, pénible, semée d'embûches. Selon toute vraisemblance, elle serait seule pour gravir les marches du calvaire. Il ne fallait pas compter sur Sam, qui persistait à nier la réalité.

— Je t'aime, ma chérie, chuchota-t-il, quand l'infirmière repartit, après avoir administré à Alex une piqûre de sédatif.

Elle ne répondit rien, trop désespérée pour pouvoir lui murmurer des mots d'amour. Quelques minutes après, ses paupières s'alourdirent. Elle s'endormit d'un seul coup, sa main dans celle de Sam, qui la contempla un instant, les yeux humides. On aurait dit une poupée brisée, recouverte de bandages, avec ses magnifiques cheveux couleur de flamme éparpillés sur l'oreiller.

Il sortit sur la pointe des pieds, signala à l'infirmière qu'il partait. Dans l'ascenseur, les paroles d'Alexandra lui revinrent en mémoire. Lui pouvait quitter l'hôpital, rentrer à la maison. Elle avait raison, conclut-il, en ravalant ses larmes. Le mal ne l'avait pas frappé. La mort ne l'avait pas frôlé de ses ailes noires. Il était entier, n'encourait aucun danger. Non, il n'avait rien à craindre, si ce n'est de perdre Alex, et cette seule supposition l'emplit d'effroi. Il décida de rentrer à la maison à pied. Sur le chemin, il vit son reflet dans une vitrine. Oui, c'était bien le même homme. Il n'avait pas changé, bien que lui aussi ait perdu quelque chose... la partie de son âme qui l'attachait à Alex. Celle-ci allait peu à peu le quitter, jour après jour, mois après mois, comme ses parents. Elle n'avait pas le droit de lui infliger cette épreuve terrible. Ni d'exiger qu'il meure avec elle... Sam força l'allure, puis se mit à courir comme s'il était poursuivi par des fantômes.

7

Lorsqu'elle se réveilla le lendemain matin, l'infirmière était en train de changer le flacon du goutte-à-goutte. Une femme, assise sur la chaise, souriait à Alexandra, qui la regarda, étonnée. Elle n'éprouvait presque aucune douleur, comme le lui avait affirmé le Dr Herman, mais à mesure qu'elle reprenait conscience de ce qui s'était passé, elle eut la sensation d'un poids insoutenable sur la poitrine. L'inconnue portait une robe fleurie ; elle avait des cheveux gris, des yeux bleu vif.

— Bonjour, je m'appelle Alice Ayres. Je suis venue vous rendre visite, déclara-t-elle en arborant à nouveau un sourire chaleureux.

Alexandra voulut s'asseoir, mais ne put que relever la tête, et l'infirmière s'empressa de redresser le sommier électrique.

— Mais... qui êtes-vous ? Une garde-malade ?

— Non, je viens juste en amie. Je suis volontaire. Je sais ce que vous ressentez, madame Parker. Puis-je vous appeler Alexandra ?

— Alex, dit-elle machinalement, sans comprendre.

Le petit déjeuner arriva à ce moment-là. Elle prévint l'infirmière qu'elle ne prendrait que du café noir, sans regarder le bol empli d'une bouillie fumante.

— A votre place, je me nourrirais, Alex. Il faut reprendre

des forces. (Elle faisait penser à la marraine de Cendrillon.) Goûtez donc ces flocons d'avoine. C'est un excellent reconstituant.

— Je déteste les céréales, décréta Alexandra d'un ton hostile. Qui êtes-vous exactement ? que voulez-vous ?

— Bavarder un peu avec vous, si toutefois vous en avez envie. J'ai subi la même opération que vous il y a quelques années, et je sais parfaitement quels sont vos sentiments. Vous êtes révoltée, vous avez peur, vous pensez que vous êtes mutilée. Je l'ai cru, moi aussi. Jusqu'au jour où j'ai fait appel à la chirurgie réparatrice, expliqua-t-elle en lui tendant une tasse de café. Je pourrais vous montrer. Très peu de gens s'apercevraient que j'ai eu une ablation du sein. Voudriez-vous le voir ?

— Non, merci, riposta Alexandra, irritée.

Le Dr Herman lui avait déjà vanté les miracles de la chirurgie plastique. On introduisait un implant sous la peau, et on greffait dessus la moitié du mamelon du sein intact ou sinon on le reproduisait à l'aide d'un tatouage. Un sein artificiel. Une sorte de poche en plastique emplie de silicone sous la chair meurtrie. Elle réprima une moue de dégoût.

— Madame... euh... Ayres, qui vous a demandé de venir ?

— Votre chirurgien a inscrit votre nom sur la liste qu'il fournit régulièrement à notre groupe de soutien aux malades. Si vous souhaitez en parler, autant le faire avec des femmes qui ont connu la même expérience. C'est très réconfortant, vous savez.

— Je ne crois pas... Je ne veux pas en parler... Surtout pas avec des étrangers.

— Je comprends, murmura Mme Ayres en se levant, avec un gentil sourire. Si toutefois vous vous inquiétez pour la chimio, nous pourrions vous apporter quelques réponses claires. Votre médecin traitant aussi, bien sûr. Nous avons également constitué un groupe d'hommes, au cas où votre mari serait intéressé...

Elle posa une petite brochure sur la table de nuit ; Alex l'ignora. Si elle ne s'était pas sentie aussi abattue, elle aurait éclaté de rire. Sam faisant partie d'un groupe de maris dont les femmes avaient subi une ablation du sein ? Ça ne lui ressemblait guère.

— Mon mari ne viendra pas non plus. Merci quand même.

— Bon courage, Alex. Je penserai à vous, dit doucement la visiteuse.

Sa main effleura un instant le pied de la jeune femme, enfoui sous la couverture, avant de quitter la pièce. Une première visite classique, rapporta-t-elle aux infirmières de garde. Alexandra Parker oscillait entre la dépression et la révolte et c'était bien normal ! Alice Ayres ajouta qu'elle adresserait un mot à la présidente du groupe, pour qu'elle envoie quelqu'un de plus jeune au chevet d'Alex. Une femme du même âge gagnerait plus facilement sa sympathie.

— Qu'est-ce que ça voulait dire ? s'enquit Alexandra auprès de l'infirmière.

— Ce n'était qu'une simple démarche amicale. Ce sont des gens merveilleux. Ils aident de très nombreux malades... Aimeriez-vous que nous fassions votre toilette ?

Elle ne répondit pas. Elle n'avait pas le choix... Elle n'avait plus d'autre choix que de se plier à la routine du milieu hospitalier. Les aides soignantes passèrent une éponge savonneuse sur ses membres et elle serra les poings, humiliée. Ensuite, elle se brossa les dents, puis se rinça la bouche. Son regard se tourna vers la fenêtre inondée de lumière. Les minutes s'égrenaient avec une lenteur exaspérante. Sa vie venait d'être scindée en deux parties bien distinctes. Avant la maladie et après. Comme si une ligne de démarcation tracée par une main invisible avait tranché le temps... le temps qui poursuivait sa course inexorable mais vers quelle destination ? Puis, ce fut l'heure du déjeuner. On lui apporta un plateau où se trouvait une assiette de soupe à laquelle elle ne toucha pas. Elle n'avait pas faim. Elle n'aurait plus jamais faim. Le chirurgien entra peu après. Il examina le bandage, l'air satisfait. Elle ne baissa pas une seule fois le regard sur son pansement et retint un gémissement lorsqu'il remplaça le drain. Dès que le médecin fut sorti, la sonnerie du téléphone retentit dans la chambre bleu pâle. C'était Sam. Il était au bureau, dit-il. Il viendrait la voir en fin d'après-midi...

— En attendant repose-toi, ma chérie. Annabelle va bien. Tu me manques, Alex.

Elle n'en crut pas un mot. Si elle lui manquait tant que ça, pourquoi ne faisait-il pas un saut à l'hôpital à l'heure du déjeuner ? ne put-elle s'empêcher de demander. Il y eut un léger flottement à l'autre bout de la ligne, après quoi il se lança dans de nouvelles explications. Il avait un déjeuner d'affaires au *Four Seasons,* avec un de ses plus anciens clients à qui il voulait présenter Simon et son assistante. Mais il passerait sur le chemin de la maison, c'était promis.

Elle lui aurait bien raccroché au nez mais n'en fit rien. Un peu plus tard, elle téléphona à Annabelle. La petite fille poussa un cri de joie et se mit à lui raconter sa matinée à l'école. Alexandra évoqua son « voyage » à contrecœur.

— Quand reviens-tu, maman ?

— Ce week-end, mon petit trésor.

Elle raccrocha, le cœur serré. En début d'après-midi, elle appela son bureau. Brock s'était absenté, ainsi que Matt Billings, lui apprit Élisabeth Hascomb... Oui, tout était en ordre, ajouta-t-elle, puis, d'une voix anxieuse :

— Comment allez-vous, Alex ?

— Très bien, Liz, merci, répondit-elle d'un ton parfaitement lisse. Je reviendrai le plus vite possible.

— Nous vous attendons.

Le Dr Herman repassa dans l'après-midi. Dorénavant, elle pouvait manger normalement, décréta-t-il. Elle serait libre de quitter l'hôpital le lendemain, si elle le désirait. La plaie cicatrisait parfaitement bien.

— Je préfère rester jusqu'à la fin de la semaine.

Il la regarda, un peu surpris.

— J'aurais parié que vous auriez hâte de rentrer chez vous.

— J'ai une petite fille de trois ans et demi, docteur. Je préfère être en meilleure forme quand elle me reverra.

— Eh bien, vous vous sentirez mieux ce week-end. Je vous aurai retiré le drain, il ne restera plus que le bandage. Évidemment, vous serez encore fatiguée, cela va de soi. Mais d'ici là, vous n'aurez plus mal du tout ; si c'était le cas, je vous donnerais des calmants. Reposez-vous bien et tâchez de reprendre des forces. Vous en aurez besoin, car en fonction des résultats de vos analyses, nous commencerons le traitement dans trois ou quatre semaines.

Le traitement. C'était un doux euphémisme pour désigner la chimiothérapie, se dit-elle, la bouche sèche.

— Et mon travail ?

— Prolongez votre congé d'une semaine. Jusqu'à ce que nous ôtions le pansement. Durant les séances, vous aviserez par vous-même. Si vous vous sentez le courage de reprendre le collier, tant mieux. Mais allez-y modérément, tout de même.

L'obstétricien lui avait également conseillé de ne pas avoir un emploi du temps trop chargé, lorsqu'elle avait eu Annabelle. Elle hocha la tête distraitement, perdue dans les souvenirs heureux de son autre vie. Du moins, on ne lui interdisait pas de travailler. C'était déjà quelque chose.

Le Dr Herman ressortit, et elle s'assit sur la chaise, près de la fenêtre. Un peu plus tôt, elle avait voulu faire un tour dans le couloir. Ses jambes s'étaient dérobées sous elle et elle avait dû s'appuyer au mur avant de regagner sa chambre d'un pas chancelant. Le pansement la serrait et elle n'arrivait pas à lever le bras gauche. Heureusement qu'elle n'était pas gauchère, se dit-elle, ce qui était une maigre consolation.

Elle était toujours assise devant la fenêtre, quand Sam arriva avec une énorme gerbe de roses rouges, à cinq heures de l'après-midi. En la voyant, il marqua une pause sur le seuil. Cette expression de désespoir sur ce visage blême, il ne la connaissait que trop bien... Et cette façon de rester immobile, comme prostrée, telle une victime de la fatalité... L'espace d'une seconde la vision terrifiante de sa mère à l'agonie le transperça, et il se retint pour ne pas rebrousser chemin.

— Salut, comment te sens-tu ?

Il posa les fleurs sur la petite table de nuit, les mains tremblantes. Alexandra haussa les épaules.

— Bien, dit-elle d'une voix éteinte qui démentait son affirmation.

Le pansement la serrait comme une gangue, le drain l'élançait mais elle ne lui en parla pas.

— Merci pour les fleurs, reprit-elle sans entrain. Le Dr Herman dit que je pourrai retourner au bureau dans une quinzaine de jours.

Il eut un sourire de soulagement.

— Enfin une bonne nouvelle ! Quand rentres-tu à la maison ?

— Probablement vendredi. Samedi au plus tard. (Annabelle lui manquait cruellement mais comment réagirait-elle à la vue du bandage ?) Peux-tu dire à Carmen de rester pour le week-end ? Je sais qu'elle tient à son jour de repos mais je ne crois pas que j'y arriverai sans son aide.

— Oui, bien sûr. D'ailleurs je m'occuperai d'Annabelle. Il n'y a pas de problème.

Pas de problème ! Elle le regarda pendant un long moment.

Une foule de questions se pressaient dans sa tête. Quelle serait leur vie désormais ? Ils avaient dépensé tant d'énergie à essayer de faire un autre enfant... comment rythmeraient-ils leur existence sans les jours bleus qui les faisaient tant rire avant ? avant ! Il lui sembla que des siècles s'étaient écoulés depuis qu'elle était partie de la maison. Elle y reviendrait dans quelques jours complètement transformée. Sam la regarderait d'un autre œil, elle en était sûre. L'ablation de son sein l'emplirait de dégoût... Le Dr Herman lui avait montré des photos censées la préparer psychologiquement. Elle les avait écartées, écœurée par cette chair flasque et rosâtre, sans aréole, un bout de viande morte barré par la longue cicatrice oblique.

— Et si nous faisions quelque chose d'amusant ce week-end ? suggéra Sam négligemment... Inviter des amis ou aller au cinéma, puisque Carmen sera là...

Elle le regarda, interloquée. N'avait-il donc rien compris ?

— Je ne veux voir personne. Pour dire quoi, d'ailleurs ? que je viens d'être opérée et que je commence une chimiothérapie ? Fais preuve d'un peu de compréhension, Sam. Ce n'est pas facile pour moi.

— Je le sais bien, mais tu n'es pas obligée de t'apitoyer sans cesse sur ton sort. La vie continue... Bon, d'accord, tu as perdu un sein. Mais ce n'est pas la fin du monde.

Il s'efforçait de rendre le tableau moins sombre, en vain. Bien sûr que ce n'était pas la fin du monde, songea-t-elle tristement. Mais la fin de son monde à elle... Une atteinte terrible à sa propre image. Une souffrance absolue. Elle le dévisagea intensément.

— Comment réagiras-tu maintenant quand tu approcheras, Sam ?

Un lourd silence suivit pendant lequel les deux époux s'examinèrent. Elle voulait entendre les mots qu'il n'avait pas encore prononcés, qu'il jugeait inutiles. Sa présence ne lui suffisait-elle pas ?

— Que veux-tu dire ? demanda-t-il, agacé.

— C'est pourtant clair. Comment réagiras-tu quand tu me verras telle que je suis maintenant ? répéta-t-elle.

Elle-même n'avait pas pu regarder son corps.

— Comment veux-tu que je le sache ? Est-ce si différent ? Nous verrons bien.

— Quand ? La semaine prochaine ? Demain ? Tout de suite ?

Ses yeux l'interrogeaient derrière le voile brillant des larmes, mais il détourna le regard, paniqué.

— Veux-tu que je te montre ce que je suis devenue ? reprit-elle, impitoyable, les joues empourprées par la colère. Préfères-tu admirer d'abord les photos du Dr Herman ? Il a un album d'ablations de seins de toute beauté. On dirait des bouts de viande aplatis, sans mamelon...

Il la regarda enfin, le visage couleur de cendre, furieux.

— Bon sang, qu'est-ce que tu veux, au juste ? Tu veux me faire peur ou me dégoûter pour de bon, avant même que nous nous retrouvions ? Que se passe-t-il, Alex ? Es-tu fâchée contre moi ? Contre le destin ? Pourquoi cette attitude négative ? Après tout, on te le rendra, ton sein.

— Je ne veux pas d'un sein artificiel.

— D'après le Dr Herman tu pourras recourir à la chirurgie réparatrice dans quelques mois. C'est une excellente idée à mon avis.

— Et jusque-là tu comptes garder la tête dans le sable ?

Il leva les bras au ciel puis les laissa retomber en poussant un soupir d'exaspération.

— Arrête ! Écoute, Alex, je suis profondément navré de ce qui t'est arrivé. Désolé que tu sois « défigurée », comme tu dis. Et j'ignore quelle sera ma réaction quand je te verrai. Je te le dirai quand l'occasion se présentera, d'accord ?

— Oui, tiens-moi au courant.

Il n'avait pas formulé les mots qu'elle attendait. Il n'avait pas affirmé qu'elle serait toujours belle à ses yeux... Il s'efforçait de se persuader que, tout compte fait, rien n'était arrivé, en tout cas rien d'irréparable. Pour son retour, un dîner, une sortie avec des amis lui semblaient infiniment plus appropriés qu'un tête-à-tête. Il n'avait pas senti l'angoisse d'Alexandra, ce déchirement effroyable, cette incertitude devant un avenir qu'elle n'envisageait que sombre.

— Tu te sentiras mieux quand tu rentreras à la maison, affirma-t-il, inconscient du désarroi de sa femme. Annabelle te déridera. Tiens le coup jusqu'à ce que tu retournes au bureau et à une vie plus normale.

— Crois-tu qu'on mène une vie normale entre deux séances de chimio ? lança-t-elle d'une voix blanche.

— Oui, mais ça dépendra de toi, rétorqua-t-il brutalement. Tu n'as pas le droit de nous punir, Annabelle et moi, sous prétexte que tu es tombée malade. Essaie d'accepter ce qui s'est passé... (c'était seulement hier, mais il semblait l'avoir oublié)... de retrouver la paix de l'esprit... Oh, Alex, je ne sais plus quoi te dire. Je ne suis même pas sûr de pouvoir t'aider.

— Vraisemblablement, non, en effet. Tu t'es fixé d'autres priorités. Simon et ses nouveaux clients, par exemple.

— J'ai une vie professionnelle bien remplie, c'est vrai. Mais toi aussi, non ? Si ça m'était arrivé à moi, je ne crois pas que tu aurais laissé tomber un client en plein procès ou un rendez-vous important pour me tenir la main. Sois réaliste ! La terre ne s'est pas arrêtée de tourner parce que tu viens d'être opérée.

— Voilà qui est rassurant.

— Désolé, murmura-t-il d'un air malheureux. Je crois que tout ce que je peux dire te rend encore plus furieuse.

— Tu aurais pu simplement me dire que tu m'aimerais

de toute façon. Que j'aie un sein ou deux. Mais cela ne t'a pas effleuré l'esprit... Peut-être que ça te dérange, au fond.

— Mais je n'en sais rien ! Toi non plus d'ailleurs. Ce sera peut-être toi qui ne voudras plus jamais faire l'amour avec moi. Qu'est-ce que j'en sais ?

Ils s'étaient toujours exprimés librement, honnêtement. Mais, à ce tournant délicat de sa vie, Alexandra n'était pas prête à entendre ce genre de vérités. N'importe quel psychiatre l'aurait dit à Sam, mais il n'en aurait pas tenu compte. Il était pour les explications franches.

— Moi, je t'aurais aimé en toutes circonstances : infirme, grabataire ou sur une chaise roulante, reprit-elle, dans l'espoir de se sentir désirée.

— Voilà une grandeur d'âme à laquelle je ne crois pas. Personne ne sait comment il se comportera devant une telle situation, Alex. Pas même toi... Je suis sûr que tu te forcerais, pour être en paix avec ta conscience. Même si dans le fond tu en étais dégoûtée.

— Es-tu en train d'insinuer que je te dégoûte ?

— Je suis en train de t'expliquer que je n'en sais rien encore, et ça, c'est plus honnête ! Laisse-moi le temps de souffler. De m'habituer à l'idée que tu... que tu n'es plus exactement comme avant. Cela pourrait m'effrayer, c'est vrai. Surtout si tu continues à en faire tout un plat. Il n'y a pas que le sexe, dans la vie. Nous sommes aussi amis, pas seulement amants.

— Je ne veux pas que nous soyons amis.

Elle fondit de nouveau en larmes, et il fit un effort pour cacher son irritation.

— Ma chérie, nous avons tous deux besoin de prendre du recul. Nous aviserons par la suite. Nous nous sommes toujours dit la vérité, n'est-ce pas ?

Elle aurait préféré un pieux mensonge. L'intégrité qu'elle

avait toujours considérée comme l'une des plus grandes qualités de Sam était soudain devenue un instrument de torture.

— Ta personnalité ne se limite pas à un sein, poursuivit-il, sans remarquer le regard désespéré d'Alex. Tu es avocate, pas danseuse nue. Si ton corps est atteint, ton intelligence reste intacte, et c'est ce qui compte pour ton métier, non ?

Elle aspira une large bouffée d'air tiède saturé de l'odeur tenace des désinfectants. Elle venait de perdre une partie d'elle-même, de son identité. Le symbole de sa féminité. Elle perdrait probablement ses cheveux, sa vie de couple et la possibilité de faire des enfants... Et il se tenait là, sûr de détenir la solution du problème.

— Tu ne te rends pas compte, murmura-t-elle. En un jour, ma vie a basculé dans un cauchemar dont je ne vois pas la fin. Me voilà mutilée, sans espoir de redevenir mère, et toi tu déclares froidement que tu n'es pas sûr que tu me désireras encore... Comment veux-tu que je n'en souffre pas ? Il faudrait que je sois morte pour ne pas en souffrir.

— Tu exagères ! Si je découvrais que j'étais stérile, j'en serais triste, mais je me dirais que nous avons Annabelle. Arrête un peu de t'apitoyer. Tu es une juriste de renom, tu mènes une carrière brillante. Qui se soucie de cette histoire de sein ?

— Toi, sans doute.

— Admettons. Et alors ? Envoie-moi paître mais apprends à vivre avec ça, et je me sentirai peut-être plus à l'aise. Je refuse de me disputer tous les jours avec toi, à cause de quelque chose contre lequel nous ne pouvons rien.

— Que me suggères-tu exactement ?

— De te calmer. De cesser de t'apitoyer sur toi-même. D'oublier, assena-t-il, insensible à la blessure qu'il lui infligeait. En ce qui me concerne, je n'ai pas l'intention de vivre tout le temps avec l'idée que tu as le cancer. Je te préviens, je ne le supporterai pas.

— *Tout le temps !* s'écria-t-elle, ulcérée. C'est arrivé hier. En deux jours, je t'ai vu deux fois une heure... Nous n'avons pas la même notion du temps.
— Toutes ces discussions ne servent à rien ! A toi de te prendre en main.
— Merci pour ton aide.
— Je ne peux pas t'aider. Tu devras t'aider toi-même.
— Je m'en souviendrai.
— Je suis désolé, répéta-t-il, vraiment désolé.
— Et moi donc ! fulmina-t-elle.

Ils restèrent un long moment silencieux, ne sachant plus quoi se dire. Sam se redressa, l'air ennuyé.

— Je vais rentrer, maintenant. J'ai promis à Annabelle d'être là à l'heure du dîner. Il se fait tard.

Elle le regarda partir, en proie à une pure panique. Sam lui glissait entre les doigts ; il avait érigé un mur d'incompréhension derrière lequel il s'abritait. Elle n'avait pas su trouver les mots justes pour l'émouvoir. Et il lui avait refusé l'aumône d'un mensonge consolateur. Un flot de colère enflamma les pommettes d'Alexandra. Son mari n'avait pas été là à son réveil, lorsque le chirurgien lui avait expliqué ce qui lui arrivait et ce qui l'attendait. Aujourd'hui, il l'avait à nouveau abandonnée. Il avait préféré déjeuner avec Simon et leurs clients dans un grand restaurant plutôt que d'être à son côté. Et il refusait obstinément de la comprendre. Sinon, il l'aurait assurée de son amour... mais l'aimait-il encore ? Il n'avait pas voulu lui répondre. Il s'était dépêché de sortir, après l'avoir embrassée sur le front. Et non sur la bouche, comme si tout à coup il avait peur d'être contaminé.

Elle se remit à pleurer. Sur la table de chevet, le téléphone restait muet. Il n'avait pas songé à l'appeler en rentrant à la maison. Elle mourait d'envie d'entendre la voix d'Annabelle mais ses mains restaient inertes sur ses genoux. La porte s'ouvrit derrière elle. C'était sûrement l'infirmière de nuit, se dit-elle. Elle ne se retourna pas. Elle demeura immobile sur la chaise en vinyle, en larmes, désespérée. Une main sur son épaule la fit sursauter. Elle leva les yeux, bercée un instant par la pensée que Sam était revenu, mais c'est Élisabeth Hascomb qu'elle vit.

— Oh... Liz... êtes-vous venue me rendre visite ?

— Oui. Je ne savais pas que c'était vous. (Elle se pencha vers Alexandra, craignant de l'avoir blessée.) Je fais partie d'un groupe de volontaires qui vont à la rencontre des femmes venant de subir une ablation du sein. J'ai vu votre nom sur la liste, dans le hall. « A. Parker. » Je n'en ai pas cru mes yeux. Alors j'ai voulu m'assurer qu'il s'agissait bien de vous. Alors me voilà. (Elle entoura Alexandra de ses bras, dans un geste maternel.) Alex, je suis abasourdie...

Des sanglots secouèrent les épaules d'Alexandra, tandis que l'autre femme la berçait tout doucement.

— Je sais... je sais... Pleurez, ma chérie, cela vous fera du bien.

— Plus rien ne me fera jamais du bien, soupira Alexandra à travers ses larmes, et Liz eut un sourire.

— Mais si. Vous avez du mal à l'imaginer maintenant, mais vous serez étonnée de la vitesse à laquelle vous retrouverez votre optimisme. Nous sommes toutes passées par là, dans le groupe, Alex.

— Vous aussi ?

— J'ai eu une double mastectomie. Je porte une prothèse. Mais il existe actuellement d'excellents spécialistes de chirurgie plastique. A votre âge, c'est ce que vous devriez faire. Mais il n'est pas encore temps, toutefois.

Sa voix douce et compréhensive arracha à Alex un nouveau torrent de larmes.

— Je dois suivre une chimiothérapie, murmura-t-elle, comme une enfant perdue.

Sa main frissonnait dans celle de Liz. Celle-ci l'enveloppa d'un regard plein d'affection.

— J'ai eu une chimio, moi aussi. Et un traitement hormonal. Il y a dix-sept ans, maintenant. Je vais bien, Alex. Vous vous en sortirez aussi si vous acceptez de faire ce qu'il faut. Vous avez la chance d'avoir un médecin formidable... (En l'observant, elle fronça les sourcils. Alex paraissait abattue et ce n'était pas seulement le choc post-opératoire, elle en fut soudain convaincue.) Comment Sam a-t-il pris la chose ?

— Au début, il a nié l'existence de la tumeur. Il me répétait invariablement qu'une ombre sur un cliché n'était jamais qu'une ombre. Maintenant, il est embêté parce que je suis déprimée. Et parce que j'accorde trop d'importance à la perte d'un sein... Quant à lui, il ignore quelle sera sa réaction quand il verra la cicatrice. Bref, c'est plutôt le genre « courage, fuyons ! ».

— Il a peur, Alex. Il doit être terrifié. Beaucoup d'hommes fuient au début devant de tels problèmes.

— Sa mère est morte d'un cancer quand il était petit. Je crois qu'il a surtout peur de revivre le même drame. Ou alors, c'est un salaud.

— Pour le moment, concentrez-vous sur vous, Alex. Laissez donc Sam se débrouiller, à défaut de s'occuper de vous. Vous avez besoin de reprendre des forces. Et de les garder. Vous allez devoir combattre la maladie. Laissez le reste de côté. Vous réglerez ça plus tard.

— Mais si je le dégoûte ? S'il ne veut plus me toucher ? Si mon corps ne lui inspire plus que de l'aversion ?

Liz la dévisagea calmement. Sa sympathie allait vers Alexandra, pas vers Sam. Elle avait vécu une situation identique. Son mari avait commencé par se détourner d'elle, puis il avait recouvré ses esprits et s'était battu à ses côtés. Mieux que personne, elle savait qu'Alexandra devait reprendre courage. Avec ou sans Sam.

— Eh bien, il est grand temps qu'il devienne adulte ! C'est un grand garçon maintenant, il va bien falloir qu'il assume ses responsabilités. Si malgré tout il continuait à vous refuser l'aide dont vous avez besoin, cherchez-la auprès de vos amis. Ou dans un groupe de soutien. Nous serons tous près de vous. Je serai là, chaque fois que vous le voudrez.

Elle continua à la bercer, alors qu'Alex pleurait sans retenue. Peu à peu, les sanglots s'apaisèrent. Liz lui indiqua quelques mouvements de gymnastique, mais se garda bien de lui laisser la moindre brochure. Elle la connaissait trop bien. Alexandra allait toujours au vif du sujet. Et actuellement, ce qui importait plus que tout, c'était sa vie.

— Quand rentrez-vous chez vous ?

— Probablement vendredi.

— Parfait. En attendant, faites le maximum pour reprendre des forces. Dormez, nourrissez-vous bien, prenez vos médicaments si vous avez mal. Il vous faudra être en forme pour la chimiothérapie, ajouta-t-elle d'un ton docte.

— Je retournerai au bureau dans une semaine, dit Alexandra, plus calme.

Parler avec Liz l'avait soulagée d'un grand poids.

Peut-être parce que sa secrétaire avait traversé le même enfer. Et qu'elle en était sortie vivante.

— Beaucoup de femmes continuent à travailler entre les séances de chimio. Vous verrez comment vous vous sentirez. Le traitement est épuisant, vous savez. On apprend vite à se protéger contre la fatigue... Vous livrerez bataille, Alex, et la chimio sera votre meilleure arme, si redoutable soit-elle. Et l'important, c'est de gagner la guerre.

— J'aimerais vous croire.

— N'écoutez pas ce qu'on vous racontera, n'ayez en tête

qu'un but. Gagner, gagner, gagner. Et si Sam n'est pas votre allié, eh bien, envoyez-le sur les roses.

Alexandra se mit à rire.

— Oh, Liz, je me sens vraiment mieux grâce à vous.

Elle regarda sa secrétaire, surprise de découvrir soudain une amie. On vivait près des gens sans les connaître... Sans savoir par quelles souffrances ils sont passés.

— Je crois que j'ai été très impolie vis-à-vis d'une dame de votre groupe, dit-elle sur un ton d'excuse. Alice quelque chose.

— Alice Ayres, sourit Liz. Oh, elle s'en remettra. Elle a l'habitude. Un jour, peut-être, vous irez vous aussi voir des femmes atteintes d'un cancer. A votre tour, vous leur apporterez votre soutien.

— Merci, Liz, dit-elle avec sincérité.

— Voulez-vous que je revienne demain ? Pendant la pause déjeuner ?

— Oui, cela me ferait plaisir. Ne dites rien au bureau. Je ne veux pas qu'ils sachent. Je mettrai peut-être Matt au courant, quand j'aurai commencé la chimio.

— C'est vous qui décidez. Je ne dirai rien.

Elles s'embrassèrent, et Liz partit.

Cette nuit-là, en se couchant, Alexandra se sentit une force nouvelle. Sa colère était retombée. Elle composa le numéro de l'appartement, désireuse d'entendre la voix de Sam. Mais de longues sonneries s'égrenèrent dans le vide et lorsqu'on décrocha, ce fut la voix ensommeillée de Carmen qui résonna dans l'écouteur.

— Carmen, excusez-moi. M. Parker est-il là ?

La gouvernante étouffa un bâillement. De sa place, elle pouvait voir leur chambre, au fond du couloir. La porte était ouverte sur la pièce sombre.

— Non, madame Parker. Il n'est pas là. Comment allez-vous ?

— Bien... répondit-elle d'un ton qu'elle estima assez convaincant. Est-il allé au cinéma ?

— Je ne sais pas. Il est parti juste après qu'Annabelle a fini son dîner. Comme il n'a pas mangé ici, je suppose qu'il est sorti avec des amis... Il a même oublié de me laisser un numéro où le joindre.

C'était toujours Alexandra qui se rappelait ce détail, chaque fois qu'ils sortaient... Elle se demanda où était Sam. Après leur dispute, il avait dû aller grignoter un morceau, dans le quartier. Il disait que la marche à pied favorisait la réflexion. Et il devait avoir sacrément besoin de réfléchir.

— Dites-lui que j'ai appelé... Et que je l'aime, ajouta-t-elle après une légère hésitation. Embrassez Annabelle pour moi.

— Entendu, madame Parker. Que Dieu vous bénisse.

— Vous aussi, Carmen.

Elle avait toutes les raisons de douter de la bénédiction divine ; du moins était-elle en vie. Dans trois jours, elle retrouverait sa petite fille chérie. Et dans trois semaines, la guerre commencerait. Une guerre qu'elle était déterminée à gagner, songea-t-elle, rassérénée par sa conversation avec Liz. Elle resta longtemps éveillée, dans son lit. Ses pensées dérivaient vers Sam et Annabelle, vers tous les instants de bonheur de sa vie passée. Comme pour se fortifier avant d'affronter l'ennemi, elle n'évoqua que des souvenirs heureux, tandis que le sommeil l'engourdissait. Sam se penchant sur elle, les traits illuminés d'un sourire malicieux... Annabelle, bébé, cherchant le sein maternel.

8

A son retour de l'hôpital, à peine Sam s'était-il mis à table que le téléphone s'était mis à sonner. C'était Simon, qui avait organisé un repas d'affaires impromptu avec des clients arrivés de Londres et Sam était cordialement convié. Ce dernier avait répondu qu'il s'apprêtait à dîner avec sa fille.

— Posez votre fourchette et votre couteau, mon vieux. Ils ont une mentalité que vous apprécierez. Par ailleurs, ce sont de gros industriels. Ils représentent les plus importantes usines de textile de Grande-Bretagne. Vous avez tout intérêt à les rencontrer dans un cadre agréable... On dit bien que les meilleurs contrats sont signés entre la poire et le fromage, non ? Daphné sera des nôtres, bien sûr.

Etait-ce censé être un argument irrésistible ? Sam n'aurait su le dire. Il n'avait pas vraiment envie de sortir. La dispute qui l'avait opposé à Alex pendant près d'une heure l'avait vidé de toute son énergie. Pourtant, l'idée de passer la soirée seul le déprimait davantage encore.

— Ce n'est pas raisonnable.

— Balivernes ! rétorqua son nouvel associé d'une voix ferme. Votre femme est en voyage, votre petite fille ne tardera pas à rejoindre le pays des rêves. Vous seriez plus heureux en notre compagnie que tout seul devant le poste de télévision. Nous avons rendez-vous au *Cirque* vers vingt heures, ensuite

Daphné nous emmène dans une de ces boîtes de jazz qu'elle trouve drôles. Les Anglais savent s'amuser, surtout à l'étranger. Ils s'ennuient tellement chez eux, les pauvres ! Cessez donc de gémir sur votre sort et venez nous rejoindre, d'accord ?

— D'accord. Je serai peut-être un peu en retard, mais je viendrai.

Il avait promis à Annabelle qu'il lui lirait un de ses contes favoris et n'avait pas le cœur de lui faire faux bond. Il retourna à la cuisine, et tint compagnie à la petite fille jusqu'au moment du coucher. Elle réclama une histoire et Sam s'exécuta docilement. Quand elle se fut endormie, il laissa la veilleuse allumée et alla se changer. Alors qu'il se rasait devant le miroir de la salle de bains, l'image pathétique d'Alex surgit devant ses yeux. Oh, si seulement elle ne s'acharnait pas à tout détruire ! si seulement elle arrêtait de se plaindre ! A vrai dire, son retour prévu pour vendredi ne l'enchantait guère. Leurs rapports, déjà tendus, risquaient de se détériorer davantage. Ses lamentations le mettaient à bout et ses questions incessantes lui rappelaient sa mère qui demandait d'une voix implorante : « Tu m'aimes, Sam, est-ce que tu m'aimes, mon petit ? » Un frisson le parcourut et il ferma les yeux, afin de chasser cette pitoyable vision. Il se tapota les joues à l'after-shave, se peigna. Peu après, il claquait la porte d'entrée. La vie l'attendait, au cœur de la grande ville. Vêtu d'un costume gris sombre et d'une chemise immaculée égayée par une cravate en soie Hermès, il semblait surgir des pages glacées de *Vogue*, incarnation parfaite du businessman, alliant le charme à l'élégance.

Il pénétra au *Cirque*, en ayant conscience d'attirer tous les regards ; le triste souvenir de son enfance et le calvaire qu'Alex voulait lui imposer s'estompèrent, repoussés par la savante pénombre ambrée du restaurant. Partout, des rires, des conversations, des sons agréables. Il traversa la salle de restaurant, sous les regards des hommes qui le connaissaient, et des femmes qui devaient le trouver séduisant. Il était habitué à ces marques d'admiration et n'y faisait plus attention. Souvent, Alexandra le taquinait en évoquant ses succès... En riant, elle l'accusait d'être un vrai don juan. Ce souvenir fit éclore un sourire amusé sur ses lèvres, alors qu'il se dirigeait vers la table où se trouvaient son nouvel associé et leurs clients. Mais c'était la femme spirituelle et rayonnante qu'il évoquait et non la pauvre créature aigrie qu'il avait laissée à l'hôpital.

— Ah, Sam, je suis ravi que vous ayez pu venir.

Simon s'était levé pour l'accueillir. Il le présenta aux quatre industriels anglais et aux trois jeunes et jolies Américaines qui les escortaient, deux mannequins et une actrice. Daphné était là, également, probablement pour tenir compagnie au quatrième Britannique. Ils formaient un groupe très distingué dans le restaurant bondé. Malgré le brouhaha assourdissant, Sam réussit à engager une conversation assez brillante avec l'un des industriels. Daphné, elle, discutait avec l'un des mannequins. Ce ne fut que plus tard qu'ils purent s'adresser la parole, tandis que les autres buvaient et bavardaient.

— J'ai cru comprendre que votre épouse est une avocate de renom, dit-elle négligemment, et il acquiesça d'un rapide mouvement de la tête.

Il aurait préféré éviter ce sujet.

— Oui, elle est avocate à la cour.

— Aaah, une femme de tête, alors.

— En effet.

Mais quelque chose dans le ton de sa voix avertit Daphné que tout ne devait pas être rose chez les Parker.

— Avez-vous des enfants ?

— Une petite fille. Annabelle, sourit-il. Elle a trois ans et demi. C'est une gamine adorable.

— J'ai un fils de quatre ans en Angleterre, répondit-elle avec un détachement qui le surprit.
— Vraiment ?

Il la croyait célibataire.

— Mon Dieu, ne prenez pas cet air gêné. Je suis divorcée. Simon ne vous l'a pas dit ?
— Non.
— J'ai fait un mauvais mariage quand j'avais vingt et un ans. Mon mari a fini par me quitter pour une autre et nous nous sommes séparés. Ma famille a pensé que je me remettrais plus rapidement si je m'éloignais pendant un an... Vous parlerez de thérapie, nous appelons cela des vacances, acheva-t-elle, en souriant.
— Et votre petit garçon ?
— Je l'ai confié à ma mère. Il est très heureux.
— Il doit vous manquer terriblement.
— Non, pas trop, rétorqua-t-elle d'un ton uni. Chez nous, on est moins sentimental avec les enfants. Ils sont en pension dès leurs sept ans, vous savez. Le mien ira dans une école privée dans trois ans. Plus tard, il entrera à Eton. En attendant, ça ne lui fait pas de mal de se détacher un peu de maman.

Sam ne dissimulait pas son étonnement. Il aurait eu le cœur brisé s'il lui avait fallu se séparer d'Annabelle.

— Cela vous choque ?
— Oui, un peu, admit-il avec un sourire. Nous nous faisons une idée toute différente de la maternité.
— Le fameux sang-froid britannique, mon cher. Les Américains se demandent toujours ce qu'ils devraient faire et ce que l'on attend d'eux. Et surtout ce qu'ils devraient ressentir. Nous nous contentons de vivre l'instant présent. C'est plus simple.
— Un peu égoïste, cependant, objecta-t-il.

Il aimait bien discuter avec elle. Son esprit pétillant et ouvert, son humour l'amusaient.

— Et voilà les grands mots ! Tout est une question de mentalité. En Angleterre, on prend ce dont on a envie sans s'inventer d'excuses. Ici, c'est d'un compliqué ! On dirait que chacun s'évertue à se justifier.

Elle laissa échapper un rire cristallin, à la mélodie sensuelle. Il pouvait facilement se la représenter nue et nullement embarrassée.

— Avez-vous déjà divorcé ? voulut-elle savoir.

— Non, jamais, répondit-il en riant.

— Vous êtes en retard sur vos compatriotes. Les Américains battent tous les records.

— Est-ce que ça a été une expérience traumatisante ? interrogea-t-il.

C'était une conversation étrangement intime entre deux inconnus, mais il avait décidé de s'amuser. Et Daphné ne demandait pas mieux que de le dérider.

— Pas du tout. J'ai poussé un ouf de soulagement, figurez-vous. Dire que je suis restée mariée pendant sept ans ! C'était affreux.

Elle abattait ses cartes sans se faire prier, et il prit le parti d'en profiter.

— Avec qui est-il parti ?

— Une barmaid, naturellement. Jolie fille, au demeurant. Ils se sont déjà quittés. Actuellement, il vit à Paris avec une soi-disant artiste. Quel phénomène ! Enfin, il adore s'occuper d'Andrew, notre fils, c'est déjà quelque chose.

Il n'y avait aucune animosité dans le ton de sa voix. Elle paraissait sûre d'elle et si détendue, si attirante... Les industriels anglais la dévoraient des yeux. Oh, elle aurait pu avoir tous les hommes de la terre à ses pieds si elle l'avait voulu.

— L'aimiez-vous ? s'enquit-il avec un sans-gêne dont il fut le premier surpris.

— Oh, l'amour, vous savez ! A vingt ans on confond désir et sentiments.

De nouveau, ce rire enjôleur, semblable à un roucoulement. Un désir brutal coupa le souffle de Sam. S'il avait été plus jeune, il aurait tout tenté pour la séduire... Plus jeune et plus libre !

— Et vous ? êtes-vous toujours amoureux de votre femme ? demanda-t-elle comme si elle avait deviné ses pensées. On dit qu'elle est très belle.

Mais d'une beauté moins provocante, moins frappante que la vôtre, pensa-t-il.

— Oui, je l'aime, affirma-t-il fermement, sous le regard intense de son interlocutrice.

— Ce n'est pas ce que je vous ai demandé, dit-elle en haussant un sourcil. La question était : êtes-vous amoureux de votre femme ? Il y a une différence.

— Laquelle ? Nous sommes mariés depuis dix-sept ans et très attachés l'un à l'autre. Oui, je l'aime... énormément, répéta-t-il, comme s'il cherchait à se convaincre lui-même, évitant soigneusement une réponse plus directe.

— Vous voulez dire que vous ne savez plus si vous êtes amoureux d'elle ? D'ailleurs l'avez-vous jamais été ?

Ils jouaient au chat et à la souris, seuls au monde, tandis que Simon les observait, amusé.

— Bien sûr que je l'ai été ! s'exclama Sam, outré.

— Vous l'avez été ? Et vous ne l'êtes plus ? depuis quand ? contre-attaqua Daphné de l'air triomphant d'un procureur général apportant la preuve de la culpabilité de l'accusé.

Sam agita un doigt faussement menaçant.

— Attention ! ne dites pas ça !

Surtout en ce moment, se dit-il, et pourtant il n'éprouvait aucun sentiment de culpabilité. Il n'avait d'yeux que pour Daphné.

— Ce n'est pas moi qui l'ai dit, mon ami. C'est vous.

Vous avez employé le passé. Et au présent, comment ça se passe, Sam ?

Son entêtement la rendait terriblement sexy.

— Le mariage est ainsi, répondit-il calmement. Il y a des hauts et des bas. Des moments de grand bonheur, puis d'autres où tout semble s'en aller à vau-l'eau.

— Je vois. Seriez-vous en train de vivre un de ces moments pénibles, actuellement ? murmura-t-elle d'une voix de velours, qui acheva de le troubler.

— Peut-être. C'est difficile à dire.

— Pour une raison particulière ? Il est arrivé quelque chose entre vous ?

— C'est une longue histoire, répliqua-t-il doucement, presque avec tristesse.

— Avez-vous eu des maîtresses ? jeta-t-elle crûment, et il rit d'un air gêné.

— Vous a-t-on jamais dit que vous étiez insupportable ? Et terriblement attirante ? Et belle à damner un saint ?

— Si, à plusieurs reprises. Et j'en suis fière.

Elle lui dédia un sourire éblouissant.

— Eh bien, vous devriez avoir honte.

— Jamais de la vie ! J'ai l'âge idéal pour dire ce que je veux... Plus âgée, on me taxerait de coquette. Plus jeune, de sotte... A vrai dire je n'aime pas trop les jeunes filles, et vous ?

Elle sautait du coq à l'âne sans jamais perdre le fil de ses idées. Sa longue main dégageait de temps à autre sa somptueuse chevelure de son épaule nue. Elle avait une allure folle, se dit Sam, subjugué. Par certains côtés, elle lui rappelait Alexandra. Toutes deux avaient le même sens de la repartie, la même silhouette voluptueuse. Mais Daphné était plus audacieuse, plus délibérément sensuelle. Plus jeune aussi... Elle lui plaisait infiniment... Sam se tortilla sur sa chaise, embarrassé. Il espérait que leurs compagnons de table ne s'en étaient pas aperçus. Ils jouaient avec le feu, conclut-il, paniqué. Il fallait s'arrêter. Mais il s'en sentait incapable.

— Et vous ? Vous aimez les jeunes gens ou les hommes plus mûrs ?

— J'aime tous les hommes en général, et ceux qui ont votre âge en particulier.

— Daphné ! gronda-t-il à mi-voix. Vous êtes impossible !

— Je l'ai toujours été. Je déteste perdre du temps.

— Moi aussi. Je suis marié.

Elle battit des cils, étonnée.

— Où est le problème ?

— Là, justement. Je suis un mari fidèle.

— Dommage. Ça aurait pu être amusant.

— Je cherche plus qu'un simple divertissement dans la vie. C'est un sport dangereux. Un jeu pour les célibataires... les veinards ! rit-il, regrettant sa jeunesse.

— Vous me plaisez, dit-elle en toute simplicité.

Sa femme avait une sacrée chance, pensa-t-elle.

— Vous me plaisez aussi, Daphné. Vous êtes une fille formidable. Grâce à vous, je me sens une fougue de collégien.

— Viendrez-vous avec nous à la discothèque après dîner ?

— Je ne devrais pas. Je ne crois pas. Oui, peut-être...

Il mourait d'envie de la prendre dans ses bras, de sentir son corps souple contre le sien, ses doigts se nouer sur sa nuque. De respirer son parfum. Il s'efforça de se reprendre. Il ne fallait pas. Pas maintenant. Ce serait injuste vis-à-vis d'Alex. *Alex !* Il crut revoir ses yeux brûlants de reproches. Il décida de rentrer immédiatement après le dîner.

Quand ils sortirent du restaurant, une limousine les attendait. Daphné prit la main de Sam et l'entraîna dans la voiture où les autres avaient déjà pris place. Il n'eut pas le courage de résister. C'était plus fort que lui. La voiture se dirigea vers SoHo et s'arrêta vingt minutes plus tard devant un night-club dont il ignorait l'existence. Une de ces boîtes noyées dans une pénombre crépusculaire, animées par des musiciens jouant du blues. Elle l'attira sur la piste de danse, et ils s'enlacèrent dans un même mouvement. Ils se mirent à se balancer, joue contre joue, yeux clos, heureux d'être l'un contre l'autre. Le désir embrasa Sam et pour le refouler, il pensa à Alexandra.

— Il faut que je rentre, déclara-t-il finalement.

Il était très tard. Leur complicité n'avait fait qu'augmenter au fil des heures et il avait l'impression de jouer un double jeu. Mais au prix d'un effort titanesque, il s'était arraché au sortilège.

— Êtes-vous fâché contre moi ? chuchota-t-elle au moment où il réglait les boissons au bar avant de la laisser avec Simon, attablé avec ses invités.

— Bien sûr que non, quelle idée !

— Je crois que j'ai un peu poussé ce soir. Je ne voudrais pas que vous vous sentiez embarrassé.

Elle s'excusait maintenant de son comportement, elle qui prêchait auparavant la liberté totale.

— Au contraire, vous m'avez remonté le moral. J'ai vingt ans de plus que vous. Mais croyez-moi, si je le pouvais je vous suivrais jusqu'au bout du monde. Hélas, ce n'est pas possible.

— Vous me flattez, dit-elle, faussement modeste, en levant sur lui ses yeux sombres où dansait follement une flamme qui le brûla.

— Ma femme est très malade, dit-il, en détournant le regard.

Cela lui avait échappé sans même qu'il s'en aperçoive. Dans un éclair, il revit les événements des deux derniers jours, et il crut entendre à nouveau les reproches acidulés d'Alexandra.

— Cela ne me facilite pas les choses, reprit-il. J'ignore ce qui va se passer.

— Une maladie *grave* ?

Elle n'avait pas prononcé le mot tabou, mais il sut qu'elle avait compris.

— Oui, très grave, confirma-t-il.

— Je suis désolée.

— Moi aussi. Tout est si pénible... si confus...

— Je n'ai pas voulu accroître votre confusion, murmura-t-elle en se hissant sur un tabouret près du comptoir et en s'appuyant contre Sam.

— Ne vous excusez pas. Grâce à vous, j'ai passé une merveilleuse soirée. J'en avais besoin.

Ils échangèrent un regard, qui le laissa perplexe. Un courant puissant était passé entre eux, quelque chose comme un vrai, un profond sentiment.

— Une dernière danse ? s'entendit-il demander.

Cela aussi lui avait échappé. Une infinie tendresse le submergea, alors qu'ils s'enlaçaient au rythme langoureux du blues et qu'il sentait contre sa joue la peau satinée de Daphné. Leurs corps s'épousaient parfaitement, comme s'ils avaient été faits l'un pour l'autre. Ils dansèrent longtemps, une, deux, trois danses. Enfin, il se détacha d'elle avant de la raccompagner à la table de son cousin, à contrecœur, comme un bijou précieux que l'on a emprunté et qu'on n'a plus envie de rendre.

— On dirait que vous vous êtes bien amusés, tous les deux, fit remarquer Simon.

Rien ne lui avait échappé. Il savait cependant que Sam Parker n'était pas un coureur de jupons. S'agissait-il d'un flirt ? ou n'était-ce qu'une conversation amicale ?

— Ma chère cousine est une petite chipie. Elle ne vous a pas trop ennuyé, j'espère !

— Prenez bien soin d'elle, répondit Sam d'un air sérieux.

Dans le taxi qui le ramenait chez lui, il laissa vagabonder ses pensées. Daphné. Ses bras autour de son cou. Son corps magnifique collé contre le sien. Son parfum capiteux. Ses regards incendiaires...

En pénétrant dans l'appartement, il éprouva une certaine culpabilité. Carmen avait posé le message d'Alexandra sur l'oreiller ; il le parcourut, écrasé par un effroyable sentiment de faute. Mais alors qu'il sombrait dans le sommeil cette nuit-là, ce ne fut pas le visage défait d'Alexandra qui vint le hanter mais celui, infiniment plus voluptueux, de Daphné.

9

LE LENDEMAIN, sitôt levé, il appela l'hôpital. Mme Parker était en salle d'examen mais elle serait de retour dans sa chambre d'ici une demi-heure. Au bureau, Sam trouva un client qui l'attendait et la matinée passa à une allure folle. Entre les rendez-vous et les coups de téléphone, Sam n'eut pas une minute à lui. Vers midi, il croisa Daphné dans le hall. Un sourire illumina le visage de la jeune femme, qui resta néanmoins professionnelle et polie. Elle le raccompagna jusqu'à son bureau où elle se répandit en nouvelles excuses. Elle s'en voulait de s'être si mal comportée la veille au soir. Dorénavant, elle saurait garder ses distances.

— Quel dommage ! la taquina-t-il. Je crois que si quelqu'un s'est mal comporté, c'est moi.

— Pas du tout, Sam, dit-elle, et sa voix fut comme une caresse. D'habitude je ne flirte pas avec des hommes mariés. Mais vous êtes tellement séduisant ! Vous devriez vous mettre du cirage sur la figure ou un sac sur la tête avant de sortir avec des jeunes femmes sensibles. Vous êtes un danger public, mon cher.

Le jeu de la séduction avait repris.

— J'aurais mieux fait de rester à la maison hier soir, soupira-t-il, flatté malgré tout. Il n'empêche que j'ai passé une excellente soirée, Daphné.

— Moi aussi, murmura-t-elle.

C'était reparti. L'incroyable attirance qui les poussait irrésistiblement l'un vers l'autre l'avait emporté sur leurs bonnes résolutions. Sam lui sourit.

— Qu'est-ce qui nous arrive, bon Dieu ? Y a-t-il un remède ?

— Les douches froides, je suppose.

— Nous devrions les prendre ensemble, dit-il, regrettant aussitôt sa témérité.

Mais c'était plus fort que lui. La présence de Daphné agissait sur ses sens comme un élixir excitant. A son approche, il se consumait telle une allumette enflammée. Et c'était réciproque. Ils ne pouvaient s'empêcher de se regarder à travers le miroir de leur désir.

— Il faut arrêter, déclara-t-il enfin, d'un air résolu.

— A vos ordres, mon capitaine, lança-t-elle avec un salut militaire, avant de repartir vers son bureau.

Il la suivit d'un regard émerveillé.

— Prenez garde ! l'avertit Larry, son plus vieil associé, qui passait par là. Méfiez-vous des filles de la perfide Albion. Elles sont redoutables.

— Pourquoi ne m'a-t-on jamais averti ? gémit Sam.

Seul dans son bureau, il composa le numéro de l'hôpital de New York et demanda le service de chirurgie.

— Où étais-tu hier soir ? Je t'ai appelé, dit Alexandra d'un ton larmoyant, dès qu'il l'eut au bout de la ligne.

— Je sais. Je te demande pardon. Je suis sorti avec Simon et des clients venus de Londres. Nous sommes allés dîner au *Cirque*... (Et voilà qu'une nouvelle fois, il se sentait obligé de se justifier !) Comment te sens-tu aujourd'hui ?

— Ça va, répondit-elle, bien qu'elle semblât encore déprimée. J'ai vu Liz Hascomb hier soir. Elle fait partie d'un groupe de soutien qui rend visite aux malades.

Ils n'appartenaient plus au même monde. Elle ne pensait

qu'à elle, n'ouvrait la bouche que pour évoquer sa maladie ou tout ce qui avait un rapport avec la brutale détérioration de sa santé.

— Ah, tant mieux, dit-il avec désinvolture. Elle n'en parlera pas à tes collègues ?

— Absolument pas ! Liz est la discrétion même. Elle a juste été surprise de me voir. Elle m'aide beaucoup.

— J'en suis ravi.

— Comment va Annabelle ?

— Très bien. Elle a déjà essayé dix fois son costume de Halloween.

A l'autre bout du fil, Alexandra sentit les larmes lui piquer les yeux.

— Viendras-tu aujourd'hui ? demanda-t-elle, hésitante, comme si elle n'était plus sûre de pouvoir compter sur lui.

— Oui, bien sûr. Je passerai en rentrant à la maison.

Elle avait espéré le voir à l'heure du déjeuner mais n'insista pas. D'ailleurs, Sam avait pris les devants. Il déjeunerait sur le pouce au bureau, expliqua-t-il. Il était débordé.

Il se dépêcha de raccrocher. Impossible de se concentrer. L'image de Daphné l'obsédait. On eût dit qu'elle avait altéré ses capacités de réflexion. Il avait un millier d'affaires à traiter, et il rêvait à la jolie petite cousine de Simon, comme un collégien... comme un drogué à la recherche d'une substance qu'il n'a pas encore goûtée mais dont il devine les effets magiques.

La culpabilité se mêlait au désir. Il s'en voulait... Et il en voulait à Alexandra. Il était de mauvaise humeur en se rendant à l'hôpital.

— Tu as l'air bouleversé, remarqua-t-elle dès qu'il franchit le seuil de la petite chambre bleu pâle.

Voilà bien la fameuse intuition féminine, songea-t-il, de plus en plus irrité. Comme s'il portait autour du cou une enseigne au néon avec le nom de Daphné en lettres brillantes.

— Pas bouleversé, inquiet, rectifia-t-il brutalement. Je me fais du souci pour toi. Annabelle et moi avons hâte d'être à vendredi.

— Lui as-tu dit quelque chose ?

— Bien sûr que non.

— Je crois que nous ne devrions pas la laisser dans l'ignorance, Sam. Nous n'avons qu'à lui dire que j'ai eu un accident.

— A quoi cela servira-t-il ?

Toujours nier la réalité, se dit-elle avec lassitude. Il écartait résolument tout ce qui était gênant, avec une facilité déconcertante.

— Mon chéri, je porte un bandage. J'ai une cicatrice à la place du sein et je ne me sens pas bien. Elle ne pourra pas sauter dans mes bras. Elle le remarquera, elle n'est pas idiote.

— Tu n'es pas obligée de t'exhiber devant elle.

— Pour le restant de mes jours ? Enfin, Sam, elle a l'habitude de prendre des bains avec moi ! De dormir avec moi ! Je ne me suis jamais cachée d'elle. Par ailleurs, je vais être littéralement épuisée pendant des semaines et des semaines. Elle se posera des questions. Il lui faudra des réponses.

— Arrête d'en faire tout un plat, je t'en supplie ! Tu ne peux pas te taire cinq minutes ? Vas-tu nous infliger tes malheurs pendant longtemps ? Pourquoi n'arrives-tu pas à vivre avec ta maladie sans embêter les autres ? Je ne comprends pas !

— Et moi je ne comprends pas pour quelle raison tu continues à prétendre que rien ne s'est passé. Ce qui m'arrive, Sam, vous arrive à vous aussi. Nous sommes une famille, que je sache.

— Et alors ? Vas-tu empoisonner l'existence de cette pauvre enfant ? Nom d'un chien, Alex, elle n'a que trois ans et demi. Tu es morbide, à la fin.

— Et toi, tu es fou ! hurla-t-elle, excédée.

— Cesse donc de geindre. D'accord, tu passes un sale moment. Mais tu n'es pas forcée de nous l'imposer. Va voir un psychiatre, inscris-toi dans un groupe de soutien, et mets-toi bien dans la tête qu'Annabelle et moi n'y sommes pour rien. Tu n'as pas le droit de nous punir ainsi.

Elle lui avait tourné le dos et regardait par la fenêtre.

— Je voudrais que tu t'en ailles maintenant, dit-elle d'une voix glaciale.

— Avec grand plaisir !

Il se précipita hors de l'horrible petite chambre, hors de l'hôpital, loin des odeurs de désinfectant destinées à masquer la puanteur de la maladie et de la mort, furieux contre Alex et contre lui-même. Il ne donna plus signe de vie de toute la journée. Lorsque, le soir, elle appela Annabelle, elle ne demanda pas à parler à Sam, mais seule Carmen s'en aperçut.

Cette nuit-là, il resta seul dans le salon, devant la télévision où défilaient les images d'un vieux film policier, l'esprit en ébullition. L'avenir s'annonçait sombre. Elle ne lui épargnerait rien. Elle se plaindrait sans cesse, encore et encore, jusqu'à le rendre fou. A croire qu'elle se complaisait dans le malheur. Qu'elle prenait un malin plaisir à lui rappeler tout ce qu'il s'efforçait d'oublier. Et ça ne faisait que commencer, conclut-il, le cœur serré. Alexandra continuerait à lui pourrir l'existence avec sa chimio, la perte éventuelle de ses cheveux, la fatigue inhérente au traitement, puis avec les examens de contrôle censés leur apprendre si le cancer avait récidivé ou si la rémission durerait encore un an. A ce régime-là, il ne tiendrait pas longtemps. Il croyait entendre sa mère. Mais cette fois-ci, il résisterait. Il n'avait nullement l'intention d'entendre à chaque instant ses plaintes larmoyantes. Soudain, il voyait en elle un être tragique, une sorte de monstre qui s'acharnait à le détruire. L'Alexandra qu'il avait jadis connue et adorée avait cédé la place à une femme acariâtre, dépressive, constamment sur les nerfs.

Le jeudi, ils se parlèrent deux fois au téléphone, mais décidèrent d'un commun accord de ne pas se voir. Alexandra ne reçut aucune visite, à part celle de Liz Hascomb.

Le vendredi, Sam vint la chercher. Elle l'accueillit froidement, si mince et si fragile dans son ample robe de lainage qui dissimulait son bandage. Il la regarda enfiler le manteau de cachemire bleu vif qu'il lui avait apporté. Elle s'était lavé les cheveux qui tombaient en cascade sur ses épaules mais ne s'était pas donné la peine de se maquiller. Ses grands yeux verts paraissaient immenses dans son étroite figure pâle... Ses mains tremblaient, nota-t-il, alors qu'elle rangeait ses affaires dans le sac de voyage.

— Tu te sens bien, Alex ? As-tu mal ? s'enquit-il, avec un regain de culpabilité à son égard.

Elle paraissait pourtant en meilleure forme.

— Oui, ça va, répondit-elle d'une voix enrouée. Je suis simplement un peu nerveuse. A la maison, je n'aurai pas les infirmières, il va falloir que je me débrouille toute seule. Et puis, je ne sais toujours pas ce que je dirai à Annabelle.

Des larmes firent scintiller ses yeux. La veille, elle avait pleuré longuement dans les bras de Liz Hascomb, et celle-ci n'avait cessé de lui répéter que ses réactions étaient parfaitement normales.

— Alors pourquoi Sam me traite-t-il comme si j'étais folle ? avait-elle questionné, tremblante.

— Parce qu'il a peur, ce qui est normal. L'ennui, c'est qu'il ne veut pas l'admettre.

Mais il n'avait pas l'air d'avoir peur à présent. Il lui entoura les épaules de son bras pour la conduire vers l'ascenseur. Alors que la cabine descendait au rez-de-chaussée, il resta parfaitement calme. Le trajet se déroula dans un silence pesant, dans la limousine qu'il avait louée pour l'occasion.

Ils pénétrèrent dans l'appartement sans un mot. Pas un bruit alentour. Carmen était partie chercher Annabelle à l'école afin de la conduire à son cours de danse. Alexandra en profita pour se changer. Le court voyage en voiture avait eu raison de ses faibles forces. Elle se sentait brisée. Elle enfila sa chemise de nuit et son peignoir de satin rose, en tournant le dos à Sam.

— Tu te déshabilles ? Drôle d'idée ! Annabelle va se demander pourquoi tu es en chemise de nuit.

— Je suis lessivée. Je crois que je vais m'allonger.

— Tu aurais pu t'étendre tout habillée, répliqua-t-il d'une voix chargée de reproches.

Décidément, elle ne ratait pas une occasion de jouer les invalides. La colère lui mit le feu aux joues. Il n'avait pas su lire sur le visage exsangue d'Alexandra l'épuisement, la peur, l'angoisse de revoir sa petite fille. Elle s'était allongée sur le grand lit et avait allumé le poste de télévision, quand elle le vit enfiler son manteau. Il venait de lui apporter le plateau de déjeuner que Carmen avait préparé pour elle, et paraissait pressé de s'en aller.

— Où vas-tu ? s'enquit-elle, terrifiée à l'idée de rester seule.

— Je retourne au bureau. J'essaierai de rentrer tôt. J'ai une réunion de travail avec Larry et Tom que je n'ai pas pu décommander. Appelle-moi, en cas de besoin.

Il ne s'était pas approché, ne l'avait pas embrassée, n'avait pas ébauché un geste tendre. Depuis son opération, il l'évitait. Leur couple s'effilochait, pensa-t-elle, affolée, tandis que la porte d'entrée claquait. Elle demeura longtemps immobile, comme anéantie, terrassée par une affreuse sensation de solitude. Annabelle ne tarderait pas à rentrer ; de nouveau, la frayeur l'envahit. Elle avait changé, sa petite fille le verrait tout de suite, les enfants remarquaient tout. Alors, quelle excuse trouverait-elle ? Elle oublia tous ses soucis dès qu'elle l'aperçut. Annabelle poussa un cri de ravissement en voyant sa mère sur le seuil de la chambre. En effet, quand elle avait entendu le ronronnement de l'ascenseur suivi du bruit de la clé que Carmen avait glissée dans la serrure, Alexandra s'était levée.

— Maman !

La fillette se précipita tel un boulet de canon vers Alexandra, qui tenta de l'esquiver, mais trop tard. Sa fille lui sauta au cou et elle dut réprimer un sursaut de douleur. Carmen fronça les sourcils. Annabelle, elle, toute à la joie de revoir sa maman, n'avait rien remarqué.

— Tu m'as rapporté un cadeau de ton voyage ?

Alexandra porta les mains à son visage. Elle avait complètement oublié ce détail. La petite frimousse d'Annabelle s'était allongée.

— Tu sais quoi ? Je n'ai rien trouvé de bien, pas même à l'aéroport. Mais nous irons chez Schwarz la semaine prochaine et tu choisiras ce que tu voudras. Ça te convient, mon ange ?

— Oh, chouette ! s'exclama Annabelle en frappant dans ses mains, oubliant instantanément sa déception.

Elle adorait se promener dans les grands magasins avec sa mère. Mais soudain, son sourire ravi s'effaça.

— Pourquoi es-tu en chemise de nuit, maman ? s'enquit-elle, exactement comme Sam l'avait prévu.

Rien n'échappait à son attention, en cela elle ressemblait à Alexandra.

— J'ai fait la sieste en t'attendant, mon trésor. Et puis j'ai eu un... un petit accident à Chicago.

— Un ac... cident ? Est-ce que tu as eu mal ?

Annabelle paraissait au bord des larmes. Sa mère se pencha pour l'embrasser.

— Oui, un peu, admit-elle.

— Est-ce qu'on t'a mis une bande Velpeau ? (Et comme Alex acquiesçait :) Je peux la voir ?

La jeune femme ouvrit son peignoir, avant de déboutonner le haut de sa chemise, les doigts tremblants. Carmen avala péniblement sa salive lorsqu'elle vit le bandage. Elle sut immédiatement que quelque chose de terrible était arrivé, et son regard sonda celui de sa patronne.

— Ooooh, ça fait mal ? demanda la petite fille, impressionnée par les dimensions du pansement.

— Non, ma chérie, mais il va falloir faire attention de ne pas me cogner.

— Tu as pleuré, maman ?

Alex inclina la tête, cherchant instinctivement des yeux Carmen, qui essuya furtivement une larme. Quand Annabelle partit en sautillant dans sa chambre, la gouvernante posa sa main sur celle d'Alexandra en un geste touchant.

— Madame Parker, pourquoi ne m'avez-vous rien dit ? Est-ce que ça va, maintenant ?

— Ça ira. Il le faut bien, répondit-elle platement.

C'était le sein gauche, se dit Carmen, la gorge serrée. Elle n'imaginait pas encore l'étendue du mal.

Annabelle reparut, les bras chargés de poupées et de livres. Aussitôt, elle se mit à babiller. Elle avait tant de choses à raconter. Tout y passa : le cours de danse, les répétitions de la fête annuelle à la maternelle, son amie Katie Lowenstein qui fêterait bientôt son anniversaire. Pour la première fois depuis des jours, un sourire rayonna sur les lèvres d'Alexandra. Brusquement, elle eut l'impression de revivre. Et d'avoir une raison importante de se battre.

— Vous vous sentez bien, madame Parker ? ne cessait de demander Carmen, alors que mère et fille jouaient à la poupée sur le lit.

La gouvernante lui apporta peu après une tasse de thé et un sandwich au poulet.

— Il faut manger, madame Parker, l'exhorta-t-elle, avec un bon sens à toute épreuve.

D'instinct, Alexandra allait repousser la nourriture mais

elle se ravisa. Les bons conseils de Liz lui revinrent en mémoire. *Se nourrir envers et contre tout, rassembler toutes ses forces, toute son énergie, se préparer au combat.* Elle eut une pensée émue pour sa secrétaire, qui, comme par un fait exprès, appela à cet instant. Elle se déclara aussitôt satisfaite des progrès accomplis par Alexandra dont la voix lui parut plus claire, plus forte, plus déterminée.

Annabelle avait retrouvé sa bonne humeur mais plus tard, elle avoua, dans un chuchotement apeuré, que la bande Velpeau de maman lui faisait peur. Alexandra resserra machinalement la ceinture de son peignoir. Elle venait de décider de ne pas imposer à sa petite fille un spectacle qui risquait de la traumatiser. D'une certaine manière, Sam avait raison. Elle devrait dorénavant protéger sa famille de son propre malheur. Se fixer des limites. Ne pas leur communiquer l'affreuse angoisse qui l'habitait. Elle avait besoin de leur amour, de leur soutien, pas de leur pitié. Ni de leur appréhension.

En fin d'après-midi, Carmen annonça que c'était l'heure du bain. La petite fille s'accrocha à sa mère.

— Tu viens, maman ?

— Tu peux utiliser ma baignoire et mon bain moussant, ma chérie, mais sans moi. Je dois garder mon bandage jusqu'à la semaine prochaine.

A l'hôpital, les infirmières recouvraient les gazes stériles d'un tissu imperméable, quand elle se douchait. Annabelle consentit à se laisser entraîner par Carmen... Il était cinq heures à la pendulette de la table de nuit. Sam n'était pas encore rentré. Il devait crouler sous le travail, comme tous les vendredis, se dit-elle avec un soupir.

A son bureau, Sam corrigeait pour la énième fois les termes d'un contrat. En fait, il cherchait à gagner du temps. A cinq heures et quart, Daphné passa la tête par l'entrebâillement de la porte.

— Toujours attelé à la tâche ?

Elle partait dans le Vermont pour le week-end en compagnie de Simon et de toute une joyeuse bande de copains anglais, expliqua-t-elle, afin de contempler les forêts d'automne chamarrées de rouge et de pourpre.

— Oui, c'est vraiment magnifique en cette saison, confirma Sam.

Il se passa les doigts dans les cheveux, morose. Il l'aurait volontiers emmenée dans le Vermont, rien qu'eux deux, si... s'il avait été libre. Mais il ne l'était pas. Bientôt, il rentrerait à la maison. Il avait traîné autant qu'il avait pu et pourtant, l'heure qu'il redoutait par-dessus tout approchait. A un moment ou à un autre, il allait devoir affronter Alex. La tension entre eux était devenue palpable et Annabelle ne manquerait pas de la ressentir.

— Et vous ? Des projets sympas pour le week-end ?

Il haussa les épaules et elle lui trouva un air de petit garçon triste et solitaire.

— Ma femme vient de sortir d'hôpital. Elle est fatiguée. Nous resterons tranquillement à la maison.

— Désolée, Sam.

Leurs regards se soudèrent, comme deux aimants. Il esquissa un sourire contrit.

— Merci, Daphné. Amusez-vous bien. A lundi.

Si elle s'était écoutée, elle lui aurait passé les bras autour du cou pour le consoler. Mais il paraissait si grave qu'elle n'osa pas. Elle se contenta de le dévisager, avant de lui envoyer un baiser du bout des doigts. Ensuite, elle quitta la pièce, et il resta seul à nouveau... La demie sonna comme un glas dans les locaux déserts. Il fallait y aller. Il enfila lentement son pardessus, comme à regret. Il marcha le long d'une rue, puis d'une autre. Après plusieurs blocs, il héla un taxi. A six heures, il était dans l'ascenseur. Il poussa la porte de l'appartement doucement, comme s'il s'attendait à une catastrophe. Mais Alex était tranquillement en train de lire une histoire à Annabelle dans le salon. Carmen préparait le repas.

— Bonsoir, mon chéri. Comment s'est passée ta journée ?

Elle avait adopté le ton familier d'avant la catastrophe mais au lieu de calmer son appréhension, cela ne fit qu'aggraver son malaise.

— Pas mal. Je suis en retard, excuse-moi. Je n'ai pas pu me libérer plus tôt.

— Ça ne fait rien. Je me suis occupée d'Annabelle. Nous nous sommes bien amusées, toutes les deux.

Ils dînèrent dans la cuisine une heure plus tard. Pendant le repas, Annabelle fut pratiquement la seule à bavarder. La joie de retrouver sa mère éclatait dans ses grands yeux de jade. Inconsciente de l'atmosphère pesante, elle raconta à ses parents un tas d'histoires sans queue ni tête à propos de ses petits camarades de classe. Ils la mirent au lit, tandis que Carmen nettoyait la cuisine. Le silence retomba sur eux brutalement, lorsqu'ils se retrouvèrent dans leur chambre. Sam ne desserrait pas les dents, comme si subitement il n'avait plus rien à dire... Il paraissait à mille kilomètres de là.

— Tout se passe bien au bureau ? demanda-t-elle dans l'espoir de briser la glace.

— Oui.

Il ne savait que lui dire. S'il lui posait une question, elle se remettrait à lui parler de sa maladie. Il alluma la télévision pour éviter ce qui ne manquerait pas de suivre et il s'endormit sous le regard navré d'Alexandra devant une émission insipide. Il ne lui avait pratiquement pas adressé la parole. Elle se laissa tomber sur le lit. Le trop-plein d'émotions fit monter un flot de larmes à ses yeux. Elle était contente d'être à la maison, auprès d'Annabelle... et de Sam, même si celui-ci semblait de plus en plus distant. Au dire de Liz, il se reprendrait. Elle avait eu le même problème avec son mari, elle aussi, au début de sa maladie. La peur, les regrets, les ressentiments même, avait-elle expliqué. On commence par fuir, on finit par s'adapter.

Sam ouvrit un œil après le journal de la nuit et regarda Alex d'un air ahuri, comme étonné de la trouver à son côté. Sans un mot, il disparut dans la salle de bains. Alexandra ferma les yeux un instant, désemparée. Elle s'était douchée tant bien que mal, avait passé une chemise de nuit propre et une liseuse, afin de dissimuler le pansement. L'illusion était presque parfaite, avait-elle estimé en s'étudiant devant le miroir. Pourtant, lorsque Sam ressortit de la salle de bains en pyjama, après une éternité, il esquissa comme un mouvement de recul.

La peur sournoise, qu'il avait crue enfouie, déploya d'un seul coup ses ailes noires. « Pourvu qu'elle ne recommence pas à me rebattre les oreilles avec son opération ou sa chimio... » pensa-t-il, effaré de sa propre frayeur. Elle en demandait trop, il était incapable de répondre à ses exigences, et c'était finalement sa propre incapacité qui l'exaspérait.

— Qu'est-ce qui ne va pas ?

Elle l'observait intensément. Il aurait battu en retraite dans la chambre d'amis si Carmen ne s'y était trouvée.

— Euh... ça ne te dérange pas si je dors ici ?

Il était si maladroit, si mal dans sa peau qu'Alexandra ne put s'empêcher de sourire. Le drame prenait soudain des allures de comédie.

— Mais non, Sam, pourquoi veux-tu que ça me dérange ?

— Je ne sais pas... Si jamais je me tournais... si je te touchais... je pourrais te faire mal...

Il la traitait comme un fragile bibelot, pas comme une femme. Il était passé d'un extrême à l'autre. De l'assurance que rien ne changerait entre eux au désir éperdu d'être à des kilomètres de là.

— Non, tu ne me feras pas mal, le rassura-t-elle calmement.

Il se glissa dans le lit aussi prudemment que s'il s'était trouvé dans un champ de mines, puis se coucha sur le côté, dos tourné à Alexandra, le plus loin possible d'elle.

— Tu vas bien ? demanda-t-il nerveusement avant d'éteindre la lumière. Tu as besoin de quelque chose ?

— Non, merci. Je vais bien.

Assez bien, en tout cas, pour dormir dans les bras de l'homme qui la rejetait si ostensiblement. Elle guetta sa respiration jusqu'à ce qu'elle devînt régulière, un souffle égal et léger. Alors, elle pleura amèrement son amour perdu.

Le samedi il se leva aux aurores. Lorsque Alexandra apparut dans la cuisine en robe de chambre, il était déjà douché et habillé, attablé avec Annabelle, et Carmen leur servait le petit déjeuner. Il était question d'aller à Central Park pour faire voler un nouveau cerf-volant.

— Tu veux venir ? s'enquit-il, hésitant.

A son soulagement, elle secoua la tête.

— Non, je suis encore fatiguée. Je vous attendrai à la maison. Dans l'après-midi nous pourrions faire des cookies, hein, ma chérie ?

— Oh, chic ! s'écria Annabelle, enchantée.

Les deux projets lui plaisaient. Le cerf-volant et les cookies. Une demi-heure plus tard, elle partit avec Sam, qui transportait le cerf-volant. Il n'avait pratiquement pas dit un mot à Alex. A l'évidence, il s'ingéniait à l'éviter, comme pour prévenir une menace. Elle l'avait déjà constaté à l'hôpital. Depuis son retour à la maison ça n'en était que plus flagrant.

Ils rentrèrent vers midi. Carmen était retournée chez elle avec l'intention de revenir quelques heures plus tard. Alexandra avait déclaré qu'elle pourrait se débrouiller, mais la gouvernante avait insisté. En attendant sa fille et son mari, la jeune femme avait préparé une soupe, une salade, des sandwiches au rosbif. A table, Annabelle se lança dans le récit de leurs aventures trépidantes à Central Park. Le cerf-volant avait commencé par prendre de l'altitude, il était allé haut, très haut, dans le ciel, par-dessus le lac, puis il avait piqué du nez et avait atterri sur un arbre où papa avait dû grimper pour le récupérer.

— Sur les branches les plus basses, heureusement, ajouta Sam.

Ils s'étaient bien amusés, ils avaient rapporté des marrons chauds et des bretzels.

Pendant leur absence, Alexandra s'était lavé les cheveux. Elle portait des jeans sous un sweater suffisamment ample pour dissimuler la rondeur asymétrique du sein droit. Il fallait posséder un sens aigu de l'observation pour remarquer quoi que ce soit et pourtant, plus tard, alors qu'elle faisait un câlin à sa mère, Annabelle s'exclama :

— Ta poitrine n'est plus comme avant, maman. Elle a diminué là où tu as eu bobo... Est-ce que ton « lolo » est tombé, à cause de l'accident ?

— Euh... oui, en quelque sorte, répondit Alexandra d'une voix tremblante.

Puisque Annabelle avait soulevé le sujet, autant en profiter pour tout lui expliquer, sans pour autant heurter sa sensibilité. Sam revint dans le salon au moment où la fillette demandait, d'un air interrogateur :

— Et ce sera différent quand tu auras enlevé la bande Velpeau, maman ? C'est tombé complètement ?

— Peut-être, mon lapin. Je n'ai pas encore regardé.

— Et ça peut tomber tout seul, maman ?

— Non, ma chérie, dit-elle, désireuse de ne pas l'effrayer. D'ailleurs, « tomber » n'est pas le mot juste. Je me suis blessée et le docteur m'a posé un bandage.

— Comment c'est arrivé ?

Incapable de fixer son attention plus de cinq minutes sur le même sujet, comme tous les petits enfants, Annabelle s'en fut alors en courant dans sa chambre sans attendre la réponse. Une chance, car Alexandra n'en avait pas.

— Bon sang, qu'est-ce qui t'a pris ? gronda Sam, mécontent. Pourquoi as-tu engagé ce genre de conversation avec elle ? Dois-je te rappeler qu'elle est trop jeune encore pour comprendre ? Elle n'a que trois ans et demi, Alex, tu ne feras que la perturber.

« Comme je t'ai perturbé, toi, songea-t-elle avec amertume, et pourtant tu en as presque cinquante ! »

— Elle m'a posé des questions, répondit-elle tranquillement. Elle était assise sur mes genoux et elle a senti la différence.

— Alors ne la prends pas sur tes genoux. Il y a mille et une manières d'éviter que cela se reproduise.

Elle le regarda, incapable de se retenir plus longtemps.

— Oui, et il semble que tu les aies toutes trouvées.

Il fit la sourde oreille. A trois heures de l'après-midi, il annonça qu'il « avait à faire au bureau ». Il s'y rendait très rarement pendant le week-end... *avant*. Maintenant, tous les prétextes étaient bons pour s'éloigner d'elle. Être en sa présence trop longtemps l'insupportait. Elle le regarda partir sans regret, presque avec indifférence. C'était aussi bien, finalement. L'air devenait irrespirable dès qu'ils se trouvaient dans la même pièce.

Elle regarda avec Annabelle la vidéocassette de *Peter Pan* suivi de *La Petite Sirène,* après quoi elles entreprirent de faire des cookies.

— Pourquoi papa est fâché contre toi, maman ? interrogea la petite fille, alors qu'elles pétrissaient la pâte.

— Il n'est pas fâché, ma chérie.

— Alors pourquoi il ne te parle plus ?

— Peut-être est-il un peu fatigué, expliqua Alexandra, le cœur battant.
— Tu lui as manqué, et à moi aussi, dit Annabelle d'une voix sérieuse. Il est sûrement furieux parce que tu es partie en voyage.
Alexandra frôla d'un baiser le petit nez en trompette où s'égaillaient quelques taches de rousseur.
— Oui, peut-être, convint-elle, soucieuse d'apaiser l'inquiétude de sa fille. Je parie qu'il m'aura pardonné, quand il rentrera à la maison.

Seul dans son bureau, au cœur de Manhattan, Sam avait enfoui son visage dans ses mains. Aucun travail urgent ne justifiait sa présence dans les locaux vides. Une fois de plus, il avait voulu s'évader et à présent, il se sentait ridicule. Il faisait tout pour fuir Alexandra, il en avait conscience. Il aurait voulu agir autrement, mais sa peur était la plus forte. Il lui serait impossible dorénavant de poser les yeux sur ce corps mutilé, impossible de partager un fardeau que, de toutes ses forces, il refusait. Il s'était d'abord réfugié dans le refus de la vérité. A présent, il se retranchait dans la colère.
— Mais qu'est-ce que vous faites là ?
Daphné ? La voix légèrement voilée le fit sursauter. Il s'était cru absolument seul. Le gardien de l'immeuble l'avait assuré qu'il n'y avait personne à l'étage de sa société. Il leva les yeux vers la mince silhouette qui se profilait à contre-jour. C'était bien elle. Moulée dans un tailleur noir, qui mettait en valeur ses longues jambes, chaussée d'élégantes bottes en daim, les cheveux ramassés en une lourde tresse dans le dos.
— Je vous croyais dans le Vermont, s'étonna-t-il.
— On n'est pas partis finalement. Simon a attrapé un rhume, et ses copains n'ont pas voulu l'abandonner à son triste sort... J'ai voulu en profiter pour me jeter à corps perdu

dans le travail. Mais je vous dérange, peut-être. (Il fit signe que non.) Vous aviez l'air ailleurs. Comment va la vie ?

— Pas très bien, sinon je ne serais pas ici, avoua-t-il en faisant tourner un crayon entre ses doigts.

C'était étrange de voir comme il se confiait facilement à Daphné, alors que les mots se bloquaient au fond de sa gorge en présence d'Alex.

— Je ne sais même pas pourquoi je suis venu, soupira-t-il. (Il lui jeta un regard malheureux, puis un sourire espiègle dansa sur ses lèvres.) Sans doute mon sixième sens m'a-t-il averti que je vous y rencontrerais.

— Sam, vous êtes impossible ! le taquina-t-elle. Mais j'accepte mes amis avec leurs défauts. Voulez-vous une tasse de café ?

— Volontiers.

Il la suivit dans la petite cuisine, guidé par la fragrance musquée et sensuelle de son parfum.

— Je vous présente mes excuses, dit-il soudain. J'ai honte de mon attitude. Cette semaine a été un enfer. Néanmoins, je n'ai pas le droit de vous infliger mes problèmes.

— Si vous considérez que dîner avec moi dans un restaurant ultra-chic et m'emmener danser, c'est m'infliger vos problèmes, je vous autorise à recommencer quand bon vous semble, Sam.

Elle lui offrit un sourire ensorcelant, un sourire dans lequel il perçut plus que la simple séduction. Sam la regarda avec attention. C'était le meilleur moment qu'il passait en compagnie d'une femme depuis des lustres. Daphné était amusante, chaleureuse, vive. Comme Alexandra l'avait été, il y a très longtemps. Et elle possédait une incroyable aptitude à lui faire oublier ses tracas. Elle lui rendit son regard sans ciller mais sa question suivante le prit au dépourvu.

— Votre femme est-elle très mal en point, Sam ?

— Je ne sais pas, répliqua-t-il après une longue hésitation. Je n'y comprends plus rien.
— Elle a un cancer ?
Il inclina la tête.
— On l'a opérée d'un sein cette semaine et elle commencera bientôt une chimiothérapie.
— Je vois. Je suppose que vous en souffrez énormément, tout comme votre petite fille.
Toute sa sympathie allait vers Sam, pas vers Alexandra.
— En effet... J'ignore ce que nous réserve l'avenir. A ce qu'on dit, la chimiothérapie est un véritable supplice. A sa place, je ne suis pas sûr que j'aurais accepté de suivre un traitement aussi lourd.
— On dit ça lorsqu'on est bien portant. Confronté à la maladie, on s'accroche. Mon père est mort l'année dernière. Il avait tout tenté pour vaincre son cancer, y compris des pilules miracle qu'il a payé une fortune, fabriquées à la Jamaïque dans la plus pure tradition vaudou. Votre femme possède un instinct de survie comme tout le monde. On ne peut pas la blâmer pour ça. Mais je comprends votre désarroi. Oh, comme je vous plains, mon pauvre ami !

Ils se tenaient face à face dans le petit espace confiné, tandis que le café passait lentement à travers le filtre. La voix de Daphné n'était qu'un murmure.

— Ne vous inquiétez pas pour moi, je vous en prie, chuchota-t-il en retour, comme si une oreille indiscrète pouvait surprendre leurs confidences. Je m'en sortirai.
— Je n'en doute pas.

Sans crier gare, elle lui passa les mains autour du cou. Ses longs ongles écarlates sur sa peau lui procurèrent un frisson agréable. Leurs visages se rapprochèrent. Ce fut elle qui l'embrassa, faisant courir dans ses veines un flot brûlant de désir qui le laissa pantelant. Il répondit à son baiser avec une force inouïe, presque brutale. Ses mains avides parcoururent le corps souple de Daphné, découvrant la courbe admirable de ses hanches, puis les globes parfaits des seins qui remplissaient les paumes. Leurs lèvres, leurs langues s'entremêlaient dans un violent accès de fièvre. Ce fut elle qui s'arracha à l'étreinte, hors d'haleine. Elle avait allumé un brasier et maintenant elle s'en éloignait, comme pour reprendre son souffle.

— Oh, mon Dieu... Oh Sam, si vous saviez comme je vous désire.

— Moi aussi, murmura-t-il en la dévorant de baisers.

Il se laissa tomber à genoux, appliqua sa bouche contre son ventre palpitant. Elle s'arc-bouta en laissant échapper un long gémissement voluptueux. Mais il se redressa, les cheveux en désordre, mû par une force invisible qui lui intimait d'arrêter.

— Daphné, non, il ne faut pas.

La culpabilité le consumait autant que le désir.

— Je ne peux pas, répéta-t-il. Je n'ai pas le droit de vous compliquer la vie... ni de tromper ma femme.

— Je m'en fiche, dit-elle d'une voix rauque. On ne vous accusera pas de détournement de mineure. Je suis adulte. Et consentante.

— Où cela nous mènera-t-il ? Vous me rendez fou. J'ai eu envie de vous dès l'instant où je vous ai vue. Mais ça ne vous apportera rien... rien que des ennuis...

— Et du plaisir, j'espère.

— Je voudrais vous donner davantage et ne le pourrai pas. Pas maintenant. Pas encore. Peut-être jamais.

— Ça m'est égal, dit-elle d'un ton badin. Je ne demande rien de plus.

— Vous devriez.

Inexorablement, l'attirance triomphait de la réserve. Leurs lèvres s'unirent à nouveau. Il la serra contre lui et pendant un moment infini, ils endurèrent une exquise torture.

— Daphné, restons-en là, sinon je ne réponds plus de moi, haleta-t-il.

Avec un rire, elle rejeta la tête en arrière et glissa la main vers le renflement qui tendait l'étoffe du jean. Il crut défaillir sous ses caresses.

— Daphné, non, souffla-t-il sans conviction.

Elle s'écarta de lui en riant, lui tendit une tasse de café refroidi qu'il saisit d'une main tremblante.

— Doux Jésus, comment ai-je pu me mettre dans cette situation ?

Il pensait à sa femme et à sa fille.

— Ce sont des choses qui arrivent. Nous ne faisons pas toujours ce que nous avons décidé. La vie est imprévisible.

— En ce moment, la mienne est un pur désastre.

— Êtes-vous très proches, je veux dire, votre femme et vous ? demanda-t-elle en buvant son café à petites gorgées.

— Nous l'étions autrefois. Depuis son opération tout a changé. Nous ne pouvons plus échanger un mot sans que cela ne dégénère. Elle ne pense plus qu'à sa maladie. C'est insupportable.

— Mais assez normal, en fin de compte. Elle vous en demande trop, si j'ai bien compris ?

— Je suppose que je devrais l'aider. Être plus présent. Mais c'est plus fort que moi. (Il marqua une pause avant de confier à Daphné son secret le plus sombre.) Ma mère est morte du cancer quand j'avais quatorze ans. Le seul souvenir que j'ai conservé d'elle est celui d'une femme en pleurs, éternellement malade, se plaignant sans cesse. Elle avait subi plusieurs opérations... Ils l'ont découpée en petits morceaux, jusqu'à ce que le cœur lâche. Sa disparition a tué mon père. J'ai eu l'impression qu'elle essayait de nous entraîner tous dans la tombe. Elle aurait pu m'y entraîner aussi mais j'ai tenu bon. J'ai fermé les yeux et les oreilles, je me suis protégé.

J'ai refusé de participer à sa tragédie. J'éprouve la même chose envers Alex. Je veux sauver ma peau, comprenez-vous ?

Elle hocha la tête. Elle comprenait. Mieux qu'Alex. Celle-ci était bien trop occupée à se battre pour sauver sa propre vie pour pouvoir penser aux autres. Sam poussa un soupir de soulagement. Sa confession avait allégé l'insoutenable poids qui pesait sur sa conscience. Il se sentit mieux tout à coup.

— Tout seul, vous n'y arriverez pas.

— J'essaierai. Oui, j'essaierai.

Il l'attira dans ses bras, pressa ses lèvres contre les siennes, avec une fougue qui confinait au désespoir. Son chemin avait croisé celui de Daphné au mauvais moment. S'il refusait son assistance à Alexandra, il lui devait au moins sa fidélité. En même temps, il s'efforçait de refréner sa passion. Encore un baiser, se dit-il obscurément. Un autre encore... Ses mains tirèrent sur le corsage, et il se pencha comme un homme ivre sur la gorge palpitante de Daphné. Elle avait des seins si parfaits qu'il en fut ému aux larmes. Sous ses lèvres, les pointes corail se durcissaient. Il déploya un effort titanesque pour recouvrer ses esprits. Haletante, Daphné se recouvrit puis, sans un mot, rinça les tasses de café et les rangea. Le soir tombait, enveloppant les gratte-ciel d'une légère brume mauve. Lorsqu'ils regagnèrent le luxueux bureau de Sam, il était sept heures.

— Tu vas rester ici ? demanda-t-il, malheureux à l'idée de la quitter.

— Je vais prendre avec moi deux ou trois dossiers, répondit-elle avec sa nonchalance habituelle.

Il proposa de la raccompagner en taxi et elle accepta. Ils sortirent dans la rue, enlacés, comme deux jeunes amoureux. Sam se sentait pousser des ailes. Dans la voiture, il l'embrassa encore une fois, et elle eut un petit rire tendre.

— A partir de demain, enferme-toi à clé dans ton bureau, ma belle. Je ne me contrôlerai plus.

C'était exactement ce qu'elle voulait. Le taxi la déposa au coin de la 53ᵉ Rue Est, devant un immeuble ancien dans lequel elle avait loué un appartement ; il avait appartenu autrefois à une star de cinéma.

— Tu veux monter ?
— Non. Je ne me fais pas confiance.
— Moi non plus, rit-elle. (Puis, d'un air sérieux, elle lui prit la main.) Reviens quand tu veux. Si tu as envie de parler à quelqu'un je serai là... Aussi bizarre que cela puisse te paraître, je crois que je t'aime.
— Oh... ne dis pas ça... je t'en supplie.

Leurs lèvres se frôlèrent, et elle referma la portière.

Quand le taxi redémarra, l'adresse de Daphné s'était gravée dans la mémoire de Sam. Il ne fallait surtout pas qu'il y revienne.

A sept heures et quart, il était à la maison. Alexandra l'accueillit d'un regard un peu triste, sans un mot. Il faisait tout pour l'éviter, elle en était sûre à présent. Elle était pourtant loin de deviner de quelle façon il avait passé l'après-midi.

Sam disparut un moment dans la salle de bains où il se lava les mains. Le parfum de Daphné imprégnait son sweater. Il se changea.

— As-tu beaucoup de travail en ce moment ? s'enquit-elle prudemment, après qu'Annabelle fut couchée.

Ils étaient seuls. Carmen s'était retirée dans la chambre d'amis.

— Énormément, oui.
— Les affaires sont plus florissantes que jamais, alors. C'est la première fois que tu restes aussi tard au bureau un samedi.
— Simon nous fournit quantité de nouveaux clients. C'est un gars formidable.

— J'espère que tu le surveilles quand même. Si les scrupules ne l'étouffent pas, il pourrait te porter préjudice.
— Il est honnête. Il s'est forgé une excellente réputation d'homme d'affaires à Londres. Il a gagné beaucoup d'argent.
— De l'argent propre ?
— Naturellement, rétorqua-t-il, avec une pointe d'irritation dans la voix.

Cette manie de toujours poser des questions frisait l'obsession. En tant qu'avocate, elle se faisait un point d'honneur de traquer la faille. Simon avait prouvé sa bonne foi. Il les avait mis en contact avec de nombreux investisseurs. Et il lui avait présenté Daphné... L'image captivante de la jeune femme vint le hanter, alors qu'il prenait place à table, en face d'Alexandra.

— Sur quoi as-tu donc travaillé ? s'enquit celle-ci, avec une curiosité qu'il aurait trouvée de bon aloi quelques semaines plus tôt et qui, à présent, l'énervait.

Il faillit avaler de travers sa feuille de salade.

— Eh bien... rien de bien passionnant... de la comptabilité.

— Ah... depuis quand t'occupes-tu de la comptabilité ? demanda-t-elle, sceptique mais pas suspicieuse pour autant.

Elle attribuait son absence à un désir d'éloignement, ce qui était en partie vrai. Mais elle était loin d'imaginer la véritable cause de son retard.

Le dîner se déroula dans une ambiance morne. Leurs rares échanges manquaient singulièrement de chaleur. Le pire avait déjà eu lieu, se dit-elle pour se consoler. Il ne lui restait plus qu'à survivre à la chimiothérapie. Et plus tard, quand, de nouveau, elle aurait retrouvé son ancien entrain, ses rapports avec Sam s'amélioreraient. Son mariage souffrait d'une crise qu'elle seule pourrait résoudre. Comparée à sa dépression des jours précédents, c'était une vision des choses presque optimiste.

Pourtant, cette nuit-là, étendue près d'un Sam profondément endormi, une fois de plus les larmes mouillèrent ses joues dans l'obscurité. Pleurer semblait être devenu son lot quotidien. Il s'était glissé entre les draps et s'était empressé d'éteindre la lumière, avec un « bonne nuit » hâtif. Un baiser, une simple pression de la main l'auraient rassérénée, mais il n'avait pas esquissé le moindre geste. Comme s'il avait peur de ce qu'il y avait sous sa chemise de nuit.

La tension ne fit qu'augmenter le lendemain, dimanche. Et le lundi arriva comme une trêve. Lorsque Sam partit à huit heures du matin, Alexandra poussa un soupir de soulagement. Elle conduisit Annabelle à l'école — c'était la première fois depuis l'opération. A neuf heures, elle avait rendez-vous avec le Dr Herman... Le chirurgien examinerait les points de suture avant de changer le bandage, et Alexandra redoutait ce qu'il dévoilerait. « Oh, Sam, Sam, Sam », soupira-t-elle, sur le chemin du cabinet médical. Elle se sentait rejetée, abandonnée. Seule face à son destin.

Elle aurait été encore plus désespérée si elle avait vu Daphné qui attendait son mari de pied ferme. La jeune Anglaise portait un petit tailleur Chanel bleu marine. La jupe courte mettait en valeur ses magnifiques jambes. A l'instant où elle vit arriver Sam, son joli visage s'éclaira. Elle lui confirma que ce qui s'était passé samedi n'avait pas été une erreur. En ce qui la concernait, elle n'avait pas de regrets. Elle le voulait, comme jamais elle n'avait désiré un homme.

— Autant se l'avouer franchement... Je suis éperdument éprise de toi. Cela ne t'engage à rien, murmura-t-elle. Tu n'es pas obligé de donner suite. Je t'attendrai cependant, sache-le. Je serai là au cas où tu aurais besoin de moi. Je t'aime, mon chéri. Je serai à toi quand tu voudras de moi.

Il la scruta, à la fois ému et désemparé. Daphné Belrose incarnait l'ultime tentation.

Il l'attira dans ses bras. Sa bouche chercha la sienne avec

toute l'angoisse et la passion qui s'étaient accumulées en lui depuis des jours. Elle répondit ardemment à son baiser. Ensuite, avec un sourire triomphant, elle se glissa hors du somptueux bureau directorial et laissa la porte se refermer doucement derrière elle.

10

Peter Herman eut une demi-heure de retard avant de recevoir Alexandra. Il prit de ses nouvelles. Rien de plus normal que d'être fatiguée après une aussi grosse opération, lui expliqua-t-il avant de la prier d'ôter son chemisier. Il ne remarqua pas qu'elle tremblait lorsqu'il défit le pansement, mais nota avec satisfaction que la cicatrisation était en bonne voie. Il avait reçu les résultats des analyses. Ainsi qu'il l'avait espéré, les cellules cancéreuses n'avaient pas contaminé plus de quatre ganglions lymphatiques et la tumeur n'était pas hormonodépendante.

— Vous devriez donc parfaitement réagir au traitement de chimio, conclut-il, heureux, comme s'il s'agissait d'une excellente nouvelle. La contamination des ganglions est minime et c'est bon signe. La cicatrice est belle, ce qui facilitera la tâche de votre chirurgien plastique si vous décidez, plus tard, de vous faire reconstruire le sein manquant.

Elle se cantonna dans un profond mutisme, incapable de partager l'enthousiasme du chirurgien, qui l'examina attentivement. Elle semblait trop calme.

— Madame Parker, avez-vous regardé votre cicatrice ?

Aussitôt, elle fit non de la tête, d'un air apeuré.

— Peut-être serait-il temps. Et votre mari ?

— Lui non plus.

Elle se retint pour ne pas ajouter : « Il a peur. » De toute façon, elle ne pouvait lui jeter la pierre. Tous deux éprouvaient la même terreur.

— Bientôt, vous pourrez vous laver à nouveau normalement, madame Parker. Je vous conseille de vous examiner avant. Se cacher la réalité ne sert à rien.

Elle en convint. Pourtant, rien ne l'avait préparée au triste spectacle que lui renvoya le miroir de la salle de bains où elle s'était enfermée en revenant de chez le médecin. Lentement, elle avait ôté ses vêtements. Ses yeux s'attardèrent longtemps sur sa figure couronnée de ses splendides cheveux roux, avant de se baisser tout doucement... Le cou, les épaules, le buste... et là, oh mon Dieu ! Un cri déchirant lui échappa et elle se recula instinctivement, horrifiée par ce qu'elle voyait. On aurait dit qu'un coup de sabre l'avait amputée. Elle détourna la tête, incapable de poursuivre son examen, mais l'image atroce s'était gravée au fer rouge sur sa rétine. Un morceau de chair aplati, d'une vilaine couleur rosâtre qui blanchirait plus tard, zébré d'une longue balafre rouge à l'endroit où ils avaient recousu... Ses jambes fléchirent ; elle se laissa glisser sur le carrelage et entoura ses genoux de ses bras. Elle enfonça les dents dans sa lèvre inférieure afin de refréner les sanglots qui la secouaient. Une heure s'écoula ainsi avant que Carmen ne vienne tambouriner contre la porte.

— Madame Parker... madame Parker... que se passe-t-il ? Vous vous sentez bien ? voulez-vous que j'appelle le médecin ?

La porte s'ouvrit sur la gouvernante affolée. Elle vit sa maîtresse à terre, serrant ses genoux qu'elle avait ramenés contre sa poitrine meurtrie.

— Allez-vous-en, je vous en prie... hurla-t-elle, et des nouveaux sanglots secouèrent son corps mince, abandonné contre la cloison froide.

Carmen s'agenouilla à côté d'elle, en larmes elle aussi.

— Oh, madame, madame, ne pleurez pas. Nous vous aimons tous tant, dit-elle, mais les pleurs d'Alexandra redoublèrent.

— Il me déteste ! s'écria-t-elle, désespérée. Je suis laide à présent. Je lui fais horreur !

Carmen voulut l'entourer de ses bras.

— Mais non, voyons... M. Parker vous adore. Voulez-vous que je l'appelle ?

— Surtout pas. Laissez-moi, Carmen.

Elle repoussa farouchement la gouvernante, qui battit en retraite dans la cuisine où elle resta longtemps assise en se tamponnant les yeux de son mouchoir, tandis que les sanglots d'Alexandra retentissaient dans l'appartement. Enfin, les pleurs cessèrent, après ce qui sembla une éternité. Le silence retomba d'un seul coup, comme après un violent orage.

— Carmen, allez chercher Annabelle à l'école, dit Alex d'une voix exsangue, dépourvue d'émotion.

Elle avait enfilé son peignoir.

— Pourquoi n'y allez-vous pas, madame Parker ? Elle en serait si contente.

— Je ne peux pas, répondit-elle avec une immense lassitude.

Ils l'avaient tuée.

— Vous le pouvez si vous le voulez. Venez, allons-y ensemble. (Elle l'entraîna vers sa chambre et lui tendit une robe en tricot.) Mettez-la, c'est la préférée d'Annabelle.

— Non, Carmen, c'est au-dessus de mes forces.

Elle tressaillit, sentant venir une nouvelle crise de larmes, mais les mains robustes de Carmen la soutinrent par les épaules.

— Madame Parker, reprenez courage, s'écria-t-elle, les yeux voilés de larmes. Je vous aiderai.

— Oh, pour quoi faire ?

Elle aurait voulu mourir.

— Parce qu'il le faut. Parce que nous vous aimons tous. Nous serons là, près de vous, jusqu'à ce que vous soyez plus forte. Vous irez bientôt mieux, ajouta-t-elle avec conviction.

Alexandra enfila la robe à contrecœur, en secouant la tête.

— Je ne vais pas aller mieux. Je vais bientôt suivre une chimiothérapie.

Ce mot parut ébranler Carmen, mais elle déclara :

— Eh bien, ce ne sera qu'un mauvais moment à passer.

Sa détermination à assister sa maîtresse dans cette épreuve ne fit que croître. Elle éprouvait une profonde affection à l'égard d'Alexandra qu'elle trouvait formidable. Elle s'en sortirait, décida-t-elle aussitôt, oui, elle méritait le bonheur que la fatalité lui avait brusquement retiré. Il fallait qu'elle vive, pour son mari, et pour sa petite fille.

— Écoutez, dit-elle avec fermeté, nous irons ensemble chercher Annabelle, et je vous préparerai un bon déjeuner. Ensuite, j'emmènerai la petite au parc, et vous en profiterez pour vous reposer.

Sa voix rassurante parvenait à Alexandra comme à travers du coton. Elle ne songeait qu'à la monstrueuse cicatrice que le bistouri du Dr Herman avait tracée sur sa peau. Mais elle suivit Carmen, avec cette docilité propre à ceux qu'un destin trop cruel a privés de leur esprit d'initiative. Annabelle se mit à sauter de joie, lorsqu'elle l'aperçut. Elle lui prit la main, toute guillerette, et sur le chemin du retour, elle se mit à bavarder gaiement comme toujours, sans faire attention au silence de sa mère. Peu après, Carmen leur servit un délicieux potage de légumes, et des sandwiches au poulet. Le repas terminé, la gouvernante mit Alexandra au lit. Prise au jeu, la petite fille l'aida à « border maman », puis elles partirent pour le parc, tandis que la jeune femme sombrait dans un sommeil réparateur.

— Carmen et moi avons couché maman, déclara la petite fille à son père, dans la soirée.

Il se demanda si Alex ne s'était pas amusée une fois de plus à jouer les malades, mais ne fit aucun commentaire. Il eut la bonne grâce d'attendre qu'Annabelle fût endormie, avant de mettre la question sur le tapis.

— Il paraît que tu as fait la sieste tout l'après-midi ? interrogea-t-il négligemment.

Une note de désapprobation vibrait dans sa voix. Sa mère passait des journées entières au lit, autrefois, et il n'était pas près d'oublier le calvaire qu'il avait vécu à cause d'elle.

— Oui. J'étais épuisée. Je suis allée chez le Dr Herman aujourd'hui.

Cette voix atone, ces yeux vides, il ne les connaissait que trop bien.

— A-t-il eu les résultats des examens ?

— Oui. Le système lymphatique est légèrement atteint. Je n'échapperai pas à la chimiothérapie... Il a ôté le pansement, ajouta-t-elle d'un ton uni.

— Voilà une bonne chose de faite. Cela a dû te remonter le moral, non ?

Il avait déjà occulté le fait qu'elle allait bientôt commencer un traitement épuisant. Elle le regarda comme si elle le voyait pour la première fois.

— Non, pas exactement.

— Pourquoi ? il y a un problème ?

— Un petit problème, effectivement. Mon sein gauche a disparu, rétorqua-t-elle, mais il demeura insensible à son ironie.

— Ça, on le savait déjà. La belle affaire ! Il n'y a vraiment aucune raison valable pour que tu sois dans cet état.

— Qu'attends-tu de moi au juste ? hurla-t-elle soudain, à bout de patience. Veux-tu que je te montre des photos ? Es-tu devenu idiot ou quoi ? Bon sang, j'ai perdu un sein et tout ce que tu trouves à dire, c'est : « La belle affaire ! » Eh bien, oui, c'est important pour moi, figure-toi, comme pour toi, visiblement, à en juger par ton attitude. Depuis l'opération, tu te comportes comme si j'avais la lèpre. Le cancer n'est pas contagieux, mon vieux, tu n'as pas besoin de te tenir à distance. Oh, j'ai compris le message ! Tu ne dois pas trouver ça très joli non plus.

— Je n'ai jamais prétendu le contraire. Mais tu n'as pas le droit d'en faire un drame.

— Oui, sans doute ! Laisse-moi te dire, cependant, Sam, que, torse nu, je ne corresponds pas exactement aux canons de beauté les plus élémentaires.

Elle lui lança un regard venimeux qu'il ignora.

— D'accord. Mais puisque tu pourras, plus tard, recourir à la chirurgie plastique, je ne vois pas où est le problème.

— Non ? Repasser sur le billard pour se faire greffer un implant en silicone n'est pas exactement une sinécure, à mon sens.

— Admettons. Mais rien ne t'oblige à y aller. Après tout, perdre un sein n'est pas une catastrophe.

— Que pourrait-il m'arriver de pire ?

— Mourir.

— Oh, donne-moi un peu de temps, ce n'est pas exclu, tu sais. En attendant, il semble que j'aie perdu ce à quoi je tenais le plus au monde. Mon mari. Car tu as disparu, toi aussi, au cas où tu ne l'aurais pas remarqué. J'en ai par-dessus la tête de te voir jouer les grands absents, sous prétexte que tu n'arrives pas à affronter les événements.

— Ce n'est pas vrai ! objecta-t-il, d'autant plus furieux qu'elle avait raison.

— En ce cas, nous n'avons pas la même notion de ce qu'être présent signifie. Tu n'as pas été là une seule fois, depuis que j'ai eu les résultats de la mammographie. Tu me traites comme une vieille tante de passage, pas comme ta femme. Est-ce que cela va durer longtemps, Sam ? Jusqu'à quand devrai-je expier le péché d'avoir été opérée ? Probablement jusqu'à la chirurgie réparatrice, histoire de ne pas te flanquer la frousse, quand je prends une douche ou quand je me déshabille. Ou est-ce terminé pour de bon, entre nous ? Parce que si me voir te rend malade, il faut me le dire.

— Ce qui me rend malade, ce sont tes accusations, plus malade encore que si tu n'avais plus de seins du tout.

— Vraiment ? Je te parie que non. Tu n'as pas idée comme c'est laid, mon vieux. Pire que tout ce que tu peux imaginer.

— C'est aussi laid que tu veux bien le dire. Tu te complais dans une tragédie qui n'a pas lieu d'être. C'est toi qui n'arrives pas à regarder la réalité en face.

— En es-tu sûr ? Alors, regardons-la en face, cette réalité !

Elle se tenait devant lui, dans leur chambre. Poussée par un impérieux besoin de le blesser à son tour, elle défit les boutons de sa chemise de nuit. Elle vit l'angoisse le pétrifier mais plus rien ne pouvait l'arrêter. La chemise de nuit glissa à terre. Un son inarticulé franchit les lèvres de Sam. D'un seul regard, il engloba la cicatrice écarlate sur la peau boursouflée, rose vif. Campée sur ses jambes, les mains sur les hanches, elle le dévisageait. Il était devenu d'une pâleur de cire. Sous le choc, il avait vacillé.

— Joli, hein ?

Elle eut la sensation que ses poumons allaient exploser, et aspira une large bouffée d'air, étranglée par les sanglots.

— Je suis désolé, Alex, murmura-t-il en s'approchant et en se penchant pour ramasser la chemise de nuit qu'il lui tendit. Sincèrement désolé.

Il l'attira dans ses bras. Leurs larmes se mêlèrent.

— Je n'ai plus envie de vivre, sanglota-t-elle, la joue appuyée contre la poitrine de Sam. Non ! pas comme ça.

— Cela va s'arranger, s'efforça-t-il de la rassurer, mais le cœur n'y était pas. Tu t'y habitueras. Nous nous y habituerons.

— Tu crois ? Veux-tu que j'aille voir dès maintenant un chirurgien plastique ?
— On verra. C'est encore trop tôt.

Elle voulut remettre sa chemise de nuit mais elle tremblait tellement qu'elle n'y parvint pas. Il l'aida à se rhabiller. Alexandra s'essuya les yeux.

— Excuse-moi. Je suis en colère après moi, après toi, après tout le monde. En fait, je me déteste. Je ne sais pas comment m'y prendre.
— Moi non plus, admit-il. Donnons-nous un peu de temps.
— Oui, fit-elle avec tristesse, essayons.

Mais le temps jouait contre elle, ne put-elle s'empêcher de penser. Sam s'était recomposé une attitude digne. Ayant saisi la télécommande, il avait allumé la télévision, afin de mettre fin à ce pénible entretien.

— Tu te sentiras mieux quand tu retourneras au bureau, affirma-t-il, les yeux fixés sur l'écran.

Mais l'image de cette poitrine massacrée se superposait obstinément aux images de la télévision. Le peu de désir qu'il aurait pu encore éprouver pour elle s'était évanoui à l'instant où l'atroce cicatrice était apparue. Il n'était plus sûr qu'un jour il parviendrait à surmonter son dégoût. Son désir pour Daphné n'en était que plus dur à supporter. Avec un regain de culpabilité, il crut sentir à nouveau les formes épanouies de ses seins dans ses mains. Elle était si jeune, si attirante, d'une beauté si parfaite.

— J'ai l'impression de ne plus être une femme, gémit Alexandra quand il éteignit la lumière à minuit.
— Voyons, Alex, ne sois pas stupide. Tu es très féminine, au contraire.

Mais il ne fit rien pour le lui prouver. Et tandis qu'il restait étendu à l'autre bout du lit, soucieux de ne surtout pas la frôler, il ne pouvait penser qu'à Daphné.

11

La semaine s'écoula à toute allure et ce fut Halloween. Les Parker devaient assister à la fête de l'école d'Annabelle, ravissante dans son costume de princesse en velours parme brodé de strass et de pierreries, avec sa couronne et son sceptre d'argent. D'habitude, Alexandra se déguisait, mais cette année elle n'avait guère eu le temps d'y penser. Au dernier moment, elle sortit du fond du placard les hardes de Cruella : un vieux manteau de fourrure noir et blanc, un foulard, une perruque noire et blanche. Sam comme tous les ans endossa la cape noire de Dracula, et Alexandra entreprit de le maquiller.

— Tu n'es pas mal en Cruella, hasarda-t-il, tandis qu'elle lui allongeait les sourcils vers les tempes à l'aide d'un crayon gras.

Sa robe vermillon moulait sa silhouette fine. Elle portait maintenant une prothèse dans son soutien-gorge, qui l'avait un peu gênée au début mais qui faisait parfaitement l'illusion. Elle avait un corps de mannequin, ne put-il s'empêcher de constater en laissant errer son regard sur ses longues jambes fuselées. Depuis quelque temps, il faisait très attention à ce genre de détails : la rondeur d'un genou, la ligne pure d'une nuque, le galbe d'une hanche... surtout chez Daphné. Tous deux continuaient du reste à se comporter de manière exemplaire. Après ce fameux samedi où ils avaient failli succomber à la tentation, ils avaient déployé des efforts surhumains pour résister. Même si, en présence l'un de l'autre, leurs sens s'enflammaient. Et ce n'était pas les occasions de se rencontrer qui manquaient, puisqu'ils se voyaient tous les jours, lors de réunions de travail, de déjeuners d'affaires, de rendez-vous avec des investisseurs étrangers. Elle possédait parfaitement les inextricables méandres de la finance internationale dont elle discutait aisément, sans jamais se départir de son humour si personnel. Sam aimait l'entendre aligner des arguments irréfutables, tout comme il aimait l'entendre rire ou raconter une bonne histoire au bon moment pour détendre une atmosphère quelque peu crispée. En fait, il aimait tout en elle.

Il s'était bien gardé de parler d'elle à Alexandra. D'instinct, il n'avait plus jamais évoqué « l'assistante de Simon bardée de diplômes », sachant que l'intuition de sa femme ne la tromperait pas et qu'elle remarquerait quelque chose de suspect dans le ton de sa voix ou dans son regard qui éveillerait immanquablement ses soupçons. Ses associés avaient déjà noté l'intérêt qu'il portait à Daphné. Ils n'avaient osé poser aucune question, naturellement. Seul Simon, sous couvert de plaisanterie, faisait de temps à autre allusion aux attraits des Anglaises en général et de sa cousine en particulier. Toutefois, personne n'avait vraiment saisi l'ampleur de son attirance pour la jeune femme, si ce n'est Daphné, bien entendu.

— Tu n'es pas mal non plus en prince des ténèbres, dit Alexandra.

Du bout des doigts, elle appliqua une ultime touche de fond de teint couvrant, d'un blanc ivoirin, sur le visage de son mari, avant de se reculer pour contempler son œuvre. Ils se tenaient sous le plafonnier de la salle de bains, tout près l'un de l'autre. Ils n'étaient jamais restés aussi longtemps ensemble depuis l'opération. Il aurait pu en profiter pour lui murmurer un mot tendre, l'enlacer, l'embrasser même. Mais il n'en fit rien. Une sourde appréhension le retenait. Un geste en amenant un autre, il redoutait la suite. Il craignait qu'elle ne formule des demandes auxquelles il se savait incapable de répondre. Physiquement, il n'éprouvait plus aucune attirance pour elle. Sa maladie, son corps mutilé, les souvenirs du mal identique qui avait fini par emporter sa mère des années auparavant avaient tué son ardeur. Alexandra lui tendit les fausses canines du vampire et lorsqu'elle le vit Annabelle poussa un cri de terreur feinte.

— Oh, papa, tu es formidable !

Sam eut un rire amusé, Alexandra sourit. Voilà des semaines qu'ils n'avaient pas vécu un jour aussi paisible, aussi heureux. La soirée fut tout aussi agréable. Ils firent un saut chez un couple d'amis où ils prirent l'apéritif, alors que les enfants se gavaient de bonbons, et quand ils regagnèrent l'appartement, Annabelle somnolait dans les bras de son père.

— Quelle belle soirée ! soupira Alexandra, après qu'ils eurent couché leur fille.

Depuis la naissance d'Annabelle, Halloween avait pris un aspect magique et, en se remémorant les années passées, une profonde tristesse envahit Alexandra. Elle n'aurait pas d'autres enfants, à présent elle le savait. Même si elle échappait aux effets néfastes de la chimiothérapie, elle devrait attendre cinq ans avant de concevoir. Elle aurait alors quarante-sept ans. La perspective d'avoir un bébé à cet âge-là semblait exclue. Une ménopause précoce constituait une autre conséquence possible du traitement. Le Dr Herman l'en avait avertie lors de leur dernière entrevue. Il l'informait petit à petit des conséquences de son cancer afin de lui donner le temps d'en comprendre les implications et de les admettre. Et, de fait, elle avait encore du mal à assimiler tous ces termes effrayants : *malignité, envahissement ganglionnaire, métastases*. En un mois, son vocabulaire avait changé d'une façon radicale, tout comme sa vie. Et son mariage. Ses espoirs faiblissaient à mesure que Sam se détachait d'elle. Car à quoi bon se le cacher ? Chaque jour il s'éloignait un peu plus, bien qu'il ne voulût pas l'admettre. Il était devenu un étranger, même s'il s'ingéniait à donner à leur entourage l'image d'une famille unie. Mais leurs anciens liens s'étaient rompus à jamais. Alexandra en avait une conscience aiguë — elle était la seule, d'ailleurs, et cela ne rendait la situation que plus pénible. Comment recoller les morceaux d'une histoire sans d'abord reconnaître qu'elle est brisée ?

— Tu vas déjà au lit ?

Il venait de se déshabiller et d'enfiler son pyjama. Il était à peine vingt-deux heures.

— Euh... oui, j'ai envie de me coucher tôt ce soir.

Autrefois, une telle déclaration aurait dissimulé une invite amoureuse. Aujourd'hui, aucune douce allusion ne transparaissait dans le ton distant, presque froid, de sa voix. Devant leurs amis, un peu plus tôt, il avait su se composer l'attitude d'un époux attentionné. La porte de leur chambre refermée, à l'instar d'un rideau de théâtre qui se baisse après la représentation, il avait posé son masque. Il dormirait probablement à poings fermés avant qu'Alexandra ne ressorte de la salle de bains, comme toutes les nuits depuis sa sortie d'hôpital. En effet, vingt minutes plus tard, il ronflait devant le poste de télévision. Le sommeil était le refuge idéal, qui lui permettait d'esquiver un tête-à-tête ou ses obligations conjugales. Elle le regarda, muette. Son manque de désir avait émoussé le sien. Indifférente, elle prit un livre qu'elle ne reposa sur la table de chevet que tard dans la nuit. Bizarrement, elle se sentait en meilleure forme. Le lundi suivant elle retournerait au bureau pour s'organiser avant de commencer la chimiothérapie. Elle avait deux semaines devant elle pendant lesquelles elle rassemblerait ses forces ; comme un vaillant petit soldat qui se prépare à la bataille.

Lundi vint très vite. En emmenant Annabelle à l'école, elle eut la sensation singulière que tout était comme avant... Tout sauf Sam. Ce dernier s'était à nouveau retranché derrière un mur d'indifférence. Il lui avait à peine adressé la parole pendant le petit déjeuner, n'avait pas levé le nez de son cher *Wall Street Journal,* ne l'avait pas embrassée. Mais elle en avait désormais l'habitude. Son travail lui avait manqué, s'aperçut-elle brusquement. Ses collègues aussi. Ces deux dernières semaines avaient été les plus tristes, les plus solitaires de toute son existence. Un désert aride, d'autant plus sec qu'elle avait dû le traverser sans l'assistance de son mari.

— Est-ce que papa est toujours fâché contre toi, maman ? questionna Annabelle sur le chemin de l'école, comme si elle avait deviné ses pensées moroses.

— Non, ma chérie, je ne crois pas. Pourquoi dis-tu cela ?

— Il n'est plus le même. Il ne te parle plus comme avant, ne t'embrasse plus jamais, et quand il rentre à la maison, il a l'air furieux.

— Peut-être est-il fatigué, tout simplement.

— Les grandes personnes disent toujours qu'elles sont fatiguées quand elles sont fâchées. Comme papa. Tu devrais lui demander une explication, tu sais, conseilla Annabelle du haut de ses trois ans et demi.

Alexandra sourit à sa petite fille, surprise de sa perspicacité.

— D'accord, princesse... Tu étais très jolie dans ton costume de Halloween, mon petit trésor.

— Merci, maman.

Alexandra se pencha pour effleurer d'un baiser les cheveux soyeux de sa fille. Les bras de son enfant autour de son cou la firent fondre de tendresse. D'un regard ému, elle suivit Annabelle, tandis qu'elle se mêlait aux autres petits élèves dans la cour de la maternelle. De la main droite, elle fit signe à un taxi. Son côté gauche avait perdu une partie de sa sensibilité, mais pour la première fois depuis l'opération, elle se sentit appartenir au monde des vivants.

— Oooh, regardez qui est là ! s'exclama joyeusement Liz Hascomb à l'instant où Alexandra sortait de l'ascenseur.

Les deux femmes s'étreignirent avec toute l'émotion de leur nouvelle complicité. Liz avait disposé une gerbe de fleurs dans le bureau de sa patronne ; celle-ci regarda avec reconnaissance et bonheur le bouquet éclatant, puis les dossiers soigneusement rangés par Brock Stevens.

— Félicitations ! Vous vous êtes parfaitement débrouillés sans moi.

— Pas tant que ça. Vous changerez d'avis quand vous aurez lu tous les messages.

Il y en avait une quantité. La plupart de ses clients avaient préféré attendre son retour plutôt que de confier leur affaire à un autre associé du cabinet. Elle commença à parcourir les messages et Liz lui apporta sa traditionnelle tasse de café. Un soupir gonfla la poitrine d'Alexandra. Le décor familier, les gestes routiniers, le fait de se sentir à nouveau utile, lui firent momentanément oublier le cauchemar qu'elle vivait.

— Comment vous sentez-vous ? demanda tranquillement sa secrétaire en posant la tasse sur le bureau.

— Bien... Très bien... J'en suis agréablement surprise. Si je ne me fatiguais pas aussi vite, je me croirais presque sortie d'affaire.

— Prenez votre mal en patience. Ne précipitez rien. Chaque chose en son temps.

Liz sortit sur ces paroles pleines de sagesse, et Alexandra se laissa aller contre le dossier capitonné de son fauteuil avec un sourire satisfait. Soudain, chaque instant prenait une importance capitale ; elle savoura avec délice une gorgée de café noir, corsé à souhait. La porte s'ouvrit. Brock Stevens passa la tête par l'entrebâillement de la porte.

— Bienvenue à bord, la salua-t-il avec bonne humeur.

— Merci, Brock.
Elle l'accueillit d'un sourire amical.
— Vous semblez parfaitement capable de me remplacer, on dirait. Je pourrais peut-être m'accorder de longues vacances.
— Simple illusion, ma chère. Je vous ai conservé les tâches les plus difficiles... Au fait, Jack Schultz a dû appeler cent fois pour vous remercier.
— Je suis ravie qu'il ait gagné son procès. Il le méritait.
— Vous aussi, Alex.

Il était bien placé pour savoir qu'elle n'avait pas ménagé ses efforts. Comme il savait qu'elle avait subi une intervention chirurgicale sans savoir de quoi il s'agissait. Il avait senti une vague réserve dans le regard de Liz, quand il lui avait demandé des nouvelles d'Alexandra. Un infime froncement de sourcils, qui l'avait mis sur ses gardes. Et maintenant, elle était revenue, plus mince que jamais, très en beauté, lui sembla-t-il, malgré une certaine fatigue qui lui tirait les traits.

— Quel est votre programme aujourd'hui, Alex ?
— Avant tout, je tiens à lire vos rapports sur chaque dossier.
— Nous comptons deux nouveaux parmi nos clients. Des patrons poursuivis en justice par d'anciens employés. Il y a en tout quatre nouvelles affaires dont un procès en diffamation intenté par une vedette de cinéma contre je ne sais plus quelle feuille de chou. Matt est au courant de tous les détails.
— Il en a, de la chance ! Je lui cède volontiers ce cadeau empoisonné.

Brock la considéra de plus près. Malgré son ton détendu, il avait entendu une fausse note. D'habitude, elle ne refusait pratiquement jamais une affaire.

— Êtes-vous totalement remise ? s'enquit-il doucement. Si j'ai bien compris, vous avez eu des ennuis de santé... Rien de grave, j'espère ?

Elle s'apprêtait à répondre que tout allait bien, puis se ravisa. Durant les mois à venir, elle allait avoir besoin de son aide. Il n'y avait aucune raison de lui cacher la vérité. Ni de s'enferrer dans des faux-semblants.

— Si, Brock, c'est grave. J'irai sans doute mieux plus tard, lorsque j'aurai terminé mon traitement. Je...

Elle s'interrompit, les yeux rivés sur le breuvage brun au fond de la tasse de porcelaine blanche, cherchant désespérément les mots adéquats. Comment demander du secours ? comment avouer sa peur et son impuissance devant la terrible réalité ? Elle leva alors le regard et leurs yeux se croisèrent. Il y avait une infinie gentillesse dans ceux de Brock. Elle sut qu'elle pouvait lui faire confiance.

— Je commence une chimiothérapie dans deux semaines, acheva-t-elle d'une seule traite.

Elle crut entendre la respiration de son interlocuteur s'arrêter.

— Oh... j'en suis navré.

— Moi aussi. J'ignore si je serai en mesure de continuer mon travail pendant le traitement. Il paraît que c'est épuisant. Cependant je compte essayer. Et j'aviserai au fur et à mesure.

— Je vous aiderai, Alex. Vous pouvez compter sur moi.

— Je le sais... et je vous en remercie, s'entendit-elle répondre d'une voix cassée par l'émotion. (Elle s'était crue seule au monde et tout à coup elle se découvrait des amis, des gens qu'elle connaissait à peine, de simples relations, des collègues de travail.) Vous vous êtes déjà rendu très utile, Brock. Sans vous, je n'aurais jamais réussi à venir à bout du dernier procès avec cette épée de Damoclès suspendue au-dessus de ma tête. Enfin, en tout cas, j'ai survécu à l'opération, ajouta-t-elle non sans humour.

« Le cancer ! » se dit-il, affolé. Il ne demanda pas où le

mal l'avait frappée. Son élégant tailleur de tweed noir et blanc ne laissait rien paraître.

— Et vous survivrez au reste, affirma-t-il avec véhémence, désireux de la convaincre.

Songeuse, elle reposa sa tasse de café.

— Espérons-le. Je n'en sais rien encore. C'est comme si je partais en voyage dans un pays inconnu ; selon un itinéraire dont chaque étape est fixée à l'avance par d'autres. Un trajet que je n'ai pas choisi, au fond. D'après mon chirurgien, le pronostic est plutôt encourageant. Mais sait-on jamais...

Sa voix se fêla. La peur resurgit, plus forte que jamais, alors qu'elle imaginait ce qui l'attendait. La main de Brock sur la sienne la ramena au présent.

— Alex, vous y arriverez. La volonté compte énormément dans ces cas-là. Gardez les yeux fixés sur la lumière, au bout du tunnel. Peu importe les souffrances que vous endurerez, elles ne seront que passagères. Ne perdez jamais de vue le but à atteindre, ne baissez jamais les bras, pas une seconde.

Parlait-il en connaissance de cause ? Surprise, elle le dévisagea. Avait-il vécu un drame analogue ? Lui-même ou un membre de sa famille ?

— Ne l'oubliez pas, reprit-il en retirant sa main. Si vous avez besoin de moi, je serai là. (Il se redressa, avec un sourire confiant.) Je suis content de vous revoir parmi nous, Alex. A tout à l'heure.

— A tout à l'heure, Brock. Et merci.

Matt Billings l'invita à déjeuner. Pendant le repas, il la mit au courant des nouvelles affaires. Il lui parla entre autres de celle de la vedette de cinéma, qui était à son avis particulièrement complexe. Il l'avait confiée à l'un de leurs associés et Alexandra lui en sut gré. Elle n'était pas prête à se lancer dans cette aventure : une actrice de renom avait porté plainte pour diffamation contre l'un des plus puissants magazines de la côte Est. Elle aurait du mal à imposer son point de vue au tribunal, Matt le savait. Les avocats de la défense ne manqueraient pas d'invoquer le Premier Amendement, qui protégeait la liberté de la presse.

— Ce pauvre Harvey aura du pain sur la planche, fit remarquer Alexandra en mentionnant l'associé qui avait hérité de l'affaire.

— Ah ! ah ! je me disais aussi que vous n'auriez pas vraiment envie de vous en occuper.

La conversation roula sur d'autres sujets : un procès intenté contre un fabricant de conserves par une ligue de consommateurs et d'autres litiges mineurs. Finalement, il s'enquit de sa santé.

— Ça va mieux... Une ombre est apparue sur les clichés de ma dernière mammographie il y a un mois, une sorte de « masse étendue et profonde », pour citer le jargon médical. Cela s'est passé au moment de l'affaire Schultz. (Matt hocha la tête ; il s'en souvenait.) J'ai dû passer des examens complémentaires. Une biopsie plus précisément...

Son patron haussa un sourcil, inquiet.

— Et maintenant ?

Elle inspira profondément. Les mots venaient plus aisément depuis quelque temps, s'aperçut-elle, ces mots qu'elle avait repoussés au début, et qui, à présent, faisaient partie intégrante de son existence. Elle regarda son vieil ami droit dans les yeux.

— J'ai subi une mastectomie, assena-t-elle, et elle le vit blêmir sous son hâle. Je dois commencer une chimio dans une quinzaine de jours. Si je me sens suffisamment en forme, je continuerai à venir au bureau. Au dire des médecins, après le traitement, il n'y aura plus de problèmes. Ils pensent avoir enlevé les cellules malades lors de l'opération. La chimio sera une sorte de... comment dire... de garantie supplémentaire. Les séances dureront six mois. Je serai très certainement fatiguée, mais je pourrai assurer un minimum de travail.

Elle s'en serait bien passée mais le Dr Herman ne lui avait pas laissé le choix.

Matt l'observait, stupéfait. Elle paraissait si jeune, si belle, si saine. Rien ne laissait présumer la véritable nature de sa maladie. Il avait espéré qu'il s'agissait d'une petite intervention sans importance et maintenant... Il avala sa salive.

— Voudriez-vous vous mettre en congé longue maladie ? interrogea-t-il gentiment.

Ils auraient du mal à la remplacer si c'était ce qu'elle envisageait, se dit-il au même moment, affolé.

— Absolument pas. (Surtout ne pas se retrouver dans l'appartement, seule entre quatre murs en train de ressasser des idées noires.) Il faut que je continue à travailler, Matt ! Je ferai de mon mieux. Si je me sens trop fatiguée, je m'étendrai sur le canapé de mon bureau, mais il est hors de question que j'arrête. J'en mourrais ! Vous me comprenez ?

— Oui, oui, Alex, bien sûr. Seulement, vous êtes sûre que vous y arriverez ?

— Écoutez, si je change d'avis entre-temps, ce qui m'étonnerait, je vous le ferai savoir. Pour le moment, j'ai besoin de mon métier autant que de mes amis. Six mois, ce n'est pas si long que ça. Quand j'étais enceinte, j'ai mené de front ma grossesse et ma profession jusqu'au dernier jour.

— Ce n'est pas la même chose, hélas, vous le savez. Qu'en pense votre médecin ?

— D'après lui, c'est possible. A condition de me ménager des plages de repos. J'arrêterai momentanément de plaider au tribunal mais je peux parfaitement m'atteler à d'autres tâches. La préparation des dossiers, les annotations, les recherches... Je ne pourrai pas assumer toute la responsabilité d'un procès, c'est évident. Et puis ce serait injuste pour le client.

— Pour vous également, Alex.

Il se passa les doigts dans les cheveux, médusé. Elle lui

faisait de la peine. D'un autre côté, sa détermination farouche le bouleversait.
— Vous êtes sûre ? répéta-t-il.
— Totalement sûre, oui !
Il hocha la tête avec respect. En sortant du restaurant, il la prit par les épaules, et ce simple geste d'amitié fit monter des larmes aux yeux d'Alexandra. Ils étaient tous si gentils. Si compréhensifs. Si serviables. Chacun s'évertuait à l'aider... sauf Sam ! « L'ironie du sort », songea-t-elle, reprenant à son compte l'expression favorite de son mari. La seule personne qui avait prononcé d'une voix claire le serment de fidélité et d'assistance devant Dieu et les hommes se dérobait... Heureusement, les autres étaient là...
— Que puis-je faire pour vous faciliter les choses ? demanda Matt, alors qu'ils retournaient au bureau à pied.
Un vent froid soufflait. Avec un frisson, Alexandra remonta le col de son manteau.
— Vous avez déjà fait le maximum. Mais, Matt, fit-elle en levant sur lui un regard implorant, n'ébruitez pas cette histoire, s'il vous plaît. La pitié, la curiosité malsaine me révulsent. J'ai déjà commencé à mettre au courant les personnes à qui je compte confier une partie de mon travail. Les autres n'ont nul besoin de savoir.
— D'accord. Je comprends.
Pourtant, une semaine plus tard, des secrétaires aux coursiers, en passant par les associés, leurs assistants et une fraction de la clientèle, tout le monde semblait au courant de ce qui se passait... La nouvelle avait fait le tour du cabinet comme une traînée de poudre. A la grande surprise d'Alexandra, chacun chercha à lui prouver son soutien à sa manière : visites impromptues, cartes postales, appels téléphoniques, petits cadeaux. Tant d'égards l'avaient d'abord irritée. Par la suite, elle comprit que tous étaient sincères. En huit jours,

lettres et messages, gerbes de fleurs et friandises de toutes sortes s'entassèrent sur son bureau.

— Doux Jésus ! s'exclama-t-elle un matin, au bord du fou rire, alors que Liz lui apportait un sublime gâteau au chocolat, je vais devenir obèse.

Mais chaque maillon qui s'ajoutait à cette chaîne de solidarité lui insufflait des forces nouvelles. Au fil des jours, elle se découvrit un moral d'acier. Elle répondait personnellement à ces délicates attentions, tout en partageant avec Liz et Brock les présents qui ne cessaient d'affluer.

— Avez-vous envie de grignoter quelque chose ? demanda-t-elle un jour à Brock, lors d'une pause café. J'ai de quoi ouvrir une pâtisserie. Dieu que les gens sont gentils !

— Ils vous aiment bien, Alex, ne l'oubliez pas. C'est important de se sentir entouré.

A présent, il savait tout, comme les autres... Et comme les autres, il avait encaissé le choc, incrédule. Alex Parker, si énergique, si efficace, si débordante de vie, frappée en pleine jeunesse par ce fléau affreux susceptible d'évoluer à court terme vers une issue fatale. Le cancer ! Qui l'eût cru !

Au retour de son déjeuner avec Alexandra, Matt Billings, sous le coup de l'émotion, avait, contrairement à ses habitudes, commis une indiscrétion. Il n'avait pu s'empêcher d'annoncer la mauvaise nouvelle à sa secrétaire, puis à quatre de ses partenaires ; ceux-ci s'étaient empressés de le répéter à leurs assistants, et ainsi de suite. C'était sans fin. Leur affection aussi, d'ailleurs.

— Aussi bizarre que ça puisse paraître, j'estime que j'ai de la chance, déclara Alexandra, au comble de l'émotion.

— Et ce n'est pas fini, répondit Brock avec une certitude proche de la ferveur.

De toutes ses forces, il souhaitait qu'elle remporte une victoire définitive sur le noir ennemi qui avait pris son corps d'assaut. Il fallait le traquer sans relâche par tous les moyens.

Sur ce point, il se montrait aussi inflexible que Liz Hascomb. Mais s'il pressentait les souffrances qu'elle devrait supporter pour s'en débarrasser, il ignorait le vide terrifiant dans lequel vivait désormais Alexandra. Car à la maison, la situation n'avait guère évolué. Sam était allé pendant trois jours à Hong Kong où, grâce à Simon, il avait signé un contrat fabuleux que la presse spécialisée avait salué comme « le marché du siècle ». Les succès professionnels de Sam Parker avaient toujours suscité un écho retentissant dans les revues économiques. Et l'arrivée de Simon avait ouvert les voies d'un nouvel essor. Toutefois, ces trois jours d'absence n'avaient fait qu'agrandir le fossé qui s'était déjà creusé entre les deux époux. Sam était revenu plus fermé, plus maussade, plus distant qu'auparavant. Il avait soigneusement tenu sa femme à l'écart de ce projet mirifique. Alexandra avait découvert dans le journal le but de son voyage, comme n'importe quel lecteur. Le soir même, elle lui fit part de ses griefs.

— Pourquoi ne m'as-tu rien dit ?
— Je n'en ai pas eu l'occasion. Tu étais tellement occupée. On s'est à peine vus de toute la semaine.

« A qui la faute ? » aurait-elle voulu crier mais elle se tut, tête basse, accablée par son indifférence. De tels contrats ne s'élaboraient pas en un jour. Il avait dû étudier, concevoir, peser chaque terme depuis des semaines. Mais il avait érigé un mur de silence entre eux. La communication ne passait plus. Et durant les jours qui suivirent son retour d'Extrême-Orient, il s'ingénia à éviter toute discussion. A peine le dîner terminé, il se hâtait vers sa chambre comme s'il avait eu le diable aux trousses.

— Que crains-tu au juste ? interrogea-t-elle un soir, à bout de nerfs.

Elle l'avait suivi dans leur chambre où il s'était mis à se déshabiller en bâillant ostensiblement. Son nouveau jeu consistait à s'endormir le plus vite possible, avant qu'Alexandra n'aille le rejoindre. Celle-ci n'insistait plus. La première séance de chimio aurait lieu dans moins d'une semaine. Tous les soirs, elle feuilletait inlassablement les dossiers en cours dans le salon jusqu'à une heure tardive, et cela semblait convenir parfaitement à Sam... Elle lui lança un coup d'œil consterné. Il ne s'était pas donné la peine de répondre à sa question.

— Je ne te sauterai pas dessus si jamais tu restes éveillé après le journal de dix-huit heures, reprit-elle. Tu ne risques rien, tu sais.

Ses sarcasmes tombèrent à plat.

— Qu'est-ce que tu vas chercher ? J'ai sommeil. Le décalage horaire m'a littéralement assommé.

— Va le dire au juge, ironisa-t-elle.

Sa remarque acidulée parut toucher une corde sensible car, brusquement, il sortit de ses gonds.

— Qu'est-ce que tu insinues ? hurla-t-il.

— Je plaisantais, pour l'amour du ciel ! Je suis juriste, tu t'en souviens ? Oh, Sam, que se passe-t-il ?

Il avait perdu jusqu'à son sens de l'humour. Ils ne se taquinaient plus, ne riaient plus, ne s'embrassaient plus jamais. En un rien de temps, ils étaient devenus étrangers l'un à l'autre. La froideur de Sam frisait l'hostilité. Il devait considérer la mastectomie comme l'ultime trahison, se dit-elle, désemparée.

— Je ne trouve pas ça drôle, rétorqua-t-il sèchement, d'un air ulcéré, et de nouveau elle le fixa, atterrée.

— Moi non plus, figure-toi. On dirait que mon hospitalisation t'a privé de l'usage de la parole. Tu ne m'as pas dit trois mots depuis six semaines. Qu'est-ce que ça va être quand j'aurai commencé la chimio !

— Comment veux-tu que je le sache ?

— Oh, mais j'ai de l'imagination, mon vieux ! Si je tiens compte du fait que tu m'as carrément laissée tomber après les résultats de la mammographie, j'en conclus que bientôt tu m'ignoreras totalement. A moins que tu mettes un terme à notre union. Ce serait plus honnête.

Furieuse, elle sortit de la pièce en trombe. Il lui emboîta le pas jusqu'à la cuisine, où elle commença à débarrasser la table. Annabelle dormait depuis longtemps, elle ne pouvait les entendre.

— D'accord, d'accord, murmura-t-il, radouci. Ces six dernières semaines ont été rudes pour tout le monde. Mais de là à penser que tout est fini... non ! Je t'aime toujours, Alex, ajouta-t-il d'un air malheureux.

Il ne mentait pas. Enfin, pas tout à fait. Il oscillait entre son affection pour Alexandra et sa passion pour Daphné. Un choix impossible. Un tourment chaque jour plus déchirant. En fait, il ne voulait perdre ni l'une ni l'autre et était écartelé entre les deux femmes. Il avait longuement débattu la question sans trouver de réponse. C'était sans solution. Daphné l'attirait comme un aimant mais il savait que le moindre faux pas détruirait irrémédiablement son mariage. Pourtant cette rupture n'était-elle pas déjà consommée ? Il n'arrivait plus à regarder Alexandra sans être aussitôt submergé par une répugnance secrète. L'implacable bistouri qui l'avait mutilée avait en même temps tué son désir pour elle. Il ne désirait qu'une seule femme. Daphné. Daphné, qui s'offrait à lui mais qu'il n'osait prendre. Il s'était mis dans une situation inextricable.

— Alex, pardonne-moi. J'ai besoin de prendre du recul.

Des sentiments contradictoires l'agitaient. L'élan de tendresse qui le poussait vers son épouse et la répulsion que lui inspirait sa maladie. Sa culpabilité à désirer une autre femme et la singulière complaisance avec laquelle il entretenait ce fantasme. Ses scrupules à tromper Alexandra et l'impossibilité de renoncer à Daphné.

— Et moi, j'ai besoin de ton soutien, Sam. On ne peut

pas dire que tu m'aies été d'un grand secours ces derniers temps. Je crains que ce soit pire à l'avenir.

Elle s'était exprimée avec un calme étrange, sans colère pour une fois.

— J'essaierai... Je ne suis pas très courageux, je l'avoue.

— Je l'ai remarqué. (Le sourire qu'elle ne put réprimer s'effaça presque aussitôt.) J'ai peur, dit-elle simplement. Je ne sais pas quels seront les effets du traitement.

— Si ça se trouve, ce ne sera pas aussi horrible qu'on le dit. Souviens-toi de tous les récits épouvantables sur les accouchements. Le tien s'est merveilleusement bien passé.

— Oui, bien sûr...

Mais cela n'avait rien de comparable. En compagnie de Liz, elle avait assisté à une réunion de son fameux groupe de soutien. Une dizaine de femmes assises en rond, racontant leur histoire. Leur calvaire. Leur combat. Certaines avaient affirmé qu'elles n'avaient pas trop souffert de la chimio. D'autres l'avaient décrite comme un supplice. Toutes étaient convenues qu'il s'agissait d'un traitement épuisant.

— Je suis ravie que ta collaboration avec Simon soit aussi fructueuse, poursuivit-elle dans un effort de réconciliation. Les journalistes tiennent ton nouvel associé pour un as. Finalement, nous nous sommes trompés à son sujet.

— Exact. Ses contacts en Chine m'ont épaté. Des milliardaires à faire pâlir de jalousie n'importe quel roi du pétrole.

Alexandra rangea les assiettes sales dans le lave-vaisselle.

— Sont-ils prêts à investir de grosses sommes aux États-Unis ? s'enquit-elle avec intérêt.

Elle s'était toujours passionnée pour le travail de Sam. Celui-ci ébaucha une moue empreinte de fierté.

— Soixante millions, lâcha-t-il. Joli coup, hein ?

« Et il a fallu que je l'apprenne par les journaux », pensa-t-elle.

— Oui, formidable.

Le sourire de Sam s'épanouit et l'espace d'une seconde, il redevint celui qu'elle avait adoré.

— Je suis assez content de moi, à vrai dire.

— Et à juste titre, mon chéri.

Elle chantait les louanges de l'homme qui avait failli à tous ses devoirs, se rendit-elle compte en même temps. D'instinct, elle cherchait à lui faire plaisir. A le séduire par des compliments. Un marché de soixante millions était un véritable coup de théâtre, poursuivit-elle. Il devait en être ravi. Il opina de la tête. Il l'était... signer le contrat mirobolant avec les magnats de Hong Kong avait compensé la frustration de côtoyer Daphné chaque jour, « en tout bien tout honneur », comme elle disait en riant. Mais une sorte d'interdit empêchait Sam de succomber à ses charmes.

Il regagna leur chambre, alluma le poste de télévision. Une demi-heure plus tard, Alexandra le trouva profondément endormi... Elle le contempla un instant, presque amusée.

— Peut-être qu'il prend des somnifères, murmura-t-elle, en prenant son attaché-case pour retourner au salon.

Liz prônait la patience. Une des femmes du groupe avait eu des problèmes similaires avec son mari. Ils s'étaient séparés pendant plus d'un an parce qu'il la rejetait. Puis, ils s'étaient réconciliés et, en six ans, la maladie ne s'était toujours pas manifestée. Son témoignage avait réconforté Alexandra. Elle s'était remise à espérer. Un jour, elle parviendrait à reconquérir le cœur de Sam. Oui, elle réussirait à le radoucir. A ceci près que pour le moment rien ne laissait présumer d'un tel succès. Dès le lendemain, un nouveau conflit éclata.

Un peu avant de passer à table, Alexandra avait voulu parler à Annabelle du traitement qu'elle allait bientôt subir. Le docteur lui avait prescrit des médicaments qui risquaient de la rendre malade pendant un certain temps, expliqua-t-elle. Aux questions inquiètes de la fillette, elle répondit qu'il s'agissait d'une sorte de vaccin destiné à la guérir à long terme. Ses cheveux tomberaient probablement, continuat-elle, mais cela ne porterait pas à conséquence. Lorsqu'elle eut fini, la petite fille la regarda de ses grands yeux verts pleins d'interrogations muettes.

— M'emmèneras-tu au cours de danse quand même ? finit-elle par demander, apeurée.

— Peut-être pas tout de suite, ma chérie. Si je suis trop fatiguée, Carmen t'y conduira à ma place.

— Mais je veux que ce soit *toi* ! gémit Annabelle, déçue.

— Moi aussi, je le voudrais, mon cœur. Cela dépendra des médicaments.

— Et tu porteras une perruque si tes cheveux tombent ?

Alexandra s'efforça de lui sourire.

— Peut-être. On verra.

— Et ils repousseront, tes cheveux, maman ?

— Oui, mon petit trésor.

— Mais ils ne seront plus longs, comme maintenant.

— Non, ils seront courts. Comme les tiens. Nous serons comme des jumelles.

— Mes cheveux tomberont aussi ? s'écria Annabelle, terrifiée.

Sa mère la prit dans ses bras.

— Non, bien sûr que non...

Annabelle partit se coucher, rassurée, et c'est alors que Sam laissa exploser sa colère.

— Qu'est-ce qui t'a pris ? Tu lui as flanqué une peur bleue, à cette pauvre gamine.

Il mitrailla Alexandra d'un regard noir, dénué de toute compassion.

— L'absence d'explications n'a jamais évité la peur, se défendit-elle. Les enfants comprennent tout, Sam. Les traiter comme des imbéciles ne sert à rien. J'ai acheté à Annabelle un livre sur le sujet, intitulé *Maman va mieux*.

— Quelle horreur ! Tu es folle ! Tu aurais pu lui épargner cette histoire de chute de cheveux.

— Je la prépare au contraire à affronter la réalité. Je vais suivre un traitement lourd qui me mettra sur les genoux, et elle s'en rendra bien compte. Elle a le droit de savoir la vérité plutôt que de se poser des questions seule dans son coin.

Il haussa les épaules, écœuré.

— Évidemment, souffrir en silence n'a pas l'air de t'avoir effleuré l'esprit. Il faudra toujours que tu nous fasses participer à tes malheurs. Décidément, tu n'as aucune dignité.

— Espèce de salaud !

La fureur suffoqua Alexandra et elle agrippa la manche de Sam avec une force insoupçonnée. Le tissu se déchira avec un bruit sec qui les fit sursauter. Jamais elle ne s'était autant énervée mais il l'avait poussée à bout. Son incompréhension frisait la stupidité. En six semaines, elle avait tout perdu : l'amour de son mari, sa féminité, et cette sécurisante illusion d'immortalité propre aux gens bien portants. Du jour au lendemain, elle avait été reléguée dans le camp des exclus menacés de déchéance physique et de mort, et il avait assisté à cette succession de catastrophes sans bouger le petit doigt. Au lieu de la consoler, il n'avait formulé que des reproches acerbes à son encontre. Elle fixa la chemise déchirée, puis leva les yeux sur la figure renfrognée de Sam.

— Je te hais, Sam, assena-t-elle, en proie à une rage froide. Tu te comportes comme si j'avais détruit ta vie alors que c'est la mienne qui est en danger, oui, *la mienne* ! Oh, si tu savais comme je te déteste !

Toute la hargne accumulée en elle avait jailli d'un seul coup, pareille à l'éruption brutale d'un volcan que l'on croyait inoffensif. Mais il secoua la tête, trop accaparé par sa propre angoisse pour comprendre celle de sa femme.

— Cesse donc de te féliciter sur ta noblesse d'âme, vociféra-t-il, furieux lui aussi. Tout ce que tu sais faire, c'est te lamenter sur ton sort. Tu prends un malin plaisir à nous annoncer tes futures souffrances. Fais-la donc, ta chimio, et fiche-nous la paix. Surtout à Annabelle. Elle n'a que trois ans et demi. Ça t'amuse de la terrifier ou quoi ?

— Tu n'y es pas, mon pauvre ami. Je suis sa mère. Nous sommes très attachées l'une à l'autre. Elle me verra dans un état lamentable très prochainement. J'ai simplement essayé de la prévenir.

— Eh bien, je te préviens, moi aussi. Je ne supporterai pas une seconde de plus tes bulletins de santé quotidiens. Il ne manque plus qu'un panneau d'affichage dans l'entrée, au cas où l'on oublierait une seconde ta maladie.

— Espèce de lâche ! Tu t'es bien gardé de t'enquérir des résultats de mes analyses quand je les ai eus.

C'était le soir fatal où il avait contemplé, horrifié, son buste meurtri, marqué par la longue balafre rouge.

— Où est la différence ? Puisque, de toute façon, ils avaient déjà pratiqué l'ablation.

— La différence réside dans le fait que je pourrais survivre ou mourir. Or, ça n'a pas l'air de t'affecter, pas plus que mon opération, d'ailleurs. Si je disparaissais, peut-être le remarquerais-tu. Peut-être pas. Tu me regardes comme si j'étais transparente, tu ne m'approches plus, tu ne me parles même plus.

— De quoi parlerions-nous, Alex ? de chimio ? de ganglions lymphatiques ? de pathologie ? J'en ai par-dessus la tête !

— Alors qu'attends-tu ? Fiche le camp d'ici et laisse-moi tranquille.

— Je n'abandonnerai pas ma fille. Je ne m'en irai pas, s'époumona-t-il, livide.

Il attrapa son pardessus et la porte de l'appartement claqua violemment un instant après. Il se retrouva dehors, dans la fraîcheur de la nuit. Un taxi passa, son voyant allumé, mais il refréna l'envie impétueuse de se rendre chez Daphné. Il esquissa deux ou trois pas chancelants, comme un ivrogne, s'engouffra dans une cabine téléphonique. D'une main tremblante, il saisit le combiné, glissa quelques pièces dans l'appareil, puis composa le numéro. La voix chaude dans l'écouteur le fit fondre en larmes. Il se détestait, cria-t-il, et il détestait sa femme. Celle-ci devait commencer la chimiothérapie demain, et c'était plus qu'il ne pouvait endurer. Daphné prêta une oreille compatissante aux doléances de son correspondant. Elle l'assura de toute sa sympathie et suggéra qu'il passe la voir. Il refusa. Cela ne serait pas raisonnable, dit-il. Il se savait trop faible, trop vulnérable. Daphné était l'excuse idéale pour mettre fin à un mariage qui partait à la dérive. Il fallait pourtant prendre une décision mais laquelle ? Il n'aurait pas su le dire. Les événements le dépassaient. Tout ce qu'il savait, c'était qu'il exécrait Alexandra. Il lui en voulait terriblement. A cause d'elle, leur vie était devenue un enfer. Elle avait introduit dans l'existence paisible de Sam la maladie et la peur, cette peur innommable qu'il avait crue enfouie à jamais dans les limbes de l'oubli. Et elle continuerait à le détruire... Et à entraver sa passion pour Daphné.

Il longea l'East River à pied, frissonnant, perdu dans ses pensées, avant de reprendre le chemin de la maison.

Pendant ce temps, étendue sur le lit, Alexandra fixait le plafond d'un regard vide. Ses yeux demeuraient secs et brûlants, comme si les larmes libératrices s'étaient taries à jamais. Il l'avait abandonnée. Trahie. Rejetée. En quelques semaines, il avait démoli tout ce qu'ils avaient construit ensemble. De ces dix-sept années d'amour, il ne restait plus que des ruines. Le serment solennel qu'ils avaient jadis échangés, les unissant « pour le meilleur et pour le pire », résonnait, maintenant que le pire était arrivé, comme une promesse absurde, dépourvue de sens.

Elle entendit la porte d'entrée s'ouvrir deux heures plus tard. Mais il n'apparut pas sur le seuil de la chambre. Dans l'obscurité, elle guetta un bruit de pas qu'elle n'entendit pas... un autre claquement de porte. Elle comprit qu'il avait élu domicile dans la chambre d'amis pour la nuit.

12

Le cancérologue à qui le Dr Herman avait adressé Alexandra avait son cabinet dans un immeuble moderne de la 57ᵉ Rue. Mis à part la première visite, supposée être la plus longue, les séances duraient de trois quarts d'heure à une heure et demie. Alexandra avait pris rendez-vous à midi afin d'être de retour au bureau vers quatorze heures. Brock et Liz savaient que le traitement débutait aujourd'hui, tout comme Sam, d'ailleurs, qui était parti aux aurores sans un mot, en se passant de petit déjeuner. Il l'avait laissée sans un geste d'encouragement et ne s'était pas manifesté de la matinée. A bien y réfléchir, la dispute de la veille était tombée à pic en lui donnant l'occasion de prendre la fuite au lieu de lui proposer de l'accompagner. Cela ne l'avait étonnée qu'à moitié. Depuis longtemps, elle avait compris qu'elle ne pouvait compter sur Sam. Elle n'attendait plus rien de lui. Elle allait devoir accomplir seule ce qu'elle considérait comme une longue descente aux enfers.

La bouche sèche, elle prit place dans la salle d'attente, une pièce spacieuse, très claire, presque gaie avec ses cloisons en camaïeu ocre et bouton d'or. Ici tout semblait avoir été conçu pour la détente et pourtant cela ne fit qu'aggraver la nervosité d'Alexandra. Un cachot humide aurait mieux convenu à son humeur morose. Le fait que le médecin fût une femme de son âge la réconforta. Le Dr Jean Webber était de ces personnes efficaces et sereines qui inspirent confiance au premier regard. Son diplôme de la faculté de médecine de Harvard, sobrement encadré au-dessus du bureau, était l'un des plus prestigieux qui soient.

Momentanément délivrée de son angoisse, Alexandra la regarda se pencher sur les résultats de ses examens pathologiques avec un regain d'espoir. Et lorsque le Dr Webber se mit à lui parler de son cas d'une voix calme et pondérée, la grosse boule qui obstruait la gorge de la jeune femme diminua peu à peu. Pour la première fois depuis le début de son cauchemar, elle eut l'impression de recouvrer sa dignité. Elle était enfin traitée en adulte, considérée comme un être humain doué de raison. Les produits qu'elle lui administrerait n'étaient nullement des poisons, contrairement à une opinion très répandue parmi les patients, expliqua Jean Webber : ils détruisaient les cellules malades mais préservaient les cellules saines. La tumeur avait atteint le stade deux mais, étant donné que peu de ganglions étaient atteints, on pouvait se montrer raisonnablement optimiste.

Comme les autres spécialistes, le Dr Webber estimait la chimiothérapie indispensable pour assurer une guérison totale ou, à défaut, une rémission durable. Permettre à la moindre cellule cancéreuse de proliférer représentait un risque mortel. Par le traitement préconisé, il y avait une chance d'éradiquer le mal à tout jamais.

La mastectomie rendait la radiothérapie inutile ; de même, compte tenu de la nature de la tumeur, le traitement hormonal ne servirait à rien, d'après les résultats des dernières analyses. Par ailleurs, l'examen chromosomique, absolument normal, laissait présumer un dénouement favorable. Mais aux yeux d'Alexandra, cette bonne nouvelle ne changeait rien à la dure réalité : elle souffrait bel et bien d'un cancer, elle allait subir six longs mois de chimiothérapie, et cette perspective la déprimait totalement.

Elle s'en ouvrit au Dr Webber, qui parut la comprendre. Menue, les cheveux bruns striés de mèches grisonnantes et le visage chaleureux, elle s'exprimait avec conviction, soulignant ses propos de ses petites mains fines et soignées. Oui, certes, déclara-t-elle, le traitement comportait des effets secondaires déplaisants, moins pénibles toutefois que ce que la plupart des gens imaginaient. De plus, il ne causait pas de ravages irréparables... Non ? interrogea Alexandra, le regard plein d'espoir, mais la réponse du médecin ne fut pas à la hauteur de ses espérances. Sans être définitifs, les dégâts n'en étaient pas moins désagréables. Fatigue, chute de cheveux, nausées, courbatures, manque d'appétit. A quoi s'ajoutaient, éventuellement, maux de gorge, refroidissements, difficultés à éliminer, arrêt brutal de la menstruation avec rétablissement possible d'un cycle normal une fois le traitement terminé. On estimait le risque de stérilité à cinquante pour cent, ce qui réduisait considérablement les possibilités d'une maternité. « Si j'ai encore un mari », pensa tristement Alexandra, tandis que le médecin continuait d'aligner des arguments censés la rassurer. La ronde infernale des mots déploya une fois de plus ses spirales sombres. *Effets indésirables, diminution du taux des globules blancs, problèmes de moelle, de vessie, vertiges, prise de poids...* Prise de poids ? s'étonna Alex. Elle s'attendait plutôt à maigrir, à cause des vomissements, mais selon Jean Webber, quelques kilos supplémentaires étaient inévitables, tout comme la chute des cheveux.

— Choisissez dès à présent une perruque à votre goût, ou même plusieurs. Mais ne dramatisez pas, madame Parker, vos cheveux repousseront.

Alexandra hocha la tête. Elle s'était efforcée d'écouter son interlocutrice de bout en bout comme elle le faisait avec un nouveau client qui lui exposait en détail sa situation. Mais la peur reprit brusquement le dessus. A chacune de ses visites, continuait le Dr Webber, elle subirait un examen complet : analyse de sang, radio, scanner. Tout aurait lieu au cabinet, qui était muni d'un équipement de pointe. Durant les quatorze premiers jours du mois, elle prendrait du Cytoxan par voie orale, tandis que le premier et le huitième jour, on lui ferait une intraveineuse de Methotrexate avec du Fluorouracil. Après les piqûres, elle aurait toute latitude de retourner à son travail, mais la veille des injections, elle devrait se reposer, afin de ne pas altérer le taux de globules blancs.

— Au début, vous trouverez cela déroutant, mais vous vous habituerez, la rassura Jean Webber avec un sourire.

Une heure s'était écoulée quand elles passèrent dans le cabinet d'auscultation. Alex se déshabilla et plia ses vêtements avec soin, comme si chaque seconde, chaque geste, devenait brusquement essentiel. Ses mains tremblaient quand le médecin examina sa poitrine en hochant la tête d'un air approbateur.

— Avez-vous choisi un plasticien ? demanda-t-elle.

Alexandra ne put que secouer la tête en signe de dénégation. Elle n'avait pris aucune décision à ce sujet, n'était même pas sûre de vouloir recourir à la chirurgie réparatrice. En fait, pour l'instant elle ne s'en souciait guère. D'autres priorités l'emportaient. Des larmes lui montèrent aux yeux, et quand elle sentit l'aiguille de la perfusion dans la saignée du bras, des sanglots la secouèrent. Elle se calma et s'excusa.

— Ne vous excusez pas, laissez-vous aller. Je sais combien tout cela est effrayant la première fois. Ne vous inquiétez pas, nous manions ces produits avec une extrême prudence.

Alexandra avait appris qu'une chimio mal dosée pouvait entraîner la mort, et la panique resurgit. Et si elle avait une réaction de rejet ? Et si elle mourait sans revoir Annabelle... ou Sam... oh, Seigneur !

Le Dr Webber voulut commencer par une perfusion de

dextrose et de sérum physiologique, mais la veine se dérobait sous la pointe effilée de métal. Aussitôt, le médecin retira la seringue et palpa l'autre bras, puis les mains qui tremblaient toujours.

— En général, je prépare la veine avec la dextrose mais les vôtres ne veulent pas se laisser faire aujourd'hui. Je vais donc injecter le produit directement. Ça pique un peu mais c'est plus rapide.

Elle tâta une veine sur le dos de la main d'Alexandra avant d'y planter la seringue d'un geste net et précis et enfonça le piston. Le liquide incolore passa à travers l'aiguille creuse. Alexandra ferma les yeux, s'attendant à une catastrophe qui ne se produisit pas. Jean Webber se redressa. C'était fini. Elle pria sa patiente de comprimer la veine pendant cinq minutes et rédigea d'une écriture fine l'ordonnance de Cytoxan. Puis elle disparut pour réapparaître presque aussitôt avec un cachet et un verre d'eau qu'elle tendit à Alexandra. Celle-ci avala docilement le médicament.

— Fort bien ! Vous venez d'absorber votre première dose de chimiothérapie. Prenons tout de suite date pour la semaine prochaine. Même jour, même heure. N'hésitez pas à m'appeler si vous avez un problème.

Ce disant, elle lui remit une liste détaillant les effets secondaires dits « normaux » et ceux qui donnaient matière à inquiétude.

— Voilà. Je me tiens à votre disposition vingt-quatre heures sur vingt-quatre. Vous pouvez me joindre de jour comme de nuit, vous ne me dérangerez pas.

Elle s'était levée avec un large sourire. Bien que beaucoup plus petite qu'Alexandra, elle dégageait un dynamisme extraordinaire, une force de vie incroyable. Tout en dévisageant le médecin, Alexandra songeait à son métier. Elle aussi prêtait une oreille attentive à ses clients, elle aussi était prête à tout pour assurer leur défense. Mais lorsqu'elle quittait son bureau, elle n'emmenait pas son fardeau avec elle. Leurs angoisses glissaient sur elle sans l'atteindre. Soudain, elle envia Jean Webber. En sortant d'ici, elle porterait, seule, le poids de son malheur.

Dehors, l'air froid de novembre apaisa la fièvre de ses joues. Elle héla un taxi en se disant qu'elle était restée plus de deux heures chez le médecin. Voilà, c'était fait. Rien ne lui était arrivé. La mort l'avait épargnée, aucun signe déplaisant ne s'était encore signalé. On aurait dit un mauvais rêve. Seul le minuscule sparadrap couleur chair sur le dos de sa main trahissait la réalité.

Alors que la voiture démarrait, elle pensa confusément à la perruque qu'elle porterait bientôt. Mieux valait s'y prendre à temps plutôt que de courir les grands magasins en dissimulant sa calvitie sous un foulard. Elle était sur le point de demander au chauffeur de la déposer devant l'une des boutiques de Lexington Avenue quand elle se ravisa. Non, pas aujourd'hui, pas maintenant. Une autre fois. Lorsqu'elle se serait habituée à cette idée.

Vingt minutes plus tard, elle se glissait dans son bureau où le téléphone sonnait, comme à l'accoutumée. Elle se précipita pour décrocher, répondit ensuite à un autre appel, puis à un autre encore... A mesure que l'après-midi avançait, Alexandra se détendit. Le ciel ne lui était pas tombé sur la tête. Après tout, ce n'était peut-être pas aussi atroce qu'on le disait. Un soupir de soulagement franchit ses lèvres au moment où Brock entrait, en manches de chemise, une pile de dossiers dans les bras. Il était seize heures.

— Tout s'est bien passé ? interrogea-t-il avec sollicitude.

Il lui témoignait une attention touchante, presque fraternelle, sans jamais se montrer indiscret.

— Dans l'ensemble, oui. Mais j'ai eu une peur abominable.

Elle n'osa avouer qu'elle avait pleuré, se croyant perdue.

— Bravo, vous avez du cran. Voulez-vous une tasse de café ?
— Volontiers.
Il s'empressa de la lui apporter et ils se mirent au travail.
— Merci pour votre aide, Brock, dit-elle vers cinq heures, alors qu'elle s'apprêtait à partir.

Ils avaient étudié attentivement une affaire de discrimination assez compliquée : une employée prétendait que son patron lui avait refusé une promotion parce qu'elle était atteinte d'un cancer. Or, l'employeur avait tout mis en œuvre pour l'aider, l'autorisant à se reposer durant les heures de travail, lui accordant trois jours de congé par semaine correspondant à ses séances de chimiothérapie. Pourtant, elle n'avait pas hésité à le traîner en justice et réclamait des dommages et intérêts exorbitants. En fait, elle était maintenant guérie et souhaitait prendre sa retraite mais s'était endettée pour se soigner. Effectivement — Alexandra l'avait déjà constaté —, les assurances remboursaient fort peu ces traitements onéreux. Il fallait avoir les moyens pour bénéficier des techniques les plus sophistiquées. Toutefois, l'avocate estimait que cela n'autorisait pas la plaignante à se retourner contre son employeur ; ce dernier avait fait le maximum pour elle, même s'il n'y avait aucune trace écrite. Alexandra était résolue à le défendre de son mieux. Elle ne tolérait pas qu'on essaie de soutirer de l'argent à quelqu'un sous prétexte qu'il appartenait à la classe des nantis. De plus, elle en savait à présent suffisamment sur le cancer pour contrecarrer les arguments de la partie adverse.

— A demain, Brock.
— Prenez soin de vous. Dorlotez-vous un peu et mangez correctement.
— Oui, papa, plaisanta-t-elle.

Liz lui avait donné les mêmes consignes. Rester au chaud, ménager ses forces, s'alimenter envers et contre tout. La prise de poids annoncée par Jean Webber la préoccupait cependant. Elle n'avait nulle envie de grossir. Il lui était déjà arrivé de prendre quelques kilos mais elle détestait ça, et Sam n'aimait guère les femmes enrobées.

Elle rentra chez elle, contente d'avoir franchi cette première étape tant redoutée. Ç'avait été moins angoissant qu'elle ne l'avait imaginé. La semaine prochaine, elle recommencerait et avec un peu de chance, cela se passerait aussi bien. Ensuite, elle bénéficierait d'un répit d'une vingtaine de jours. Liz était allée à la pharmacie acheter les comprimés de Cytoxan qui se trouvaient à présent au fond de son sac. Sous aucun prétexte, elle ne devait oublier de les prendre.

Lorsqu'elle arriva, Annabelle barbotait dans la baignoire en chantant à tue-tête avec Carmen un air de *Rue Sésame*, une émission pour les enfants. Alexandra posa sa mallette et se joignit au chœur.

— As-tu passé une bonne journée, mon lapin ? s'enquit-elle en embrassant sa petite fille.

— Oui, maman... oooh, tu t'es fait mal à la main ?

— Mmh, oui, au bureau, fit-elle en jetant un coup d'œil au sparadrap.

— Tu as bobo ?

— Non, ma chérie, ce n'est rien. Une simple écorchure.

— Moi, à l'école, une fois, j'ai eu un sparadrap avec un Snoopy dessiné dessus, déclara fièrement Annabelle.

Carmen annonça que Sam avait téléphoné. Il rentrerait tard. Il n'avait pas donné signe de vie de la journée et Alexandra en déduisit qu'il n'avait pas décoléré. Pendant une fraction de seconde, elle eut envie de l'appeler mais les horreurs qu'ils s'étaient dites la veille au soir l'en dissuadèrent. Elle réalisa subitement qu'il avait de plus en plus souvent des dîners d'affaires. Il s'agissait très certainement d'une échappatoire, conclut-elle.

Elle prit son dîner avec Annabelle, puis décida d'attendre

le retour de Sam. Épuisée par les émotions de la journée, elle s'endormit à neuf heures, toutes lumières allumées. Elle venait de vivre la journée la plus éprouvante de sa vie, pire encore que celle de l'opération...

Et tandis qu'elle sombrait dans un sommeil de plomb, Sam soupait tranquillement en tête à tête avec Daphné dans un petit restaurant à l'ambiance feutrée d'East Sixties. Il était au désespoir et elle l'écoutait, attentive. Jamais elle n'exigeait quelque chose ou lui faisait un reproche. Au contraire elle lui tenait les mains, alors qu'il se lamentait.

— Je ne sais pas ce qui m'arrive... Je la plains, je sais qu'elle a besoin de moi, mais sais-tu ce que j'éprouve pour elle ? De la colère... Je lui en veux de ce gâchis ! Ce n'est pourtant pas sa faute... Enfin, après tout, ce n'est pas la mienne non plus. Et maintenant, elle commence une chimio et je suis incapable de l'assumer. Je ne peux plus la regarder. Je refuse d'assister à ce qui va se passer. C'est horrible ! Bon Dieu, j'ai l'impression d'être un monstre, murmura-t-il, au bord des larmes.

— Mais non, mais non, fit Daphné avec douceur en lui pressant les mains, tu n'es qu'un homme. Ces maladies-là sont abominables et puis, tu n'es pas garde-malade. Elle n'a pas le droit d'exiger que tu sois à son chevet, ou que tu... (elle marqua une pause, en cherchant ses mots)... sois le témoin de sa dégradation. Oh, Sam, ça doit être affreux.

— Ça l'est, répondit-il avec franchise. On dirait qu'ils l'ont littéralement tailladée. La première fois que j'ai vu... la cicatrice, j'en ai pleuré.

— Mon pauvre chat, soupira Daphné, sans éprouver la moindre compassion pour Alex. Penses-tu qu'elle ne comprend pas ? C'est une femme intelligente. Elle sait combien tout cela t'affecte.

— Elle voudrait que je sois là tout le temps, que je lui tienne la main, que je l'accompagne chez les médecins ou que j'en parle à notre petite fille... Mais moi, je ne veux pas. Je veux vivre. *Vivre !*

— Et tu en as le droit, rétorqua-t-elle gentiment.

Il n'avait jamais rencontré une femme aussi douce, aussi compréhensive. Elle semblait se satisfaire de leur relation incomplète et ne se plaignait jamais des limites qu'il lui avait imposées. Il avait fini par accepter de dîner avec elle de temps en temps, à condition de rentrer chez lui après. Jusqu'alors, il n'avait jamais été infidèle à sa femme et souhaitait continuer, en dépit de la puissante attraction que Daphné exerçait sur lui. Celle-ci lui avait clairement signifié qu'elle était prête à tout accepter.

— Je t'aime, mon chéri, souffla-t-elle.

Il la dévisagea, en proie à des émotions contradictoires.

— Moi aussi, Daphné, et c'est ça le pire. Je t'aime et je l'aime... J'ai une envie folle de toi mais je suis marié avec elle. Même si ce mariage n'a plus que des mauvais côtés.

— Ce n'est pas une vie pour toi, Sam, dit-elle tristement.

— Je le sais. Peut-être les choses se résoudront-elles d'elles-mêmes. Cette union ne peut plus la rendre heureuse. Elle va finir par me haïr. D'ailleurs je me demande si elle ne me déteste pas déjà.

— Alors, c'est qu'elle est folle ! Tu es la crème des hommes, décréta-t-elle avec véhémence.

Mais Sam savait qu'il n'en était rien. Et Alexandra aussi. Il sourit.

— C'est moi le fou. Je devrais t'emmener à l'autre bout du monde, avant que tu ne trouves quelqu'un de ton âge, un homme agréable et sans problèmes.

Jamais il n'avait été aussi amoureux.

— Où m'emmènerais-tu ? demanda-t-elle innocemment, tandis qu'ils commençaient à dîner.

Ensemble, ils passaient des heures à bavarder, oubliant tout le reste.

— Au Brésil, peut-être. Ou dans une île du Pacifique. Dans un endroit chaud et érotique. Tu aurais des fleurs tropicales dans les cheveux, tu sentirais la vanille et tu serais toute à moi.

La main de Daphné caressa sa cuisse sous la table et Sam soupira de volupté.

— Tu es une vraie polissonne, Daphné.

— Tu crois vraiment, Sam ? Tu devrais t'en assurer. Je commence à me sentir terriblement chaste.

— Je suis désolé.

Il était sincère. Au bout du compte, il rendait tout le monde malheureux, mais la culpabilité le paralysait.

— Il ne faut pas. Cela n'en sera que meilleur, répliqua-t-elle, persuadée qu'un jour il ferait un choix et que ce choix trancherait en sa faveur.

Ce n'était qu'une question de temps. Et elle avait la ferme intention de se montrer patiente. Sam valait bien quelques sacrifices. Il passait pour l'un des hommes les plus séduisants de New York... et pour un homme d'affaires des plus prospères. Même ici, dans cet établissement relativement modeste, les gens le reconnaissaient.

— Pourquoi es-tu si patiente avec moi ? lui demanda-t-il quand ils eurent commandé le dessert et une bouteille de château d'yquem.

— Mais il me semblait te l'avoir dit ? Je-t'ai-me !

— Petite folle !

Il se pencha pour l'embrasser, puis leva son verre pour lui porter un toast. Il aurait voulu dire « à la femme de ma vie » mais déclara :

— A la jolie petite cousine de Simon !

Ç'aurait été trahir Alex. Mon Dieu, pourquoi pareille chose leur arrivait-elle ? Pourquoi Alex souffrait-elle d'un cancer et pourquoi avait-il choisi ce moment pour tomber amoureux d'une autre femme ? L'idée que les deux événements étaient sans doute liés ne l'avait pas encore effleuré.

— Je crois qu'un jour, je vouerai une reconnaissance éternelle à Simon, chuchota-t-il sur un ton confidentiel qui la fit rire aux éclats.

— Ou que tu le détesteras. Tu fantasmes tellement sur mon compte que je risque de te décevoir.

— Ça m'étonnerait.

S'il s'était écouté, il l'aurait possédée sur-le-champ, au mépris de toute bienséance. La sentir à côté de lui le mettait à la torture. Il la reconduisit chez elle mais, comme d'habitude, refusa d'entrer. Ils s'attardèrent sur le perron, s'étreignant avec fièvre.

— Monte, je t'en prie, murmura-t-elle, le sentant prêt à céder. On se donne en spectacle.

— J'en rêve, je t'assure. Je ne supporterai pas ce supplice bien longtemps.

— Je l'espère, mon chéri, souffla-t-elle en se pressant davantage contre lui.

Malgré le vent froid de novembre, elle ne portait rien sous sa robe. Sam dut faire appel à toute sa volonté pour résister à cette invite.

— Tu me rends fou, fit-il avec un rire rauque. Et tu vas attraper une pneumonie.

— Alors, réchauffez-moi, monsieur Parker.

— Oh, je le voudrais tant...

Fermant les yeux, il l'enlaça plus étroitement. Il ne parvint à s'arracher à son étreinte qu'au prix d'un effort surhumain. Et, afin d'apaiser ses sens enfiévrés, il rentra à pied. Minuit sonnait lorsqu'il arriva. Alex dormait profondément. Il la contempla un long moment, la priant en silence de le pardonner. Mais alors même qu'il se repentait, son cœur ne battait que pour Daphné... Daphné dont les baisers le brûlaient encore... Il éteignit les lumières, se coucha et s'endormit. A six heures du matin, Sam fut réveillé par un bruit bizarre. Encore endormi, il se rendit compte que cela provenait de la salle de bains et se leva pour aller voir ce qui se passait. Penchée au-dessus de la cuvette de porcelaine, Alexandra vomissait bruyamment.

— Ça va ?

Elle ne répondit pas. Après un long moment, entre deux spasmes, elle hocha la tête.

— Je me porte comme un charme, merci.

Elle n'avait pas perdu son sens de l'humour. L'instant suivant, une nouvelle nausée la cassa en deux.

— Tu as mangé quelque chose qui n'est pas passé ?

Même au pied du mur, il s'obstinait à nier l'évidence.

— Je crois que c'est la chimio.

— Appelle ton médecin, répondit-il d'un ton sec avant d'aller se doucher dans l'autre salle de bains.

Quand il revint, une demi-heure plus tard, elle était étendue à même le sol, les paupières closes, un gant de toilette humide sur le front.

— Tu n'es pas enceinte, au moins ?

Sans rouvrir les yeux, elle secoua la tête. Elle n'avait pas assez d'énergie pour l'insulter. Enceinte ! Alors qu'elle avait eu la preuve du contraire juste avant son opération. Et que, depuis, Sam ne l'avait pas touchée. Comment pouvait-il se montrer aussi borné ? aussi stupide ? Lui qui était si fin, si brillant, se comportait comme un imbécile à la simple évocation de la maladie... Elle se traîna péniblement jusqu'au téléphone pour appeler le Dr Webber. Il s'agissait d'une réaction assez fréquente à la première injection, lui répondit-elle. Il fallait néanmoins qu'elle essaie de s'alimenter normalement et surtout qu'elle prenne le comprimé de Cytoxan, malgré les nausées. Si Alexandra le désirait, elle lui prescrirait des antiémétiques. La jeune femme refusa. Elle estimait absorber déjà suffisamment de médicaments et n'avait nulle envie de courir les risques d'avoir à supporter d'autres effets secondaires liés à un traitement annexe.

— M... merci, docteur, hoqueta-t-elle, avant de se précipiter à nouveau vers la salle de bains.

Cette fois-ci, elle ne fit que cracher un peu de bile, puis elle se redressa. Un frisson glacé parcourut son corps brisé, vidé de ses forces. Il lui fallut un temps infini pour s'habiller. Le visage d'un blanc de craie, elle franchit enfin le seuil de la cuisine où Sam et Annabelle petit-déjeunaient.

— Tu te sens mal, maman ? s'alarma la petite fille.

— Euh... un peu, oui... Tu te rappelles ce que je t'ai dit au sujet de mes nouveaux médicaments ? J'ai commencé à en prendre hier et voilà, ça m'a rendue malade, ce qui était à prévoir.

— Ce sont de méchants médicaments, alors ! s'écria Annabelle.

— Ils me guériront, affirma Alex d'un ton ferme, en se forçant, malgré son manque d'appétit, à grignoter une tranche de pain grillé.

Sam lui lança un coup d'œil réprobateur par-dessus son journal. Il détestait qu'elle explique quoi que ce soit à Annabelle. Alexandra soutint son regard.

— Oh, pardon ! dit-elle d'une voix aigre.

Aussitôt, il se replongea dans la rubrique financière et n'en émergea que pour emmener Annabelle à l'école. Restée seule, Alexandra courut une fois de plus à la salle de bains. Si ces terribles nausées persistaient, jamais elle n'arriverait à aller travailler. Peu après, l'estomac vide, en larmes, elle s'effondra sur le lit. Elle avança une main tremblante vers le téléphone, afin de prévenir Liz, puis suspendit son geste. « Lève-toi ! lui intima une petite voix intérieure, ne te décourage pas, vas-y, même si tu dois y laisser ta peau. »

Elle se leva, chancelante, se passa de l'eau sur la figure, se brossa les dents pour la énième fois. Plus déterminée que jamais, elle enfila son manteau. Son attaché-case à la main, elle claqua la porte. Sur le palier, elle vacilla. La nausée la submergea une nouvelle fois, mais elle parvint à la refouler et écrasa le bouton de l'ascenseur. Dans la rue, elle se sentit mieux. L'air frais la revigora... Dans le taxi qui l'emmenait vers son travail, Alexandra dut serrer les dents pour réprimer le terrible vertige qu'elle éprouva soudain. Une fois arrivée au bureau, elle se précipita aux toilettes d'où elle ressortit mortellement pâle, sous les regards inquiets de Brock et de Liz.

— Ça n'a pas l'air d'aller, observa cette dernière.

Alexandra s'affala dans le fauteuil de son bureau, comme si ses jambes s'étaient dérobées.

— Non, ça ne va pas. Le réveil a été difficile. A vrai dire, je n'ai pas cessé de vomir depuis ce matin.

De nouveau, des nausées. Comme les vagues incessantes d'une même houle. Étourdie, Alexandra ferma les yeux. Lorsqu'elle les rouvrit, il n'y avait plus que Brock dans la pièce. Du regard, elle chercha Liz.

— Elle est allée chercher une tasse de thé. Voulez-vous vous étendre un moment ?

— Je risquerais de ne pas me relever. Apportez-moi le dossier que nous avons étudié hier.

— Vous sentez-vous d'attaque ?

— Ce n'est pas vraiment ce que je dirais, gémit-elle en esquissant un pauvre sourire.

Il sortit en hochant la tête et revint peu après avec une boîte de biscuits secs.

— Essayez ça.

Ils se mirent au travail. De temps à autre, Brock levait les yeux et regardait la jeune femme à la dérobée. Elle avait une mine de papier mâché, ce qui ne l'empêchait pourtant pas de couvrir les pages de son bloc-notes d'observations pertinentes. Peut-être se sentait-elle moins épuisée. Elle avait avalé la tasse de thé apportée par Liz et grignoté deux ou trois crackers.

— Vous feriez mieux de rester allongée à l'heure du déjeuner, conseilla-t-il.

Elle secoua la tête et ils continuèrent à passer en revue les nouvelles affaires. Vers midi, ils déjeunèrent sur le pouce comme d'habitude de sandwiches au poulet. Une heure plus tard, elle réprima un haut-le-cœur, affolée ; une crampe atroce lui tordait l'estomac. Sans un mot, elle disparut dans la minuscule salle d'eau contiguë. Brock se leva, alla chercher un coussin et une poche en plastique remplie de glaçons.

Elle était à genoux par terre, le visage penché au-dessus de la cuvette des toilettes, secouée de terribles spasmes, quand la porte s'ouvrit sur Brock, qui jeta un coup d'œil à l'intérieur.

— Oh, mon Dieu !

Il s'agenouilla auprès d'elle et l'entoura de ses bras. Elle essaya de se dégager faiblement, incapable d'articuler un mot.

— Appuyez-vous contre moi, Alex. Laissez-vous aller.

Elle s'exécuta docilement ; ils demeurèrent longtemps assis sur le carrelage rouge, adossés à la cloison, à l'étroit dans la petite pièce étriquée. Gentiment, il lui appliqua la poche de glace sur la nuque, un linge humide sur le front. Elle ouvrit les paupières un instant mais aucun son ne put franchir ses lèvres sèches.

Brock tira la chasse d'eau avant d'abaisser le couvercle. Il fit allonger Alexandra après avoir glissé un coussin sous sa nuque, puis l'enveloppa d'une couverture. Elle se laissait dorloter, reconnaissante. Son assistant s'assit près d'elle et lui saisit la main. Une heure s'écoula ainsi, dans un silence complice.

— Je crois que je peux me relever maintenant, murmura-t-elle, épuisée.

Le moindre geste semblait exiger d'elle un effort considérable.

— Reposez-vous encore un peu. Attendez, j'ai une meilleure idée.

Les vomissements s'étant arrêtés depuis un bon moment, il estima qu'il pouvait la déplacer sans déclencher une nouvelle crise. Il la prit dans ses bras, surpris qu'elle fût aussi légère. Une minute plus tard, il l'étendit sur le canapé au cuir moelleux, glissa le coussin sous sa tête et la recouvrit du plaid duveteux. Elle le regarda, à la fois honteuse et pleine de gratitude.

— Fermez la porte à clé, fit-elle dans un souffle, alors qu'il la regardait avec attendrissement. Je ne veux pas qu'on puisse me voir.

Elle avait dit à Matt qu'elle se sentait capable de continuer à travailler et elle tiendrait parole. Brock s'exécuta, puis s'assit dans le fauteuil voisin.

— Voulez-vous que je vous reconduise chez vous, Alex ?
— Non, je reste.
— Faites un petit somme, alors.
— Ça ira. Remettez-vous au travail, je vous rejoins dans quelques minutes.
— Vraiment ?

Il ne l'avait jamais admirée autant qu'en cet instant de détresse, où elle luttait désespérément pour reprendre contenance. C'était une femme remarquable, elle venait de le lui prouver une nouvelle fois.

— Vraiment. Merci, Brock... merci pour tout.
— De rien. Les amis sont là pour ça.

Dommage que Sam soit incapable de se comporter en ami, songea-t-elle avec tristesse. Une demi-heure plus tard, elle avait repris sa place à son bureau, le visage exsangue, la chevelure en désordre mais le geste plus assuré. Brock avait déverrouillé la porte et, quand Liz arriva avec du thé et du café, elle ne vit que deux avocats en pleine réunion de travail.

Vers dix-sept heures, il la raccompagna à l'ascenseur en portant son attaché-case.

— Ne bougez pas. Je vous appelle un taxi et je remonte.

Elle sourit.

— Vous n'avez donc rien de mieux à faire, jeune homme, qu'à aider les vieilles dames à traverser la rue ? (En une heure, ils étaient devenus les meilleurs amis du monde.) Vous n'avez jamais été boy-scout, par hasard ?

— Si. C'est impossible d'échapper au scoutisme dans l'Illinois. Et c'est vrai que j'ai un faible pour les vieilles dames.

— Je m'en suis aperçue, figurez-vous.

Elle avait l'impression d'avoir mille ans. Mais les yeux bleus de Brock lui renvoyaient une image plus flatteuse. Il disparut dans l'ascenseur, revint peu après. Le taxi attendait en bas de l'immeuble, déclara-t-il. Il avait réglé la course à l'avance, afin que le conducteur ne prenne pas d'autres clients pendant qu'il remontait chercher Alexandra.

— Allez, en route.

Il redescendit avec elle, lui entourant les épaules d'un bras protecteur ; elle se laissa entraîner vers la voiture avec une douce sensation d'abandon. Elle ne le remercierait jamais assez... Mais c'était une véritable loque lorsqu'elle rentra à l'appartement. Elle s'enferma à clé dans sa salle de bains, ouvrit les robinets en grand. Annabelle avait voulu prendre un bain avec sa mère, bien sûr. Celle-ci avait refusé énergiquement. La petite fille n'avait pas encore vu sa cicatrice et il était hors de question de la lui montrer.

Plus tard, elle s'assit à table avec sa fille mais ne toucha à rien en prétextant qu'elle dînerait plus tard « avec papa ». La seule vue de la nourriture l'écœurait. Sam rentra à dix-neuf heures, juste à temps pour border Annabelle dans sa jolie petite chambre rose. Ensuite, il s'attabla devant le rôti que

Carmen avait préparé avant de partir. Alexandra se fit violence pour picorer une bouchée qu'elle avala péniblement avant de repousser son assiette.

— Ça va mieux ? s'enquit Sam d'un ton qu'il souhaitait désinvolte, mais son air méfiant trahissait sa répulsion.

— Beaucoup mieux, mentit-elle.

Elle se revit par terre, malade à en mourir, le dos appuyé contre la poitrine de Brock. Oh, à quoi bon en parler ?

— Nous avons plein de nouveaux clients, reprit-elle.

C'était exactement ce qu'il avait envie d'entendre et elle ne l'ignorait pas.

— Nous aussi, grâce à Simon bien sûr.

— Es-tu certain de son honnêteté, Sam ?

Tant de succès en si peu de temps, sur une échelle internationale, lui paraissait suspect.

— Oh, arrête de chercher la petite bête ! Ce que tu peux être avocate !

Il lui disait toujours cette phrase, avant, et cette vieille plaisanterie arracha à Alexandra un pâle sourire.

— Eh oui, la déformation professionnelle, murmura-t-elle, incommodée par les odeurs de cuisine.

Elle nettoya la table, mit le lave-vaisselle en marche et soudain, la nausée, subite, inattendue, contre laquelle il n'y avait aucun remède, afflua. Elle s'élança en direction des toilettes, l'estomac révulsé, en hoquetant, sachant que cette fois-ci Brock Stevens ne volerait pas à son secours.

— Qu'est-ce qui se passe ? maugréa Sam, qui finit par se montrer. (Elle avait une mine épouvantable, dut-il convenir, passablement inquiet tout de même.) Ça ne peut pas être que la chimio. Tu n'aurais pas une crise d'appendicite, par hasard ?

— C'est... la chimio, parvint-elle à articuler d'une voix mourante.

Une violente nausée lui leva le cœur. Dégoûté, Sam battit

en retraite. Et plus tard, la voyant s'effondrer sur leur lit, anéantie, il l'enveloppa d'un regard ennuyé.

— Puisque tu es en forme au bureau, et que tu te rends malade dès que je suis là, j'en conclus que tu le fais exprès, déclara-t-il sévèrement. Écoute, si c'est ma pitié que tu cherches...

— Tu n'es pas drôle, coupa-t-elle.

Elle avait eu tort de passer sous silence son malaise au bureau.

— Alors, de deux choses l'une, continua-t-il, imperturbable. Ou c'est psychosomatique ou tu es allergique aux médicaments.

Une fois de plus, il niait la réalité.

— C'est la chimio, répéta-t-elle avec lassitude. Le médecin m'a remis une liste des effets indésirables. Libre à toi de la consulter.

— Une autre fois, peut-être. Tu n'étais pas dans cet état quand tu étais enceinte, pourtant.

— Je n'avais pas un cancer et je ne suivais aucun traitement, jeta-t-elle sèchement. Toute la différence est là, tu ne crois pas ?

— Je crois plutôt que tout cela est dans ta tête. Tu devrais en toucher un mot à ton docteur.

— C'est fait. D'après elle, c'est malheureux mais normal.

— Pas pour moi, objecta-t-il d'un air sombre.

Au réveil, elle était encore nauséeuse. Par chance, elle ne vomit pas. Sam partit travailler et elle accompagna Annabelle à la maternelle. Ce simple fait la rasséréna. La moindre action normale prenait des allures de victoire. La matinée se déroula sans incident. Ce ne fut que plus tard, dans l'après-midi, alors que Brock et elle avaient une discussion animée, que les spasmes revinrent, plus effroyables que jamais. Elle se hâta vers la salle d'eau où elle rendit son déjeuner. Elle était en train de hoqueter lamentablement quand les mains de Brock se posèrent sur ses tempes. Il lui tint gentiment la tête, alors qu'elle vomissait. Les mains fermes qui la soutenaient apaisèrent sa frayeur. Lorsque tout fut terminé, elle leva sur lui de grands yeux, surprise de sa gentillesse.

— Vous auriez dû faire médecine, lança-t-elle sans réfléchir. Vous en avez la vocation.

— J'y ai songé mais la vue du sang me rend malade.

— Tiens ! Mais vous aimez les femmes qui sont malades après chaque repas...

— Oh, mais je les adore ! répondit-il en riant. La plupart de mes rendez-vous, lorsque j'étais étudiant, se terminaient ainsi, après un festin bien arrosé. Je suis devenu expert en la matière.

— Vous êtes fou ! Mais vous commencez à me plaire.

Elle s'appuyait contre lui, sans fausse honte. Auraient-ils été mariés depuis vingt ans qu'ils n'auraient pas été plus proches. Aussi à l'aise dans une situation si embarrassante. Pendant une fraction de seconde, elle se demanda si la providence ne lui avait pas envoyé la bonne personne au bon moment.

— Ma sœur a eu la même chose que vous, Alex.

— Elle a subi une chimio ?

Elle semblait surprise, comme si elle ne pouvait croire qu'il y ait eu d'autres malades, avant elle.

— Oui. Elle a eu un cancer du sein, comme vous. A plusieurs reprises, elle a failli arrêter le traitement. J'avais abandonné momentanément mes études pour l'aider. Elle était mon aînée de dix ans.

— *Elle était ?* demanda-t-elle anxieusement, mais il sourit.

— Elle l'est toujours. Elle s'en est tirée. Vous vous en sortirez aussi, à condition de poursuivre le traitement, même si vous en souffrez. C'est indispensable.

— Je le sais. Et j'en ai peur. Six mois, ça semble une éternité.

— Six mois, ce n'est rien, lui assura-t-il, avec une expression sérieuse. Seule la mort est éternelle.

— Message reçu.
— Ne perdez pas courage, Alex. Prenez vos comprimés, allez à vos séances sans faiblir. Je vous y accompagnerai si besoin est. Je conduisais ma sœur à l'hôpital, à l'époque. Elle détestait la chimio et avait la phobie des piqûres.
— Je ne les adore pas non plus. Oh, Brock, si seulement je n'étais pas aussi épuisée ! En même temps, grâce au traitement, je me suis fait des amis.

Ils échangèrent un sourire de connivence. Brock ne portait pas ses lunettes et avait desserré sa cravate. Sous ses airs juvéniles, on devinait une grande sagesse. A trente-deux ans, lui aussi avait traversé de rudes épreuves.

— Eh bien, on la termine, cette réunion ? demanda-t-elle.

En sortant des toilettes, ils tombèrent sur Liz.

— Salut, lança Alexandra, désinvolte. On travaillait.

Sa secrétaire posa le courrier sur le bureau en riant. Alexandra la suivit du regard, alors qu'elle s'éloignait.

— Seigneur, les gens vont croire qu'on se pique, qu'on sniffe de la coke ou Dieu sait quoi encore.

— Je peux imaginer des rumeurs plus déplaisantes, s'esclaffa Brock.

— Moi aussi, gloussa-t-elle à son tour.

D'ici qu'on les prenne pour des amants il n'y avait qu'un pas. Elle n'avait pas fait l'amour avec Sam depuis des lustres, mais ce n'était pas l'abstinence qui lui pesait. Une seule chose comptait. Vivre. Vivre à tout prix... Le vendredi suivant, elle conduisit Annabelle au cours de danse. Bizarrement, elle parvenait à accomplir les gestes du quotidien sans trop de peine, en dépit de cette écrasante fatigue. Un geste en amenait un autre, la vie continuait, et elle commença à espérer que, peut-être, elle survivrait. Mais pas son mariage, elle en était convaincue à présent. Curieusement, elle n'en ressentit qu'une espèce d'amère résignation.

13

Le lundi suivant, le Dr Webber se montra enchantée des résultats de sa nouvelle patiente.

— Vous allez bien, madame Parker, la félicita-t-elle.

L'analyse de sang était parfaitement satisfaisante et Jean Webber pratiqua l'intraveineuse précédée de la perfusion de dextrose et de sérum physiologique sans aucune difficulté. L'expérience parut moins traumatisante à Alexandra ; à présent elle savait à quoi s'en tenir. Cette fois encore, l'injection la rendit malade mais elle s'y attendait. Heureusement, Brock et Liz continuèrent à jouer les anges gardiens. Surtout Brock...

— Je commence à me sentir coupable, lui dit Alexandra le lendemain de la deuxième séance, alors qu'ils étaient assis par terre, dans les toilettes.

— Mais pourquoi ?

— Parce que ce n'est pas vous qui suivez une chimio, c'est moi. Vous n'avez aucune obligation vis-à-vis de moi. Nous ne sommes pas mariés. C'est mon problème, pas le vôtre. Vous n'êtes pas forcé de me tenir la main.

Elle n'avait cessé de s'émerveiller de sa gentillesse. Et de la façon dont il semblait, par sa seule présence, apaiser toutes ses craintes, toutes ses angoisses.

— Pourquoi ne pas partager ? répondit-il. Pourquoi ne

pas laisser quelqu'un vous venir en aide ? Cela peut arriver à tout le monde. La foudre pourrait frapper n'importe lequel d'entre nous. Si je suis auprès de vous aujourd'hui, quelqu'un sera auprès de moi demain, si cela m'arrivait.

— Moi, je serai là, en tout cas, murmura-t-elle. Je serai toujours à votre côté, Brock. Jamais je n'oublierai ce que vous faites.

— J'agis ainsi pour obtenir une augmentation, lui confia-t-il en riant.

Il l'aida à se relever. Ils étaient dans la salle d'eau depuis près d'une heure. La matinée avait été particulièrement dure pour Alexandra. Celle-ci étouffa un rire.

— Ah, je savais bien que vous aviez une arrière-pensée.

Chancelante et épuisée, elle s'agrippa à son bras. Une extrême fatigue l'avait envahie, comme la fois précédente, mais elle résista à l'envie de se laisser aller.

— Pourquoi ne pas prendre ma place ? plaisanta-t-elle, alors qu'ils s'installaient de chaque côté du grand bureau d'acajou. Vous y seriez aussi à l'aise qu'un poisson dans l'eau.

— Non, merci. Je préfère travailler avec vous.

Il la dévisageait. Leurs yeux se soudèrent et pendant une seconde, un courant passa entre eux. C'était étrange et inhabituel. Elle ne put le définir mais se dit que c'était sans aucun doute cela la véritable amitié : se sentir proche de l'autre, pouvoir tout lui dire sans crainte d'être mal compris ou mal jugé... Mais n'étaient-ils pas simplement en train de devenir trop proches, trop *familiers* ? Ne commettaient-ils pas une erreur ? Après tout, elle était mariée. D'un autre côté, il était comme le jeune frère qu'elle n'avait jamais eu, puisqu'il était son cadet de dix ans.

— Moi aussi j'aime bien travailler avec vous, Brock, répondit-elle doucement, comme si elle parlait à un enfant, puis elle se mit à rire. (Cette capacité à se moquer d'elle-même était pour Brock l'une de ses plus grandes qualités.)

Quand je ne suis pas malade comme un chien, ajouta-t-elle dans un nouvel accès d'hilarité.

— Justement, je fais très attention à me tenir bien derrière vous dans ces moments-là, rétorqua-t-il, avec le ton complice de ceux qui combattent ensemble l'adversité.

— Vous êtes dégoûtant !

Plus tard, dans l'après-midi, ils évoquèrent Thanksgiving. Brock passerait les fêtes chez des amis dans le Connecticut, Alex resterait à la maison, avec Sam et Annabelle. Préparer le repas ne la ravissait pas, admit-elle.

— Demandez à votre mari de vous remplacer aux fourneaux. Je suppose qu'il sait faire la cuisine.

— C'est un vrai cordon-bleu mais la dinde de Thanksgiving est une de mes spécialités, soupira-t-elle. (Après quoi elle lui confia ce qu'elle n'avait encore avoué à personne.) Je dois donner à Sam une preuve de ma bonne volonté. Il est fou de rage à cause de ce qui m'arrive. Parfois, j'ai l'impression qu'il me déteste. Il me faut le convaincre que je suis comme avant, que rien n'a vraiment changé.

— Je comprends, dit Brock (Il semblait saisir ce qu'elle ressentait mieux que Sam.) Mais même si les choses ont changé, ce n'est que temporaire. Ce que vous ne pouvez plus faire aujourd'hui, vous l'accomplirez à nouveau demain.

— Je sais. Mais il est trop furieux pour le comprendre.

Ça doit être dur pour vous.

— A qui le dites-vous !

— Et votre petite fille ?

— Elle réagit plutôt bien. Bien sûr, elle est inquiète pour moi, surtout quand je me sens mal, mais j'essaie de le lui faire comprendre, en faisant attention de ne pas l'effrayer. Ce n'est pas de tout repos.

— Vous avez besoin de tous vos amis, dit-il avec chaleur.

— J'ai la chance de vous avoir. C'est déjà beaucoup.

La veille de Thanksgiving, elle l'embrassa sur la joue puis

ils prirent l'ascenseur bras dessus bras dessous. Un abattement inexplicable submergea Alexandra lorsqu'ils se séparèrent en bas de l'immeuble. Quatre jours sans voir Brock, sans pouvoir lui parler, sans sa présence rassurante, ressemblaient à un long trajet solitaire, mais ne lui avait-il pas affirmé un jour qu'il fallait garder les yeux fixés sur la lumière au bout du tunnel ?

Chez elle, la vue de la dinde dans le réfrigérateur lui arracha un soupir de lassitude. C'était un travail de titan, se dit-elle en énumérant mentalement les tâches du lendemain : la préparation des ignames, de la farce, des légumes et des pommes de terre. Sam aimait tout autant le potiron que les noix de pécan, Annabelle, elle, avait un faible pour la tarte aux pommes. Restait... voyons... la purée de marrons, la compote d'airelles, le... oh, c'était sans fin. Une immense fatigue la terrassa, ses épaules se voûtèrent, mais elle sut en même temps que cette année, plus que les précédentes, il lui fallait coûte que coûte assumer son rôle de maîtresse de maison. Elle se cramponna à cette idée comme si sa vie et son bonheur avec Sam en dépendaient.

Au même moment, ce dernier ne songeait guère aux festivités. Daphné allait chez des amis à Washington et il l'avait accompagnée à la gare. En regardant s'éloigner le train, il fut envahi d'une immense sensation de solitude. Chaque jour tissait entre eux des attaches de plus en plus solides et il comprit brusquement qu'il ne pouvait plus se passer d'elle. La seule pensée d'un tête-à-tête de quatre jours avec Alex le terrifiait et lorsqu'il rentra à la maison, il sut qu'il ne s'était pas trompé. Sa femme était couchée, une compresse sur le front.

— Maman est malade, annonça Annabelle tranquillement. Il n'y aura peut-être pas de dinde demain.

— Mais si, bien sûr, la rassura-t-il avant de la mettre au lit.

Il revint vers la chambre pour jeter un coup d'œil à Alexandra. Elle n'allait pas mieux.

— Veux-tu que nous allions au restaurant, demain ? s'enquit-il d'un ton uni où perçait néanmoins une certaine irritation.

— Ne sois pas stupide. D'ici là, j'irai mieux.

Il se demanda si elle exagérait ou si elle souffrait réellement, mais comment en être sûr ?

— Tu as mauvaise mine, fit-il remarquer, partagé entre la pitié et le ressentiment. Tu veux boire quelque chose ? Un peu de ginger ale ou de Coca-Cola ? Quelque chose qui calmerait tes troubles digestifs ?

Elle esquissa un mouvement négatif. Depuis quelque temps, elle ingurgitait des bouteilles entières de Maalox sans résultat.

Peu après, elle parvint à se relever, afin de dresser la table en prévision du lendemain. Chaque pas demandait un terrible effort mais elle persévéra. Une douleur diffuse irradiait ses membres et son dos à tel point qu'elle crut avoir attrapé la grippe. Plus tard, elle sentit un picotement au niveau de la vessie, puis se souvint que le Dr Webber l'avait avertie de ce genre d'ennuis inhérents au traitement. Sam dormait, naturellement, lorsqu'elle regagna la chambre. Elle le regarda un long moment, désespérée. Une terrible détresse fondit sur elle. Il lui avait promis de l'aider, le lendemain, mais à présent elle en doutait. Elle posa le réveil sur la table de nuit. En se levant à six heures et quart elle en viendrait à bout toute seule, s'efforça-t-elle de se persuader.

Mais ce fut la nausée qui la réveilla. Elle resta longtemps immobile, trop malade pour esquisser le moindre geste. Après quoi elle passa une heure à vomir dans la salle de bains. Pourtant, elle avait terminé la farce et mis la dinde au four avant qu'Annabelle soit debout. Sam les rejoignit peu après. La petite fille voulait voir la parade de chez Macy's et

Alexandra n'eut pas le cœur de demander à Sam de rester pour l'aider.

Ils s'en allèrent vers neuf heures tandis qu'elle s'activait dans la cuisine. Elle avait déjà terminé les légumes, et s'apprêtait à peler les pommes de terre. Elle avait eu la bonne idée d'acheter la tarte aux pommes mais ne s'était pas encore attaquée aux ignames et aux marrons. A l'instant où son mari et sa fille quittaient la maison, elle fut saisie d'un horrible haut-le-cœur qui la laissa pantelante. De nouveau, elle dut courir dans la salle de bains. Ses forces l'abandonnaient, une sueur glacée perla à son front, elle eut l'impression de mourir. Brock Stevens lui manquait cruellement, se rendit-elle compte entre deux nausées. Le malaise durait et elle faillit, affolée, appeler des secours. Finalement, elle se redressa, plus pâle qu'une morte. Le déjeuner était censé être prêt à midi, comme chaque année ; mais elle était encore en chemise de nuit quand Sam et Annabelle revinrent à onze heures et demie.

— Tu n'es pas encore habillée ? demanda-t-il, l'air choqué.

Elle ne s'était même pas donné la peine de se coiffer, remarqua-t-il, irrité, signe qu'elle refusait de fournir le moindre effort. Mais un fumet appétissant flottait dans l'appartement.

— A quelle heure mangerons-nous ? interrogea-t-il peu après, tandis qu'Annabelle allait jouer dans sa chambre.

— Pas avant treize heures. Je m'y suis prise un peu tard.

Cela tenait du miracle, compte tenu de son état. Il alluma le poste de télévision dans le salon, afin de regarder un match de football.

— As-tu besoin d'aide ? cria-t-il, bien installé dans le canapé, les pieds sur la table basse.

Elle ne répondit pas. Et un peu plus tard, tout était prêt. Elle avait réussi, malgré ses souffrances, songea-t-elle avec fierté, surprise de sa propre performance. Évidemment, Sam ne s'était aperçu de rien.

Elle alla se doucher et se recoiffer, puis elle enfila une robe en soie ivoire. Elle n'avait plus le temps de se maquiller. Ni l'envie, du reste. Et elle était aussi blanche que sa robe lorsqu'elle s'assit à table sous le regard désapprobateur de Sam. Tout de même, elle aurait pu se farder, songea-t-il, exaspéré. Tenait-elle donc à montrer ce visage livide ? Dans quel but ? Pour le provoquer ? Pour se faire plaindre ? Un peu de blush sur les joues ne demandait pas un tel effort !

Elle ignorait qu'elle avait l'air aussi mal en point, bien qu'elle le sentît. Ses jambes et ses mains tremblaient tandis qu'elle servait la dinde que Sam avait découpée. Un sourd et lancinant tiraillement lui déchirait le ventre. Sam récita les grâces, puis Annabelle se lança dans un récit animé de la parade mais Alexandra ne pouvait que fixer le contenu de son assiette avec répugnance. La chaleur du four, les odeurs de cuisine et d'épices la rendaient malade. Elle s'élança soudain hors de la pièce.

— Pour l'amour du ciel ! s'exclama Sam avec nervosité (il l'avait suivie, soucieux de sauvegarder les apparences vis-à-vis d'Annabelle), tu ne peux pas rester une minute assise ?

— Non, répondit-elle, entre deux hoquets, en larmes, et tu m'en vois désolée.

— Tu n'as qu'à te forcer. Elle a le droit de passer un Thanksgiving normal. Et moi aussi.

— Oh, tais-toi ! hurla-t-elle tout à coup, en sanglotant de plus belle, sans plus se soucier qu'Annabelle les entende, je te dis que je n'y peux rien.

— Tu parles ! C'est tellement plus facile de traîner toute la journée en chemise de nuit, comme un zombie, avec tes yeux cernés et ta figure à faire peur. Oh, mais ça va beaucoup mieux au bureau. C'est ici que ça se gâte.

— Va-t'en ! gémit-elle.

Elle se remit à vomir de plus belle. A croire qu'elle ne pourrait plus jamais s'arrêter. Peut-être avait-il raison. Peut-être s'agissait-il d'une réaction psychologique ou d'une volonté de le punir, mais quoi qu'il en soit, elle ne pouvait plus se contrôler. Elle réapparut au dessert. La pauvre Annabelle garda un silence consterné en voyant sa mère.

— Tu te sens mieux, maman ? demanda-t-elle au bout d'un moment d'une toute petite voix malheureuse. Je suis très triste que tu sois malade, tu sais.

Oui, peut-être avait-il vu juste. Peut-être avait-elle sa part de responsabilité dans ce drame. Peut-être même que tout cela était arrivé par sa faute... Peut-être valait-il mieux mourir. Elle ne savait plus quoi dire, quoi penser. Que s'était-il passé ? Pourquoi se comportait-il de la sorte ? avec une telle insensibilité ? Pourquoi toute la tendresse qu'il lui avait témoignée pendant tant d'années s'était-elle évanouie d'un seul coup ?

— Je vais mieux, ma chérie. Oui, je me sens mieux maintenant, répondit-elle à sa fille, en ignorant Sam.

Après le déjeuner, elle lut un conte de fées à Annabelle, laissant à Sam le soin de débarrasser la table. La petite fille était partie dans sa chambre chercher une vidéocassette, lorsqu'il ressortit de la cuisine, furibond.

— Merci pour ces succulentes agapes, ironisa-t-il. Rappelle-moi d'aller ailleurs l'année prochaine.

— A ta guise.

— Il a fallu que tu gâches tout, histoire de bien lui faire comprendre combien tu souffres, n'est-ce pas ?

Elle le fixa droit dans les yeux.

— Depuis quand es-tu devenu un parfait imbécile, Sam ? Je n'avais jamais remarqué ta petitesse. Je suppose que j'étais trop occupée.

— Nous l'étions tous les deux, sans doute.

Il se réfugia dans son bureau pour regarder la suite du

match. Des Thanksgivings aussi ratés que celui-ci, il en avait déjà vécu quelques-uns. À l'époque où sa mère se disait trop fatiguée pour faire cuire une dinde ou même venir à table. Et ce jour-là, son père s'enivrait. Plus tard, lorsqu'il était pensionnaire, il n'avait plus jamais passé Thanksgiving à la maison ni, d'ailleurs, aucune autre fête. Et ces souvenirs ne firent qu'augmenter sa rancœur envers Alex... Alex, qui avait adopté les attitudes, les expressions, l'air hagard de sa mère.

Après le match, il alla faire un tour. Il marcha longtemps dans le parc, sans but. A son retour, ils mangèrent les restes ; Alex paraissait aller mieux. Nul doute que l'affreuse scène qu'elle leur avait infligée tout à l'heure lui avait remonté le moral, ne put-il s'empêcher de conclure, fou de rage.

Annabelle observait ses parents sans un mot. Un peu plus tôt, elle avait demandé à sa mère pourquoi elle et papa se disputaient tout le temps. Alexandra avait répliqué que cela arrivait souvent entre les grandes personnes, que c'était juste un petit différend sans importance, mais ses explications n'avaient pas apaisé l'inquiétude de l'enfant. Ce soir-là, Sam voulut mettre sa fille au lit lui-même et se fit un point d'honneur de souligner que « maman était trop fatiguée pour s'en occuper ». Se rappelant les remarques de la fillette à propos de leur affrontement de l'après-midi, Alexandra préféra se taire. Elle embrassa Annabelle, puis se retira dans la chambre à coucher, se posant mille questions. Comment en étaient-ils arrivés là ? Comment leur vie, si paisible, si heureuse auparavant, s'était-elle muée en tragédie ? Quand Sam entra, elle le regarda d'un air étrangement calme, proche de la résignation. Elle avait eu tort de penser que les choses s'arrangeraient. Peut-être se sentiraient-ils plus à l'aise en mettant fin à leur union.

— Tu sais, dit-elle lentement, tu n'es pas obligé de rester si rien ne te retient ici. Tu n'es pas un otage.

— Qu'est-ce que ça veut dire ? riposta-t-il, les sourcils

froncés, agressif, comme s'il cherchait constamment de nouvelles raisons de la haïr.

S'il en avait eu le courage, il l'aurait prise au mot.

— Ça veut dire que tu as l'air très malheureux et que tu ne sembles pas particulièrement désireux de poursuivre notre vie commune. Si tu préfères t'en aller, la porte est ouverte.

Les épreuves qu'elle avait traversées ces deux derniers mois l'avaient endurcie. Les mots qu'elle venait de prononcer l'effrayaient pourtant, mais elle avait besoin de voir clair. Elle luttait pour sa vie. Et pour son mariage.

— Es-tu en train de me rendre ma liberté ? questionna-t-il avec détachement, presque avec espoir, pensa-t-elle.

— Pas du tout. J'essaie au contraire de te dire que je t'aime, que je voudrais que nous restions ensemble. Mais si ce désir n'est pas réciproque, si tu ne souhaites plus que nous soyons mari et femme, tu peux t'en aller en effet.

— Pourquoi dis-tu une chose pareille ? demanda-t-il d'un air suspicieux.

Qu'en savait-elle ? Possédait-elle le don de lire dans ses pensées ? Avait-elle entendu quelque chose le concernant, lui et Daphné ?

— Je dis cela parce que j'ai l'impression que tu me détestes.

— Non, je ne te déteste pas, répondit-il tristement, puis il la regarda franchement. A vrai dire, je ne sais plus où j'en suis. Je suis furieux et j'en ignore la raison. C'est comme si la foudre nous avait frappés il y a deux mois. Depuis, plus rien n'est pareil.

La foudre... Sans le savoir, il avait utilisé l'expression dont Brock s'était servi à propos de sa sœur.

— Je suis furieux, j'ai peur et je suis infiniment triste, Alex. Tu n'es plus la même. Moi non plus, sans doute. Je suis incapable de supporter ces discussions sans fin sur ta maladie et ton traitement.

Ils n'en avaient jamais parlé, mais il ne s'en rendait même pas compte.

— Je crois que je te rappelle ta mère et c'est certainement trop pénible pour toi. Peut-être as-tu peur que je meure, que je te laisse seul comme elle l'a fait. (Des larmes brillèrent dans les yeux de Sam, mais il resta sur son quant-à-soi.) Moi aussi j'ai peur de mourir. Mais je vais me battre pour que cela n'arrive pas.

— Tu as raison. Cela doit être plus complexe qu'il n'y paraît. Mais le fait est que nous avons changé tous les deux.

— Et alors ? Quelle solution préconises-tu ?

— Justement, je n'en ai trouvé aucune.

— Tiens-moi au courant du fruit de tes réflexions. Veux-tu que nous allions voir un psychiatre ? Notre mariage n'est pas le premier à pâtir du cancer d'un des conjoints.

— Arrête de tout ramener à ça ! s'indigna-t-il. (Le mot même le rendait nerveux.) Qu'est-ce que ta maladie a à voir là-dedans ?

— Tout a commencé à ce moment-là, Sam. Tout allait bien avant.

— Pas forcément. Peut-être que ce... cet incident a révélé un problème latent. Trois ans d'amour sur commande pour essayer d'avoir un bébé, ça compte.

Dans le temps, il ne s'en était jamais plaint mais, après tout, rien n'était impossible.

— Tu ne veux vraiment pas consulter un psychiatre ? répéta-t-elle.

Il secoua la tête.

— Non. (Il n'avait pas besoin de conseil médical. Il n'avait besoin que de Daphné. C'était elle son salut, son évasion, sa liberté.) Je préfère régler mes problèmes tout seul.

— Je ne pense pas que tu en sois capable. Moi non plus d'ailleurs. Eh bien, comptes-tu partir, oui ou non ? s'enquit-elle, craignant qu'il la quitte, mais ne voyant guère d'autre issue.

— Je ne crois pas que nous puissions envisager une solution qui risquerait de traumatiser Annabelle... du moins pas avant Noël et son anniversaire.

« Et moi ? as-tu pensé à moi ? » aurait-elle voulu crier mais elle se cantonna dans un silence navré.

— J'ai envie d'être plus libre, poursuivit-il. Nous pourrions par exemple mener notre vie chacun de notre côté, sans nous sentir obligés de fournir des explications. Accordons-nous une trêve, Alex. Nous en reparlerons dans deux mois, après l'anniversaire de la petite.

— C'est reculer pour mieux sauter. Que lui dirons-nous alors ?

Elle était profondément peinée mais fit comme si de rien n'était.

— On verra. Tant que nous vivrons sous le même toit, elle ne remarquera rien.

— Je n'en suis pas si sûre. Aujourd'hui, elle m'a demandé pourquoi nous nous disputions tout le temps. Elle sait, Sam. Elle n'est pas bête.

— A nous de mieux nous tenir devant elle, répondit-il d'une voix pleine de reproches.

Si elle s'écoutait, elle l'aurait giflé. Elle se contenta de le dévisager avec stupeur. Il n'était plus l'homme qu'elle avait épousé.

— Ce sera plus dur que tu ne crois, assena-t-elle en le toisant du regard.

Après dix-sept ans de mariage, cela semblait difficile de vivre comme de simples colocataires.

— Pas si on s'applique. D'ailleurs, je serai souvent absent dans les mois qui viennent.

— Ah... il y a aussi des changements spectaculaires dans

ton travail, on dirait, murmura-t-elle en s'efforçant d'oublier un instant l'échec de leur mariage.

— Simon nous a ouvert de nouveaux horizons.

— Tu devrais être un peu plus méfiant à son égard. On dit que la première impression est la bonne et c'est souvent vrai.

— Mais non, tu es paranoïaque. De toute façon, je n'ai nulle envie de parler de ça avec toi.

— Je vois... Et nous, Sam ? Comment allons-nous faire ? Va-t-on se contenter de se dire bonjour, bonsoir et à demain ? Ou dînerons-nous toujours ensemble ?

— Pourquoi pas, quand notre emploi du temps le permettra ? Il n'y a aucune raison de tout chambouler, du moins pour ce qui est de la vie de tous les jours. Mais je dormirai dans la chambre d'amis.

— Comment vas-tu expliquer à Annabelle cette décision ? s'enquit-elle, intéressée.

Il semblait avoir pensé à tout. Il avait attendu calmement qu'elle lui tende la perche, et il l'avait saisie. Elle l'enveloppa d'un regard médusé. A croire qu'il suivait un plan bien précis. Elle n'avait plus aucune confiance en lui, pas plus qu'en Simon. Elle avait participé à l'élaboration du contrat et les exigences du nouvel associé de Sam l'avaient révoltée.

— Eh bien, avec toi qui es si *malade*, ironisa-t-il, comme si elle jouait la comédie, elle comprendra sûrement que j'aie scrupule à te déranger.

— C'est gentil de ta part, jeta-t-elle froidement, dissimulant de son mieux son dépit et sa déception, voilà une solution intéressante.

— Je n'en vois pas d'autre, à part ce compromis.

— Quel compromis ? Entre qui ? Une femme qui a subi l'ablation d'un sein et un mari qui la laisse tomber parce que sa maladie le perturbe ? Ou parce qu'il s'est lassé d'elle ?

Elle avait haussé le ton, emportée par la colère, la

frustration, le désespoir. Il avait raison, néanmoins. La foudre les avait frappés irrémédiablement, et ils ne s'en remettraient jamais.

— Navré que tu voies les choses de cette manière. Au moins, tâchons de sauver les apparences pour le bien de notre fille.

— En faisant semblant ? De qui te moques-tu, Sam ? Ce mariage est terminé.

— Je n'ai pas envie de divorcer, signala-t-il d'un ton paternaliste qui acheva d'exaspérer Alexandra.

— Quelle grandeur d'âme ! Et pourquoi pas ? Pour ne pas choquer tes relations ? Évidemment, quitter officiellement sa femme parce qu'elle a un cancer, ça pourrait être mal perçu. Cela ne se fait pas entre gens civilisés. Mieux vaut patienter quelques mois, avant d'utiliser les grands moyens, n'est-ce pas ? Qu'elle ait fini sa chimio, par exemple. Comme ça, tout le monde n'y voit que du feu. Bon sang, tu es l'être le plus immonde que j'aie jamais connu. Fais ce que bon te semble. En ce qui me concerne, tout est fini entre nous.

— J'aimerais en être aussi sûr que toi, soupira-t-il.

Lui n'était sûr de rien. Ou plutôt, il voulait tout. Sa liberté et son mariage. Daphné et la possibilité de revenir vers Alex plus tard. Peut-être dans un an. Il ne se sentait guère prêt à renoncer à elle.

— Tu m'as convaincue, mon cher. A présent, je sais que nous ne sommes plus rien l'un pour l'autre. Tu m'as totalement délaissée depuis mon opération. J'ai attendu que tu te ressaisisses. En vain. Tu sais quoi ? J'en ai assez de te chercher des excuses : le pauvre Sam a peur, le pauvre Sam a eu une enfance malheureuse, c'est trop dur pour lui, ça lui rappelle trop sa mère, il a du mal à s'adapter, et que sais-je encore. Mais la lâcheté ne se justifie pas, Sam. Tu le sais aussi bien que moi.

Ils se dévisageaient, en larmes tous les deux.

— Je suis désolé, murmura-t-il.

Il avait détourné la tête et pleurait doucement. Le malheur s'était glissé dans leur vie sous la forme d'une étoile sombre sur les clichés transparents d'une radiographie.

— Désolé, répéta-t-il, sans faire un geste vers elle, incapable de l'approcher, de la consoler.

Il pivota sur ses talons et sortit de la pièce. La porte de l'appartement claqua et le silence s'établit. Il arpenta le macadam, la tête vide, longea le fleuve, puis mit le cap vers le centre-ville d'un pas incertain, et se retrouva soudain devant la 53ᵉ Rue, sans trop savoir comment il était arrivé là. Soudain, il comprit. Avait-il détruit son mariage pour venir chercher ici ce dont il avait envie depuis si longtemps ? Inconsciemment, sans doute. En tout cas il y était arrivé. Les mots d'Alexandra résonnaient encore à ses oreilles, comme un réquisitoire. Il était trop tard pour recoller les morceaux. Le destin les avait séparés. Il regrettait de l'avoir blessée, mais elle lui avait rendu la pareille. D'une certaine manière, elle aussi l'avait trahi. Il s'arrêta devant une cabine téléphonique au coin de la Deuxième Avenue. Daphné était absente, il le savait, mais l'envie d'entendre sa voix sur le répondeur fut la plus forte. Il lui laisserait un message pour lui dire combien il l'aimait. Elle répondit à la seconde sonnerie et pendant un instant il se tut, muet de stupeur.

— Daphné ?

— Oui ? murmura-t-elle d'une voix sensuelle et ensommeillée. (Il était minuit passé.) Qui est à l'appareil ?

— C'est moi. Mais je croyais que tu allais passer les fêtes à Washington.

Un rire fusa dans l'écouteur, et il crut la voir s'étirer comme un chat. Il faisait un froid de loup dans la cabine.

— J'y étais. Je me suis littéralement gavée lors d'un déjeuner pantagruélique. Je suis rentrée tout à l'heure par avion.

Les autres suivront demain, je crois, nous n'avons jamais eu l'intention d'y passer tout le week-end. Mais où es-tu ?

Il ne l'avait plus jamais appelée aussi tard, depuis qu'Alex avait commencé son traitement, et une fois de plus elle avait respecté sa décision. Après tout, c'était un homme marié. La prudence s'imposait et Daphné se considérait comme une personne *très* prudente.

— Je me gèle dans une cabine téléphonique à deux pas de chez toi, répondit-il avec un rire espiègle. J'ai marché et marché, pendant des heures.

— Que diable fais-tu dans les rues en pleine nuit ? Viens boire une tasse de thé, je ne te mordrai pas.

— Je t'en empêcherai, répondit-il, se sentant soudain très vulnérable. Tu m'as manqué.

— Toi aussi, murmura-t-elle. Comment s'est passé le repas de Thanksgiving ?

— Lugubre. Elle a été si mal... Ça a été horrible pour nous tous, et plus particulièrement pour Annabelle. Nous avons eu une explication ce soir. Je te raconterai.

A l'autre bout du fil, Daphné retint son souffle. Quelque chose avait changé dans le ton de sa voix. Il semblait abattu, triste mais moins anxieux, moins nerveux que d'habitude.

— Viens vite, avant de te transformer en bloc de glace.

— A tout de suite.

Il traversa l'avenue en courant, s'engouffra dans la 53ᵉ Rue à toute allure. Sa place était ici. Chez Daphné. La femme qu'il adorait et qui était si jeune, si belle, si saine, si parfaite. Il appuya sur le bouton de l'interphone et la porte d'entrée s'ouvrit presque aussitôt. Il monta les marches quatre à quatre comme un adolescent qui court à son premier rendez-vous et se figea quand il la vit apparaître sur le seuil de son appartement. Elle était éblouissante, avec ses longs cheveux noirs qui balayaient ses épaules d'albâtre. Sa chemise de nuit transparente délicatement ourlée ne dissimulait rien de ses charmes. Sans un mot, il la poussa à l'intérieur et referma la porte derrière lui. La chaleur de l'appartement l'enveloppa. Il retira sa chemise de nuit à la jeune femme, et se recula pour l'admirer. Elle se tenait devant lui, dans toute la splendeur de sa nudité, semblable à la déesse de l'amour. Son regard voilé de désir descendit du petit visage radieux auréolé de la somptueuse chevelure vers les seins triomphants, la taille fine, les jambes interminables et l'exquis triangle sombre du pubis.

— Bon Dieu ! balbutia-t-il.

Il la fit basculer sur l'édredon de plumes dans la pénombre de l'alcôve. Elle était plus ardente, plus experte, plus câline que dans ses rêves les plus fous. Elle dépassait toute ses espérances et il se sentit aspiré en elle comme par un tourbillon brûlant. Ensemble, ils atteignirent l'extase, et l'aube les surprit en train de s'aimer encore et encore dans une étreinte qui n'en finissait pas. Ils s'endormirent enlacés. Et en se réveillant vers midi, ils furent de nouveau transpercés par la flèche étincelante du désir. Ils s'unirent une fois de plus, éblouis. La trop longue attente les avait rendus insatiables. Ils retombèrent sur les draps froissés, épuisés, mais ce n'était pas encore assez. Les lèvres douces de Daphné explorèrent le corps tremblant de Sam, et il crut mourir de plaisir sous ses caresses.

— Oh, Dieu... Daphné... tu me tues... marmonna-t-il, mais je veux bien expirer dans tes bras.

Il avait du mal à croire à son bonheur. Il la serra contre lui, ivre de joie. Il avait tenu bon pendant des mois, et maintenant qu'il était libre — car il n'y avait plus aucun doute —, libre de l'aimer, il regrettait d'avoir hésité aussi longtemps. Mais il comptait bien rattraper ce temps perdu.

— Je t'aime, chuchota-t-il, en l'enlaçant et en sentant la courbe insolente de ses fesses contre lui.

— Moi aussi, murmura-t-elle avec un sourire.

Elle avait eu raison d'attendre, songea-t-elle. Les bonnes

choses se méritaient. Elle avait toujours su qu'elle l'aurait. Les mains de Sam se refermèrent sur ses seins en un geste plein de tendresse. Le plaisir les avait engourdis. Il sentit ses paupières s'alourdir et il s'endormit, en essayant de bannir de ses songes la figure douloureuse d'Alexandra.

14

Sam téléphona à Alexandra le vendredi après-midi pour lui dire qu'il ne rentrerait pas du week-end. Il omit de préciser où il était, et elle ne posa aucune question. Ce fut un entretien bref et froid qui s'acheva par un « bon, je rappellerai » qu'elle ne releva pas. Puis il demanda à parler à Annabelle. Sam lui dit qu'elle lui manquait avant de raccrocher. « S'est-elle rendu compte de quelque chose ? » se demanda-t-il avant de balayer cette pensée déplaisante. Un peu plus tard il entra avec Daphné chez Bloomingdale's où il acheta une demi-douzaine de chemises, quelques jeans, des pantalons en velours côtelé, une veste, des chaussettes, des sous-vêtements. Au drugstore, il acheta les produits de toilette indispensables. Il ne voulait pas rentrer à la maison. Il voulait rester seul avec Daphné.

Ce soir-là, il fit la cuisine. Sous prétexte de l'aider, la jeune femme le rejoignit, entièrement nue, et il faillit tout faire brûler. Ils laissèrent le plat et se précipitèrent au lit. A minuit, elle lui servit une omelette. Ils passèrent des heures à s'étreindre, explorant toutes les facettes du plaisir, se donnant l'un à l'autre sans retenue. Ils bavardèrent de mille choses en mangeant du pop-corn et en regardant à la télévision un vieux film en noir et blanc, dont ils manquèrent l'essentiel parce que, consumés par un même brasier, ils avaient recommencé à s'aimer. Ils redescendirent sur terre, éreintés, alors que le mot « fin » apparaissait sur l'écran.

Cette deuxième nuit d'amour scella leur destin ; ils se réveillèrent le samedi matin, éblouis de se trouver dans les bras l'un de l'autre, comme s'ils avaient toujours été amants. En contemplant le fin visage rayonnant sous l'opulente chevelure, Sam sut instantanément que c'était avec elle qu'il souhaitait finir ses jours. Il ne lui restait plus qu'à faire le nécessaire avec Alex.

— Quels sont les projets, aujourd'hui ? s'enquit-il.

Pour sa part, il aurait volontiers passé la journée au lit.

— Tu sais patiner ? dit-elle avec un rire enfantin.

— Figure-toi qu'à Harvard, je faisais partie de l'équipe de hockey sur glace, répondit-il, fièrement.

— Allons-y, alors.

C'était comme si tout recommençait. Il avait troqué l'ombre pour la lumière, la maladie pour la santé, la mélancolie pour la gaieté. A ses yeux, Daphné était la joie de vivre. Jeune et belle, elle était libre de toute entrave. Alors qu'ils évoluaient sur la patinoire de Central Park, une sorte d'allégresse juvénile le submergea. Daphné était une excellente patineuse, découvrit-il en ajoutant cette nouvelle qualité à la longue liste de ses talents, alors qu'ils dessinaient des boucles sur la glace miroitante. Il l'emmena déjeuner au restaurant et à quatorze heures, pleins de désir l'un pour l'autre, ils regagnèrent précipitamment l'appartement de la 53ᵉ Rue.

— Comment ferons-nous, au bureau ? se demanda-t-il à voix haute vers quatre heures et demie, tandis qu'ils reposaient sous l'alcôve, après avoir fait l'amour à deux reprises.

C'était une question qui pouvait se passer de réponse. Le véritable problème concernait Alexandra. Sam lui avait proposé de continuer comme si de rien n'était pendant deux mois, puis de reconsidérer les choses en janvier, après l'anniversaire d'Annabelle. Mais ce marché remontait à quarante-huit heures, avant qu'il ne devienne l'amant de Daphné. A présent, tout avait changé. Pourtant, il lui fallait bien respecter cet arrangement, du moins pendant un certain temps. Il l'avait expliqué la veille à Daphné, et elle s'était empressée de lui donner raison.

— Cette solution est certainement la plus raisonnable. Ta fille serait terriblement affectée si tu disparaissais subitement, surtout avant Noël.

Il avait poussé un soupir de soulagement, heureux qu'elle soit de son avis. Mais Daphné avait toujours fait preuve d'une patience et d'une compréhension à toute épreuve.

— J'ai hâte de te présenter Annabelle.

— Chéri, ne précipitons pas les choses, le gronda-t-elle doucement avant d'inventer pour lui un nouveau jeu érotique auquel il ne sut pas résister.

L'image d'Annabelle s'estompa comme un reflet dans une eau limpide qui se trouble soudain. Et durant les heures qui suivirent, il n'y eut plus que le corps, la bouche, les mains de Daphné. Ses chuchotements et ses soupirs. Et leurs baisers ardents. Plus tard, dans la nuit, elle lui confia qu'elle passerait Noël en Suisse, avec son fils dans une station de ski. Son absence lui faciliterait certainement la vie. Il suggéra d'aller la rejoindre à Gstaad quand le petit garçon serait retourné chez son père. Elle accepta. Ils convinrent de passer un week-end ensemble, à la montagne, puis quelques jours à Paris.

Le lendemain, ils ne mirent pas le nez dehors, trop bien dans les bras l'un de l'autre. Leur désir n'avait d'égal que leur amour. De sa vie, Sam ne s'était senti aussi amoureux et, à l'évidence, il en était de même pour Daphné. En fait, il cherchait désespérément à oublier Alexandra, mais il ne s'en rendait pas compte.

De son côté, Alexandra s'efforça aussi d'oublier Sam. Du moins momentanément. Le week-end se déroula dans le calme, en compagnie d'Annabelle. Alex reprenait des forces peu à peu. Elle se sentait encore faible bien que les vomissements soient de moins en moins fréquents. Liz lui passa un coup de fil pour s'enquérir de son moral. Un couple de vieux amis l'appela peu après. Au téléphone, elle se montra rassurante. Pourtant, elle n'avait envie de voir personne. Au fil des heures, la curiosité l'emporta sur ses bonnes résolutions. Elle ne put s'empêcher de se poser des questions au sujet de Sam. Où était-il passé ? Était-il seul ? Chez des amis ? Où se cachait-il ? Annabelle avait accepté la version de « papa est parti en voyage d'affaires ».

Contre toute attente, il ne rentra pas le dimanche soir, mais elle ne s'en inquiéta pas outre mesure. Il avait appelé chaque jour Annabelle et Alexandra s'était contentée de tendre le combiné à sa fille, sans un mot. Le lundi arriva comme une bénédiction. Après avoir déposé sa fille à l'école, elle se rendit à son bureau où elle se sentit nettement mieux. Ici, au moins, elle n'était pas seule.

— Comment se sont passés ces quatre jours ? s'enquit Brock lors d'une pause.

Il s'était bien amusé dans le Connecticut et s'était fait quantité de bleus en jouant au football avec ses amis.

— Franchement ? fit-elle avec un petit sourire. Très mal. Sam et moi avons enfin compris que ça ne marchait plus entre nous. Tout est fini. J'ai été affreusement malade le jour de Thanksgiving et il m'en a voulu à mort. Je crois que ses réactions sont liées au décès de sa mère, bien qu'il refuse de l'admettre. Bref, ça le rend fou et il se comporte comme un salaud... Nous sommes tombés d'accord pour continuer à vivre sous le même toit pendant quelque temps, ce qui représente un véritable défi, mais je n'ai pas eu la force de discuter.

Dans sept semaines, après l'anniversaire d'Annabelle, nous analyserons la situation.

— Eh bien, ma fois, voilà qui est... civilisé.

— Civilisé, mais dramatique. Et cruel. C'est fou ce que deux personnes peuvent inventer pour se faire du mal quand elles s'y mettent. Jamais je n'aurais pensé que cela nous arriverait, mais la vie est pleine de surprises.

Surtout la mienne, songea-t-elle, avec lassitude. En deux mois, elle avait l'impression d'avoir vieilli de vingt ans. A présent, elle était trop déçue, trop fatiguée pour se battre sur deux fronts à la fois. Certes, depuis que, suivant le programme du Dr Webber, elle avait arrêté les comprimés, elle se sentait renaître. La chimiothérapie recommencerait deux semaines avant Noël, ce qui lui laissait un peu de répit.

Et lorsqu'elle reprit le traitement, ce fut à nouveau l'enfer. A ses tourments physiques s'ajoutait l'échec cuisant d'un mariage auquel elle avait cru pendant dix-sept ans. Cette année-là elle n'eut pas le courage d'effectuer ses achats habituels. Elle avait souligné au feutre plusieurs articles dans le catalogue de Schwarz mais les jours se succédaient dans une sorte d'apathie qui la désespérait.

— Je ne suis plus qu'une ruine, confia-t-elle à Brock, étendue sur le canapé de son bureau, harassée.

C'était devenu un rite. Une sorte de routine.

— Si je puis vous être utile, n'hésitez pas à me le demander, dit-il avec sa gentillesse habituelle. Je me chargerai de vos courses, si vous voulez.

— Depuis quand avez-vous du temps à perdre ?

Ils croulaient sous une avalanche de nouvelles affaires, avaient passé deux clients à Matt mais s'efforçaient de s'occuper des autres.

— Les magasins restent ouverts tard. Je pourrai donc y aller dans la soirée. Montrez-moi votre liste de cadeaux.

Elle n'eut pas le temps de lui répondre, car une nouvelle

nausée l'avait fait se précipiter vers la petite salle d'eau adjacente d'où elle ne sortit que vingt minutes plus tard, comme une somnambule.

La semaine suivante, elle subit une nouvelle intraveineuse qui ne fit que l'épuiser davantage. Il ne restait plus qu'une semaine avant Noël et elle n'avait pas encore acheté le moindre présent. Ses deux anges gardiens prirent alors les choses en main car elle était si mal en point qu'elle dut rester chez elle. Liz passa un jour chercher la fameuse liste. Elle trouva Alex en peignoir, plus pâle et plus défaite que jamais. Elle avait voulu se coiffer devant le miroir de la salle de bains et des touffes de cheveux roux étaient restées accrochées au peigne.

— Oh, Liz, regardez ce qui m'arrive, sanglota-t-elle en ouvrant la porte à sa secrétaire. Je perds mes cheveux par poignées.

Elle savait que la perte de ses cheveux était inévitable mais la réalité était pire que ce qu'elle avait pu imaginer. C'était pire que les nausées et les vomissements, pire que la mort. En voyant le désastre, elle avait contemplé ses cheveux qui tombaient, consternée, incapable de se reconnaître, persuadée qu'elle allait perdre jusqu'à son identité. Dans les bras maternels de Liz, elle versa un torrent de larmes.

— Je n'en peux plus. J'en ai assez. C'est trop injuste.

Elle pleurait sans retenue, comme une enfant, et Liz se félicita d'être venue à la place de Brock. Ce dernier avait mis Alex sur un piédestal. La voir dans cet état lui aurait brisé le cœur. Tout doucement, elle entraîna Alexandra dans le salon où celle-ci s'effondra sur le canapé, secouée de sanglots. Elle avait une mine de déterrée, les yeux rouges, le visage bouffi, les joues blêmes. Elle avait les paupières gonflées. Cependant, sa beauté d'antan semblait résister vaille que vaille.

— Allons, ma chérie, il faut que vous soyez forte, murmura Liz, déterminée à ne pas la laisser s'apitoyer sur elle-même.

— Mais j'ai été forte ! s'écria Alex, entre deux sanglots. Et qu'est-ce que ça m'a apporté ? Rien que des ennuis. Sam n'est pratiquement plus jamais là et lorsqu'il daigne apparaître, il passe la nuit dans la chambre d'amis, comme un étranger. Je suis malade tout le temps et ma fille a peur de moi maintenant. Je le sens bien. Et encore, elle ne m'a pas vue sans cheveux. La pauvre petite n'a pas quatre ans et sa mère est un monstre.

— Ça suffit ! intima Liz avec une fermeté qui impressionna Alexandra. Il reste encore cinq mois de cette vie-là, c'est entendu. Mais quand ce sera terminé, avec un peu de chance, vous serez guérie. Si Sam se complaît dans le rôle de la pauvre victime innocente, alors qu'il aille au diable. Vous devez penser à vous et à votre fille. A personne d'autre. D'accord ?

Alexandra acquiesça tout en se mouchant. La dureté de sa secrétaire l'avait prise au dépourvu mais elle savait certainement de quoi elle parlait. Elle avait parcouru le même chemin, gravi le même calvaire. Son mari s'était peut-être montré plus compréhensif et coopératif que Sam mais ç'avait été son propre combat, un combat solitaire, Alexandra était bien placée pour le savoir.

— La chimio est épouvantable, la perte d'un sein atroce, nous sommes d'accord. Pourtant, vous n'avez pas le droit de renoncer à vous battre. Vos cheveux repousseront, les vomissements cesseront. Tâchez de vous représenter l'avenir, Alex. Imaginez comment vous serez *après* ces cinq mois. Ne perdez jamais de vue le but final.

— Quand les nausées auront disparu, ce sera déjà un grand pas.

— Vous vous habituerez. On s'habitue à tout.

— Je le sais. Je ne m'étonne plus quand je me retrouve

pliée en deux par les vomissements. C'est quelque chose que j'attends. Cela ne me surprend plus. Mais la chute de mes cheveux... (sa voix se brisa et de nouvelles larmes se mirent à couler)... c'est trop !

— Est-ce que vous avez une perruque ?
— Je n'ai pas eu le temps d'en acheter.
— Je vous en apporterai une. Une rousse, comme vos cheveux, affirma Liz en lui tapotant l'épaule. Maintenant, donnez-moi votre liste. J'irai faire un tour dans les grands magasins avec Brock.

Carmen s'était proposée pour faire les paquets cadeaux. Ils étaient tous formidables. Seulement trois mois plus tôt, elle aurait éclaté de rire si quelqu'un lui avait prédit que sa gouvernante, son assistant et sa secrétaire deviendraient les trois personnes les plus importantes de sa vie. Ses alliés les plus précieux, ses anges de miséricorde, en somme sa nouvelle famille. Jamais non plus, elle n'aurait cru que Sam la trahirait un jour. Maintenant il n'était que très rarement à la maison. Quand par hasard il revenait, il gardait ses distances, comme si elle avait été contagieuse. Il était toujours tiré à quatre épingles, toujours aussi séduisant, mais pour qui ? En tout cas, pas pour sa femme.

Brock et Liz revinrent tard dans la soirée, avec les achats. Alexandra avait appelé Brock au bureau et lui avait demandé de chercher un cadeau pour Liz chez Sak's. Son choix s'était arrêté sur un élégant sac en croco noir, que Liz allait sûrement adorer, tous deux étaient tombés d'accord sur ce point. La secrétaire repartit assez vite mais Brock resta. Alexandra lui offrit une tasse de thé dans la cuisine.

— Comment vous remercier ? Mon Dieu, je suis devenue un poids pour tout le monde.
— N'exagérons pas ! Faire des courses pour une amie, ce n'est pas l'ascension du Kilimandjaro. Remarquez que je

serais prêt à escalader toutes les montagnes de la planète pour vous, si vous me le demandiez...

Elle lui adressa un sourire de gratitude. Les nausées avaient diminué et elle se sentait bien mieux. Elle portait un foulard Hermès aux couleurs vives sur la tête, qui lui seyait à ravir, se dit-il. Liz lui avait parlé de la chute de ses cheveux. Ensemble, ils avaient cherché une perruque mais n'en avaient trouvé aucune à leur goût. Alexandra avait déclaré qu'elle s'en occuperait elle-même dès le lendemain.

— Vous ne vous sentez pas trop seule ? questionna-t-il en faisant allusion à Sam.

Elle haussa les épaules. Au cours des trois dernières semaines, Sam avait énormément voyagé, et elle l'avait à peine vu.

— Pas trop, non. Je me suis habituée à ses absences. Mais c'est beaucoup plus dur pour Annabelle.

Il réalisa soudain qu'elle allait passer un Noël épouvantable. Elle était à un tournant très difficile de son existence. Elle avait perdu un sein, l'amour de son mari, et pour couronner le tout, ses cheveux. Brock avait projeté de partir skier dans le Vermont entre Noël et le Nouvel An. Il songea à lui proposer de rester, afin de lui tenir compagnie, mais devina qu'elle refuserait très certainement. Il eut alors une meilleure idée.

— Alex, c'est une proposition qui pourrait vous paraître incongrue, mais accepteriez-vous de passer les vacances de Noël avec moi dans le Vermont ? (Cette période correspondrait à l'arrêt de son traitement, il le savait.) Annabelle serait la bienvenue. Des amis m'ont prêté un cottage à Sugarbush. Une petite maison rustique mais confortable. Vous vous reposerez près du feu, et j'inscrirai Annabelle à l'école de ski.

— En fait, elle ne sera pas là. Son père l'emmène à Disney World, je crois, avant de partir pour l'Europe.

Non, décemment, elle ne pouvait accepter cette invitation. Elle s'imaginait mal à la montagne, en compagnie de Brock, malgré toute la sympathie qu'elle éprouvait pour lui. Il sentit son hésitation.

— Réfléchissez-y, dit-il. Vous vous sentiriez trop seule, ici.

— J'y penserai, promit-elle sans grande conviction.

Lorsqu'il fut parti, elle alla se coucher en se disant que, dans son malheur, elle avait la chance d'être entourée d'amis. Le lendemain matin, elle allait mieux, mais son miroir lui renvoya une image déprimante. Des boucles soyeuses tapissaient le foulard, laissant à nu une partie de son cuir chevelu. Elle fondit en larmes. Elle avait l'impression de ne plus être une femme. La loque humaine à moitié chauve qui la dévisageait ne pouvait être elle. Son corps l'abandonnait petit à petit. Elle se recouvrit la tête à la hâte juste avant qu'Annabelle entre puis la fit sortir précipitamment. A sa grande surprise, Sam était en train de servir un bol de céréales à leur fille, lorsque Alexandra entra dans la cuisine.

— Tu es belle, maman ! s'exclama Annabelle, admirant le tailleur vert sombre de sa mère, et le foulard de soie assorti qu'elle avait découvert au fond d'un tiroir de commode.

— Quelle élégance ! renchérit Sam, en souriant.

Il s'efforçait de se montrer agréable. Et il jeta un regard approbateur au foulard sans se douter un instant de ce qu'il dissimulait.

— J'ai un rendez-vous ce matin, expliqua-t-elle, sans préciser que c'était dans une boutique de perruques et postiches que le Dr Webber lui avait indiquée.

Sam s'était plongé dans la lecture de son quotidien sans plus faire attention à elle.

— Comment t'es-tu organisé pour les fêtes ? Je sais qu'Annabelle reste avec moi jusqu'au 26, si ma mémoire est bonne ? Et après tu l'emmènes en vacances pendant une semaine, c'est cela ?

— A Disney World, oui. Je la ramènerai le 1er janvier,

avant de m'envoler pour la Suisse. (Il sourit à sa fille.) Et je serai de retour pour ton anniversaire, mon lapin.

— Tu passes Noël avec nous ou tu as d'autres projets ? s'enquit Alexandra d'un ton neutre.

La petite figure d'Annabelle s'allongea.

— Tu ne seras pas là, papa ?

— Mais si, bien sûr, dit-il, en décochant à son épouse un regard noir. Nous serons tous ensemble, ma chérie.

Aussitôt, les yeux de la petite fille se mirent à briller et elle s'attaqua à ses céréales avec appétit. Adossée contre sa chaise, Alexandra ferma les yeux, alors que son café refroidissait dans sa tasse. Une vague de nausée l'assaillit mais elle réussit à la refouler. Plus que sa maladie, le fait de devoir constamment se surveiller l'épuisait. La présence de Sam lui pesait ; parfois même, celle d'Annabelle. Être avec eux lui demandait trop d'efforts et lui pompait toute son énergie. Sans cesse, elle devait se battre pour garder sa dignité, sinon pour survivre. C'était une lutte de tous les instants, d'autant plus acharnée qu'elle n'avait jamais l'occasion de reprendre son souffle.

Lorsque Sam partit avec Annabelle pour l'école, elle se fit déposer en taxi devant le magasin de perruques. L'établissement proposait quantité de perruques, faites avec des cheveux naturels, et un grand choix de nuances allant du brun foncé au blond cendré. Elle s'offrit deux perruques hors de prix de la même couleur cuivrée que ses cheveux, dont une plus courte, qui rappelait les boucles d'Annabelle. Elle ressortit en portant la plus longue, le foulard autour du cou, avec l'impression d'avoir repris figure humaine.

— Super ! s'exclama Brock quand il la vit, tandis que Liz l'accueillait avec un large sourire. Vous sortez de chez le coiffeur ?

Il émit un sifflement admiratif qui s'interrompit net quand

il réalisa l'absurdité de sa remarque, mais elle passa les doigts dans les boucles luxuriantes, plus vraies que nature.

— On peut dire ça, oui.

— Vous êtes ravissante.

Elle baissa les yeux. La façon qu'avait eue Brock de la regarder avait quelque chose d'embarrassant. Certes, depuis deux mois, les événements les avaient rapprochés. Il était comme un frère pour elle. Pourtant, par moments, elle surprenait une drôle de lueur dans ses yeux comme si... comme s'il voyait en elle une femme et pas seulement une amie.

Ils passèrent la matinée à étudier les affaires en cours. A l'heure du déjeuner, elle fit une sieste d'une demi-heure qui la revigora. Les autres célébreraient Noël en famille ou chez des amis. Alexandra n'avait aucun projet. Elle consacrait le peu d'énergie qui lui restait à son travail et à sa fille. Elle passa une grande partie de l'après-midi à annoter des dossiers et eut un entretien avec deux associés. Lorsqu'elle rentra chez elle, Carmen enveloppait les cadeaux dans du papier doré.

Sam arriva en début de soirée avec un sapin qu'il installa devant la baie vitrée. Il décora le sapin de Noël avec Annabelle puis s'en alla. Seule dans le salon, Alexandra se laissa tomber sur le canapé, totalement abattue. Les souvenirs des Noëls passés lui revinrent en mémoire. Elle revit Sam en tenue de soirée, débouchant une bouteille de champagne et l'invitant à boire dans sa coupe de cristal. C'était avant la naissance d'Annabelle, il y avait de cela quatre ans. Une époque révolue à jamais, comme une vie antérieure, si proche et si lointaine à la fois. Elle se mit au lit et ouvrit son courrier en essayant de chasser Sam de ses pensées. Le sommeil la fuyait. Un rectangle blanc sur le bois sombre de la table de chevet attira son regard. C'était un carton d'invitation pour le réveillon adressé à M. et Mme Parker. Elle n'irait pas, naturellement. Elle n'avait aucune envie de sortir, encore moins de s'amuser.

Le samedi, elle rassembla toutes ses forces et emmena Annabelle voir le Père Noël chez Macy's. De retour à la maison, elle était au bord de l'évanouissement. Un terrible haut-le-cœur la fit tressaillir et elle n'eut que le temps de se précipiter dans la salle de bains. Carmen n'était pas là. Peu après, Annabelle poussa la porte que sa mère, dans sa précipitation, avait oublié de fermer à clé. Alexandra était étendue sur le carrelage, yeux clos, hors d'haleine. La perruque gisait à son côté, laissant son crâne pratiquement nu. Il ne lui restait plus que deux ou trois touffes clairsemées sur la tête.

— Maman, maman ! Tes cheveux sont par terre ! hurla la petite fille, terrifiée, l'index pointé sur la soyeuse masse cuivrée.

Alexandra se redressa en sursaut. En sanglotant, Annabelle avait porté les mains à sa propre tête, comme pour s'assurer que ses propres cheveux étaient toujours bien là.

— Oh ma chérie... mon trésor, n'aie pas peur, s'écria Alexandra en voulant attirer sa fille dans ses bras, ce n'est qu'une perruque, de faux cheveux, tu sais...

Mais Annabelle la repoussa. L'espace d'une seconde, l'horreur assombrit ses grands yeux verts, tandis qu'elle considérait la femme chauve qui pleurait elle aussi.

— Rappelle-toi, mon cœur, je t'avais bien dit que les cheveux de maman pourraient tomber. Ils vont repousser, je te le promets. (Elle s'était agenouillée et avait entouré de ses bras Annabelle dont les sanglots avaient redoublé.) Oh, ma chérie, non, ne pleure pas, je t'aime.

Elle se prit à détester la perruque, elle-même, sa maladie, et enfin la terre entière. Et Sam ! Sam qui n'était plus jamais là. Sa vie était devenue brutalement un désastre. Elle aurait voulu rejeter tout le blâme sur son mari absent mais ne put que regretter leur bonheur passé.

Finalement, Annabelle se calma. Quand Carmen vint, en

début d'après-midi, la petite était encore bouleversée, et Alex lui raconta ce qui s'était passé.

— Ne vous en faites pas, madame. Elle finira par s'habituer, dit Carmen en lui tapotant la main

Elle retourna au salon, comme un automate. Le sapin avec ses guirlandes et ses boules paraissait la narguer. Elle n'avait plus rien à faire, rien à organiser. Brock et Liz s'étaient occupés de tous les achats, hormis un luxueux ensemble de bureau pour Sam qu'elle s'était fait livrer de chez Tiffany's et un livre rare sur l'art de la Renaissance qu'elle lui avait acheté dans une galerie de la Cinquième Avenue, des mois plus tôt. Ne tenant plus en place, elle se leva et mit son manteau.

— Vous sortez ? s'alarma Carmen.

— J'ai envie de faire un tour jusqu'à Madison.

— Il fait un froid de canard. Mettez un chapeau, cria la gouvernante, et Alexandra sourit en touchant du bout des doigts les boucles de sa perruque.

— Je n'en ai pas besoin.

Une fois dehors, elle remonta le col de son manteau de fourrure. L'idée d'un réveillon de fin d'année solitaire l'effrayait. Elle avait refusé toutes les invitations, avait décliné l'offre de leurs meilleurs amis, qui habitaient un sublime loft à Greenwich Village. Sam avait déclaré qu'ils passeraient Noël en famille mais, à présent, elle en doutait. Ils s'étaient vus en coup de vent durant la semaine et il n'en avait plus reparlé. Quand il n'était pas en déplacement, il rentrait de plus en plus tard. Elle n'avait pas cherché à en connaître la raison. Il devait assister à de nombreuses réceptions, avait-elle conclu. Il ne lui demandait pas de l'accompagner, cela n'aurait été qu'un faux-semblant de plus.

Elle regarda les vitrines illuminées de Madison Avenue. Celle de Ralph Lauren, splendide, attira son attention. Elle était en train de l'admirer, quand une jeune femme époustouflante sortit du magasin en riant et en prononçant quelques mots avec un accent anglais. Elle portait un court manteau noir, des cuissardes en daim, noires également. Sa toque en zibeline lui donnait un air romantique. Elle se retourna vers l'homme qui la suivait et Alex eut un sourire nostalgique lorsqu'ils échangèrent un baiser. Cette scène tendre, elle l'avait vécue des années auparavant, au même endroit, avec Sam. D'ailleurs l'homme lui ressemblait un peu, pour autant qu'elle pût en juger. Il avait une allure folle, dans son pardessus bleu marine, les bras chargés de paquets emballés dans du papier vermillon et ornés de rubans dorés. Des amoureux seuls au monde. Des gens heureux. Ils s'embrassèrent à nouveau avec fougue, puis l'homme s'écarta afin de contempler le joli visage de sa compagne... Sam ! *Sam !* Bouche bée, Alexandra fixa le couple, réalisant tout d'un coup la duplicité de son mari. Il ne l'avait pas seulement abandonnée à sa maladie. Il était en plus amoureux d'une autre femme. Depuis quand ? A première vue, et compte tenu de leur attitude, depuis assez longtemps, peut-être même leur idylle datait-elle d'avant son opération. En ce cas, sa maladie lui avait fourni le prétexte idéal pour la quitter.

Oh, Seigneur ! Comment avait-elle pu être aussi naïve ? Elle aurait voulu oublier, mais l'image s'était gravée à jamais sur sa rétine. Ils ne l'avaient pas remarquée. Il avait passé son bras sous celui de la jeune femme et ils avaient traversé la rue. Sous les yeux pleins de larmes d'Alexandra, ils disparurent à l'intérieur d'une bijouterie. Les larmes coulèrent sur ses joues. C'était donc fini. L'ultime lueur d'espoir, si infime fût-elle, s'était éteinte telle la flamme d'une bougie soufflée par le vent. Cette superbe créature ne devait pas avoir plus de vingt-cinq ans. Toute comparaison avec elle ne pouvait que tourner à son désavantage... D'ailleurs Sam lui-même semblait avoir rajeuni. On lui donnait facilement dix ans de moins.

Elle fit demi-tour, circulant avec difficulté parmi la foule, les chœurs de chants de Noël et les Pères Noël qui agitaient des clochettes argentées sous les enseignes lumineuses des magasins pour attirer la clientèle. Mais elle n'entendait rien, ne voyait rien, rien que les lambeaux de ce qu'avait été sa vie autrefois.

Une demi-heure plus tard, elle était chez elle. Elle accrocha d'une main tremblante son manteau dans l'entrée, se rendit d'une démarche chancelante jusqu'à sa chambre dont elle ferma la porte. Voilà pourquoi il avait voulu sa liberté. Pourquoi il lui avait joué cette farce sinistre, sous prétexte qu'il avait besoin de prendre du recul... Ce dont il avait besoin, c'était d'une nouvelle passion amoureuse.

Sans s'en rendre compte, elle était entrée dans la salle de bains où elle se planta devant le miroir. La femme qu'elle y aperçut avait cent ans, lui sembla-t-il. Elle retira lentement sa perruque et se vit telle qu'elle était devenue. Laide. Défigurée. Chauve. Elle avait un cancer, elle avait perdu un sein et ses cheveux. La fille aux yeux sombres et au teint de magnolia au bras de Sam représentait la pire des vérités... « Je ne suis plus une femme, pensa-t-elle. Je ne suis plus rien. »

15

LA VEILLE de Noël, Sam rentra tôt à la maison ; il avait mis Daphné dans un avion à destination de Londres où elle allait voir ses parents et son petit garçon ; Sam la rejoindrait à Gstaad après ses vacances à Disney World avec Annabelle. Avant le départ, il lui avait offert un magnifique bracelet en diamants et une broche en rubis en forme de cœur, un fabuleux bijou conçu par un grand joaillier. Sam Parker avait toujours été un homme généreux. Pour Alex, il avait également choisi un objet de valeur, bien que moins prestigieux, une élégante montre Bulgari. Mais cette année manquaient tous les charmants petits cadeaux dont il la couvrait jadis, en gage de son amour.

Il aurait fallu être sourd et aveugle pour ne pas s'apercevoir que les Parker vivaient un Noël différent. En dépit de leurs efforts, ils manquaient d'entrain. Aucune plaisanterie, aucun rire espiègle n'anima le repas qui ne tarda pas à ressembler à une veillée funèbre. Ils ne desserraient les dents que pour s'adresser des monosyllabes, à tel point que même Annabelle comprit que ça n'allait plus entre ses parents. Au moment où, suivant la tradition, ils déposaient devant la porte les cookies pour le Père Noël et le sel et les carottes pour les rennes, la petite fille éclata en sanglots.

— Et s'il ne m'apporte pas ce que je lui ai demandé ? se

désola-t-elle alors que Sam et Alexandra essayaient en vain de la consoler.

Elle avait peur que le Père Noël soit fâché, finit-elle par admettre, parce qu'elle avait fait un vœu plus difficile à exaucer que les années précédentes.

— Je lui ai demandé que ma maman aille mieux, qu'elle ne soit plus obligée de prendre des médicaments, et que ses cheveux repoussent, acheva-t-elle, et Alex détourna la tête afin de dissimuler son émotion.

Cette prière, apprirent-ils, avait été adressée au Père Noël de chez Macy's, le samedi matin.

— Et qu'a-t-il répondu ? s'enquit Sam d'une voix enrouée.

— Il a dit que ces choses-là n'étaient pas de son ressort. Que Dieu seul en déciderait.

— Et il a eu raison, princesse, lança-t-il, faussement enjoué. De toute façon, maman ira mieux et ses cheveux repousseront.

Ses cheveux ? quand les avait-elle perdus ? se demanda-t-il en même temps en jetant un coup d'œil à la dérobée à Alexandra, qui portait aujourd'hui la luxuriante perruque longue. Il n'avait rien remarqué, rien vu. Soudain, il réalisa que ces derniers temps il avait été constamment absent... distant... inaccessible. Sa liaison avec Daphné l'accaparait totalement et il avait négligé tout le reste, sa famille et son travail. Il n'avait prêté aucune attention à ce qui se passait à la maison... ou au bureau, où tout le monde était au courant de son idylle. Larry et Tom l'avaient chahuté une ou deux fois ; Simon, quant à lui, semblait enchanté. Une phrase de Larry lui revint en mémoire, quelque chose comme « nous en sommes navrés, France et moi » qui devait se rapporter à Alex. L'idée que ses associés puissent désapprouver sa conduite, alors que son épouse était si gravement malade, ne lui avait jamais traversé l'esprit. Et maintenant, il ne voulait plus y penser.

Annabelle finit par se calmer. Tous deux la mirent au lit. Sa joie de voir ses parents réunis autour d'elle transperça le cœur d'Alexandra. De retour dans la cuisine, Sam se composa une mine de circonstance.

— Je ne savais pas pour tes cheveux, dit-il en mordant dans un cookie.

Il y avait moins de présents, moins de gâteaux, moins de chaleur cette année, ne put-il s'empêcher de constater. Même l'arbre de Noël semblait moins beau. Ils n'avaient pas envoyé de cartes de vœux, n'avaient pas souhaité de bonnes fêtes à leurs amis et relations. Alexandra y avait songé mais n'en avait pas eu le courage. Et puis elle n'aurait pas su comment signer. Simplement Alex Parker ? M. et Mme Parker ?

— Ce n'est pas grave, répondit-elle en tentant de chasser de son esprit la ravissante jeune femme qui, la veille, était pendue à son bras.

Ça n'avait pas l'air d'une simple aventure.

— Ils repousseront, dit-il, mal à l'aise. Tout va s'arranger.

— Sauf notre mariage.

Ils étaient convenus de reconsidérer la question dans un mois mais cela semblait maintenant difficile d'attendre jusque-là.

— Comment peux-tu en être aussi sûre ?

— Parce que toi, tu ne l'es pas, Sam ? Ta décision est prise, non ?

Elle l'avait compris en l'observant en compagnie de la jeune Anglaise, devant la boutique de Ralph Lauren.

— On ne sait jamais. On ne se débarrasse pas aisément des souvenirs des temps heureux.

— Peut-être étais-tu déjà malheureux sans le savoir.

— Malheureux n'est pas le mot exact. Disons confus.

Oui, ta maladie m'a plongé dans une grande confusion. Tu as tellement changé, Alex.

C'était une simple constatation, pas une accusation. Une justification de son infidélité. Un ticket pour la liberté.

— *Nous* avons changé, précisa-t-elle. Quoi de plus normal ? La route de la vie est semée d'obstacles.

— Ça doit être affreux, murmura-t-il, compatissant pour la première fois. Tu as passé de sales moments.

L'amour l'avait radouci, songea-t-elle avec rancune mais elle parvint à esquisser un sourire.

— Ce n'est pas fini. J'en ai encore pour quatre mois et demi.

— Et après ?

— S'il n'y a pas de récidive pendant cinq ans — c'est paraît-il le chiffre magique —, je pourrai me considérer comme sortie d'affaire. Tout dépend de la nature initiale de la tumeur. Chaque cancer est un cas à part. Les femmes que je connais qui en ont guéri prétendent qu'on n'y pense qu'une fois par an, lorsqu'on passe les examens de contrôle. Je voudrais y être déjà, bien qu'à mon avis la peur ne vous quitte plus jamais.

Il l'écoutait attentivement. Pour une fois, il faisait preuve de compréhension et montrait de l'intérêt. La jeune femme à la toque de zibeline l'avait rendu presque humain mais Alexandra ne lui en fut pas reconnaissante.

— Si jamais des métastases faisaient leur apparition, je suppose que tu te battrais encore.

Il avait adopté, non sans peine, un ton encourageant.

— Pas sûr, répondit-elle. (Son cuir chevelu la grattait atrocement mais elle réprima l'envie de retirer sa perruque. Pour rien au monde elle n'aurait voulu qu'il voie à quoi elle ressemblait maintenant.) Hormis quelques exceptions rarissimes, on ne survit pas aux récidives. C'est pourquoi les traitements sont si lourds la première fois.

Il hocha la tête, un peu choqué par ces propos qu'il comprenait pourtant mieux à présent. Un mois plus tôt, il avait préféré se boucher les oreilles afin de se protéger de tous ces mots terrifiants. Sa rencontre avec Daphné y était sûrement pour quelque chose. Revoir Alex l'avait rendu infiniment triste. Son cœur s'était serré. Sans plus. Il ne ressentait plus pour elle que de la pitié, et une sorte de tendresse en souvenir de leur ancien bonheur.

— Qu'as-tu l'intention de faire quand Annabelle sera partie ? s'enquit-il, désireux de changer de sujet.

— Dormir. Me reposer. Travailler. Ma vie sociale est au point mort. Je n'ai pas la force de me prêter à des mondanités inutiles. Je garde mon énergie pour mes clients. Et pour Annabelle, bien sûr.

— Pourquoi ne t'accordes-tu pas quelques jours de vacances ? Ça te ferait le plus grand bien.

— Oui, je sais. Mais je préfère rester ici.

Elle n'irait pas avec Brock dans le Vermont. A ses yeux, cette invitation n'avait aucun sens ; elle avait décidé de la décliner. Partir seule la tentait encore moins. Elle se sentait plus en sécurité chez elle, dans son environnement familier, près de son médecin, si jamais un problème survenait.

— Je n'aime pas te savoir seule, dit-il d'un air coupable.

Maintenant que Daphné était loin, ses remords vis-à-vis d'Alexandra avaient repris le dessus. Il se passa la main sur le front comme pour effacer ses propres incertitudes. Heureusement, ce douloureux tête-à-tête prendrait fin le surlendemain.

— Je ne serai pas seule. Mon métier me tient compagnie.

— Il n'y a pas que le travail dans la vie, Alex.

Elle le regarda droit dans les yeux.

— Non ?

Il sortit de la cuisine sans un mot. L'intonation ironique d'Alexandra l'avait frappé et pour la énième fois il se demanda si son sixième sens ne l'avait pas avertie de l'existence de Daphné. Ou si les ragots n'étaient pas parvenus jusqu'à elle. Mais non, se rassura-t-il, c'était impossible. Elle était trop accaparée par ses malheurs pour concevoir des soupçons.

Carmen avait rangé les cadeaux d'Annabelle dans le débarras, au fond d'une vieille malle. Vers vingt et une heures, ils les sortirent de leur cachette et les posèrent sous le sapin. Ensuite, ils se retirèrent, elle dans leur chambre, lui dans la chambre d'amis, comme deux étrangers. A peine s'ils échangèrent un « bonne nuit » conventionnel. Entre ces deux êtres que plus rien ne liait, hormis leur affection commune pour leur enfant, il n'y avait que le silence. A minuit, alors qu'Alexandra lisait, le téléphone sonna trois, quatre, cinq fois. Elle ne fit aucun geste pour aller décrocher, devinant que la communication ne lui était pas destinée. Son instinct ne la trompait pas. Sam décrocha dans le salon. La voix sensuelle de Daphné dans l'écouteur le ramena à la vie — cet appartement lui faisait à présent l'effet d'un mausolée. Et la compagnie d'Alex l'avait déprimé plus que jamais. A croire qu'elle avait renoncé à la vie. Tout en elle évoquait la maladie et la mort.

— Chéri, susurra Daphné, si tu savais comme tu me manques. Dépêche-toi de venir. Je ne supporterai pas longtemps de rester loin de toi. Dieu, qu'il fait froid dans ce pays !

Elle avait oublié l'âpreté des hivers londoniens et, comme par un fait exprès, le chauffage de son appartement était tombé en panne. Elle ne disposait que d'une cheminée, de quelques bûches, et Sam n'était pas là pour la réchauffer, roucoula-t-elle.

— Arrête ! intima-t-il, se sentant perdu sans elle, sinon je saute dans le Concorde demain.

— Oh, si seulement, gémit-elle, mais tous deux savaient que leurs obligations familiales rendaient ce rêve impossible.

Lorsqu'ils eurent raccroché, l'image radieuse de Daphné avait chassé les ombres. Sam aspirait de tout son être à être avec elle. Étrange de constater qu'une rencontre peut transformer votre vie ! Il n'avait jamais connu de femme aussi passionnée que Daphné, pas même Alexandra.

Le jour de Noël se déroula dans la tranquillité. Annabelle adora tous ses cadeaux, Sam apprécia celui d'Alex et celle-ci trouva la montre à son goût. Mais elle avait parfaitement saisi le message contenu dans ce présent impersonnel. Et ce ne fut qu'une blessure de plus, ajoutée à toutes celles qu'il lui avait déjà infligées.

Ayant réussi à surmonter ses nausées, elle avait préparé un rôti de bœuf aux ignames. L'après-midi, après sa sieste, elle mit sa perruque courte et décréta qu'elle et Annabelle se ressemblaient comme des jumelles. Elle était étonnamment belle, dans son sweater amarante sur un pantalon moulant de cuir noir. Ses joues s'étaient un peu remplies, nota Sam, elle avait dû prendre deux kilos et cela lui seyait à merveille. Il lui en fit compliment et elle se garda de lui signaler qu'il s'agissait d'un effet supplémentaire du traitement.

Dans l'après-midi, ils firent un tour. Sam les emmena en taxi au Rockefeller Center contempler les patineurs évoluer sur la glace. Ces scènes charmantes éveillèrent chez Sam le souvenir de sa première journée avec Daphné.

Une heure plus tard, l'épuisement gagna Alexandra. Ils regagnèrent rapidement la maison en taxi. Elle titubait de fatigue, ce qui obligea Sam à l'aider à se coucher.

— Maman va bien ? s'inquiéta Annabelle.

Il acquiesça, déchiré de nouveau entre la pitié et le ressentiment.

— Très bien, répondit-il d'un ton ferme.

— Et si elle tombe malade quand nous serons en Floride ? insista la petite fille, affolée.
— Rien ne lui arrivera. Carmen prendra soin d'elle.
Plus tard, dans l'après-midi, alors qu'Alexandra bouclait le bagage d'Annabelle, la panique la paralysa. Un jour viendrait peut-être où elle ne pourrait plus s'occuper de sa fille. Oh, pourvu qu'elle ne la perde pas, elle aussi. Elle s'assit pesamment sur le lit, tremblant de tous ses membres. Un instant plus tard, elle se força à se relever. Non, elle ne le permettrait pas. Elle ne céderait pas son enfant à Sam. Ou à cette femme. Cette seule pensée lui rendit quelques forces. Elle tint à participer au dîner, malgré sa faiblesse. Ensuite, elle se retira et dormit d'une seule traite jusqu'à ce que la sonnerie stridente du réveil la tire de son sommeil.
Elle habilla Annabelle en lui souhaitant de bien s'amuser avec papa. Ensuite, elle la serra dans ses bras et la tint longtemps enlacée, comme si elle craignait de ne plus jamais la revoir. Ayant ressenti la frayeur de sa mère, la petite fille fondit en larmes, alors qu'elles se cramponnaient l'une à l'autre comme deux âmes en peine, jusqu'à ce que Sam vienne les séparer.
— Je t'aime, mon trésor, cria Alexandra, les yeux étincelants de larmes, alors que son mari l'enveloppait d'un regard courroucé et que sa fille pleurait doucement dans l'ascenseur.
La porte se ferma et ils disparurent.
— Elle ira bien, affirma Sam à Annabelle dans le hall.
Son animosité contre Alexandra avait rejailli, intacte. Elle leur gâchait la vie avec sa fichue maladie. Quel cinéma ! pensa-t-il, excédé. Mais quel obscur besoin la poussait donc à se comporter de la sorte ? A rendre une fillette de quatre ans folle d'inquiétude ? L'image de sa propre mère jouant les mourantes passa devant ses yeux. Dehors, il respira à pleins poumons l'air froid et vivifiant. Quarante-huit heures près d'elle l'avaient épuisé. Il s'était senti aspiré par une sorte de

force maléfique. Quelque chose de malsain. De mortel. Il héla un taxi, avec l'impression de s'évader de prison.

Alors que son mari et sa fille se dirigeaient vers l'aéroport La Guardia, Alexandra se tenait, morose, au milieu de sa chambre. Ces deux journées en compagnie de Sam avaient ravivé son chagrin. Chaque fois que ses yeux s'étaient posés sur lui, une myriade de souvenirs avaient tourbillonné dans le kaléidoscope de sa mémoire. De minuscules et éclatants fragments d'une époque révolue. Elle avait dû alors détourner le regard de celui qu'elle avait aimé jadis si passionnément et qu'elle avait perdu à jamais. Si le moindre espoir avait subsisté jusqu'ici, l'image de l'autre femme l'avait irrémédiablement anéanti. Mais même maintenant, il fallait qu'elle se fasse violence pour ne plus le chérir. Pour ne plus s'accrocher à l'illusion d'une future réconciliation. Leur union s'était délitée à une allure incroyable et à présent elle en connaissait la raison.

Elle s'obligea à débarrasser la table et à faire le lit d'Annabelle. Elle avait accordé à Carmen un jour de congé. Un vague projet de promenade lui vint à l'esprit. Elle revit alors Sam au bras de la ravissante Anglaise et toute envie de promenade disparut. Soudain, sortir fut au-dessus de ses forces. Si elle s'écoutait, elle allait se coucher et ne bougerait plus de la journée. De toute façon, elle n'avait rien de particulier à faire, puisqu'elle n'irait pas au bureau aujourd'hui. Dans un ultime sursaut d'énergie, elle décida de prendre une douche, et elle retira sa perruque. Du coin de l'œil, elle entrevit son reflet dans le miroir. Les trois dernières mèches de cheveux étaient tombées. La vue de son crâne parfaitement lisse la révulsa. Elle se débarrassa de sa chemise de nuit et la réalité la transperça avec la violence d'un poignard. A la place de son sein gauche, il n'y avait plus qu'une boursouflure blanchâtre et la longue cicatrice rose. On aurait dit un de ces mannequins de vitrine désarticulés, oubliés au fond d'un grenier.

Elle éclata en sanglots. Sam était parti, tout comme Annabelle. Elle avait perdu son mari et risquait de perdre sa fille. Le destin lui avait brutalement enlevé tout ce à quoi elle tenait.

Une sonnerie retentit dans le lointain. Elle ne prit pas la peine de répondre. Elle n'avait plus aucune raison de répondre au téléphone, plus aucune raison de vivre. La nausée la fit chanceler et elle tomba à genoux. Elle fut prise de violents vomissements mais elle s'en moquait à présent. Elle n'était plus qu'un pantin cassé, un mécanisme déréglé, une machine à fabriquer de la bile. Une fois calmée, elle se traîna jusqu'au lit et se pelotonna sous les couvertures. Elle ne mangea rien à midi. Ni plus tard. Sam et Annabelle ne donnèrent pas signe de vie. Ils devaient s'amuser à Disney World, au soleil, tandis qu'elle s'enfonçait dans les ombres froides d'un hiver éternel. Elle se mit à pleurer en hoquetant dans le noir. Une nouvelle nausée la fit courir jusqu'à la salle de bains. Le fantôme chauve la regardait fixement dans le miroir.

Le téléphone se remit à sonner, tard dans l'après-midi. Elle ne répondit pas. Elle était trop malade, trop fatiguée, trop désireuse de mourir. Et qui voulait lui parler à cette heure-ci ? Pas Annabelle... Annabelle n'avait plus besoin de sa mère. Elle avait son père. Personne n'avait besoin d'Alexandra. Elle n'était plus une femme. Elle n'était plus rien.

Elle finit par décrocher, approcha l'écouteur de son oreille sans dire un mot.

— Allô... allô ?

Qui pouvait l'appeler ?

— Allô, Alex ?

— Oui ? fit-elle dans un murmure rauque. Qui est à l'appareil ?

— Brock Stevens.

— Ah, bonsoir. Où êtes-vous ?

En l'entendant Brock se raidit. Cette voix morte ! ce ton sinistre !

— Dans le Connecticut, avec des amis. Je voulais vous demander si vous n'aviez pas changé d'avis. Je vais dans le Vermont demain. Vous venez ?

Un pâle sourire flotta sur les lèvres blanches d'Alexandra. Il était adorable. Mais idiot ! Elle était en train de mourir. Pourquoi irait-il s'encombrer d'une mourante ? Il perdait son temps.

— Non, merci. J'ai du travail.

— Personne ne travaille cette semaine. Et nous avons tout passé en revue.

— C'est vrai, fit-elle en luttant contre la nausée. J'ai menti. Mais je ne viendrai pas quand même.

— Votre fille est avec vous ? demanda-t-il, décidé à ne pas lâcher prise.

Liz Hascomb avait approuvé son initiative. Tous deux s'étaient accordés à dire que l'air pur de la montagne ne pourrait faire que le plus grand bien à Alexandra.

— Annabelle est en Floride. Et Sam est probablement avec sa petite amie.

Elle se passa la langue sur les lèvres, affaiblie par le manque d'eau et de nourriture.

— Il... vous l'a dit ? s'étonna-t-il.

Depuis longtemps déjà, il estimait que le mari d'Alex n'était qu'une ordure. Or, même l'être le plus vil n'aurait pas osé avouer une chose pareille à une femme si malade.

— Non, je les ai vus, il y a trois jours. Elle est très jeune. *Très jolie.* Et elle a ce qu'il faut là où il faut. Sam n'aime que ce qui est beau et parfait.

Elle paraissait ivre, se dit-il affolé en consultant sa montre et en calculant mentalement combien de temps cela lui prendrait pour rentrer à New York. A moins de faire appel à Liz...

En tout cas, il était hors de question de la laisser toute seule dans cet état.

— Alex, vous allez bien ?

— Oui, très bien, rétorqua-t-elle de cette voix bizarre qui vous donnait froid dans le dos. Le reste de mes cheveux est tombé aujourd'hui. C'est plus net.

— Reposez-vous. Je vous rappelle dans une heure.

— D'accord, murmura-t-elle d'un ton pâteux.

Quand elle eut raccroché, elle oublia instantanément ce coup de fil. Elle voulait tout oublier. Si elle continuait à s'affamer, elle serait morte avant le retour d'Annabelle, dans une semaine, se dit-elle obscurément. C'était plus simple que de laisser la chimiothérapie vous tuer à petit feu. Ses yeux se fermèrent... Un voile noir l'enveloppa. Une sonnerie la tira de sa somnolence. Le téléphone ? Non, c'était le carillon de l'entrée. Des coups sourds se mêlaient à la sonnerie. Quelqu'un tambourinait à la porte. Elle enfila une robe de chambre, alla regarder à travers le judas. Brock Stevens ! Sous le coup de la surprise, elle ouvrit et ils restèrent un moment à se regarder, elle emmitouflée dans sa robe de chambre beige clair, lui vêtu d'un parka, d'un pantalon de velours côtelé et de bottes de caoutchouc.

— Alex ! Je me suis fait un sang d'encre.

— Pourquoi ?

Elle avait l'air absolument hallucinée mais il la connaissait suffisamment pour savoir qu'elle n'était pas sous l'emprise de la boisson. Elle était simplement malade et n'avait certainement rien avalé de toute la journée. Elle s'effaça pour le laisser passer, alluma les lampes du salon. Tout à coup, Alexandra se vit dans le miroir et réalisa qu'elle avait oublié sa perruque. Machinalement, elle porta la main à sa tête.

— Oh, zut ! s'exclama-t-elle, comme un enfant prise en faute. Pardon !

— Vous ressemblez à Sinead O'Connor, en mieux.

— Sauf que je chante faux.

Même ainsi, il la trouvait d'une beauté irréelle. L'absence de cheveux soulignait la perfection de ses traits superbement ciselés, la finesse de sa peau, l'angle net de sa mâchoire, ses yeux immenses. Elle faisait penser à une de ces exquises créatures extraterrestres.

— Que s'est-il passé ? interrogea-t-il.

Quelque chose était arrivé. On aurait dit qu'elle se laissait mourir. Il avait déjà eu cette impression au téléphone. A présent, il en était convaincu.

— Je ne sais pas. Je me suis vue dans la glace ce matin... après le départ d'Annabelle. Ensuite, j'ai été vraiment malade. Trop malade pour lutter... Et puis il y a Sam et sa maîtresse... c'est trop dur.

— Alors, vous avez renoncé. Vous avez baissé les bras, c'est ça ?

Il avait haussé le ton, furieux, et elle le considéra, désarçonnée.

— J'ai le droit de choisir, dit-elle d'une petite voix triste.

— Ah oui ? Vous avez une petite fille, vous savez ? Et même si vous étiez seule, vous avez des obligations envers vous et ceux qui vous aiment. Il faut vous reprendre, Alex. Ne pas vous laisser abattre. Je ne dis pas que c'est facile. Mais vous n'allez pas vous allonger en attendant la mort, sous prétexte que c'est trop dur.

— Pourquoi pas ? dit-elle, d'une voix étrangement plate.

— Parce que je vous le dis ! Est-ce que vous avez mangé aujourd'hui ? Non, bien sûr. Allez vous habiller, je vous prépare quelque chose.

— Je n'ai pas faim.

— Je m'en fiche. Je refuse de vous écouter une minute de plus ! (Il prit Alexandra par les épaules et se mit à la secouer.) Maintenant, vous allez m'écouter, Alex ! Je me moque comme d'une guigne de ce que Sam trafique, mais quoi qu'il arrive, avec un sein ou deux, maigre comme un clou ou chauve comme un caillou, quand vous vous regarderez la prochaine fois dans le miroir, dites-vous, que cela vous plaise ou non, que cette femme-là, c'est vous, et que vous sortirez de cette épreuve grandie. Ne l'oubliez pas.

Impressionnée, elle tourna les talons sans un mot. Elle regagna la salle de bains, ôta le peignoir, ouvrit les robinets de la douche. Et devant le miroir, elle contempla la femme chauve qu'elle avait déjà vue le matin. C'était bien la même personne, avec la cicatrice rose à la place du sein gauche et le crâne lisse, et tandis qu'elle s'accoutumait peu à peu à sa nouvelle apparence, elle comprit que Brock avait raison. Elle devait continuer à se battre. Pas pour Annabelle, ni pour Sam, ni pour quiconque. Mais pour elle. Pour ce qu'elle avait été et ne cesserait jamais d'être. Elle se mit sous le jet, et l'eau tiède ruissela sur son corps à longs traits reposants. Elle passa un sweater sur un jean, mit la perruque courte et bouclée, alla pieds nus à la cuisine.

— Vous n'êtes pas forcée de porter une perruque pour moi, lui dit-il en souriant, à moins que vous vous sentiez plus à l'aise.

— Je me sens bizarre sans, avoua-t-elle.

Il lui servit des œufs brouillés, des toasts et des pommes de terre. Elle prit une bouchée, réussit à déglutir à grand-peine. Il l'observa tandis qu'elle faisait un effort pour avaler la deuxième bouchée. En faisant appel à toute sa volonté, elle parvint à passer outre son manque d'appétit. Au bout d'un moment, elle lui raconta qu'Annabelle avait été contente de ses cadeaux.

— Ça a été un plaisir de faire ça pour elle, dit-il. J'adore les enfants.

— Alors pourquoi n'êtes-vous pas marié et père de famille ? demanda-t-elle en chipotant ses œufs avec sa fourchette.

— Bartlett et Baskin ne m'en laissent pas le temps.
Il était très séduisant quand il souriait.
— Eh bien, nous allons y remédier, le taquina-t-elle.
La conversation revint sur Sam, sur le réveillon de Noël, si pénible cette année. Brock s'était levé pour laver les assiettes.
— Laissez, Brock. Je le ferai plus tard.
— Eh bien, d'accord... Ça va mieux, on dirait. Au fait, et le Vermont ? Je ne suis pas venu ici pour parler de moi mais pour savoir quels étaient vos projets.
— Je ne crois pas...
— Objection, votre honneur ! Liz est de mon avis, déclara-t-il d'un ton sans réplique.
— Me voilà victime d'un complot ! (Puis en riant :) Je suppose que *mon* avis ne compte pas.
— Franchement, non.
— Vous n'avez trouvé personne d'autre à emmener ?
— Je n'ai pas cherché.
— Vous savez, je suis trop fatiguée pour skier, trop faible pour être drôle. Et puis, je suis une femme mariée.
— Pas pour longtemps, à ce qu'il me semble.
Elle éclata de rire.
— Alors disons simplement que la marchandise n'est plus très fraîche... Mais dites-moi, ajouta-t-elle, amusée, vous ne m'invitez pas pour flirter, j'espère ?
Il rit à son tour.
— Je vous invite avec l'espoir de revoir des couleurs sur vos joues pâles. Allez, venez, Alex. Vous vous reposerez devant la cheminée en buvant du chocolat chaud, et vous irez vous coucher le soir en sachant que vous êtes avec un ami, pas toute seule dans un appartement désert.
— Ne soyez pas si tentant. C'est le paradis que vous me décrivez là.
— Je sais de quoi je parle. Et j'ai déjà logé et nourri des

vieilles comme vous. Ma sœur a dix ans de plus que moi, mais je vous l'ai déjà dit.

— Faites-lui mes condoléances. Elle n'a pas dû s'amuser tous les jours avec vous. Vous ne semblez pas accepter que l'on vous refuse quoi que ce soit.

— Oui, en effet, j'ai du mal. Ce qui explique d'ailleurs pourquoi je suis ici.

— Et pas pour un repas gratuit ?

Ils éclatèrent de rire.

— Si, bien sûr. Mais aussi pour vous parler.

— Eh bien, vous avez dû vous ennuyer à périr dans le Connecticut, poursuivit-elle, de cet air espiègle qu'il aimait tant. Sinon vous n'auriez pas songé à appeler votre vieille collègue.

— Alors, vous venez ou quoi ?

— Vous voulez dire que j'ai le choix ? J'étais justement en train de me dire que vous alliez me jeter comme un sac sur votre épaule et m'emmener de force.

— Ça se pourrait, si vous continuez à tergiverser.

— Vous êtes juriste, Brock. Pas garde-malade. Une fois là-bas, je risque d'être à nouveau malade comme un chien.

— J'y suis habitué, sourit-il. Je me sentirais désœuvré sans quelqu'un à soigner.

— Vous êtes fou.

— C'est gentil, mais les amis sont là pour ça.

— Pour faire à votre place vos courses de Noël et vous ramasser sur le carrelage de votre salle de bains ?

Les maris aussi devraient être là pour ça, se dit-il ; sauf que le sien avait pris la poudre d'escampette.

— Taisez-vous et faites votre valise. Vous me mettez dans l'embarras.

— Vous ? C'est impossible.

— Je passerai vous chercher demain matin à huit heures. Ou est-ce que c'est trop tôt ? s'inquiéta-t-il.

— Ce sera parfait.

Elle souriait, lorsqu'elle le raccompagna à la porte. Ce petit malin l'avait embobinée, se dit-elle sans pour autant se fâcher contre lui. Au contraire, brusquement, elle avait hâte d'y aller. Elle avait encore devant elle quatre mois et demi de traitement lourd ; de nausées et de vertiges ; de haut-le-cœur et de fatigue. Quatre mois et demi de détresse. Mais quelque chose avait changé. Son désespoir avait diminué. La petite lumière s'était remise à briller au bout du long tunnel noir. Brock l'avait sauvée. Il l'avait délivrée de ses démons intérieurs. Et elle souhaitait par-dessus tout partir quelques jours avec lui. S'accrocher à la vie de toutes ses forces. Et gagner la bataille.

16

Les vacances se déroulèrent comme dans un rêve. Il y avait des semaines qu'Alexandra n'avait pas été aussi détendue, aussi heureuse. En arrivant, elle avait appelé Annabelle et Sam. Celui-ci n'avait pas dissimulé sa surprise.

— Comment ? dans le Vermont ? J'ignorais que tu pouvais voyager. Tu es sûre que ça ira ? Qui est avec toi ?

— Un ami... un collègue de travail. Je vais bien. Je vous verrai à New York comme convenu. Embrasse Annabelle.

Elle lui donna le numéro de téléphone où il pouvait la joindre mais il ne la rappela pas. Le cottage que Brock avait loué mariait confort et simplicité. Il avait été conçu pour une famille nombreuse, à en juger par les quatre chambres au premier. Il installa son invitée dans la plus spacieuse, et choisit pour lui une chambre plus petite au rez-de-chaussée, afin de ne pas la déranger. Ils passaient le plus clair de leur temps comme de vieux amis à lire, à bavarder, à faire des mots croisés ou à se lancer des boules de neige, semblables à deux enfants. Ils firent de longues promenades à travers les champs enneigés. Un jour, ils partirent faire du ski, mais ils durent rentrer assez vite car le ski avait éreinté Alexandra. La chimiothérapie la laissait sans force, pourtant, elle ne s'était pas sentie aussi bien depuis des semaines. Elle ne fut pratiquement pas malade, sauf un jour où elle garda la chambre.

Brock, qui avait déniché une vieille luge dans le garage, s'amusait à pousser Alexandra sur les pentes immaculées. Un soir, alors qu'il faisait la cuisine, elle lui fit remarquer qu'il ferait mieux de sortir avec des amis. En guise de réponse, il affirma qu'il était casanier. Le lendemain, ils allèrent dîner au restaurant, et vers la fin de la semaine, un joli hâle avait coloré ses pommettes. La bonne chère, l'air pur, l'interruption momentanée du traitement l'avaient remise sur pied. Elle avait presque retrouvé son insouciance de jadis. Comme si le temps lui accordait une trêve avant la reprise des combats. Et elle voulait profiter pleinement de ce répit. Avec Brock, ils riaient beaucoup, s'amusaient d'un rien, se racontaient des blagues. Et ils se taquinaient impitoyablement. Un jour qu'elle l'avait rejoint à la station de ski pour déjeuner, elle entreprit de lui montrer toutes les jolies filles qui étaient là.

— Elles ont quatorze ans, fit-il semblant de s'indigner. Vous voulez me faire arrêter pour détournement de mineure ?

— Changez donc de lunettes. Elles en ont vingt-cinq.

— Pas question. Vous ne vous débarrasserez pas de moi.

Il ne regardait jamais les autres femmes. La compagnie d'Alex lui suffisait amplement. Il était heureux auprès d'elle. Elle ne s'en rendait pas compte, naturellement, et il se garda bien de le lui faire remarquer afin de ne pas la mettre mal à l'aise. Ils s'entendaient à merveille et il y avait entre eux une grande connivence. L'heure était aux confidences. Entre eux, les sujets tabous n'existaient pas. Tout y passa. Même Sam. Alexandra raconta comment elle l'avait surpris avec sa maîtresse sur Madison Avenue. Pour elle ç'avait été l'ultime blessure, expliqua-t-elle à Brock, qui hocha la tête.

— Et vous n'avez rien dit ? Vous êtes trop bonne. A votre place, je crois que je les aurais assassinés.

— Bah, non. C'est terminé, point final. Elle n'y est pour rien. C'est arrivé, voilà tout. J'ignore pourquoi... Enfin, presque, parce que, quand je me regarde dans un miroir, j'en devine la raison.

— Sottises ! s'écria-t-il, révolté comme chaque fois qu'elle faisait allusion à son physique. S'il lui était arrivé quelque chose de semblable, l'auriez-vous laissé tomber ?

— Non. Mais ce n'est pas la même chose. Je suppose que les seins sont un symbole de féminité bien ancré dans la conscience collective. Beaucoup d'hommes réagissent de manière négative à ce problème.

Mais Brock secoua obstinément sa tête.

— On n'abandonne pas sa femme sous prétexte qu'elle a perdu un sein, ses cheveux ou une chaussure. Il n'y a pas d'excuse.

Elle le regarda, un sourire attendri aux lèvres. Sa jeunesse le rendait intransigeant. Elle se trouvait plus sage. Plus conciliante. Plus mûre aussi. Après tout, elle avait dix ans de plus que lui.

— De toute façon, je n'ai pas le choix. Il s'est complètement détaché de moi, Brock. Il semble avoir trouvé ailleurs la passion qu'il n'avait plus à la maison. C'est la vie.

— La vie a bon dos. Ah, non, c'est trop facile. Et vous qui ne réagissez même pas ?

— Quelle solution me suggérez-vous ? Tirer une balle dans la tête de ma rivale ?

— Abattez-le, lui, plutôt. Il l'aura mérité.

— Quel romantisme ! railla-t-elle.

— Quel laisser-aller ! contra-t-il.

— Je ne crois pas que, quoi que je fasse, je récupérerai mon mari. Il déteste la maladie, abhorre la difformité. Quand il m'a vue après l'opération il s'est presque évanoui. Je le dégoûte. J'en conclus que les conditions optimales pour un mariage heureux ne sont pas réunies.

— Et moi, je pense que vous avez épousé un lâche.

— Peut-être. Hélas, cela ne l'empêche pas d'apprécier les

jolies femmes. Et *elle* est une véritable beauté. Tenez, elle a exactement l'âge qu'il vous faut. Rendez-moi un petit service. Tâchez donc de la voler à Sam.

Elle eut un rire auquel il fit écho à contrecœur. C'était elle qu'il voulait voler à Sam, mais ce n'était pas le moment de se déclarer. Des liens subtils mais encore ténus l'attachaient à Alexandra, et il préférait ne pas risquer de les rompre par impatience.

Ils passèrent le réveillon au chaud, devant la télévision, en mangeant du pop-corn et en parlant de mille choses. Elle lui souhaita que la nouvelle année lui apporte l'âme sœur. En retour, il lui souhaita une meilleure santé et beaucoup de bonheur. Et, lorsque l'horloge sonna le dernier coup de minuit, ils chantèrent, debout, l'*Auld Lang Syne* à l'unisson. Ce soir-là, en se retirant dans sa chambre, elle bénit le ciel de lui avoir envoyé un ami aussi précieux.

Le lendemain tous deux étaient tristes de repartir. En fermant à clé, Brock retint un soupir. Alexandra avait meilleure mine. Les cernes s'étaient estompés, ses pommettes avaient rosi, une flamme vive brillait au fond de ses prunelles. La peur avait cédé la place à l'espérance. Et à la détermination de vaincre le cancer.

Pendant le trajet du retour, elle se cantonna dans un silence songeur. L'idée de revoir Sam la perturbait. Elle savait que le lendemain, il partait pour l'Europe et elle savait bien pour quelle raison... Tout en conduisant, Brock lui demandait de temps à autre comment elle se sentait et chaque fois elle répondait qu'elle allait bien, d'un air distrait. Alors qu'ils s'engageaient sur l'autoroute, il lui prit un instant la main et ce geste amical l'emplit de réconfort. Les gratte-ciel illuminés de Manhattan se profilèrent dans la brume du soir. Il était franchement triste lorsqu'il la déposa devant son immeuble. Avant de descendre de voiture, elle se tourna vers lui.

— Vous m'avez rendue à la vie. J'ai passé un moment délicieux.
— Moi aussi, murmura-t-il, avant de lui effleurer la joue du bout des doigts. Ne laissez pas les autres vous démolir. Vous êtes la femme la plus formidable que j'ai jamais connue.
— Oh, Brock, je vous adore ! Ne soyez pas stupide. Le plus formidable d'entre nous deux, c'est vous. J'envie la fille qui vous épousera.
— J'attendrai Annabelle, dit-il avec ce sourire juvénile qu'elle aimait bien.
— Elle en a, de la chance ! Merci encore, Brock.

Sam et Annabelle, qui rentrèrent un peu plus tard dans la nuit, la trouvèrent tranquillement assise au salon. Elle paraissait aller infiniment mieux. Annabelle se lova dans ses bras avant de se lancer dans le récit enjoué des merveilles de Disney World.
— Oh, le marchand de sable est passé, dit Alexandra en berçant sa fille, qui s'était endormie.
Une fois Annabelle dans sa chambre, elle retourna au salon. Un sourire brillait sur ses lèvres.
— Elle s'est bien amusée, on dirait.
— Oui, et moi aussi, répondit-il, les yeux fixés sur ce visage qui rayonnait d'une sorte de paix intérieure.
— Elle m'a manqué.
Sam partit pour Londres le lendemain matin, pendant qu'Alex et Annabelle prenaient leur petit déjeuner. Il promit de les appeler de Suisse.
— N'oublie pas mon anniversaire, papa.
Pas question, promit-il avant de claquer la porte, alors qu'Annabelle faisait remarquer que papa était parti sans embrasser maman. Mais cette fois-ci elle n'en demanda pas

la raison. Elle avait compris. Même un enfant de quatre ans pouvait voir la différence.

La semaine s'acheva sans incident. Mais dès le lundi suivant, le cauchemar recommença en même temps que le traitement. L'intraveineuse et les comprimés de Cytoxan provoquèrent les affreux symptômes habituels. Avant même de retourner au bureau, Alexandra se sentit à l'article de la mort. Elle dut renoncer à travailler ce jour-là. A peine était-elle revenue à la maison que la nausée la terrassait. Les vomissements reprirent impitoyablement et elle passa la majeure partie de l'après-midi dans la salle de bains.

Le lendemain, ce fut pire. Elle parvint pourtant à rester au travail et ne regagna son appartement qu'à cinq heures de l'après-midi. Carmen ouvrit la porte en déversant un flot de paroles en espagnol. Pressentant un drame, Alexandra alla voir Annabelle et à sa vue son cœur cessa de battre. La petite fille s'était coupé les cheveux à ras, afin de ressembler davantage à sa mère.

— Oh, mon bébé, pourquoi as-tu fait une chose pareille ?
— Pour qu'on soit des jumelles, maman.

La fillette se mit à pleurer. La maladie de sa mère, les absences de son père, la mésentente de ses parents l'avaient plongée dans un océan d'incertitudes. Pour la énième fois, Alexandra essaya de la rassurer en lui expliquant avec des mots simples en quoi consistait sa maladie. Elles relurent *Maman va mieux* mais rien ne pouvait calmer les craintes d'Annabelle. Ni les questions effrayantes qui la tourmentaient sans cesse. A la fin de la semaine, Alexandra n'était plus que l'ombre d'elle-même. Elle dut faire appel à tout son courage pour organiser le goûter d'anniversaire d'Annabelle. Elle y consacra le peu d'énergie qui lui restait en mettant une fois de plus la fidèle Liz à contribution. Le jour tant attendu fut un véritable désastre : le pâtissier se trompa de gâteau, Alex oublia d'appeler le clown et quatre des petits invités, dont la meilleure amie d'Annabelle, étaient grippés et ne purent venir.

Sam était rentré la veille, l'air mécontent, se plaignant du décalage horaire. Quand il vit sa fille avec ses cheveux coupés, il se mit en colère.

— Bon sang, tu aurais pu la surveiller ! fulmina-t-il. Comment oses-tu te montrer devant elle sans ta perruque ?

— J'étais malade à crever. J'avais d'autres chats à fouetter qu'à surveiller mon apparence.

L'affrontement, âpre et violent, avait éclaté dans la cuisine. Aucun des deux époux ne remarqua Annabelle qui tremblait comme une feuille sur le seuil de la pièce.

— En ce cas, elle ne peut pas rester avec toi, assena-t-il.

Avec un cri d'animal blessé, Alexandra se précipita sur Sam et le gifla à toute volée.

— Ne dis plus jamais ça ! hurla-t-elle, le souffle court. Elle restera ici.

— Tu n'es pas en état de prendre soin d'elle, rugit-il, tandis que la fillette, en larmes, se réfugiait sous l'aile protectrice de sa mère.

— Essaie donc de me la prendre, et je te jure que tu te retrouveras avec un procès ! Annabelle reste avec moi, c'est clair ?

Il lui décocha un regard haineux.

— Alors, garde ta perruque sur la tête.

Il tourna les talons, poursuivi par les imprécations de sa femme et les sanglots désespérés de sa fille. Annabelle noua ses bras autour du cou d'Alexandra. Elle ne voulait pas quitter sa maman, s'écria-t-elle, et toutes ces bagarres avec papa l'effrayaient. Oh, elle avait bien compris que tout était sa faute.

Sam claqua la porte de l'appartement avec force dès

qu'Annabelle fut au lit. Le lendemain, ils s'expliquèrent. La scène dramatique de la veille les avait affreusement secoués. Une mise au point s'imposait. Cela ne pouvait plus durer, convinrent-ils d'un commun accord. A la grande surprise d'Alexandra, Sam refusa de quitter le domicile conjugal avant la fin de la chimiothérapie. Le fait qu'Annabelle avait massacré ses belles boucles rousses démontrait que sa présence était indispensable. Il prendrait la relève chaque fois que les effets secondaires du traitement empêcheraient Alexandra d'assumer son rôle de mère.

— Inutile de te sacrifier. Je n'ai pas besoin d'un infirmier à domicile. Tu peux t'en aller, si tu veux.

— Je déménagerai en mai, quand tu auras fini la chimio, répondit-il d'une voix ferme.

— Je n'en crois pas mes oreilles ! Tu restes uniquement pour m'aider ?

— Je reste pour le bien d'Annabelle, déclara-t-il sèchement. Il faut que quelqu'un soit là si tu es trop malade pour t'en occuper. Quand tout sera terminé, je m'en irai.

— Ta grandeur d'âme m'impressionne. Et après ?

— Après... on verra.

— Tu crois que tu vas tenir le coup ? voulut-elle savoir.

— Oui, si tu ne me pousses pas à bout. Je ne te promets pas d'être là tout le temps. Mais je ferai mon possible pour Annabelle.

— J'apprécie ta générosité, marmonna-t-elle.

Ils étaient en sursis. Une partie d'elle-même désirait ardemment la présence de Sam. L'autre n'aspirait qu'à son départ. Tôt ou tard, ils se sépareraient.

Elle en parla à Brock dès le lendemain. Il se montra sceptique. Tout comme Daphné, d'ailleurs, qui prit une expression de gamine boudeuse, quand Sam la mit au courant de ses bonnes résolutions. Quatre mois, cela lui semblait bien long.

— Et moi qui espérais que tu viendrais habiter chez moi !

Ils s'étaient tellement amusés en Europe. A Gstaad, puis à Paris où il l'avait comblée de cadeaux luxueux achetés chez Cartier et Van Cleef, Dior, Chanel et Givenchy. Mais plus que tout, c'était Sam qu'elle voulait, déclara-t-elle.

— Ça ne sera pas long, tu verras.

De toute façon, il passerait ses nuits avec elle, ajouta-t-il. Sam voulait qu'elle fasse la connaissance d'Annabelle mais Daphné ne semblait guère pressée de la rencontrer. Elle n'aimait pas spécialement les enfants, admit-elle. Ce n'était pas une sentimentale, selon ses propres termes. En revanche, sa sensualité n'avait pas de limites. Auprès d'elle il avait retrouvé la fougue de ses vingt ans.

Un samedi de février, Alexandra les vit qui sortaient de chez Christie's où Sam avait acheté une bague en émeraude pour Daphné. Elle les suivit d'un regard douloureux, alors qu'ils remontaient Park Avenue enlacés, seuls au monde. De nouveau, la tristesse s'abattit sur elle. C'était si dur, ces derniers temps. A plusieurs reprises, le Dr Webber avait évoqué la chirurgie réparatrice. Alexandra avait fait la sourde oreille. Comme toujours, ce fut à Brock qu'elle se confia, Brock son confident, car elle pouvait tout lui dire. A son étonnement, il fut de l'avis du médecin.

— Qu'est-ce que ça peut faire ? se rebiffa-t-elle. Qui s'en soucie ?

Profitant de l'arrêt de quinze jours du traitement, ils étaient en train de déjeuner au restaurant.

— Vous, peut-être. Vous comptez passer le restant de vos jours comme une nonne ?

— Pourquoi pas ? Le noir me va bien et je n'aurai même pas besoin de me raser la tête.

Il haussa les épaules, avec une grimace.

— Vous êtes incorrigible. Soyons sérieux deux minutes. Vous ne porterez pas toujours cette magnifique perruque. Un jour viendra où vous aurez envie de retrouver votre ancien physique, ne serait-ce que pour vous rassurer.

— Ça m'étonnerait. Si quelqu'un tombe amoureux de moi, il m'acceptera telle que je suis.

— Faites-le pour vous, Alex. Cela vous évitera de souffrir chaque fois que vous vous regardez dans un miroir.

— Mais vous, Brock, quelle serait votre réaction si vous rencontriez une fille un peu amochée ? demanda-t-elle à brûle-pourpoint.

— C'est déjà fait, la taquina-t-il. (Puis, redevenant sérieux :) Je suppose que cela me serait égal. Oui, complètement égal, en fait. Je suis un garçon exceptionnel. Et je n'ai pas les mêmes blocages que Sam.

— Si j'ai bien compris, c'est la chirurgie esthétique ou un jeune amant.

— Oui, c'est à peu près ça, sourit-il.

Elle était de bonne humeur aujourd'hui, remarqua-t-il, alors qu'elle éclatait de rire, mais il n'osa pourtant pas lui déclarer ce qui lui tenait à cœur depuis longtemps.

— Mmm, ça me semble trop compliqué. Il paraît qu'ils remodèlent le sein avec un implant de silicone recouvert de la peau de la cuisse. Et on a le droit de choisir la couleur, la taille et la forme sur catalogue. Dites, j'ai peut-être une chance de m'offrir une poitrine de rêve.

Ils quittèrent l'établissement en riant. Brock l'avait enlacée. Il aimait être avec elle. Et il avait sympathisé avec Annabelle. Il avait fait sa connaissance un soir qu'il était passé à l'appartement afin d'apporter des documents à Alexandra et l'avait accompagnée à la patinoire un jour où personne n'avait pu s'occuper d'elle.

Sur le chemin du retour, ils se mirent à parler travail. Alexandra n'avait pas plaidé depuis quatre mois. Elle avait songé retourner au tribunal, à condition que Brock la soutienne, puis des scrupules de dernière heure l'avaient fait renoncer.

En mars, elle repartit avec Brock un week-end dans le Vermont alors que Sam emmenait Annabelle à la campagne. Cette fois-ci, elle parvint à faire du ski. Ses forces revenaient peu à peu. La chimiothérapie s'achevait dans huit semaines et cette seule pensée lui redonnait du courage. Mais cette échéance, qu'elle espérait de tout cœur, serait peut-être la fin de son union avec Sam. A l'évidence, Sam était amoureux et la quitterait pour épouser sa maîtresse. Elle en était persuadée, même si Sam restait à ce sujet d'une discrétion absolue.

Oui, la fin de la chimio correspondrait à un changement de vie radical. Le début d'une existence solitaire après le départ de l'homme avec lequel elle avait vécu la plus grande partie de sa vie. Et cette échéance l'effrayait.

Elle y repensa, songeuse, alors qu'ils reprenaient le chemin du cottage. Sam laisserait un vide énorme... Heureusement, elle avait Brock. Brock qui avait été présent à chaque instant. Il l'avait accompagnée à plusieurs reprises chez le médecin, et lui tenait la main pendant la perfusion. Depuis six mois, il n'avait cessé de la protéger, de lui remonter le moral. De prêter une oreille attentive à ses doléances.

Ce soir-là, elle prépara leur dîner et ils évoquèrent une nouvelle fois la chirurgie plastique, suggérée par le Dr Webber.

— Oh, je m'en fiche, jeta-t-elle.
— Vous ne devriez pas.

C'était devenu le sujet de discussion numéro un. Brusquement, elle le considéra d'un air sérieux. Jamais il n'avait montré de répugnance envers sa maladie. Pourquoi ne pas lui montrer ce dont il s'agissait ?

— Vous voulez voir ? dit-elle d'un ton uni.

Elle regretta aussitôt ces paroles, craignant d'être allée trop loin, et laissa échapper un rire nerveux.

— Oui, répondit-il franchement. Je me suis toujours demandé si c'était aussi affreux que vous le dites.

— Ça l'est, l'avertit-elle.

Sans réfléchir davantage, elle ôta son sweater et déboutonna son chemisier. Après une légère hésitation, elle fit passer par-dessus sa tête le tricot de corps qu'elle portait sans soutien-gorge. Enfin, elle laissa retomber ses bras.

Avant tout, les yeux de Brock sondèrent les siens, comme pour lui demander la permission. Elle inclina la tête. Son cœur bondit vers elle, lorsqu'il la regarda. Elle paraissait si douce, si jeune, si vulnérable, avec son sein unique, rond et haut placé, et le sein disparu, comme s'il avait été tranché d'un coup de sabre net et précis. Il ne restait plus qu'une mince cicatrice blanche sur la peau parfaitement lisse à présent. N'y tenant plus, il tendit les bras vers elle, l'attirant contre lui avec lenteur. Il ne pouvait plus se cacher d'elle, il l'aimait depuis trop longtemps pour continuer à feindre une simple amitié.

— Tu es si belle Alex, murmura-t-il contre sa tempe. Si parfaite, si courageuse... et si digne en même temps.

— Avec un sein ou deux ? dit-elle dans un sourire timide, profondément touchée par sa tendresse.

— Je t'aime telle que tu es, répondit-il, sentant sa chaleur l'imprégner. Exactement comme tu es.

— Tu n'étais pas supposé me dire ça. Tu devais me donner ton opinion à propos... de la chirurgie...

— Et je te l'ai donnée, chuchota-t-il en couvrant son visage de baisers. Tu es très belle... et je suis incapable de me tenir plus longtemps loin de toi.

Tout doucement, avec une tendresse exquise, il l'embrassa. Puis il se recula un instant pour la dévisager et lui reprit les lèvres avec fougue.

— Brock... non... il ne faut pas, souffla-t-elle. Brock, je t'en prie... oooh !

Un gémissement expira sur ses lèvres, alors qu'il s'attaquait à la ceinture de son pantalon. Alexandra sentit le feu du désir l'envahir. Brock l'avait dévêtue et maintenant il explorait son corps tremblant. Elle se mit à le déshabiller à son tour sans trop savoir encore ce qui leur arrivait. Peu après, ils étaient nus, dans le flamboiement pourpre de l'âtre. La bouche de Brock scella la sienne en un baiser fougueux ; il se baissa pour embrasser son sein, sa cicatrice, puis chaque parcelle de chair frémissante. Alexandra s'arc-bouta sous ses caresses.

— Oh, Brock... Brock... Brock...

Quelque part dans son subconscient une alarme s'était mise à sonner. Il fallait refréner ce désir passionné. Rien ne devait altérer leur amitié... Mais c'était trop tard. Brock n'était pas seulement son meilleur ami, s'aperçut-elle soudain. Il était bien plus que cela. Il faisait partie de son univers, de sa vie, d'elle-même. Ils avaient basculé sur l'épais tapis de laine, devant le feu crépitant. Leurs lèvres, leurs mains, leurs âmes se cherchaient. Et lorsqu'il fut en elle, tous deux laissèrent échapper un soupir de ravissement. Ils se mirent à bouger doucement, bercés par le rythme de leur passion, et, longtemps après, l'extase les surprit dans un éblouissement. Un même frisson les transperça et ils restèrent enlacés, les yeux fermés, silencieux.

— Oh, mon Dieu, que s'est-il passé ? murmura-t-elle avec un sourire incrédule.

— Mon Dieu, j'ai tellement attendu cet instant, mon amour, exulta-t-il. Je t'aime comme un fou, Alexandra. Oh, comme j'ai prié pour que cela arrive.

Surprise, elle l'enveloppa d'un regard attendri.

— Comment ai-je fait pour ne jamais m'en rendre compte ?

Comment avait-elle pu ignorer qu'un tel bonheur était à

sa portée ? Quand il lui avait fait l'amour, il s'était montré sensible, attentionné et extrêmement sensuel. Ils étaient devenus amants tout naturellement. Des liens inaltérables les attachaient l'un à l'autre.

— Pourquoi ne me suis-je pas rendu compte plus tôt que tu m'aimais ? monologua-t-elle à haute voix en se traitant mentalement d'idiote.

— Tu étais trop occupée à surmonter tes nausées.

Elle sourit.

— Oui, apparemment. Eh bien, heureusement que j'ai eu l'idée de retirer mes vêtements.

La fin de la phrase se perdit dans un éclat de rire. Elle se moquait de sa propre naïveté. Mais elle avait encore du mal à réaliser qu'ils avaient fait l'amour et que ce qu'elle appelait sa « difformité » ne l'avait pas rebuté... Elle n'avait même pas songé à se cacher de lui. Et maintenant, il lui ôtait gentiment sa perruque comme pour la conforter dans son opinion. Leur amour, leur complicité se passait d'artifices.

— Pour revenir à notre discussion de l'autre jour, je n'ai peut-être pas fait appel à la chirurgie réparatrice mais je me suis trouvé un jeune homme. Seigneur, quand on pense que j'ai *dix* ans de plus que toi. Je pourrais presque être ta mère.

— Impossible. Tu me fais penser à une petite fille. D'ailleurs, que deviendrais-tu sans moi ? s'esclaffa-t-il.

— D'accord. Il n'empêche que je suis plus vieille que toi.

— Ça ne m'impressionne pas.

— Tu as tort. Quand tu auras quatre-vingt-dix ans, j'en aurai cent.

— Je fermerai les yeux quand on fera l'amour.

— Si tu es sage, je te prêterai ma perruque.

— Génial !

Il se coiffa de la perruque. Ses pitreries arrachèrent à Alexandra un rire inextinguible. Leurs lèvres s'unirent à nouveau et le désir revint. Leurs baisers devinrent plus insistants.

Il la reprit près des braises rougeoyantes avec une fougue renouvelée. Après l'amour, Alexandra s'endormit paisiblement dans ses bras, mais Brock ne put fermer l'œil. Il était trop heureux pour se reposer. Il ne la laisserait pas repartir, non, plus jamais. Il avait attendu trop longtemps qu'elle vienne à lui et maintenant qu'elle n'appartenait plus à Sam Parker, il avait l'intention de la garder pour toujours.

17

LA SEMAINE suivante, Brock l'accompagna chez le Dr Webber. Il resta tranquillement à son côté durant l'examen, et l'injection intraveineuse. Les radios et le scanner étaient parfaitement nets, déclara le cancérologue. Il ne restait plus que sept semaines de traitement. A la fin de la séance, le médecin exprima sa satisfaction, s'adressant tout autant à Brock qu'à sa patiente.

— C'est étrange, murmura Alexandra peu après, dans le taxi qui les ramenait au bureau.

Elle était appuyée contre Brock, détendue, bien que les premières nausées fassent déjà leur apparition.

— Quoi donc ?

— Les gens nous traitent comme si nous étions un couple. L'as-tu remarqué ? L'autre jour l'épicier t'a pris pour mon mari. Le Dr Webber agit de même. Ne se rendent-ils donc pas compte de notre différence d'âge ?

— Eh, non, maman, la taquina-t-il en l'embrassant sur le bout du nez.

— Tu devrais sortir avec des jeunes de ton âge... Des filles bien portantes.

— Mêlez-vous de ce qui vous regarde, madame la juriste.

Ils avaient gardé leur liaison secrète. En présence de leurs collègues de bureau, ils se vouvoyaient. Les règles très strictes de la profession interdisaient toute sorte de familiarité entre associés. Si leur idylle venait à être percée à jour, l'un d'eux se verrait obligé de donner sa démission. Ayant moins d'ancienneté, Brock risquait de perdre son emploi.

Ils continuèrent à bavarder gaiement, tandis que la voiture était prise dans un gigantesque embouteillage, qui s'écoulait avec une lenteur exaspérante. Ne pouvant lutter contre une nausée plus puissante que les autres, Alexandra ouvrit brusquement la portière et vomit dans le caniveau. Le chauffeur l'observait dans le rétroviseur d'un air compatissant. La petite dame était malade, pensa-t-il, en se demandant si elle n'était pas ivre. Brock lui indiqua de se garer tout en laissant tourner le compteur et une demi-heure passa avant qu'elle ne se sente mieux. Il proposa de la reconduire chez elle. Elle refusa obstinément.

— Ma chérie, ne sois pas stupide. Va te reposer.

— Pas question, j'ai du travail, gémit-elle. (Elle lui sourit à travers ses larmes.) Tu n'as pas le droit de me dire ce que je dois faire sous prétexte que je suis amoureuse de toi.

— Je sais, ce serait trop facile.

La voiture redémarra. En bas de l'immeuble, Brock régla la course puis aida Alexandra à traverser le hall. Ils sortirent de l'ascenseur, elle chancelante, lui la maintenant fermement. Leurs confrères les saluaient au passage. Personne ne semblait avoir conçu le moindre soupçon. Brock jouait à merveille son rôle d'assistant attentionné, quant à Alexandra, elle était trop malade pour se soucier de quoi que ce soit. Liz alla lui préparer une tasse de thé, tandis qu'elle se précipitait dans la salle d'eau contiguë où elle resta une heure prostrée, Brock à ses côtés. Enfin, ses malaises s'arrêtèrent. Elle parvint à se redresser.

— C'est fou, fit-elle remarquer plus tard, je passe plus de temps dans cette fichue salle d'eau qu'à mon bureau.

— Plus pour longtemps, lui rappela-t-il. Tu es presque arrivée au bout de tes peines.

D'après le Dr Webber, toute trace de cancer avait disparu, et probablement à jamais.

Il la ramena chez elle à dix-sept heures et retourna au bureau, où il resta jusqu'à vingt et une heures. Juste avant de s'en aller, il appela Alexandra. Sam était absent. Il demanda s'il pouvait passer la voir.

— Si tu en as envie, bien sûr, ajouta-t-il avec tendresse.
— Oui, mon chéri, j'ai très envie de te voir.

Elle raccrocha, étonnée par la facilité avec laquelle elle arrivait à appeler « chéri » un autre homme que son mari. Elle revoyait sans cesse les moments de bonheur qu'ils avaient vécus dans le Vermont comme un film merveilleux dont on ne se lasse jamais. Ce qui lui semblait encore un rêve prit la forme de réalité — une réalité magique — quand Brock sonna à la porte de son appartement. Il lui tendit un bouquet de roses, se pencha pour effleurer ses lèvres d'un baiser. Elle était en robe de chambre. La perruque rousse accentuait sa pâleur. Une fois de plus, il déclara qu'elle n'était pas obligée de la porter pour lui plaire.

— Je crois même que je te préfère sans. C'est plus sexy.
— Tu es fou.
— Oui, de toi.

Il mit les fleurs dans un vase, la borda dans son lit, s'assit près d'elle. Alors qu'ils bavardaient à mi-voix, afin de ne pas réveiller Annabelle, il laissa un doigt dessiner les contours du visage d'Alexandra. Le destin avait exaucé son rêve le plus cher. Il l'avait aidée à s'en sortir et l'avait arrachée à l'influence pernicieuse de son époux.

— Où est passé Sam, cette fois ? s'enquit-il comme si de rien n'était.

— Monsieur est à Londres. Nous l'avons à peine aperçu. Il a décidé de déménager quand j'aurai fini la chimio. Je crois qu'il cherche un appartement car, la semaine dernière, un agent immobilier l'a demandé afin de lui proposer quelque chose sur la Cinquième Avenue. Il y habitera certainement avec Barbie.

Une note d'amertume altérait toujours sa voix lorsqu'elle parlait de sa rivale.

— Comptes-tu demander le divorce ?
— Pas tout de suite. Rien ne presse. De toute façon, nous nous séparons. Je ne vois pas la différence.

Brock, lui, la voyait très nettement, mais il ne fit aucun commentaire. Il la voulait toute à lui, et n'avait nulle envie d'un Sam dans le paysage. Il resta près d'elle jusqu'à onze heures, puis s'en alla après avoir éteint les lumières.

Le lendemain, il prépara un délicieux repas pour Alex et Annabelle. Après dîner, ils se plongèrent dans l'étude d'un dossier, puis il l'aida à se mettre au lit. Il dut se contrôler pour ne pas la prendre dans ses bras. Elle était trop fragile pour supporter sa fougue amoureuse. De plus, la crainte de réveiller Annabelle les retint. La petite fille le considérait toujours comme un « ami de maman ». Elle semblait énormément souffrir de l'absence de son père, il était donc inutile de la perturber davantage.

En fin de semaine, la jeune femme avait repris des forces. Le samedi matin, elle confia Annabelle à Carmen, avant de rejoindre Brock chez lui. Ils passèrent la journée au lit. Elle avait oublié que faire l'amour pouvait être aussi bon ! Ils s'abandonnèrent des heures durant à leur passion.

Le dimanche, Brock vint à la maison. Ils emmenèrent Annabelle au zoo, puis au parc où ils la regardèrent jouer avec les autres enfants, en compagnie d'autres parents.

— Trouve quelqu'un de ton âge, répéta-t-elle, d'une voix pourtant moins ferme que d'habitude. Tu es fait pour avoir des enfants, tu serais un excellent père.

— Pourquoi ? tu ne peux pas en avoir d'autres ?

Ça ne l'inquiétait pas. Il adorait Annabelle.

— Je ne crois pas. J'ai essayé, après la naissance d'Annabelle, mais sans succès. Et d'après le Dr Webber, une femme sur deux devient stérile après le traitement. Et même si ce n'était pas mon cas, il me faudrait attendre cinq ans avant d'essayer à nouveau. Alors, je serai trop âgée. Réfléchis, Brock, tu mérites mieux.

— C'est exactement ce que je ne cesse de me répéter.

Elle le poussa du coude.

— Je ne plaisante pas.

— Je ne suis pas un fanatique de la procréation à tout prix. L'adoption est aussi une solution. A moins que tu ne sois pas d'accord.

— Je n'y ai jamais songé... Oui, pourquoi pas ? Mais tu risques de m'en vouloir si je t'empêche d'avoir un enfant de ton propre sang. C'est une merveilleuse expérience, ajouta-t-elle, les yeux fixés sur Annabelle. Quand elle est née, j'ai réalisé que j'avais failli passer à côté de quelque chose de formidable. Je regrette de ne pas m'y être prise plus tôt.

— Tu n'avais pas le temps. Une carrière comme la tienne passe avant tout le reste.

— La bonne excuse ! Il faut se fixer des priorités dans la vie. Fonder une famille en est une. C'est une enfant merveilleuse. Sam l'adore aussi... quand il est là.

Ce soir-là, ils dînèrent tous les trois dans un charmant bistrot de la 84ᵉ Rue. Brock se lança dans une série d'imitations de vedettes de cinéma, qui firent tordre de rire Annabelle... Et le lendemain, il raccompagna Alexandra chez la cancérologue. Pour rien au monde il ne l'aurait laissée y aller seule. La ronde infernale des symptômes recommença peu après. Mais ils savaient comment agir à présent. Ils attendirent calmement une rémission. Jusqu'à la prochaine fois, soupira-t-elle. Sauf que maintenant, le temps était de leur côté.

Ils se retrouvaient dès qu'ils le pouvaient, chez Alexandra, quand Sam était absent, ou chez Brock, lorsque Carmen gardait Annabelle. Chaque jour, leur passion grandissait. Ils étaient comme deux jeunes amoureux qu'un rien amuse. Ils l'avaient bien mérité. Alexandra avait payé un lourd tribut pour ce bonheur auquel elle goûtait maintenant avec un féroce appétit de vivre. Et Brock était récompensé de sa patience. De leur vie, ils n'avaient nagé dans un tel bien-être. Annabelle adorait Brock, tout comme Carmen d'ailleurs. La gouvernante n'avait pas pardonné à Sam sa trahison. Et le son cristallin du rire d'Alex faisait plaisir à entendre. Liz, de son côté, avait compris depuis un moment que l'amitié entre sa patronne et son assistant s'était transformée en un sentiment plus profond. Elle se garda bien d'en parler, évidemment, et continua à feindre de n'avoir rien remarqué.

Ils travaillaient constamment ensemble, ce qui ne surprenait personne, compte tenu de la maladie d'Alexandra. Ils obtinrent des résultats brillants, à tel point que Matt Billings tint à les féliciter personnellement. Ils formaient une équipe hors pair, déclara-t-il. Lui aussi avait noté les changements survenus chez Alexandra. Celle-ci rayonnait... Même Sam finit par s'en rendre compte. Elle l'accueillait d'un sourire serein quand il décidait de rentrer, ne lui faisait plus aucune scène. Elle paraissait en paix avec elle-même, heureuse même, se dit-il, étonné. Une ou deux fois, elle se mit à plaisanter, comme au bon vieux temps. Elle avait retrouvé son humour.

En avril, elle lui demanda quand il avait l'intention de déménager. Ils étaient seuls dans la cuisine — Carmen avait emmené Annabelle à l'école — et Sam était plongé dans la lecture de la presse du matin.

— Pourquoi ? Tu es si pressée de me voir partir ? interrogea-t-il, un peu surpris.

— Non... mais il y a pas mal d'appartements à vendre en ce moment. Cela ne durera pas éternellement. Tu devrais en profiter.

Les agences immobilières appelaient sans cesse avec des offres mirifiques et Daphné commençait à s'impatienter. Pourtant, Sam hésitait toujours à cause d'Annabelle. Déménager, cela revenait à la quitter, pensait-il avec un regain de culpabilité.

— Je n'ai encore rien trouvé, répondit-il sèchement. Et tu n'as pas terminé ton traitement.

— Ce sera fini dans un mois.

La lumière au bout du tunnel se rapprochait rapidement. Les cinq mois les plus horribles de son existence s'étaient écoulés et elle avait survécu. Elle et Brock avaient hâte de mettre à exécution leurs projets de vacances et de voyages. Ils étaient déjà allés à plusieurs reprises au cinéma, avaient assisté à la première d'une pièce de théâtre. Elle aurait voulu aller à l'opéra mais n'avait pas encore l'énergie nécessaire pour un aussi long spectacle.

— Que feras-tu, cet été ? demanda-t-elle à Sam, qui baissa son journal, pris de court.

— Je... euh... ne sais pas encore. Peut-être irai-je en Europe, un mois ou deux.

Daphné souhaitait aller sur la Côte d'Azur, et Simon lui avait parlé d'un fabuleux yacht à louer.

— Un mois ou *deux* ? Tu ne te refuses rien. J'en déduis donc que les affaires sont bonnes pour toi.

— Oui, grâce à Simon.

— Et Annabelle ? Tu comptes l'emmener avec toi ?

— Oui, pendant une quinzaine de jours. Je crois que ça l'amuserait.

Daphné aurait également son petit garçon pendant deux semaines, avait-elle annoncé sans aucun enthousiasme. Alexandra fronça les sourcils. Soudain, l'idée que la petite amie de Sam prendrait soin d'Annabelle lui déplut souverainement. Qui était-elle, après tout ? Savait-elle s'occuper d'enfants ? Cela restait à prouver.

— Annabelle ignore que tu vas déménager, dit-elle doucement. Ce sera dur pour elle.

— Elle sera sûrement furieuse après moi, soupira-t-il d'une voix malheureuse.

« Pourvu qu'elle trouve Daphné sympathique », pensa-t-il en même temps, paniqué. Mais Daphné était si jeune, si jolie, si élégante, on ne pouvait la voir sans l'aimer aussitôt, chercha-t-il à se rassurer.

— Elle s'habituera, dit Alex gentiment.

La fillette s'était habituée à nombre de situations pénibles cette année.

— Tu as l'air de bien te porter, commenta-t-il.

Elle paraissait moins lasse, plus énergique. Plus féminine aussi. Elle revenait lentement mais sûrement à la vie. A sa surprise, il s'aperçut soudain qu'elle lui avait manqué.

— Je vais mieux.

Elle lui en voulait encore, bien que sa colère ait cédé le pas à la résignation. Parfois, elle se révoltait contre l'injustice dont elle s'estimait victime. Elle avait du mal à accepter qu'il l'ait abandonnée pour une autre femme au pire moment de son existence. Elle les avait vus ensemble une nouvelle fois dans un restaurant, ce dont ils ne s'étaient pas aperçus. Et elle les avait regardés à leur insu, avec un goût amer dans la bouche.

En partant travailler ce jour-là, Sam se sentait d'humeur chagrine. Les souvenirs de son bonheur passé avec Alex le tourmentaient. Il la revoyait telle qu'il l'avait aimée autrefois. Belle, intelligente, directe, loyale. Il avait toujours apprécié son sens de l'honneur. Maintenant, elle était différente. Plus calme. Plus pondérée. Plus distante également. Il sut qu'elle s'était détachée de lui et n'en fut que plus triste.

— Tu as l'air sombre aujourd'hui, observa Daphné, qui l'attendait dans son bureau.

— Mais non. Je me disais justement qu'il était grand temps d'acheter un appartement.

Il avait hâte de recommencer une nouvelle vie, dans l'espoir d'oublier l'ancienne. Oublier tout, sauf Annabelle bien sûr. Il n'avait pas osé la présenter à Daphné, par égard pour Alex. A présent, il le fallait. Et tant pis si la fillette le répétait à sa mère. Un jour ou l'autre, celle-ci le saurait. Il ignorait qu'elle était au courant.

— As-tu trouvé quelque chose ? demanda-t-il.

— Ça devient exaspérant, se plaignit Daphné. Il y a toujours quelque chose qui ne va pas. Trop de chambres ou pas assez, sans parler des travaux.

Ils voulaient de l'espace, des cheminées, avec si possible une vue imprenable sur Central Park. Sam était prêt à investir plus d'un million dans cette acquisition. Il prendrait une hypothèque sur l'appartement. Avec les profits réalisés dernièrement par sa société, les traites ne poseraient aucun problème.

Alex n'avait rien demandé, à part une petite pension pour Annabelle. Elle gagnait suffisamment bien sa vie et n'avait nul besoin de l'aide de Sam.

— Chéri, ne sois donc pas si lugubre, gémit Daphné.

Elle avait tourné la clé dans la serrure et était venue s'asseoir sur les genoux de Sam. Il eut un sourire lent, il avait tort d'éprouver des regrets. Le passé était bel et bien révolu. Son sourire s'élargit lorsque sa main glissa sous la jupe de Daphné, sans rencontrer aucune barrière. Elle ne portait jamais de sous-vêtements.

— Y a-t-il des rendez-vous sur mon agenda ce matin, miss Belrose ? s'enquit-il en l'embrassant.

Les doigts manucurés de la jeune femme s'attaquèrent à la fermeture Éclair de son pantalon.

— Non, je ne crois pas, monsieur Parker, susurra-t-elle

avec son plus bel accent d'Oxford. Ah... si... je viens de m'en souvenir, nous avons un rendez-vous important.

Elle avait dégagé l'objet de sa convoitise et se penchait pour y appliquer les lèvres. Sam se renversa sur son fauteuil en poussant un gémissement de plaisir.

Le « rendez-vous » fut des plus plaisants. Lorsque Daphné quitta le bureau directorial un peu plus tard, elle souriait, et sa jupe était un peu froissée.

18

L'AIGUILLE s'enfonça dans la veine d'Alexandra pour la dernière fois par un bel après-midi de mai. Lorsque ce fut terminé, elle se tourna vers Brock, assis à son côté, les yeux brillants de larmes. Il ne lui restait plus que six comprimés de Cytoxan à prendre. Après, elle serait libre. *Libre !* Sa dernière mammographie, tout comme les différentes radiographies et l'analyse de sang, n'avait révélé aucune anomalie. Le mal avait disparu. Six mois de traitement avaient nettoyé les tissus de la moindre cellule suspecte. Au terme d'une bataille acharnée, Alexandra avait remporté une victoire éclatante sur la maladie. Grâce au traitement et à sa persévérance. Et grâce à Brock. Ayant traversé le long tunnel noir, elle émergeait enfin à nouveau à l'éblouissante lumière de la vie. Elle dit au revoir au Dr Webber, prit rendez-vous pour un examen de contrôle six mois plus tard. Le cauchemar était fini.

— Ça s'arrose ! s'exclama Brock, tandis qu'ils se tenaient sur le trottoir de la 57e Rue. Comment veux-tu fêter ça ?

— J'ai une idée grandiose, rétorqua-t-elle, l'œil pétillant.

Elle plaisantait, naturellement. Tous deux savaient que dans moins d'une heure, les nausées la submergeraient tout comme ils savaient que c'était la dernière fois.

Ils regagnèrent le bureau.

Lorsque les nausées se manifestèrent, Alexandra passa dans

la petite salle d'eau sans panique ni angoisse. Elle y resta moins longtemps que d'habitude, comme si son corps avait compris, lui aussi, qu'il avait subi l'ultime et dernier assaut.

Cette nuit-là, ils dormirent blottis l'un contre l'autre, la porte fermée à clé au cas où Annabelle se réveillerait. Ils avaient fini par renoncer à la chasteté qu'ils avaient toujours observée dans la chambre conjugale. Sam avait prévenu qu'il ne rentrerait pas. Et c'était une nuit spéciale.

— Qu'allons-nous faire maintenant, Alex ?

Ils venaient de parler de Long Island. L'un des associés du cabinet avait proposé à Alexandra de louer sa villa à East Hampton. Elle avait d'abord hésité, de crainte que sa liaison avec Brock soit découverte, puis s'était ravisée. Il n'y avait aucune raison que cela se sache. Et même si on les apercevait ensemble, le fait qu'il était son assistant constituait la meilleure des couvertures.

— J'aimerais voyager avec toi, dit-il.

— Où ça ?

Ils échafaudaient souvent des rêves, des promesses d'avenir, comme elle disait.

— À Paris... à Venise... à Rome... à San Francisco, ajouta-t-il, soudain plus réaliste.

— Oh oui ! (Elle n'avait pas pris de vraies vacances depuis un an.) Nous n'avons pas de plaidoiries le mois prochain. Si nous partions pendant quelques jours ?

— Accord conclu, jubila-t-il, en lui posant un baiser sur la joue. Vas-tu te décider pour la maison d'East Hampton finalement ?

— Je crois que oui. Et nous irons aussi à San Francisco.

Elle avait oublié que les verbes se déclinaient aussi au futur. Maintenant, elle pouvait évoquer le prochain été sans ressentir au creux de l'estomac un poids affreux. Elle était redevenue elle-même : quelqu'un de normal, avec des rêves, des projets, des espoirs.

Pendant les semaines qui suivirent, la vie d'Alexandra ne fut qu'un tourbillon. Étant à nouveau en mesure d'assumer ses anciennes responsabilités, elle avait recommencé à travailler à plein temps. Lorsqu'elle prit son dernier comprimé de Cytoxan, elle ne s'en aperçut même pas. Le 1er juin, elle se découvrit des forces nouvelles. Ils avaient décidé de partir pour San Francisco à la fin du mois. Il restait cependant à annoncer à Annabelle que son père allait déménager.

Sam avait enfin trouvé l'appartement idéal non loin de son ancien domicile. Un salon avec une vue panoramique, une splendide salle à manger, trois chambres à coucher, un office, une vaste cuisine dont la photo avait figuré dans *Maisons et Jardins*. C'était affreusement cher mais Daphné avait insisté.

— Oh, mon chéri, je le veux, s'était-elle exclamée en faisant une moue de gamine réclamant un nouveau jouet.

Il n'avait pas eu le cœur de refuser. Ils disposeraient d'une somptueuse chambre, d'une chambre pour Annabelle, et d'une chambre d'amis magnifiquement décorée pour le fils de Daphné, avait suggéré Sam. Elle avait rétorqué qu'elle préférait aller le voir en Angleterre. Le faire venir posait trop de problèmes. Sam en était venu à se demander si le petit garçon n'était pas un sale gamin ou si Daphné était décidément dénuée de toute fibre maternelle. Puis il n'y avait plus pensé. Pour le moment, il devait annoncer son départ définitif à Annabelle. Le jour du Memorial Day, Alex et Sam mirent leur fille au courant de leur séparation.

— *Papa s'en va ?* s'écria-t-elle, en larmes.

Pourquoi ? Quelle faute avait-elle commise ? Car elle ne doutait pas un instant que c'était arrivé par sa faute.

— J'habiterai à deux pas d'ici, tenta-t-il de la rassurer mais elle le repoussa, au comble de l'angoisse.

Elle ne comprenait pas. Et elle avait désespérément besoin

de comprendre. Devant sa détresse, ses parents ravalèrent leurs propres larmes.

— Maman et moi avons pris cette décision d'un commun accord, ma chérie. De toute façon, je ne suis pas ici très souvent, pas vrai ? Je voyage énormément. Maman et moi avons pensé que... que... (Bon sang, comment expliquait-on à un bout de chou de quatre ans que sa famille n'existait plus ?) Que nous serons tous plus heureux si chacun avait sa maison, parvint-il à achever. Tu pourras me rendre visite quand tu en auras envie. Nous nous amuserons comme des fous. Et je t'emmènerai encore à Disney World.

En digne fille de sa mère, Annabelle ne se laissa pas soudoyer.

— Je ne veux pas aller à Disney World. Je ne veux aller nulle part. Tu ne nous aimes plus, papa ?

Le souffle de Sam se bloqua au fond de sa poitrine.

— Mais si, bien sûr que je vous aime.

— Tu n'aimes plus maman ? Tu es fâché parce qu'elle est tombée malade ?

Du haut de ses quatre ans, elle avait tout deviné, pensa-t-il, honteux.

— Je ne suis pas fâché contre maman. Absolument pas, mon ange. Mais nous ne voulons plus être mariés... enfin, pas comme avant. Nous pensons qu'il vaut mieux ne plus vivre sous le même toit.

— Vous... vous allez divorcer ? demanda-t-elle, l'air choqué, tandis que sa mère la serrait dans ses bras.

Les parents de Libby Weinstein, sa petite camarade de classe, avaient divorcé deux ans plus tôt. La pauvre Libby était très malheureuse, surtout depuis que sa maman s'était remariée et avait eu des jumeaux.

— Non, nous ne divorcerons pas, affirma Sam, afin de parer au plus pressé.

— Je ne veux pas ! cria Annabelle. Je ne veux pas que tu t'en ailles.

Elle leva la tête, fixa sa mère de ses grands yeux verts apeurés.

— C'est ta faute ! hurla-t-elle. Si tu n'avais pas été si malade, papa ne serait pas parti. C'est à cause de toi qu'il nous déteste maintenant.

Elle s'échappa des bras maternels, courut dans sa chambre et claqua la porte. Elle se jeta en travers du lit et éclata en larmes. Son père, puis sa mère essayèrent en vain de la consoler. A leurs arguments, elle ne répondit que par des pleurs. En désespoir de cause, Alexandra préféra la laisser seule et alla rejoindre Sam qui l'attendait, pétrifié. De sa vie il ne s'était senti aussi mal.

— Eh bien voilà. Comme d'habitude, tout est ma faute, murmura-t-elle misérablement.

— Ce sera bientôt mon tour, tu sais. Personne n'est fautif, Alex. C'est arrivé et c'est tout.

— Elle s'en remettra, répondit-elle sans conviction. A condition qu'elle te voie souvent. Il faudra que tu fasses un effort.

— Naturellement... si tu es d'accord.

— Tu pourras la voir quand tu le voudras, dit-elle avec générosité. Ça tient toujours pour demain ?

Il avait demandé à Alexandra la permission d'emmener leur fille en week-end, et elle la lui avait accordée. Elle-même partirait avec Brock à Fire Island pendant quelques jours.

— Bien sûr. A moins qu'elle ne veuille plus venir.

— Pour le moment c'est à moi qu'elle en veut, pas à toi. Ça va s'arranger, ajouta-t-elle, un peu plus sûre d'elle.

Elle retourna voir Annabelle. La petite fille s'était arrêtée de pleurer. Elle était étendue sur son petit lit, immobile, le cœur brisé.

— Je suis désolée, bébé, murmura Alexandra avec

douceur. Je sais que c'est dur. Papa t'aime toujours. Il te verra tout le temps.

— Tu continueras à m'emmener au cours de danse ? s'enquit Annabelle, totalement perturbée.

A quatre ans, elle ne comprenait pas tout. Pas plus qu'Alex, d'ailleurs, qui en avait quarante-trois, et Sam cinquante.

— Évidemment. Tous les vendredis. Et je ne serai plus malade. J'ai fini mes médicaments.

— *Tous* ? voulut savoir la fillette, méfiante.

— Tous, confirma Alexandra.

— Tes cheveux vont repousser, alors ?

— Oui.

— Quand ?

— Bientôt. Nous serons à nouveau des jumelles.

— Et tu ne vas pas mourir ?

Qui pouvait le dire ? Malgré la disparition de toute cellule cancéreuse, elle ne pouvait savoir s'il n'y aurait pas de récidive plus tard.

— Non, répliqua-t-elle cependant, soucieuse de la rassurer. Je ne vais pas mourir. Je me sens beaucoup mieux maintenant.

Un sourire illumina la petite figure d'Annabelle. Elle regarda sa mère, prête à lui pardonner ses erreurs.

— C'est formidable... (Mais tout de suite, son sourire s'évanouit :) Pourquoi papa s'en va ?

— Parce qu'il sera plus heureux ailleurs.

— Il n'est pas heureux ici avec nous ?

— Avec toi, si. Mais pas avec moi.

— Je te l'avais dit qu'il était fâché contre toi, la taquina sa fille. Tu aurais dû m'écouter.

Alexandra se mit à rire. Cela s'arrangeait. Ils avaient survécu. Et ils continueraient à vivre. Elle rejoignit Sam, qui bouclait son bagage dans la chambre d'amis. Il viendrait chercher le reste de ses affaires dans un mois, quand les travaux de son nouvel appartement seraient terminés. Pour le moment, il avait réservé une suite au *Carlyle*. Il avait refusé d'emménager chez Daphné, afin d'amener petit à petit Annabelle à accepter la nouvelle situation.

— Ça va, dit-elle. Elle est encore secouée mais je crois qu'elle va s'y faire.

— J'irai la chercher à l'école vendredi pour l'emmener à Southampton. Je la ramènerai lundi soir.

— Très bien, dit-elle, conciliante.

Adossée à la porte, immobile, elle sentit une boule se former dans sa gorge. Ils avaient franchi un nouveau cap, réalisa-t-elle, le cœur serré. Ils étaient passés à l'étape suivante : ne plus vivre sous le même toit. C'était devenu officiel. Ils l'avaient annoncé à leur fille. Ils ne divorceraient pas tout de suite mais ils étaient séparés. Toute une vie réduite à néant... Et l'aube d'une vie nouvelle.

— Pauvre petit lapin, compatit Brock, mis au courant des derniers événements par Alexandra. Comment veux-tu qu'elle ne soit pas complètement retournée ?

— Elle a rejeté toute la faute sur moi. D'après elle, il ne serait pas parti si je n'avais pas été malade. D'une certaine manière c'est vrai. Mais la maladie n'a été que le révélateur d'un malaise plus profond. Le ver était déjà dans le fruit, sinon notre mariage n'aurait pas été réduit à néant aussi vite.

— Peu d'unions survivent à un tel bouleversement, confirma-t-il.

Elle acquiesça, puis lui demanda :

— J'aimerais bien rencontrer ta sœur, un de ces jours.

Il inclina la tête mais ne répondit pas. Prise dans les préparatifs de leur petit voyage à Fire Island, elle oublia de lui en reparler. Ils avaient tout fait pour que le séjour se déroule merveilleusement bien. Ils avaient réservé deux chambres contiguës dans un vieil hôtel plein de charme à The Pines. On disait que lorsque le ferry était en vue et que le vent marin vous balayait le visage, on oubliait tous ses problèmes. Et c'était exactement ce dont ils avaient besoin.

En revanche, le week-end de Sam s'annonçait moins paisible. Il avait d'abord dû affronter la révolte de sa fille. Il était allé chercher Annabelle à l'école, comme convenu, et l'avait emmenée déjeuner, avant de passer chez Daphné. Il avait voulu la préparer, avant de lui présenter la jeune femme, mais la fillette l'avait fixé, bouche bée.

— *Elle* va venir avec nous en week-end ? Pourquoi ?
— Euh... fit-il, en cherchant désespérément les mots. Mais... pour m'aider à m'occuper de toi, voyons.

C'était une réponse stupide et il en avait conscience.

— Tu veux dire comme Carmen ?

Sam eut un rire nerveux.

— Non, petite sotte. Comme une amie.
— Ah... comme Brock, alors ?

Sans le savoir, elle lui avait tendu une perche dont il se saisit prestement.

— Voilà ! Daphné travaille avec moi, comme Brock travaille avec maman.

Il y avait dans cette comparaison encore plus de similitudes qu'il ne pouvait imaginer.

— Elle est mon amie, au même titre que Brock est un ami de maman, poursuivit-il, pris d'une nouvelle inspiration.
— Alors, vous allez travailler, là-bas ?
— Peut-être pas. Mais on va bien s'amuser, tous les trois.

Hélas, l'idée que Daphné se faisait de ce week-end était diamétralement opposée à celle de Sam. Peu après, celui-ci essuya les foudres de sa maîtresse.

— Au nom du ciel, chéri, pourquoi n'as-tu pas engagé une baby-sitter ? On va être coincés à la maison.

Il la dévisagea, incrédule ; il venait de découvrir une facette inconnue de sa personnalité. Il prit sa valise, alors qu'elle ébauchait un geste exaspéré. Annabelle les attendait dans la voiture, et il lui jeta un coup d'œil anxieux par la fenêtre.

— Je te demande pardon, mon amour. Je n'y ai pas pensé. (Ils l'avaient toujours emmenée avec eux lorsqu'il était avec Alex et il n'y avait jamais eu de problèmes. Mais elle était leur fille, bien sûr, et ils étaient mari et femme.) La prochaine fois, je ferai venir Carmen, je te le promets.

Il l'embrassa, et elle parut se radoucir.

— Vous vous entendrez à merveille toutes les deux, déclara-t-il, confiant. Elle est adorable.

Malheureusement nul élan de sympathie ne les poussa l'une vers l'autre. Annabelle commença par les bombarder de questions indiscrètes auxquelles ils répondirent évasivement, ne sachant quoi dire. Le trajet fut exécrable. Arrivé à Long Island, Sam était passablement énervé. Il monta les bagages de Daphné dans la chambre, à côté de la sienne, et le sac d'Annabelle dans celle située à l'autre bout du couloir. Cet arrangement arracha un rire moqueur à la jeune femme.

— Voyons, Sam, ce n'est pas sérieux ! Elle n'a que quatre ans, elle ne peut pas comprendre.

Elle se moquait éperdument de ce que la petite raconterait à sa mère. Mais pas Sam.

— Chérie, je t'en prie, il s'agit d'une simple précaution. Elle n'a pas besoin de savoir qu'on dort ensemble.

— Vraiment ? Et si elle fait un cauchemar ?

Il n'y avait pas songé.

— J'irai la consoler, répondit-il, aussitôt, mais l'hilarité de sa compagne redoubla.

— Eh bien, il te reste à lui expliquer qu'elle n'a pas le droit d'entrer dans ta chambre, se moqua-t-elle.

— D'accord, d'accord, soupira-t-il, de plus en plus mal dans sa peau.

Il dut admettre que, l'après-midi durant, contrairement à

ses habitudes, Annabelle se montra parfaitement mal élevée. Elle se gava de bonbons, resta trop longtemps au soleil sans chapeau, et finit par vomir son dîner sur la robe de Daphné.

— Charmant ! maugréa celle-ci, alors que Sam essayait de nettoyer les dégâts avec sa serviette. Mon petit garçon est aussi épouvantable que toi. J'ai essayé en vain de lui expliquer que vomir à table est... comment dire... déplaisant.

— Ma maman vomit tout le temps ! rétorqua Annabelle, sur la défensive.

Elles ne deviendraient jamais des amies, malgré les affirmations de papa, à présent elle en était convaincue. D'ailleurs cette dame lui déplaisait profondément. Elle n'avait rien à voir avec Brock qui, lui, était un « vrai copain ». Celle-là était mesquine. Et vilaine. Elle n'avait pas arrêté d'embrasser son papa, la petite fille l'avait vue.

— Maman est très courageuse, reprit-elle à brûle-pourpoint, alors que Sam lui ôtait sa salopette toute souillée avant de poser sa main sur son front, afin de vérifier si elle n'avait pas de fièvre. Elle a été très malade et papa s'est fâché très fort. Et maintenant il va déménager dans un autre appartement.

— Je sais, mon chou, moi aussi ! déclara Daphné avant que Sam ne puisse intervenir. Je suis au courant de tout. Je vais habiter dans son nouvel appartement, avec lui.

— Ce n'est pas vrai !

La petite fille s'élança hors de la cuisine, monta les marches quatre à quatre et se précipita dans la chambre qui lui avait été assignée. Dès qu'elle eut disparu, Daphné défit les bretelles de sa légère robe de plage et la laissa glisser sur les tomettes.

— Elle m'a salie, expliqua-t-elle.

— J'en suis navré. Elle a eu du mal à tout digérer d'un seul coup, répondit-il.

Ce calembour involontaire arracha un sourire à Daphné.

— Oui, de toute évidence.

Elle pressa ses lèvres contre les siennes mais, au prix d'un effort surhumain, il réussit à se soustraire à ses caresses.

— Mets-toi quelque chose sur le dos. Je vais voir Annabelle.

— Pourquoi ne la laisses-tu pas mijoter un peu dans son jus ? Elle finira par s'habituer, non ? Élever les gosses dans un cocon n'a jamais donné de bons résultats, tu sais.

Était-ce une profession de foi ? de l'indifférence ? Était-ce pour cette raison qu'elle avait laissé son petit garçon en Angleterre, sous la garde de son ex-mari ? Pour ne pas « l'élever dans un cocon » ?

— Je redescends dans une minute, dit-il.

Il trouva Annabelle en larmes dans sa chambre et lui fit des câlins jusqu'à ce qu'elle s'endorme. En sortant sur la pointe des pieds, il lui jeta un dernier regard désolé. Il aurait tant voulu que sa fille s'attache à Daphné. Elles étaient les deux femmes de sa vie, et il souhaitait ardemment qu'elles fassent la paix.

Le lendemain fut pire. Annabelle fut debout à six heures du matin, alors qu'ils étaient encore au lit. Elle entra en trombe dans la chambre de son père et se figea, les yeux écarquillés, muette de stupeur. *Cette* femme était là. Toute nue, dans les bras de son papa. Sam, qui était nu lui aussi, tira le drap jusqu'à son menton. Il ordonna à sa fille d'aller les attendre à la cuisine. L'enfant obéit, mais il dut supporter les reproches de sa maîtresse. Elle détestait être réveillée aux aurores, lâcha-t-elle sèchement. Cela la mettait de mauvaise humeur. Elle le prouva, en boudant dans son coin pendant toute la matinée. Et ce n'était pas fini ! La guerre était déclarée entre Daphné et Annabelle, et il dut emmener Annabelle à la plage, pour mettre temporairement fin aux hostilités. Mais la trêve fut de courte durée. Vers midi, lorsqu'elle sut que la petite les accompagnait au restaurant, Daphné laissa exploser sa colère.

— Nom d'un chien, que veux-tu que j'en fasse ? La laisser toute seule à la maison ? s'énerva Sam.

— Ça ne lui ferait pas de mal. Ce n'est plus un bébé. Vous avez une curieuse façon d'élever vos gosses, en Amérique. Ils se prennent pour le centre du monde. Eh bien, si tu veux mon avis, ce n'est pas sain. Au nom du ciel, Sam, arrête donc de la couver cinq minutes. Confie-la à une nourrice au lieu de l'emmener avec nous. Si sa mère veut l'emmener partout où elle va sous prétexte qu'elle a eu des malheurs, grand bien lui fasse. Mais moi, autant que tu le saches tout de suite, je n'ai pas l'intention de me plier à ses quatre volontés. Je ne t'impose pas mon fils plus de cinq jours par an, tu n'as pas le droit de me demander de jouer les bonnes d'enfant !

Il la considéra, déçu et blessé pour la première fois depuis six mois. Au restaurant, Annabelle ne leva pas les yeux de son assiette, refusant obstinément d'avaler la moindre bouchée. Elle avait assisté à la scène de Daphné. Et elle ne l'en avait détestée que plus.

— Je veux rentrer chez ma maman, pleurnicha-t-elle plus tard à l'adresse de son père.

Il lui expliqua qu'Alexandra était malheureusement partie en week-end de son côté.

Le soir, ayant fini par trouver une baby-sitter, il emmena Daphné au Country Club, à Conscience Point. Elle était de meilleure humeur lorsqu'ils rentrèrent. Cette nuit-là, il lui demanda de mettre une chemise de nuit. Elle n'en avait pas, rétorqua-t-elle avec cette espèce d'insouciance qu'il en était venu à abhorrer.

Le lendemain se déroula dans un silence pesant et la fin du séjour fut un soulagement pour tout le monde. Sam déposa Annabelle à la maison où Alexandra les attendait, seule. Daphné resta dans la voiture pendant que Sam, le cœur lourd, ramenait Annabelle à sa mère.

— Vous vous êtes bien amusés ? demanda-t-elle, rayonnante dans son chemisier blanc et son jean et chaussée d'espadrilles rouge vif.

Un léger hâle rehaussait l'éclat de son teint. Elle était très en beauté, constata-t-il, étonné. Mais si le visage d'Alex resplendissait, celui d'Annabelle racontait une tout autre histoire. Alors que son père lui tapotait gentiment l'épaule en un geste d'excuse, elle leva sur sa mère des yeux pleins de larmes.

— Nous avons eu des petits problèmes, avoua-t-il d'une voix étouffée. Je suppose que j'ai commis une maladresse. J'ai invité une amie et Annabelle n'a pas apprécié.

— Je la déteste ! hurla soudain la fillette, sortant du mutisme glacial dans lequel elle s'était cantonnée pendant le trajet du retour.

— Ce n'est pas bien de détester les gens, la corrigea doucement Alexandra, en jetant un coup d'œil interrogateur à Sam.

Elle se demanda ce qu'avait pu faire la petite amie de son mari pour déclencher une telle animosité de la part de leur fille. Probablement pas grand-chose, si ce n'est d'être là, se dit-elle loyalement.

— Il faut que tu sois gentille avec les amies de papa, ma chérie, sinon tu lui fais de la peine.

— Non, jamais. Elle se promenait toute nue tout le temps. Et elle dormait avec papa.

Elle partit s'enfermer dans sa chambre en courant, sans dire au revoir à son père. Alex le dévisagea, surprise par son manque de discrétion.

— Tu devrais peut-être en parler à ton amie. Si c'est vrai, je ne crois pas que ce soit très correct vis-à-vis d'Annabelle.

Comment avait-il pu permettre une chose pareille ?

— Je sais, gémit-il d'un air penaud. Je suis désolé. Ça a été un fiasco. A vrai dire, elles sont impossibles, toutes les deux, acheva-t-il, sur un ton malicieux qui ne fit pas sourire Alex.

— Si tu décides de vivre avec cette personne, essaie d'éviter que cela se reproduise quand Annabelle viendra chez toi. Elle est encore trop jeune pour... ce genre de spectacle.

— Et moi trop vieux. Je ferai de mon mieux. Ne t'inquiète pas, elle ne nous a pas surpris dans une attitude indécente, ajouta-t-il. Au fait, elle a vomi, vendredi.

— Ça a dû te changer, se moqua Alexandra.

Sa raillerie lui rappela les moments passés ensemble à plaisanter. Il dut convenir que la coïncidence avait un côté amusant, puis s'en fut embrasser Annabelle. Mais elle refusa de lui adresser la parole. Dépité, Sam rejoignit Daphné.

— Enfin seuls, mon chéri, murmura-t-elle en se serrant contre lui.

Il fit démarrer la voiture sans un mot. D'avoir revu Alex avait ravivé les images d'un passé que tous deux s'efforçaient d'oublier.

— Je regrette que ta première rencontre avec ma fille se soit si mal passée, dit-il tranquillement.

— Oh, ça ira mieux la prochaine fois, répondit-elle du bout des lèvres, avant de changer de sujet de conversation.

Pourtant, lorsqu'il emménagea au *Carlyle*, en juin, la situation empira. Daphné ne lui laissait pas une minute de répit, et Annabelle finit par la haïr vraiment.

— Je la déteste ! déclarait-elle invariablement chaque fois qu'elle rentrait à la maison.

— Non, tu ne la détestes pas, répondait fermement sa mère.

— Si ! Elle est méchante.

Elle détesta tout autant le nouvel appartement de son père, dont les travaux traînaient en longueur. Ce qui n'était pas plus mal, puisque bientôt ils partiraient en vacances. Sam avait loué le yacht proposé par Simon, ainsi qu'une somptueuse demeure au Cap d'Antibes. Alexandra avait donné son accord pour qu'Annabelle passe une partie de l'été avec eux. Mais Daphné s'y opposa catégoriquement. Il était hors de question de s'encombrer d'une fillette en bas âge, décréta-t-elle, avec ou sans baby-sitter.

— Bon sang, mais c'est ma fille ! s'indigna-t-il.

Il s'était attendu à autre chose de la part de celle qu'il considérait comme la femme de sa vie. Ils partaient pour six semaines. Et le temps lui semblerait bien long sans voir son enfant du tout pendant plus d'un mois.

— Très bien. Fais ce que tu veux. Mais tu verras qu'elle va s'embêter avec nous sur un yacht. Et si elle passait par-dessus bord ? Je n'ai pas envie de la surveiller nuit et jour. D'ailleurs, c'est la raison pour laquelle je n'emmène pas Andrew non plus.

Elle s'était finalement décidée à aller voir son fils pendant une semaine à Londres. Ce qui était un vrai sacrifice pour elle, souligna-t-elle. Mais Sam commençait à bien la connaître et refusa de céder tout comme elle refusait de faire un effort. Annabelle mit fin à leur dispute. Elle n'avait aucune envie de partir en Europe en laissant sa maman, déclara-t-elle. Ils passeraient une semaine à Londres, deux au Cap d'Antibes, trois sur le yacht à sillonner la Méditerranée entre la Côte d'Azur, l'Italie et la Grèce. Une croisière de rêve, aux yeux d'Alexandra.

— Elle est encore trop petite, suggéra-t-elle posément à Sam. L'année prochaine, peut-être.

D'ici là, il aurait épousé son Anglaise, présumait-elle, bien qu'il n'eût pas demandé le divorce. Ce qui ne saurait tarder. Probablement le ferait-il après les vacances. Elle s'était résignée à cette idée. Leur mariage était de l'histoire ancienne.

Il devait être très amoureux de Daphné. Il n'avait jamais loué de yacht pour Alexandra.

— Que feras-tu d'elle ? s'inquiéta Sam.

— J'ai loué une maison à East Hampton. Je demanderai à Carmen d'y rester pendant la semaine. J'irai les rejoindre les week-end, naturellement.

Il hocha la tête, rassuré. La réaction d'Annabelle le stupéfia.

— Chouette, chouette, chouette, je n'irai pas en Europe avec papa et Daphné !

Il regagna le *Carlyle,* le cœur serré, furieux contre sa maîtresse.

— Pour l'amour du ciel, arrête de bouder ! le gronda-t-elle en lui tendant une coupe de champagne. Ce n'est qu'une enfant, elle aurait détesté ce voyage. Nous aurions été constamment obligés de garder un œil sur elle, au lieu de profiter de nos vacances. (Elle lui adressa son sourire le plus enjôleur.) Où allons-nous ce soir ?

Elle avait trois règles d'or dans la vie : s'amuser, s'amuser et encore s'amuser.

— Peut-être devrais-je travailler un peu, pour une fois, murmura-t-il d'un air lugubre.

Il avait pratiquement abandonné toutes ses affaires aux mains de ses associés. Simon lui avait apporté un nombre incroyable d'investisseurs. Sam n'avait même pas pris le temps de faire leur connaissance.

— Oh, non ! Tu n'as pas une meilleure idée ? Moi, si.

Avant qu'il n'ait pu réagir, elle s'était déshabillée, et il sentit le désir embraser tout son corps. Il la renversa sur le canapé et la prit avec une force inhabituelle. Sa fureur le disputait à sa passion pour elle. Une passion insensée, débridée, si violente qu'il croyait parfois en perdre la raison.

19

LA MAISON d'East Hampton était simple et confortable. Les rideaux en vichy bleu et blanc, le revêtement de sol en sisal, la grande cuisine tapissée de carreaux bleus et blancs, conféraient aux lieux un aspect accueillant. Brock et Alexandra s'y rendirent avec Annabelle le week-end du 4 juillet, et la fillette tomba en arrêt devant le jardin inondé de lumière. Que Brock soit venu ne la perturbait absolument pas. Elle le connaissait bien à présent. Par ailleurs, contrairement à Sam, Alex s'était imposé une règle stricte. Officiellement, Brock dormait dans la chambre d'amis au rez-de-chaussée, qu'il regagnait sur la pointe des pieds à l'aube. Un matin, la petite fille avait failli les surprendre en entrant sans prévenir dans la chambre de sa mère. Brock avait juste eu le temps de sauter dans son pantalon puis il avait feint de réparer une fuite dans la salle de bains. Annabelle n'y avait vu que du feu.

Alexandra recouvrait ses forces avec une rapidité étonnante. Elle débordait d'énergie. Un beau matin, vers la mi-juillet, elle apparut dans la cuisine sans perruque. Des cheveux courts et bouclés lui encadraient le visage.

— Oh, maman, comme tu es jolie ! s'exclama Annabelle.

Elle partit jouer dans le jardin, à l'ombre du grand orme, et Brock se tourna, souriant, vers Alex.

— Eh bien, mon amour, quand nous marions-nous ?

Prise de court, elle esquissa un sourire hésitant. Elle était éperdument éprise de lui mais ne voulait faire aucun projet d'avenir, pour de multiples raisons.

— Sam n'a pas encore demandé le divorce.

— Pourquoi serait-ce à lui de faire le premier pas ? Demande-lui de te rendre ta liberté à son retour d'Europe.

— Chéri, réfléchis. Je me sens bien aujourd'hui. Mais j'ignore de quoi demain sera fait. Tu as droit à un avenir plus sûr.

— Tu ne vas pas guetter la rechute pendant cinq ans, Alex, s'écria-t-il avec colère. La vie continue. Je veux t'épouser, ma douce, ajouta-t-il en lui saisissant la main et en la portant à ses lèvres. Je veux m'occuper de toi et d'Annabelle. Je ne veux pas que cela finisse avec l'été.

Des larmes embuèrent les yeux d'Alexandra. Elle souhaitait du fond du cœur devenir sa femme. Mais elle était son aînée de dix ans et elle avait eu un cancer. Elle le dévisagea, indécise.

— Oh, Brock, que dirait ta sœur ? Elle préférerait sûrement te voir marié à une jeune femme en parfaite santé, qui te donnerait une ribambelle d'enfants.

Elle n'avait toujours pas rencontré la sœur de Brock et ne lui avait jamais parlé au téléphone, mais elle savait combien elle comptait pour lui.

— Elle me dirait de prendre mon destin en main. Et mon destin, c'est toi. Je suis sérieux, ma chérie. Je veux que tu demandes le divorce dès que Sam sera rentré.

— Je t'aime, dit-elle en souriant, en jetant par la fenêtre un coup d'œil à Annabelle, qui sautillait sur la pelouse vert pomme.

— Je ne cesserai de te harceler, jusqu'à ce que tu dises oui, répéta-t-il d'un ton obstiné qui arracha un rire amusé à Alexandra.

— Et ton travail ? Y as-tu songé ?

S'ils se mariaient, il ne pourrait pas garder son emploi.

— J'ai eu deux propositions fort intéressantes, cette année. Et puis, avant de donner ma démission, je demanderai un entretien à la direction. Et j'exposerai notre cas. Je me demande si, compte tenu de ta maladie, ils ne feraient pas une exception à la règle.

— C'est possible. Nous formons une équipe « hyper-compétente », dit-elle, citant les propres termes de Matt Billings. Sans oublier que l'année prochaine, tu seras associé au même titre que moi.

— Nous verrons. Mais... Sam d'abord.

— Je n'ai pas encore dit oui, pouffa-t-elle, malicieuse.

— Simple question de temps, rétorqua-t-il, confiant.

Il lui arracha son accord avant la fin de la semaine. Dès le retour de Sam, elle lui dirait qu'elle souhaitait divorcer. Ensuite, elle deviendrait Mme Stevens.

— Je dois être folle ! J'ai le double de ton âge.

— Tu as dix ans de plus que moi et tu parais plus jeune.

C'était la pure vérité. Elle avait rajeuni d'une manière spectaculaire depuis le début de l'été. A mesure que les effets de la chimiothérapie se dissipaient, son visage s'était détendu et ses cheveux repoussaient, plus épais, plus brillants que jamais. Elle avait retrouvé toute la splendeur de son ancienne beauté, rendue plus radieuse encore par l'amour de Brock.

La vie à East Hampton se déroulait paisiblement, entre les promenades, les châteaux de sable sur la plage, les éclats de rire. Carmen arrivait tous les dimanches soir. Le lundi, Alexandra et Brock prenaient le chemin de la ville... d'où ils revenaient le vendredi en début d'après-midi. Comme la plupart des entreprises new-yorkaises, le cabinet juridique avait adopté les horaires d'été. Quand la voiture arrivait, Annabelle sortait en courant de la maison en frappant des mains. C'était un été parfait, l'harmonie retrouvée après le désordre, le paradis après l'enfer.

Sam avait appelé plusieurs fois sa fille et il lui avait envoyé une douzaine de cartes postales. Il s'arrangeait pour téléphoner en semaine, lorsque Alexandra n'était pas là. Celle-ci ne s'en offusqua pas. Elle n'avait rien de spécial à lui dire, à part son souhait d'officialiser leur séparation. Elle avait réussi à passer outre ses hésitations. C'était avec Brock qu'elle voulait vivre. Oui. Avec Brock, qui lui avait apporté la preuve éclatante d'un amour sans failles, jour après jour. Dans son malheur, elle avait eu de la chance.

Ils étaient allongés sur le sable blanc que le soleil de juillet irisait d'un rose pâle et nacré, quand il se dressa sur un coude pour la regarder. Elle portait un maillot de bain une pièce. En se penchant, il lui frôla l'épaule d'un baiser.

— Tu es belle !

Annabelle ramassait des coquillages au bord de l'eau et les deux amants se retinrent pour ne pas s'enlacer.

— Tu es aveugle !

Elle rit dans le soleil ; la main de Brock sur sa hanche la fit frissonner.

— Je crois qu'il est temps que tu voies un plasticien, murmura-t-il le plus gentiment du monde.

— Pourquoi ? Mon nez ne te plaît pas ? Il est vrai que j'arrive à l'âge du premier lifting.

— Ne sois pas tête de mule ! Tu es trop jeune pour passer le restant de tes jours à te cacher derrière des prothèses. Tu devrais pouvoir montrer ton corps avec fierté à chaque instant.

— Pouah ! Comme la fiancée de Sam, tu veux dire ?

Elle ressentit une nouvelle fois ce curieux petit pincement au cœur qu'elle éprouvait dès qu'elle évoquait Daphné.

— Je n'ai pas dit que j'aimerais te voir t'exhiber à tout bout de champ... Ma chérie, soyons sérieux deux minutes. Une visite chez un chirurgien ne t'engagerait à rien. Penses-y. Tu pourrais avoir à nouveau deux seins. Et pour toujours.

— Le procédé est désagréable et l'intervention extrêmement douloureuse.
— Comment le sais-tu ?
— Par les femmes de mon groupe de soutien. Le Dr Webber m'a aussi donné quelques explications. J'en ai eu froid dans le dos.

Mais Brock ne manquait pas de ressources. Ni d'astuce. Et de son côté, Alex rêvait de retrouver toute sa féminité. Quand Brock avait quelque chose en tête, il ne lâchait pas prise. En riant, elle lui disait parfois qu'il ferait un excellent procureur général. Il continua, imperturbable, à ramener le sujet sur le tapis, encore et encore, chaque fois que l'occasion se présentait, allant même jusqu'à citer le nom d'un célèbre plasticien qui lui avait été recommandé par un ami chirurgien.

— Je t'ai pris un rendez-vous, lâcha-t-il enfin, mine de rien, un après-midi au bureau.

Le regard vif d'Alexandra plongea dans le sien.

— Quoi ? Eh bien, tu peux l'annuler. Je n'irai pas.
— Ma chérie, je t'y accompagnerai. C'est juste pour voir.

Une fois de plus, il eut gain de cause. Elle alla avec Brock chez le plasticien, à contrecœur. Elle s'attendait à tomber sur un émule du Dr Herman, irascible et froid. L'homme en blouse blanche qui l'accueillit l'impressionna favorablement. Grassouillet, souriant, le geste rond, il commença par la faire rire. Très habilement, il engagea ensuite la conversation sur les raisons qui l'avaient amenée jusqu'ici. Puis, après avoir examiné soigneusement la poitrine d'Alexandra, il lui décréta que, compte tenu de la petite taille du sein droit, il serait facile de remodeler un sein gauche identique. Restait à choisir la méthode : l'implant ou la dilatation des tissus, ce qui impliquait des injections de solution physiologique à raison d'une fois par semaine, pendant deux mois, afin d'obtenir la forme souhaitée. En son for intérieur, la jeune femme préférait l'implant de silicone, bien plus rapide, en dépit de ses réticences. Psychologiquement, elle n'était pas prête à subir une nouvelle opération, qui s'annonçait aussi pénible qu'onéreuse.

— On dit qu'il faut souffrir pour être belle, madame Parker. Vous êtes trop jeune pour rester ainsi jusqu'à la fin de vos jours. Et nous avons les moyens d'y remédier.

Elle quitta le cabinet encore indécise. Plus tard, cette nuit-là, blottie contre Brock, elle lui posa la question qui lui brûlait les lèvres. Serait-il déçu, si elle restait comme elle était ?

— Non, bien sûr, répondit-il avec sa franchise habituelle. J'ai juste pensé que tu te sentirais plus à l'aise après. La décision t'appartient. Moi, je t'aurais aimée sans seins du tout !

Elle ne répondit rien. Les jours suivants, elle ne cessa d'y réfléchir, de peser le pour et le contre. Et un matin, fin juillet, alors qu'ils prenaient leur petit déjeuner à East Hampton, elle déclara :

— D'accord, on y va !

Brock était plongé dans la lecture de la presse dominicale.

— Où ça ? marmonna-t-il, en levant les yeux. Il était prévu qu'on aille quelque part aujourd'hui ?

— Pas aujourd'hui. J'appellerai lundi.

— Mais qui appelleras-tu ?

— Greenspan.

— Green... qui ? s'enquit Brock, qui ne suivait toujours pas. Un nouveau client ?

— Ton plasticien de génie, idiot.

Il lâcha le journal, la prit dans ses bras.

— Oh... Alex... Je suis super content pour toi.

Fidèle à sa parole, elle téléphona au médecin le lendemain. L'idée de se retrouver au bloc opératoire la terrifiait mais elle avait décidé de surmonter sa frayeur. L'hospitalisation ne durerait pas plus de quatre jours, expliqua le Dr Greenspan.

Un long week-end, ajouta-t-il. Oui, ce serait assez douloureux, en tout cas davantage que l'ablation du sein. Non, elle n'aurait aucun désagrément, aucun effet secondaire comme pour la chimio.

Ils se mirent d'accord pour le vendredi suivant. Carmen accepta de rester avec Annabelle à East Hampton. De nouveau, Alexandra prétexta un voyage d'affaires. Le mot même d'hôpital aurait plongé la petite fille dans un abîme d'effroi. Mise au courant par sa patronne, Carmen la félicita, ainsi que Liz. Tout le monde semblait très content de sa décision, sauf elle. La peur la taraudait. Les souvenirs encore récents de son précédent séjour à l'hôpital la hantaient. Le jeudi, elle passa la nuit à broyer du noir, tandis que Brock la serrait dans ses bras. Ils se rendirent à l'hôpital de Lenox Hill le lendemain, à sept heures du matin. Comme la première fois, elle dut enfiler une blouse verte pendant que l'anesthésiste lui donnait quantité d'explications qu'elle écouta à peine. Lorsqu'une infirmière se prépara à lui faire l'intraveineuse, elle fondit en larmes, paralysée par une panique sans nom. Le Dr Greenspan, qui venait d'arriver, prescrivit une injection de Valium.

— Allons, madame Parker, nous travaillons pour le bonheur de nos patients, dit-il. (Puis en regardant avec un sourire amusé Brock, qui avait pâli :) Vous voulez une piqûre, vous aussi ?

— Oh oui, avec plaisir.

Elle somnolait quand les aides soignants emmenèrent le chariot dans le couloir. Resté seul, Brock se mit à arpenter la petite salle d'attente... Cinq heures s'écoulèrent avant que Greenspan ne réapparaisse, en blouse et bonnet de chirurgie. Tout s'était parfaitement déroulé.

— Je crois qu'elle sera ravie des résultats.

Il avait inséré la poche de silicone sous la peau, suivant

un procédé compliqué mais sans risque. En raison de la petite taille du sein, la dilatation des tissus n'était pas nécessaire.

— Il faudra qu'elle revienne dans un mois ou deux, pour les retouches. La reconstitution du téton et le tatouage de l'aréole. Elle va bien, monsieur Stevens.

Il dut attendre deux heures de plus avant qu'on ne la ramène de réanimation. Elle leva sur lui un regard brumeux.

— Salut, toi... comment ça s'est passé ?

— Superbement bien, lui assura-t-il, bien qu'il n'ait pas encore vu le sein artificiel.

Les quatre jours qui suivirent, elle eut très mal. Elle souffrait encore le martyre lorsqu'elle retourna au bureau, le lundi. Le bandage la gênait mais, prise dans le tourbillon du travail, elle parvint à l'oublier. Brock lui apporta son déjeuner sur un plateau. Le soir, ils restèrent chez lui. Et le mercredi, une semaine après l'opération, le chirurgien ôta les bandes de gaze stérile avant de retirer les fils... En fin d'après-midi, ils étaient à East Hampton. Annabelle poussa un cri de joie. Sans le vouloir, Alexandra avait ébauché un geste de recul quand sa fille voulut se pendre à son cou.

— Tu as bobo, maman ? interrogea-t-elle aussitôt, la frimousse assombrie par la peur.

— Non, ma chérie, je vais bien.

— Tu es encore malade ?

Écarquillés, immenses, les yeux verts de sa fille la scrutaient. Elle attira dans ses bras Annabelle qui tremblait comme une feuille.

— Mais non, pas du tout.

Elle lui devait une explication. Elle déclara, le plus simplement du monde, que quand elle avait eu bobo au sein, dix mois plus tôt, les médecins avaient dû en retirer une partie.

— Et maintenant, ils l'ont remise en place.

Sam appela plus tard et, dans un chuchotis fiévreux, Annabelle lui annonça la grande nouvelle. Maman avait récupéré son sein. Il supposa qu'elle avait aperçu la prothèse. L'idée qu'elle avait eu recours à la chirurgie réparatrice ne l'effleura pas. Et comme Daphné était juste à côté de lui, il n'osa pas demander à parler à Alex.

Ils se trouvaient alors en pleine croisière. Des amis de Daphné les avaient rejoints sur le yacht, une faune de jeunes gens extravagants et sophistiqués, qui avaient érigé le snobisme en art suprême. Le temps s'écoulait en visites sur d'autres yachts ou dans les villas luxueuses de la côte. Dans quelques jours, ils mettraient le cap sur la Sardaigne.

Et chaque jour, Brock ne manquait pas de rappeler à Alexandra sa demande de divorce. Il avait hâte de l'épouser.

— Je sais, je sais, murmurait-elle en l'embrassant. Je lui passerai un coup de fil dès qu'il sera rentré.

Si elle obtenait le divorce à la fin de l'automne, ils se marieraient au printemps. Son insistance juvénile déclenchait invariablement l'hilarité d'Alexandra. Par certains côtés, il manquait de maturité, ce qui ne l'en rendait que plus attachant à ses yeux.

La fin de l'été arriva trop vite. Daphné regagna les États-Unis sans enthousiasme. Seule sa passion pour Sam l'avait incitée à le suivre. Elle regrettait son pays natal. Comparée aux mondanités londoniennes, la vie à New York manquait singulièrement de fantaisie. Du moins, espérait-elle se distraire dans leur superbe appartement. Il lui promit qu'ils voyageraient, qu'ils passeraient plus de temps à l'étranger. Il négligeait ses affaires mais il ne pouvait rien lui refuser. Il aurait fait n'importe quoi pour la rendre heureuse. Au fil du temps, la douce Daphné s'était muée en jeune femme égoïste et gâtée, et il avait pris l'habitude de combler sur-le-champ toutes ses exigences.

Alexandra avait loué la maison d'East Hampton jusqu'au

Labor Day *. Dès le premier week-end qui suivit son retour, Sam voulut emmener sa fille à Bridgehampton. Il y séjournait dans une villa somptueuse avec une dizaine d'amis venus d'Europe. Au bout de six semaines et demie d'absence, Daphné avait consenti à recevoir Annabelle.

— Espérons que ça se passera mieux cette fois-ci, soupira Alex à l'intention de Brock.

Cette deuxième rencontre avec Daphné fut de courte durée. Sam ramena Annabelle à East Hampton de bonne heure le dimanche matin. Il avait les traits tirés, un visage de marbre. Visiblement, un nouveau drame avait eu lieu mais Alexandra ne parvint pas à lui arracher un mot. A peine eut-il déposé la petite fille qu'il repartit sur les chapeaux de roues. Alexandra suivit d'un regard incrédule le bolide qui s'éloignait à vive allure sur la route. Elle n'avait même pas eu le temps de parler du divorce.

— Que s'est-il passé ? demanda-t-elle à sa fille.

— Je ne sais pas. Papa a eu plein de coups de fil. Il était presque tout le temps au téléphone. Il s'est beaucoup disputé avec les gens qui l'ont appelé. Aujourd'hui, il a dit qu'il devait s'en aller. Il a fait ma valise et il m'a ramenée. Daphné était furieuse, elle aussi. Elle a crié que, s'il n'était pas gentil, elle repartirait en Angleterre... Tant mieux ! jubila la fillette, enchantée. Elle est méchante et bête !

Ces éclaircissements quelque peu confus n'aidèrent pas Alex à comprendre ce qui avait bien pu se passer. Le lendemain, dans le train qui roulait vers New York, elle le sut. Les éditions du matin montraient des photos de Sam, Larry et Tom. Accusés d'escroquerie, les trois associés seraient prochainement interrogés sur un nombre impressionnant de charges, dont une accusation de détournement de fonds.

---

* Labor Day : le premier lundi de septembre.

— Oh, mon Dieu ! s'exclama-t-elle en tendant le journal à Brock.

C'était incroyable. Sam avait toujours fait preuve d'une scrupuleuse honnêteté. Brock émit un long sifflement tout en parcourant l'article. Selon le journaliste, Simon semblait impliqué dans l'affaire, bien qu'il n'ait pas encore été cité à comparaître.

— Il est dans le pétrin. Pas étonnant qu'il ait été dans tous ses états, hier, murmura-t-il, aussi abasourdi qu'Alexandra.

Effarée, Alexandra se demandait dans quelle aventure il s'était laissé entraîner.

— Je l'appellerai tout à l'heure, dit-elle pensivement.

Mais Sam avait pris les devants. Il lui avait laissé deux messages au bureau. Elle composa son numéro, et il répondit aussitôt.

— Merci de m'avoir rappelé, dit-il d'une voix tendue.

— Que s'est-il passé ?

— Je n'ai pas tous les éléments. Peut-être ne les aurai-je jamais. Mais j'en sais suffisamment. Je suis dans de sales draps, Alex. J'ai besoin d'aide. D'un bon avocat.

Son homme de loi, par ailleurs excellent, ne plaidait pas au tribunal.

— Ce genre de délits n'est pas de mon ressort, Sam, répondit-elle doucement, avec compassion.

Simon, qui était le seul à avoir échappé à l'inculpation, devait être l'orchestrateur de ce désastre, se dit-elle tristement. Elle se demanda soudain quel rôle avait joué Daphné, mais elle préféra lui accorder le bénéfice du doute.

— Je sais, je sais, néanmoins tu pourrais me conseiller. Puis-je te parler ? Puis-je passer te voir, Alex, s'il te plaît ?

Il la suppliait. Après avoir passé dix-sept ans avec lui, elle se devait au moins de l'écouter. C'était le père d'Annabelle.

Et malgré sa trahison, elle l'aimait encore d'une certaine manière.

— Je t'orienterai vers un avocat de droit pénal. Je serais incapable d'assurer ta défense car mes connaissances en la matière sont insuffisantes. Je ferai de mon mieux quand j'aurai une vue plus claire de la situation. Quand veux-tu venir ?

— Maintenant ? implora-t-il comme s'il ne pouvait plus supporter davantage la pression à laquelle il était soumis.

Elle consulta rapidement son agenda. Il était dix heures, elle avait un rendez-vous à treize heures trente.

— D'accord. Je t'attends.

Après avoir raccroché, elle courut prévenir Brock.

— Peut-être vaut-il mieux le diriger tout de suite vers un spécialiste d'affaires criminelles.

— Je dois d'abord lui parler. Veux-tu assister à l'entretien ?

Il s'agissait d'une étrange requête, mais elle respectait infiniment l'opinion de Brock.

— Si tu insistes... Pourrai-je lui casser la figure, quand il aura fini ? demanda-t-il avec un sourire.

On ne pouvait imaginer punition plus exemplaire pour une ordure comme Sam Parker. En son for intérieur, Brock souhaitait le voir expédié dans un pénitencier pendant vingt ans... Ce qui ne serait que justice, après ce qu'il avait fait à Alex.

— Pas avant qu'il n'ait payé nos honoraires, sourit-elle.

Sa vie était avec Brock maintenant. Plus avec Sam.

— Et n'oublie pas de lui poser la question à mille dollars.

Il faisait allusion au divorce.

— Chéri, je t'en prie. Le travail d'abord.

Sam arriva vingt minutes plus tard, très élégant, très pâle sous son bronzage, les yeux cernés. Les mains tremblantes, il s'installa à la table ovale de la salle de réunion, face à Alex et Brock. A l'évidence, il était en état de choc. Sa réputation, sa société, sa vie entière s'étaient effondrées d'un seul coup, en six semaines, alors qu'il s'amusait en Europe avec Daphné... Alexandra lui demanda si la présence de Brock le gênait. Il répondit non de la tête, sans enthousiasme. Au stade où il en était, chaque avis lui paraissait important. Surtout celui d'Alexandra, précisa-t-il. Les deux époux échangèrent un regard dans lequel on pouvait lire la complicité qu'ils avaient connue... L'histoire qu'il raconta ensuite ne fit que conforter Alexandra dans son opinion. Depuis quelque temps, Simon prenait comme clients des gens malhonnêtes, en falsifiant les relevés de leurs comptes bancaires à l'étranger. Petit à petit tout ce beau monde s'était mis à jongler avec l'argent des autres. En s'appropriant les fonds de la société. Et en détournant les capitaux des clients honnêtes. Au vol pur et simple venait s'ajouter le blanchiment de sommes colossales d'origine frauduleuse en provenance d'Europe... Mais Sam ne s'était rendu compte de rien. La maladie d'Alexandra avait émoussé son sens de l'observation, se défendit-il. Et l'arrivée de Daphné dans sa vie avait fait le reste. Il ignorait encore si Simon l'avait utilisée comme appât, ou si leur liaison avait été le fruit du hasard. Un hasard étrangement favorable aux plans machiavéliques de son nouvel associé. Au printemps, il avait néanmoins conçu quelques soupçons. Des contrats conclus à la hâte, des investissements mal gérés avaient éveillé sa méfiance. Ses associés s'étaient empressés de le rassurer. Ils l'avaient persuadé qu'il s'inquiétait pour rien. Et il avait bien voulu les croire, c'était tellement plus facile. C'était à l'époque, admit-il, où Alex l'avait de nouveau mis en garde contre Simon et qu'il avait réagi si violemment.

— Fallait-il que je sois bête. Simon est une pourriture. Tu avais raison. J'ai découvert que Larry et Tom étaient ses complices. Pas au début, non. Seulement à partir de février.

Ils ont découvert le pot aux roses et il les a soudoyés. Derrière mon dos, naturellement. Il leur a juré que je n'aurais jamais vent de l'histoire, et il leur a versé un million de dollars à chacun, sur un compte en Suisse. Après ça ils lui étaient totalement subornés. Il s'est même arrangé pour momentanément m'évincer en m'expédiant en vacances. C'est lui qui m'a trouvé le yacht et j'ai sauté à pieds joints dans le piège, comme un imbécile. Pendant mon absence, ils ont monté une nouvelle escroquerie, beaucoup plus grosse que les précédentes. Et ce qui devait arriver est arrivé. Un employé de la banque a mis le nez dans notre comptabilité. Puis il nous a dénoncés à la SEC * et au FBI. Ce dernier a alerté le ministère de la Justice et le château de cartes s'est écroulé. Le navire coule à présent, et moi avec. A Londres, j'ai rencontré l'un des anciens associés de Simon. Il a dû croire que je marchais dans leur combine, car il a fait des allusions qui m'ont mis la puce à l'oreille. J'ai aussitôt téléphoné à Larry et Tom. Ils l'ont couvert une fois de plus. Pendant que j'étais en voyage, ils ont détourné plus de vingt millions en se servant de mon nom.

Il avait l'air ravagé.

— Si ces malversations ont eu lieu pendant ton absence, ça pourrait tourner en ta faveur, remarqua Alexandra.

— Elles ne sont que la partie visible de l'iceberg. J'en découvre un peu plus chaque jour. Ils me faxaient du courrier que je signais et donc j'ai apposé ma signature sur certains contrats, qui d'ailleurs paraissaient parfaitement en règle. Mais ils ne l'étaient pas. Et j'ai fermé les yeux pendant trop longtemps pour ne pas être incriminé. Parce que, inconsciemment, je voulais croire à la réussite de notre entreprise. Je suis un homme fini, Alex. (Il la considéra, les yeux brillants

---

* *Securities and Exchange Commission* : édicte les règles de fonctionnement des Bourses des valeurs américaines. *(N.d.T.)*

de larmes. Il n'avait pas pleuré pour elle mais il pleurait maintenant sur son propre sort.) Ces deux crétins ont vendu leur âme au diable et maintenant nous allons tous nous retrouver en prison.

Il ferma les paupières, exténué, en tentant de se recomposer une attitude digne. Elle eut pitié de lui. Bien sûr, il avait commis de graves erreurs. Il avait accordé une confiance imméritée à Simon, malgré ses avertissements. Et il s'était jeté à corps perdu dans une aventure amoureuse, pendant que l'escroc semait allégrement la pagaille dans son sillage. Sam rouvrit les yeux. Il était livide.

— C'est mal parti, n'est-ce pas ?

Elle n'hésita pas plus d'une seconde.

— Très mal. J'ai pris des notes à l'intention de tes défenseurs. Je ne pense pas que tu t'en sortiras facilement. Tu es bel et bien impliqué. Il sera difficile de convaincre le juge d'instruction de ta bonne foi.

— Et toi ? Est-ce que tu me fais confiance, Alex ?

— Jusqu'à un certain point, répondit-elle honnêtement. Tu aurais dû mieux surveiller tes associés. Or, tu les as laissés duper tes clients. Tu es en partie responsable.

Brock l'approuvait en silence.

— Que dois-je faire ? demanda Sam, au comble de l'angoisse.

— Dire la vérité. Surtout à tes avocats. Dis-leur tout ce que tu sais. Ce sera ta seule planche... Et Simon, au fait ?

— Il sera inculpé cet après-midi.

— Et sa cousine ?

Quel rôle avait-elle joué, en plus de celui de la femme fatale qui avait détruit leur union ? Il avait été dupé par des professionnels, il en avait conscience.

— Je n'en sais rien. Elle ne cesse de clamer son innocence. Elle devait pourtant être au courant des projets de son cousin à son arrivée à New York. Peut-être est-elle sortie du jeu à un moment donné. Peut-être pas. Peut-être est-elle également la complice de Simon, au même titre que les deux autres.

Il passa ses doigts dans ses cheveux, sous le regard attristé d'Alexandra. Il payait très cher son coup de cœur. Il avait tout perdu en un éclair. Mais elle l'aiderait. C'était encore son mari. Elle prit le téléphone pour appeler l'un de ses associés, Phillip Smith, spécialiste des fraudes fiscales et des violations des lois relatives aux Bourses des valeurs.

— Tu restes ? supplia Sam.

Brock se retint de lui lancer son poing dans la figure. Alexandra ne lui appartenait plus. Elle l'avait suffisamment soutenu pendant près de vingt ans. Et la voilà qui s'inventait encore des devoirs envers lui, à cause d'Annabelle.

— Cela ne servira à rien. Ton problème n'est pas de mon ressort. En revanche, Phillip est un excellent conseiller dans ce domaine.

— Et après ? Tu lui parleras ? Alex, s'il te plaît...

Brock se détourna, écœuré. Cela dépassait les bornes. Avec ses airs de chien battu, ce type essayait d'apitoyer Alex.

— Tu n'as pas besoin de moi, Sam. Je verrai Phillip après votre entrevue.

Elle lui parlait d'une voix douce, fulmina intérieurement Brock, sans tenir compte de sa dérobade.

— Mais si, j'ai besoin de toi, fit Sam à mi-voix, alors que l'associé d'Alex entrait dans la pièce et que Brock en sortait.

Elle fit les présentations, tendit ses notes à Phillip, qui s'assit, les sourcils froncés.

— Eh bien, je vous laisse, dit-elle.

— Non, reste, jeta Sam d'une voix implorante.

On aurait dit un gosse perdu. Elle se souvint de la peur qui l'avait glacée jusqu'aux os lorsqu'elle avait appris qu'elle avait un cancer. Comme elle s'était sentie seule, affolée, et comme Sam lui avait alors tourné le dos. Il avait préféré se lancer à la conquête de Daphné plutôt que de rester auprès de sa femme.

— Je reviendrai, répondit-elle tranquillement.

Il se mettait dans une position de dépendance. Elle ne voulait pas l'encourager dans cette voie. La SEC se constituerait partie civile et l'affaire irait devant les tribunaux.

Dans son bureau, Brock allait et venait comme un fauve en cage.

— Quel fumier! ragea-t-il en la fusillant d'un regard courroucé, comme si tout cela était arrivé par sa faute. Il n'a pas levé le petit doigt pour toi pendant un an et il a le toupet de réclamer ton aide. Ta compréhension et ta pitié. Laisse-le donc aller en prison. Ça lui fera le plus grand bien. Non mais, on croit rêver! Sa petite catin et son cousin le mettent dans la mélasse et il vient pleurer dans ton giron. Et toi, tu vas encore tout faire pour le sauver!

— Voyons, Brock... C'est toujours mon mari.

— Plus pour longtemps, j'espère. Ah, il était convaincant, dans son superbe costume, avec sa montre à dix mille dollars, tout juste sorti de son palais flottant pour découvrir — ô surprise! — que ses associés sont des brigands et qu'il aura à répondre devant la Chambre des mises en accusation. Veux-tu que je te dise? Il est dans le coup depuis le début.

— Je ne crois pas, dit-elle tranquillement, assise à son bureau, tandis que Brock faisait les cent pas. Ça a dû se passer comme il l'a raconté. Ils l'ont eu. Mais ce n'est pas une excuse.

— Veux-tu le fond de ma pensée? Il n'a que ce qu'il mérite.

— Peut-être.

Elle ne savait quoi penser. Après son rendez-vous de treize heures trente, elle apprit par Liz que Sam était toujours en réunion avec Phillip Smith. Peu après, ce dernier lui demanda de les rejoindre. Elle y alla sans Brock. Elle avait eu tort d'exiger qu'il reste objectif.

— Eh bien ? dit-elle en s'asseyant, et Sam nota machinalement le mouvement de sa poitrine. Où en sommes-nous ?

— Ça ne va pas fort, Alex, j'en ai peur, déclara Phillip Smith.

Selon lui, la Chambre allait s'acharner contre Sam. L'affaire serait expédiée devant le grand jury, et nul ne pouvait prédire la réaction des jurés. Si ceux-ci n'accordaient aucun crédit au témoignage de Sam, alors la partie était perdue. Et comment les convaincre qu'il ignorait tout des délits commis dans sa propre entreprise, par ses propres associés ? Mis dans le même panier, tous couleraient en même temps que Simon. Pourtant, un mince espoir de sauver Sam Parker subsistait. A condition de persuader les membres du jury que son cas était à part et de s'attirer leur sympathie en les prenant par les sentiments. Son épouse avait eu un cancer et, fou d'inquiétude, trop occupé à la soutenir dans son malheur, il avait négligé ses affaires. Il avait accordé toute sa confiance à ses associés, et ils en avaient profité pour le mystifier.

Alexandra hocha la tête, vaguement consciente qu'ils n'avaient pas le droit de se servir d'elle pour la défense de l'homme qui l'avait lâchement abandonnée. Il s'agissait d'un stratagème de juriste, bien sûr. Mais c'était injuste. La voix de Phillip la tira de ses réflexions.

— A votre avis, ça pourrait marcher ?

Il était au courant de leur séparation et voulait connaître sa réaction.

— Sans doute, mais encore faut-il ne pas y regarder de trop près, articula-t-elle avec méfiance. La plupart de nos relations savaient qu'à cette époque notre mariage battait de l'aile et que Sam ne m'a nullement épaulée.

Un frisson parcourut Sam, qui garda le silence.

— Est-ce que vos relations savaient aussi qu'il ne vous a pas aidée ?
— Quelques-unes. Je n'ai rien dit. En fait, Sam avait déjà quelqu'un d'autre dans sa vie. Depuis l'automne dernier ou au plus tard un peu avant Noël.

Elle aperçut une lueur consternée dans les yeux de son mari. Il n'avait pas réalisé qu'Alexandra avait pratiquement tout compris depuis le début.

— C'est vrai ? lui demanda Phillip Smith froidement.
— Oui, admit-il après un silence. Il s'agit de la jeune femme dont je vous ai parlé. Daphné Belrose, la cousine de Simon.
— Est-elle assignée à comparaître, elle aussi ?
— Pas encore mais elle s'y attend. Elle dit qu'elle rentrera en Angleterre si cela devait se produire.
— Et elle commettrait alors une énorme sottise, avertit Phillip, d'un ton sévère. Elle se mettrait sous le coup de la loi. Le parquet n'aurait de cesse d'obtenir son extradition. Quels sont vos rapports actuellement ?
— Nous vivons ensemble, répondit-il, se sentant tout à coup stupide.
— Je vois... Monsieur Parker, au revoir. J'aurai besoin de pas mal de temps pour préparer votre défense. Attendons avant tout la réaction de la chambre. Quand devez-vous vous y présenter ?
— Dans deux jours.
— D'ici là, nous conviendrons d'un plan d'action.

Drôle de personnage, ce Parker, pensa-t-il. Il ne lui plaisait pas. Il avait accepté l'affaire uniquement par amitié pour Alexandra. Il se leva, salua son client en précisant qu'il l'appellerait le lendemain matin. Et il sortit. Les deux époux restèrent seuls, face à face. C'était la première fois depuis bien longtemps.

— Je suis navré, Alex, j'ignorais que tu savais, dit-il d'une voix humble, qui ne lui ressemblait pas.

— Oui, je savais, confirma-t-elle avec l'impression que de toute façon, c'était trop tard. (Ils n'avaient plus rien en commun, en dehors d'Annabelle.) Je crois que tu t'es mis dans une situation impossible, Sam. Je le regrette. Et j'espère de tout cœur que Phillip te tirera de ce mauvais pas.

— Moi aussi, dit-il misérablement. Je suis navré de t'avoir mêlée à cette histoire lamentable. Tu ne le mérites pas.

— Toi non plus. (Elle sourit.) Tu méritais un bon coup de pied dans le derrière. Mais pas aussi dur que celui-là.

— Peut-être que si, au contraire, répondit-il, rongé de culpabilité à l'idée de la peine qu'il lui avait infligée. Quand as-tu découvert ma liaison avec Daphné ?

— Je vous ai vus sortir d'une boutique de Madison Avenue deux ou trois jours avant Noël. Vous étiez si près l'un de l'autre, si gais, si heureux... Bref, il n'était pas difficile d'imaginer le reste. Mais, comme toi avec Simon, je n'ai pas voulu y croire. Pas tout de suite. C'était trop pénible et... j'avais d'autres problèmes.

Il la regarda, interloqué. Il aurait voulu remonter le temps, mais c'était impossible.

— J'avais perdu la raison. Je ne pensais plus qu'à la façon dont ma mère était morte. Je m'étais mis dans la tête que tu finirais de la même manière et que je te suivrais dans la tombe, comme mon père. Alors, j'ai paniqué. Cette impression morbide de « déjà vu » m'a rendu complètement fou. Mon ressentiment contre ma mère, qui avait duré toute mon enfance, a rejailli sur toi... Je suppose que ma liaison avec Daphné relevait du même processus. C'était une façon comme une autre de me cacher la réalité. Et maintenant que la réalité m'est tombée dessus, je ne sais plus quoi penser. Si elle m'a manipulé dès le début ou si elle était sincère. Je crois que je ne sais même pas qui elle est vraiment.

Mais il savait qui était Alex. Il s'en voulait à mort de l'avoir blessée. Et il passerait le restant de ses jours à expier sa faute.

— Peut-être cela devait-il arriver, philosopha-t-elle.

Pauvre Sam ! La crainte de voir se renouveler l'épisode le plus douloureux de son enfance l'avait aveuglé.

— Je suppose que tu comptes demander le divorce.

Il avait parfaitement deviné ses intentions. Mais en le voyant si apeuré, si vulnérable, comme brisé, elle n'eut pas le cœur de le presser.

— Nous en reparlerons quand tu auras résolu tes problèmes.

Au fond, malgré l'impatience de Brock, il n'y avait aucune urgence. A un ou deux mois près, ça n'avait pas d'importance.

— Tu méritais beaucoup mieux que ce que j'ai pu te donner, murmura-t-il d'une voix fêlée, empreinte de remords.

L'espace d'un instant il faillit en dire davantage. Il se tut. Et il eut l'élégance de n'ébaucher aucun geste trop familier. Il n'abuserait pas plus longtemps de la générosité d'Alex. Elle hocha la tête. Elle comprenait mieux à quelles difficultés Sam s'était trouvé confronté. Elle s'en était mieux tirée, finalement. Grâce à Brock.

— Peut-être n'avais-tu pas le choix, offrit-elle, loyale. Peut-être que tu ne pouvais pas agir autrement.

— Je me suis comporté comme un idiot.

— Tu t'en sortiras, Sam. Tu es un homme bon, au fond, et Phillip est un excellent avocat.

— Toi aussi, avoua-t-il en ravalant ses larmes, alors qu'ils étaient l'un en face de l'autre, dans la pièce vide. Une excellente avocate et une amie fidèle.

— Merci... Tiens-moi au courant. Et n'hésite pas à m'appeler si tu as besoin de quelque chose.

— Embrasse Annabelle de ma part. Je la verrai ce weekend, si je ne suis pas en prison.

— Tu n'y seras pas. A bientôt.

Elle gagna son bureau où Brock faisait toujours les cent pas d'un air anxieux. Il avait su par Liz qu'Alex se trouvait en salle de réunion et il avait vu Phillip en sortir.

— Tu lui as dit ? fut sa première question.

— Il l'a compris tout seul. Je lui ai répondu qu'on en reparlerait quand il serait sorti d'affaire.

— *Comment ?* Pourquoi ne lui as-tu pas dit que tu voulais divorcer *tout de suite* ?

Il semblait avoir perdu son bon sens habituel et Alexandra se laissa tomber dans son fauteuil, le front soucieux. Annabelle serait traumatisée pour la seconde fois dans la même année si son père était écroué.

— Parce que je ne vois pas ce que ça change si je demande le divorce aujourd'hui ou dans un mois. Il n'y a pas le feu ! A défaut de respect, ayons un peu de compassion pour lui. Il est sous une inculpation de détournement de fonds et d'escroquerie. Il est déféré devant la chambre des mises en accusation. Et il vient de découvrir tout cela d'un seul coup... Après dix-sept ans de mariage et un enfant, je crois qu'il est normal que je lui accorde quelques semaines de sursis.

— Il n'a pas été aussi compatissant à ton égard l'année dernière, l'aurais-tu oublié ? gronda Brock.

— Pas du tout. Mais je refuse d'abattre un homme qui est à terre. De toute façon, notre mariage n'existe plus et nous le savons tous deux.

— N'en sois pas si sûre. Si son Anglaise le laisse tomber, il reviendra sonner à ta porte. Tu n'as pas vu comment il te regardait aujourd'hui ? Moi, si.

— Pour l'amour du ciel, arrête. C'est ridicule.

Il sortit en trombe, furieux, et elle ne le revit pas jusqu'à sept heures du soir, lorsqu'ils quittèrent le bureau ensemble. Au cours du dîner, Brock afficha ostensiblement sa mauvaise humeur. Elle dut le dorloter, le cajôler, le rassurer pour qu'il retrouve le sourire.

Dans le somptueux appartement de la Cinquième Avenue, Daphné s'était transformée en furie. Elle claquait les portes, cassait des vases, jetait des objets à la figure de Sam.
— Comment oses-tu ! glapit-elle. Comment oses-tu m'accuser de t'avoir « roulé », comme tu le dis si élégamment ? Ah, c'est facile de tout me mettre sur le dos. Et indigne. Mais tu ne perds rien pour attendre. Simon m'a assurée qu'il me trouverait un avocat si jamais j'en avais besoin. Ce sera inutile. Je n'ai pas l'intention de t'apporter des oranges, pas plus que de me laisser entraîner dans la débâcle.
— Tu n'as pas à donner des leçons de morale, ma chère, rétorqua Sam en la fixant par-dessus les débris. Encore moins à jouer les vertus indignées. Mets-toi à ma place. Il y a un an, tu m'as séduit, fort agréablement d'ailleurs, pendant que Simon commençait son travail de sape. Il doit forcément y avoir un lien, même si je préfère m'imaginer le contraire... Au fait, j'ai découvert aujourd'hui que ma femme savait tout depuis le début. Je l'ai abandonnée au lieu de me tenir à son côté, je me suis comporté comme un parfait salaud, et elle a eu l'élégance de ne rien dire. Mais Alex est une grande dame !
Inutile d'ajouter « contrairement à toi », c'était implicite. La scène de l'innocence outragée ayant échoué, Daphné se rabattit d'instinct vers une autre technique. Elle s'assit sur l'élégant fauteuil Louis XV et croisa haut les jambes, dévoilant ses charmes. Sam ne broncha pas. Le sortilège était rompu.
— En ce cas, tu n'as plus qu'à retourner à elle, jeta-t-elle, vexée.

— Alex est trop intelligente pour s'encombrer d'un mari infidèle. Du reste, je ne la blâme pas.

— Comme c'est touchant ! M. et Mme Parfait ! M. Scrupule, M. Dignité, qui ne s'est pas aperçu que Simon lui volait des millions ! Non mais, de qui te moques-tu, Sam ? Es-tu vraiment si naïf ? Je ne suis pas mêlée aux combines de Simon et, pourtant, j'avais saisi que quelque chose ne tournait pas rond. Tous ces nouveaux clients... ces contacts fabuleux... tout cet argent... Tu n'es pas un imbécile, quand même.

— Il faut croire que si. J'étais si occupé à regarder tes appas que je ne voyais rien d'autre. On dit que l'amour est aveugle. Le mien était sourd également. Et stupide. Je mérite amplement ce qui m'arrive.

— Mon pauvre chat, tu es foutu ! ricana-t-elle.

— Oui. Grâce à Simon.

— Tu ne te trouveras même pas un poste d'employé de banque quand tout ça sera fini, jeta-t-elle méchamment.

— Peut-être. Mais j'aurai la chance de retrouver ma Daphné à la maison, la femme la plus honnête et la plus désintéressée de la terre.

Il la dévisagea avec un mépris qu'il ne chercha pas à dissimuler, la voix pleine de sarcasme.

— Je ne crois pas que ça se passera comme ça, répliqua-t-elle. La fête est terminée, Sam, je m'en vais. On s'est bien amusés, non ?

— Trop bien, admit-il.

Elle s'approcha de lui en ondulant, passa sa main à travers sa chemise entrouverte sur sa peau frissonnante, mais lorsqu'elle fit mine de s'attaquer à sa ceinture, il lui saisit le poignet. Voilà à quoi se réduisait leur grand amour, à une misérable succession de parties de jambes en l'air.

— Est-ce que je te manquerai ? dit-elle, provocante.

Elle se colla à lui, comme pour se prouver qu'elle l'attirait encore.

— Oui, murmura-t-il. Mes illusions me manqueront.

Il avait troqué la vraie vie contre un leurre. Et il avait perdu Alexandra.

Daphné pressa ses lèvres contre les siennes, jusqu'à ce qu'il lui rende son baiser avec une passion désespérée, avant de la repousser. Il ne saurait jamais si elle avait participé au complot de son cousin. Le doute était pire que la certitude.

— Allons, viens, mon chéri, chuchota-t-elle d'une voix rauque. Une dernière fois...

Mais il fit non de la tête. Il claqua la porte de l'appartement et se mit à marcher sans but, perdu dans ses pensées. Il marcha longtemps. A son retour, deux heures plus tard, il avait l'esprit plus clair. Il trouva l'appartement vide. Aussi vide que son cœur. Daphné était partie avec armes et bagages, en emportant naturellement tous les cadeaux qu'il lui avait offerts. Elle n'avait laissé derrière elle que des souvenirs et des questions sans réponse. Peu après, à la télévision, au journal de vingt-trois heures, le présentateur annonça que Simon Barrymore venait d'être inculpé d'escroquerie et de détournement de fonds. Le nom de sa cousine — et sans doute complice — ne fut pas mentionné... Au même moment, l'adorable Daphné Belrose sautait dans le premier vol à destination de Londres.

20

Comme on pouvait s'y attendre, la chambre des mises en accusation maintint l'inculpation. Samuel Livingston Parker fut envoyé devant la cour sous le coup de neuf chefs d'accusation. Ses deux associés devaient répondre également de neuf chefs d'accusation et Simon Barrymore de seize. Alexandra n'avait pas assisté aux audiences. Elle appela Sam dès que Phillip Smith l'eut mise au courant du verdict.

— Je suis navrée, dit-elle simplement.

Smith avait l'intention de se battre pour réduire le nombre de charges contre son client. Le procès avait été fixé au 19 octobre ; ils disposaient d'environ deux mois pour mettre au point leur défense. A cet effet, Phillip Smith avait enrôlé trois des meilleurs juristes du cabinet. Larry et Tom seraient représentés par un cabinet concurrent, quant à Simon, il avait fait appel à un avocat dont Alexandra n'avait jamais entendu parler.

— Et Daphné ? demanda-t-elle d'un ton uni. Elle n'a pas été inquiétée, n'est-ce pas ? Comment se fait-il qu'elle s'en soit tirée à si bon compte ?

— Simple question de chance.

— Elle doit être contente, fit-elle remarquer froidement.

— Je n'en sais trop rien. Elle est à Londres. Les rats ont quitté le navire.

Et le navire n'allait pas tarder à sombrer. Le succès dans les milieux de la finance était éphémère. Un tel scandale entraînait, en même temps que la ruine, la mise au ban de la société. Sam se doutait que s'il avait voulu réserver une table dans l'un de ses restaurants favoris les maîtres d'hôtel jadis obséquieux lui répondraient qu'il n'y avait plus de place. Le champagne ne coulait à flots que pour les gens riches. Respectables. Et il n'était plus ni l'un ni l'autre.

Dans peu de temps, on oublierait jusqu'au nom de Sam Parker. Après avoir gravi les échelons de la gloire, le merveilleux golden boy de Wall Street irait se fondre dans la foule des anonymes. Il ne cessait de clamer que cela lui était égal, tout en sachant qu'il se mentait à lui-même. En fait il se sentait blessé et impuissant. A mesure qu'il découvrait sa faiblesse, il comprenait ce qu'Alexandra avait pu ressentir. En perdant son sein, elle avait perdu le symbole même de sa féminité. Et il n'avait pas trouvé mieux que de la quitter pour une Daphné Belrose ! A présent, il ne lui restait plus que les regrets.

— Phillip Smith est en train de constituer une équipe chargée de te défendre, disait Alexandra au téléphone, d'une voix encourageante.

Le pire, c'était qu'elle ne semblait même pas lui en tenir rigueur. Il aurait préféré sa haine à son indulgence. Or, elle ne le détestait même pas. Elle avait passé l'éponge. Où puisait-elle une telle force, il n'en avait aucune idée. Il ignorait tout de sa relation avec Brock. Alexandra avait farouchement gardé son secret, et même son entourage proche ignorait sa liaison.

— Tu vas en faire partie ? s'enquit-il.

C'était trop lui demander. Mais le danger et la peur lui ôtaient une bonne partie de son jugement. Sa société était en liquidation, ses capitaux gelés. Il avait bien essayé de rembourser une partie des dettes mais Simon avait acculé la plupart de leurs clients à la faillite. Une grosse part de la responsabilité revenait à Tom et à Larry. Sam avait involontairement participé au désastre en cosignant des contrats illicites. Apparemment sans y prêter attention. Eh bien, il paierait cher sa distraction ! Le juge l'enverrait en prison, pour cause de stupidité, déclara-t-il à Alex.

— Mais ce n'est pas un délit, dit-elle en le taquinant. Et non, je ne fais pas partie de l'équipe de Smith. Mais je suivrai tout de même la procédure.

— Merci... Nous allons bientôt fermer nos bureaux. J'ai mis l'appartement en vente, ajouta-t-il à brûle-pourpoint. Je n'ai plus aucune envie d'y être et, d'ailleurs, j'ai besoin d'argent. Je logerai au *Carlyle.*

— C'est Annabelle qui sera contente.

Elle avait adopté un ton détendu mais le cœur n'y était pas. Comme pour sa maladie, l'an passé, l'avenir s'annonçait sombre. Il allait être interrogé, persécuté, humilié, jeté en pâture à la presse. Il se trouverait pieds et poings liés à la merci des jurés. Elle aussi avait dû confier son avenir à des inconnus, se dit-elle, puis se souvenant du week-end du Labor Day :

— A propos, tu prends toujours Annabelle en fin de semaine ?

— J'aimerais bien.

Pour une fois, il ne s'attirerait pas les foudres de Daphné. C'était déjà un souci de moins.

Carmen ramena la petite fille en ville. Lorsqu'il passa la chercher à la maison, Alex était absente. Il ne la vit pas non plus au cabinet juridique lors d'un nouvel entretien avec son avocat. Officiellement, elle se tenait à l'écart, tout en suivant discrètement les démarches. Elle lui avait promis d'assister au procès, ainsi qu'aux réunions préliminaires mais ne voulait pas donner à Phillip Smith l'impression qu'elle voulait s'en mêler.

Le vendredi soir, elle se rendit à East Hampton avec Brock. Tous deux étaient éreintés. Il lui reprocha sa mollesse vis-à-vis de Sam, la pressa une fois de plus « de prendre le taureau par les cornes ». De nouveau elle l'exhorta à la patience. Il insista. A bout de nerfs, elle finit par le traiter d'enfant gâté. La discussion dégénéra en dispute. Pour la première fois depuis le début de leur idylle, ils se couchèrent fâchés. Le lendemain matin, il la prit dans ses bras pour lui présenter ses excuses.

— Ma chérie, pardonne-moi. C'est idiot, je le sais, mais j'ai peur.

— De quoi ? Pas de Sam ? Le pauvre, il risque la réclusion. Il a un tas de problèmes à résoudre. Qu'est-ce qui t'effraie ?

— Le passé. Le temps. Annabelle. Le fait qu'il soit toujours ton mari et que vous ayez passé tant d'années ensemble. Et même s'il n'est à mes yeux qu'un grossier personnage, c'est toujours ton mari. C'est long, dix-sept ans. Ça doit être dur à oublier.

Il l'enveloppa d'un regard interrogateur. Il aurait voulu qu'elle réfute ses arguments.

— Ne t'inquiète pas, Brock, sourit-elle en lui ébouriffant les cheveux comme à un petit garçon.

Il était fréquent que leur différence d'âge se fasse sentir. Pourtant, Brock avait une vision juste des choses. Son histoire avec Sam avait près de vingt ans. Il était difficile de couper un lien aussi puissant. Mais d'un autre côté, il y avait ce qu'elle vivait avec Brock. Sa gentillesse, et sa tendresse. Oui. C'était Brock qu'elle aimait à présent.

— Ne t'en fais pas, reprit-elle. Je demanderai le divorce dès que le procès sera terminé. Lui aussi est resté jusqu'à la fin de mon traitement, tu te souviens ? Ce n'était cependant pas l'envie de partir qui lui manquait. Pourtant, il a patienté. Tout cela n'est qu'une question de bonnes manières.

Il sourit pour la première fois depuis la veille.

— Ne te crois pas obligée de rester mariée avec lui à cause de tes bonnes manières. Sinon, je pourrais oublier les miennes. Je serais capable de le tuer.

Alexandra savait bien entendu qu'il ne mettrait jamais ses menaces à exécution. Brock avait simplement hâte de l'avoir toute à lui, et elle ne pouvait l'en blâmer. C'était aussi ce qu'elle souhaitait. Et elle irait jusqu'au bout. Mais à sa manière. C'est-à-dire en douceur.

Ils passèrent deux jours au bord de la mer. C'était leur dernier week-end à East Hampton. Le lundi, ils firent leurs bagages avec tristesse. Ils venaient juste d'arriver chez Alexandra quand Sam fit son apparition avec Annabelle. Il regarda d'un air soupçonneux Brock, qui déchargeait la voiture. Peut-être y avait-il entre eux quelque chose de plus profond qu'une simple amitié entre collègues de bureau.

— Puis-je me rendre utile ? dit-il en transportant un paquet dans l'entrée de l'immeuble.

« Je suis de trop ! » Cette pensée jaillit spontanément. Il eut la sensation d'être étranger dans sa propre maison. Brock se figea dans une politesse glaciale, alors qu'Alex l'accueillait avec un sourire. Annabelle leur sauta au cou en riant, et le charmant tableau de ces trois êtres enlacés fit à Sam l'effet d'un coup de poignard. C'était vraiment fini. Ils avaient l'air de former un tout, une famille dont il était exclu. Il prit congé, abattu. Brock le regarda s'éloigner d'un air satisfait. Le message avait été clair. *Elle est à moi, maintenant.* Et Sam Parker l'avait reçu cinq sur cinq.

21

Annabelle reprit le chemin de la maternelle et la routine recommença. Alexandra, maintenant en possession de tous ses moyens, faisait de fréquentes apparitions au tribunal. Tout en continuant à assurer son rôle d'assistant, Brock avait commencé à se constituer sa propre clientèle.

Après ce qu'il était convenu d'appeler « sa longue et douloureuse maladie », Alexandra était devenue une sorte de légende auprès de ses confrères. Elle s'était battue pendant plusieurs mois avec un courage exemplaire... avec l'aide précieuse du jeune Stevens, c'était vrai. Personne ne s'était douté qu'ils étaient amants. Personne ne savait que Brock passait toutes ses soirées chez sa patronne et sa fille, ni qu'il en repartait au milieu de la nuit pour regagner son propre appartement. Afin de ne pas perturber Annabelle. Et de ne pas prêter le flanc à des ragots qui ne pourraient que nuire à leurs carrières. Le week-end, il dormait dans la chambre d'amis. Et il continuait à harceler Alex au sujet de son divorce. Ne serait-ce que pour passer une bonne nuit de sommeil, ajoutait-il en guise de plaisanterie... Mais à ses arguments, Alexandra répondait par des hochements de tête ambigus. Oui, elle demanderait le divorce, bien sûr. Non, pas tout de suite. Après le procès ; il aurait lieu dans deux mois. Les entretiens entre Sam, Phillip Smith et son équipe s'étaient multipliés. C'était une affaire très complexe, et ils avaient peu de chances de gagner. Réduire le nombre d'accusations prendrait des allures de victoire. Or, Sam lui-même ne se faisait pas d'illusions. Les lois sur le fonctionnement des valeurs boursières étaient implacables en matière de détournements de fonds, d'escroquerie et d'abus de confiance. Sans parler des faux et usage de faux dont Simon s'était rendu coupable. Le juge d'instruction avait prononcé la liquidation de la société. A présent les bureaux étaient fermés, les employés licenciés. Les plaintes des investisseurs mécontents fusaient de toutes parts. Les fonds détournés approchaient les trente millions. Ça aurait pu être pire, se disait Sam, sans croire pour autant à l'indulgence du jury. Le fait qu'il avait tout tenté auprès des assurances pour rembourser une partie des dettes n'atténuait en rien les graves présomptions qui pesaient sur lui.

Le procureur les avait incités à plaider coupable, promettant en contrepartie une diminution des peines. Smith avait refusé. Son client avait péché par négligence, voire par bêtise, mais ses actes n'avaient en aucun cas été dictés par la cupidité.

— Penses-tu que ça marchera ? demanda Brock un jour qu'ils se promenaient avec Annabelle.

— Franchement, je ne sais pas. Smith a bâti sa plaidoirie autour d'un axe majeur : l'homme honnête mais distrait... A lui de convaincre les jurés. Ou pas.

Brock hocha la tête d'un air songeur, pas mécontent au fond. Une fois de plus, il répéta que Sam Parker n'avait que ce qu'il méritait.

— Si on enfermait tous les maris infidèles, il n'y aurait plus grand monde dehors... répondit Alex. Les accusations ne portent pas sur sa vie privée. La question qui se pose est la suivante : a-t-il escroqué les gens volontairement ou pas ?

— Mais naturellement ! En fermant les yeux pendant que

Simon se remplissait les poches. Il savait bien que ce type n'était pas net. Tu me l'as dit toi-même.

— Oui, je sais. Mais Sam ne m'a pas écoutée. Cet homme le fascinait. Avec ses contacts mirifiques et l'argent qui affluait. Il a été naïf... Mais la naïveté n'est pas condamnable.

— Naïf ! ricana Brock. A qui veux-tu faire croire une chose pareille ?

— C'est pourtant la vérité. Sa vie sentimentale a totalement pris le pas sur sa vie professionnelle.

— Le procès promet d'être savoureux, conclut Brock.

Il ne s'était pas trompé. Des histoires invraisemblables couraient au sujet de ce que les journalistes appelaient « l'escroquerie du siècle » ou plus simplement « l'affaire ». Dès le 15 octobre, quatre jours avant l'ouverture du procès, on pariait sur la culpabilité ou l'innocence des prévenus au sein de la communauté financière. Simon remportait la majorité des suffrages en faveur d'un non-lieu. Il était trop habile pour ne pas sauver sa mise. Pendant les préparatifs du procès, il avait continué à faire des affaires, aux États-Unis et en Europe où il semblait être impliqué dans d'autres malversations... En tant qu'escroc d'envergure, il s'attira la sympathie du public, contrairement à Tom et à Larry, pourtant moins malhonnêtes, que tout le monde souhaitait voir derrière les barreaux. Les avis sur Sam étaient partagés. Jusqu'alors, il avait joui d'une réputation sans tache. Les anciens ne demandaient pas mieux que de le croire. En revanche, les jeunes loups de Wall Street étaient nettement moins convaincus de son innocence.

Le procès commença dans une ambiance houleuse. Alexandra avait pris place dans la salle d'audience noire de monde. Sam était assis au banc des accusés, entouré de ses quatre défenseurs, près de ses anciens associés et de leurs cinq avocats. Les reporters avaient pris d'assaut les premiers rangs et un murmure avait parcouru le public quand les prévenus étaient entrés dans l'enceinte du tribunal. Brock n'avait pas voulu venir et Alex n'avait pas insisté. Leurs rapports n'étaient pas au beau fixe. Le jeune avocat ne cessait de lui rappeler sa promesse de divorcer, comme pour s'en convaincre lui-même. Il avait besoin d'une preuve concrète. Les liens qui attachaient Alexandra à Sam excitaient sa jalousie. Et le fait que, malgré sa trahison, elle continue à le défendre l'exaspérait.

Le procès à proprement parler débuta trois jours plus tard. Les membres du jury avaient été soigneusement sélectionnés. La salle était bondée. Le juge prit la parole : ils auraient à départager quatre cas, expliqua-t-il aux jurés, et il convenait de les traiter séparément. C'était ce que Phillip Smith avait préconisé. Tour à tour, les prévenus furent présentés à l'audience. Sam se leva en dernier. Le juge en fit un portrait très objectif, de l'avis d'Alexandra. Hélas, les faits étaient contre lui, à moins que les jurés ne soient convaincus de son innocence. Rien n'était moins sûr, en dépit de ses antécédents sans faille, pensa-t-elle, la gorge serrée.

Durant trois semaines, un interminable ballet de témoins défila à la barre. Thanksgiving arriva rapidement. Alexandra et Brock mangèrent la dinde traditionnelle chez ce dernier, alors que Sam et Annabelle dînaient au *Carlyle*. Sam était d'humeur sombre. A peine un an plus tôt, il avait posé le pied sur des sables mouvants qui n'avaient pas tardé à l'engloutir. Si seulement il avait reculé à la dernière minute... Il se revit sortant comme un fou furieux de l'appartement, sous prétexte qu'Alexandra était trop malade pour s'asseoir à table. Il se rappela ensuite comment il avait atterri chez Daphné et comment tout avait commencé. Et une fois de plus, il regretta de ne pouvoir remonter le temps.

Le procès reprit après Thanksgiving. Sam pénétra dans la salle d'audience, grand et distingué dans son costume bleu nuit. Alexandra vint gentiment lui demander de ses nouvelles.

— Merci d'être venue, murmura-t-il, anxieux.

S'il ne parvenait pas à prouver son innocence, il disposerait de trente jours avant de prendre le chemin de son lieu d'incarcération. Ce serait juste après Noël, songea-t-il, le cœur battant, alors que le juge réclamait le silence par un virulent coup de marteau.

La dernière semaine du procès débuta à la fin du mois. Sam fut appelé à la barre. Il s'y rendit d'un pas égal mais dut marquer une pause à deux reprises, détail que les reporters ne manquèrent pas de communiquer à leurs rédacteurs en chef. Son témoignage fut simple et émouvant. Alexandra scruta les visages impassibles des jurés. « Pourvu qu'ils le croient », pria-t-elle. Il disait la vérité, elle le savait. Le cauchemar qu'ils vivaient à l'époque puis son engouement pour Daphné l'avaient fortement perturbé. Il avait manqué de discernement. De toutes ses forces elle repoussa l'idée que Sam pourrait finir en prison. Comme elle refoula la pensée, plus insidieuse, que jadis elle l'avait adoré.

Les plaidoiries de la défense se succédèrent dans un silence à couper au couteau. Celle de Phillip Smith avait le mérite de la clarté. Il souligna ce que Sam avait déjà déclaré : la maladie de son épouse et sa propre folie l'avaient aveuglé. Il avait, certes, laissé agir les escrocs mais sans s'en rendre compte.

Les délibérations durèrent cinq jours. Le juge intima aux quatre prévenus de se lever, tandis que les membres du jury faisaient leur apparition. Ils s'exécutèrent. On pouvait deviner leur angoisse à leur teint cireux. Alexandra remarqua que Simon s'efforçait désespérément d'afficher une expression indifférente sans y parvenir. Aucun élan de pitié ne la poussait vers lui. Son cœur bondissait vers Sam... et vers la petite Annabelle. Une de ses camarades d'école lui avait dit que son papa « irait en prison » et elle était rentrée, affolée. Sam et

Alexandra avaient tenté de lui expliquer la situation le plus simplement possible sans grand succès.

Le premier juré, une femme entre deux âges, énonça le verdict d'une voix haute et claire. Ils commencèrent par Tom. Le juge énuméra les chefs d'accusation et elle répondit à chaque question par un seul mot. Coupable. Coupable. Coupable. Pareil pour Larry, puis pour Simon. Coupables ! Un remous fit frémir l'audience. Une rumeur indistincte s'éleva et le juge donna un coup de marteau en rappelant le public à l'ordre. Vint le tour de Sam.

— Non coupable, lança le premier juré à propos des détournements de fonds.

Mais coupable de fraude. De complicité. De délit d'initié. Etc. Clouée sur sa chaise, Alex le regarda, les yeux brouillés de larmes. Il se tenait très droit, presque altier, alors que le verdict tombait. Dans trente jours, le juge prononcerait les sentences. En attendant de purger leur peine, les prévenus étaient mis en liberté sous caution, fixée à cinquante mille dollars. Fort heureusement, Sam avait déjà cette somme de côté. Le juge leur rappela qu'ils n'avaient pas le droit de quitter l'État de New York, après quoi il leva la séance. Les flashes se mirent à crépiter de toutes parts et Alexandra dut jouer des coudes pour se frayer un passage jusqu'à Sam et Phillip. Elle ne trouva rien à dire aux épouses de Larry et Tom, qui pleuraient sans retenue, n'eut pas un regard pour Simon, qui quitta le tribunal talonné par son avocat.

— Je suis désolée, Sam, dit-elle sous l'avalanche des flashes.

— Sortons d'ici, murmura-t-il, comme s'il étouffait.

Elle demanda à Phillip s'il voulait s'entretenir avec son client. L'avocat secoua la tête. Il était déçu, lui aussi. Il ne s'accrochait plus qu'au vague espoir d'une réduction de peine. Car nul doute n'était plus permis : Sam irait en prison.

Elle le suivit hors du palais de justice. Une meute de reporters, appareils photo et micros en main, les entoura aussitôt. Ils parvinrent à s'échapper, sautèrent dans un taxi, alors que les journalistes les poursuivaient.

— Ça va ? s'enquit-elle.

Il semblait au bord de la crise cardiaque.

— Je ne sais pas. Je suis comme assommé. Pourtant je m'y attendais... Au *Carlyle* ! lança-t-il au chauffeur.

D'autres reporters faisaient le siège de l'hôtel. Ils réussirent à leur échapper en pénétrant dans l'établissement par la porte de service, côté Madison Avenue. Une fois à l'intérieur, il lui demanda de monter cinq minutes, puis il commanda des boissons au service d'étage : du scotch pour lui, du café pour elle.

— Je ne sais quoi dire, commença Alex, à court de mots. Si je peux faire quelque chose...

— Prends bien soin d'Annabelle.

Soudain, des larmes se mirent à couler sur ses joues et il enfouit son visage entre ses mains. Il resta un long moment ainsi. Alexandra lui tapota l'épaule, puis lui tendit son verre de scotch alors qu'il s'excusait.

— Ne t'excuse pas, Sam. On est entre nous.

Il but une gorgée en la regardant.

— Tu as dû être aussi désespérée que moi lorsque tu as appris le verdict de tes médecins, l'année dernière.

— Oui, convint-elle. Je préfère néanmoins la chimio à la prison.

— Merci, mais je ne crois pas que j'ai le choix, observa-t-il avec un rire cassé et presque cynique.

— Ça n'aurait pas été plus facile pour toi, crois-moi.

— Je m'en souviens très bien, dit-il d'une voix pleine de remords. Tu étais si malade... et au lieu de rester près de toi, je suis parti. Daphné me confortait dans ma lâcheté. Elle paraissait avoir pitié de moi, pas de toi, naturellement, et je me suis laissé berner comme un imbécile.

— As-tu eu de ses nouvelles ? demanda-t-elle par pure curiosité et il secoua la tête.

— Pas un mot. La garce a dû retomber sur ses pieds. Elle a cherché refuge sous des cieux plus cléments. Miss Belrose ne se préoccupe que d'une seule chose : elle-même. (Il regarda sa femme avec une incommensurable tristesse.) Pourquoi es-tu là, Alex ?

Elle haussa les épaules. Les paroles de Brock lui revinrent à l'esprit. Dix-sept ans forgeaient des liens inaltérables entre deux êtres.

— Je t'ai aimé passionnément pendant très longtemps. On ne peut effacer tant d'années.

— Il le faudra bien pourtant. Je n'ai plus que trente jours de liberté. A propos, j'ai décidé de demander le divorce. Ton ami avocat en sera ravi, j'en suis persuadé. Le malheur des uns fait le bonheur des autres, à ce qu'on dit.

Ils échangèrent un regard grave. Il n'y avait plus de secrets entre eux à présent.

— N'est-il pas un peu jeune pour toi ? demanda-t-il encore, avec une pointe de jalousie dans la voix qui la fit sourire.

— Je le lui répète trois fois par jour mais il est très têtu. Il m'a énormément soutenue quand j'étais malade. Il a passé six mois à me tenir la main, alors que je vomissais... Nous étions de simples amis alors. Peu à peu nos sentiments ont évolué.

— Je vois... Et à juste titre. C'est un type bien et généreux. Tout ce que je n'ai pas su être. Enfin, n'en parlons plus, soupira-t-il, accablé. Tu dois envisager l'avenir avec optimisme maintenant. Et pour ce faire, tu as besoin de ta liberté.

— Toi aussi, répondit-elle doucement.

— Va dire cela au juge.

Il s'était redressé. Il savait qu'il n'avait plus aucun droit sur elle et cette constatation ne rendait que plus pénible ce singulier tête-à-tête.

— Je viendrai chercher Annabelle demain. Je voudrais lui consacrer le temps qui me reste.

Un mois de liberté était peu de chose en comparaison de la lourde peine qu'il encourait. Il souhaitait passer chaque jour avec sa fille. Avec Alex aussi, mais il n'osa pas le lui demander.

Elle rentra chez elle, abattue. Brock téléphona peu après. Il avait appris le verdict par le journal télévisé. Il travaillerait tard, prévint-il, mais ferait un saut chez elle dans la soirée. Lorsqu'il arriva, son attitude ne fit qu'accentuer la nervosité de la jeune femme. L'idée que Sam avait été reconnu coupable semblait le réjouir. Du reste, il ne fit rien pour cacher sa satisfaction. D'après lui, Sam avait gâché sa vie. Et au bout du compte, il n'avait que ce qu'il méritait, décréta-t-il pour la énième fois.

Alexandra lui lança un regard sévère.

— Plusieurs années de réclusion me semblent un prix élevé à payer sous prétexte qu'on a « gâché sa vie », tu ne crois pas ? Qui n'a pas commis de fautes ? D'accord, il a été stupide, d'accord il s'est fié inconsidérément à ses associés, et alors ? Doit-il finir pour autant en prison ? Je ne suis pas d'accord ! De plus, Annabelle a besoin de son père.

— Il aurait dû y penser avant de s'associer à Simon. Bon sang, Alex, as-tu perdu la mémoire ?

A court d'arguments, elle inclina la tête.

Le lendemain, Sam vint chercher Annabelle comme convenu. Il paraissait éreinté. Brock l'accueillit fraîchement. Lorsqu'ils furent seuls, Alexandra lui en fit la remarque.

— Pour l'amour du ciel, Brock ! Il a suffisamment d'ennuis comme ça. Pourquoi t'es-tu montré aussi désagréable ?

— Je n'ai pas été *désagréable* ! J'ai simplement gardé mon calme. Ce n'est pas la même chose.

— Ça veut dire quoi, « tu as gardé ton calme » ? fit-elle, avec l'impression d'être une mère qui gronde son petit garçon. Tu as été odieux, oui ! Écoute, chéri, on est aisément séduit par l'argent facile. Ça aurait pu t'arriver à toi aussi.

— Non, jamais, s'entêta-t-il. (En fait, le comportement d'Alexandra l'inquiétait.) Pourquoi le défends-tu avec autant d'acharnement ? s'alarma-t-il soudain. Tu es toujours amoureuse de lui ou quoi ?

Il la dévisagea attentivement.

— Non, je ne crois pas, répondit-elle, soucieuse de se montrer loyale. Je me fais du souci pour lui. Et je déplore ce qui lui arrive.

— Il est seul responsable de son destin, tu ne crois pas ? Il ne lui laissait aucune chance.

— Et toi, tu ne crois pas qu'il a été assez puni ? Il a tout perdu, sa clientèle, son emploi, sa réputation, sa fortune. Il est le premier à se traiter d'idiot. Faut-il en plus qu'il aille en prison pour des actes que d'autres ont commis à sa place ?

— Tu es trop bonne ! s'exclama-t-il, puis il l'attira dans ses bras. C'est pourquoi je t'aime tant. (Il la serra à lui couper le souffle.) Oh, mon Dieu, Alex, je ne veux pas te perdre. Ton inquiétude en ce qui le concerne est la preuve de l'intérêt que tu lui portes. C'est sans doute normal, vous avez longtemps vécu ensemble et vous avez un enfant, mais que vais-je devenir dans tout ça ? Je ne veux pas te perdre, répéta-t-il avec force.

Il l'embrassa. Lorsqu'il relâcha son étreinte, elle lui caressa les lèvres du bout des doigts.

— Tu ne me perdras pas, Brock. C'est toi que j'aime.
Elle était sincère.

— Mais tu l'aimes aussi.

— Oui, peut-être. Mais pas de la même façon. Nous formions une famille, puis, tout à coup, notre couple a éclaté. J'ai eu du mal à l'admettre... Mais je le comprends. Je sais ce qu'il a ressenti alors. Et ce qu'il ressent aujourd'hui. Je sens son chagrin. C'est difficile à expliquer. On ne fait pas une croix sur quelqu'un parce que les choses ont changé.

— Ont-elles changé tant que ça ?

— Oui, complètement. Je ne suis plus sa femme. Je suis quelqu'un de différent. J'ai évolué. On ne peut pas revenir en arrière. On ne peut qu'aller de l'avant.

Elle estimait qu'elle avait parcouru un chemin considérable. Bien qu'elle ne fût pas la femme de Brock non plus, réalisa-t-elle brusquement, avec un curieux pincement au cœur. C'était comme si elle n'appartenait à personne d'autre qu'à elle-même. Oui, elle n'avait pas cessé d'aimer Sam. Tout en chérissant Brock profondément.

— Et entre nous ? Les choses ont-elles changé aussi ? questionna-t-il gentiment, cherchant dans ses yeux une réponse qu'il ne trouva pas.

Elle était en proie à un cruel dilemme, il le sentait. Déchirée entre sa tendresse pour Sam et sa loyauté vis-à-vis de Brock. Elle les aimait tous les deux, elle venait de l'avouer.

— Ne dis pas ça, le réprimanda-t-elle avec douceur. Rien n'a changé entre nous. Simplement, j'essaie d'aider Sam.

— Lui ne t'a pas aidée, l'année dernière. Au nom de quoi te sens-tu obligée de jouer les bonnes âmes ?

— Au nom du bon vieux temps.

Toujours le temps, se dit-il. Le lien qui l'attachait inéluctablement à son époux.

— Ne sois pas triste pour lui, dit-il en lui effleurant les lèvres d'un doux baiser. J'ai besoin de toi, Alex.

— Moi aussi, mon chéri.

Ils s'aimèrent sur le lit qu'elle avait autrefois partagé avec Sam. « On ne peut revenir en arrière », avait-elle dit, et à l'instant où elle avait formulé cette phrase, elle y croyait dur comme fer. D'ailleurs, il fallait bien aller de l'avant. Avec Brock... Il partit faire des courses pour le dîner, tandis qu'elle allait chercher Annabelle au *Carlyle*. Elle trouva à Sam une drôle d'expression. Il était d'humeur sombre. Hier, il avait accueilli ce qui lui arrivait avec philosophie. Aujourd'hui, la panique reprenait le dessus. Il se voyait sur le point de perdre ce qui lui restait : sa liberté, sa petite fille, les derniers vestiges de son union avec Alexandra. Il s'était efforcé d'expliquer à Annabelle que l'issue du procès ne lui avait pas été favorable. La fillette n'avait pas saisi l'extrême gravité de la situation. Elle savait que des méchants messieurs avaient causé du tort à papa. Le mot « prison » n'avait pas franchi les lèvres de Sam. Il disposait de trente jours pour inventer une raison valable à sa future absence.

— Vous vous êtes bien amusés ? demanda Alexandra, souriante.

— Oui, beaucoup, répondit Sam d'une voix tendue. Nous avons fait du patin à glace.

Il expédia Annabelle chercher son pull et sa poupée et se tourna vers Alexandra, une expression angoissée dans les yeux.

— Navré pour ce matin. J'ai l'impression que ma présence déplaît à ton ami.

— Il a peur de notre passé commun, Sam. On ne peut pas le blâmer. Dix-sept ans, c'est long. Il a peur que la loyauté soit plus forte que l'amour, ce qui est idiot.

— Vraiment ? dit-il, étouffé par les remords. Je suis indigne de ta loyauté. Après tout ce que je t'ai fait...

Il s'interrompit. Pendant des heures, il s'était remémoré leur vie commune, l'intense bonheur qu'elle lui avait apporté et qu'il avait détruit par son inconséquence. Elle vit la honte dans les prunelles claires de Sam.

— Tu as tort de t'abîmer dans les regrets, affirma-t-elle. A quoi bon ressusciter le passé ?

— Pourquoi pas ? C'est important de dire tout ce qu'on a sur le cœur, quand on est dans mon cas. Avant qu'il ne soit trop tard.

Mais c'était trop tard déjà, songea-t-elle tristement. Elle ne pouvait que compatir à son malheur, sans plus. Sa vie était auprès de Brock maintenant.

— Je t'aime toujours, Alex.

Sa voix n'était plus qu'un chuchotement. La jeune femme frissonna. Annabelle revint à ce moment et elle n'eut pas à lui répondre. Et de toute façon qu'aurait-elle pu répondre à cet aveu trop tardif ?

— C'est vrai, précisa-t-il d'une voix plus forte.

Elle se détourna, embarrassée. Afin de se donner une contenance, elle aida Annabelle à enfiler son pull, puis son manteau et son bonnet, les mains tremblantes. La fillette se précipita dans le couloir vers l'ascenseur, et le couple la suivit en silence.

— Ne complique pas les choses, Sam, je t'en supplie. Ne me blesse pas une nouvelle fois.

Ce jeu-là risquait d'aboutir à un nouveau désastre.

— Je ne voulais pas te blesser, articula-t-il, comme s'il pesait chaque mot. Je me suis engagé à te rendre ta liberté et je le ferai. Que je me retrouve sous les verrous ou pas, il s'agit d'une punition que je m'inflige à moi-même... On paie tôt ou tard ses erreurs. Mais je me suis dit que ce serait trop bête de te laisser partir sans te dire au moins que je t'aimais. Je sais que je n'ai plus le droit de te déclarer mon amour. Mais j'ai l'impression de ne plus être un homme, d'avoir perdu jusqu'à mon identité. Je pense que tu as eu le même sentiment quand tu as subi ta mastectomie. C'est stupide parce que ta féminité ne résidait pas dans un sein, comme ma virilité ne se situe pas dans un bureau, mais tout de même ! Comme je te comprends maintenant, Alex ! Et comme je voudrais remonter le temps.

Il avait parlé avec ardeur et conviction, et elle avait fermé les yeux comme pour lui dissimuler sa peine ou peut-être son amour. Pourquoi ne lui avait-il pas tenu ce discours un an plus tôt ?

— Sam, non ! Ne dis plus rien. Je ne veux pas revenir en arrière. Je ne peux pas faire ça à Brock.

— Brock, Brock, Brock. Mais que diable fais-tu avec lui ? Ce n'est qu'un jeune homme. Charmant, au demeurant. Il t'a tenu la main pendant une année, mais dans dix ans où en serez-vous ? Est-il en mesure de te donner ce que tu veux ?

— Il m'a déjà beaucoup donné, Sam. C'est mon tour maintenant.

— Oui, oui, bien sûr. Tu veux lui prouver ta reconnaissance et ce n'est que justice. Il a été là, à ma place, alors que j'avais fui. Mais je t'aime, Alex, je veux que tu le saches. Tu es toujours ma femme. Je n'ai plus aucun droit sur toi, aucune demande à formuler, mais je t'aimerai jusqu'à la fin de mes jours. Je t'ai toujours aimée, même pendant que j'étais avec Daphné. Je ne pouvais pas rester. Et je ne voulais pas partir. C'était une fuite en avant. La peur de la réalité et la peur des fantômes, et le souvenir de ma mère... Oui, j'avais cette fille dans la peau. Ce n'était qu'une illusion de plus. Elle me rendait fou... Et toi aussi. Je n'étais plus moi-même. Je n'ai jamais eu l'intention de te faire du mal.

Il s'exprimait avec la précipitation de ceux qui savent que le temps leur est compté. Bientôt, ils seraient séparés à jamais, au moins pendant de longues années. Alexandra s'était figée. Il avait touché une corde sensible. Non, elle avait eu trop mal. Non. Elle s'était interdit de l'aimer. Elle jeta un coup d'œil à Annabelle, qui appuyait sur le bouton de l'ascenseur, au bout du couloir.

— Restons-en là, Sam. Ne regardons plus en arrière. Rien ne sert de pleurer sur le passé. Cela n'a pas de sens.

— Un long passé, rectifia-t-il, les yeux brillants de larmes.

Dix-sept ans, Alex. Peux-tu me regarder en face et m'affirmer que tu ne ressens que de la loyauté à mon égard ? Je ne le crois pas.

Elle ne le croyait pas non plus. Et Brock encore moins.

— Que veux-tu de moi à la fin ? s'écria-t-elle soudain, les joues rouges de colère. Pourquoi ces larmes de repentir ? Et ces aveux de dernière heure ? Qu'essaies-tu de savoir ? Si je t'aime toujours ? Pour quelle raison ? Pour partir en prison le cœur léger ? Je ne te comprends pas, Sam. Hier, tu te disais prêt à me rendre ma liberté.

— Je n'y arrive pas, chuchota-t-il, d'une voix désespérée. (Au terme d'une nuit blanche, il avait découvert qu'il n'avait pas envie de renoncer à elle.) Je ne sais plus comment m'y prendre, ajouta-t-il en lui touchant le bras, mourant d'envie de l'embrasser. Je t'aime toujours.

— Moi aussi, Sam, murmura-t-elle misérablement, moi aussi. Mais c'est trop tard. (La porte de l'ascenseur s'était ouverte et Annabelle agitait la main.) Oublie-moi, je t'en supplie. Pour notre bien à tous.

Il semblait tellement plus sûr de lui, quand il l'avait quittée pour Daphné.

— Pardonne-moi, Alex. Pourrai-je te revoir ?

Il regarda, paniqué, la cabine éclairée.

— Non, désolée.

Elle entra dans l'ascenseur, avec Annabelle. Sur le chemin du retour, elle déploya un effort titanesque pour effacer les mots qu'ils avaient échangés. Ses pensées s'élançaient, affolées, vers Brock mais c'était le visage désespéré de Sam qu'elle voyait.

— Papa est en colère après toi, maman ?

Elle prit la main de sa fille, et elles longèrent rapidement les vitrines illuminées et décorées de Noël, dans l'air glacial de décembre.

— Non, ma chérie, pas du tout.

— Il avait l'air triste, quand nous sommes parties.
— Triste de se séparer de toi, trésor, oui, certainement, mais pas en colère.

Revoir Brock fut un soulagement. Un fumet appétissant flottait dans l'appartement. Il était dans la cuisine, en train de préparer des spaghettis bolognaise et du pain à l'ail.

— Tout s'est bien passé ? demanda-t-il.

Elle ôta son manteau en se réchauffant les mains au-dessus de la cuisinière. Elle avait l'air frigorifiée, remarqua-t-il.

— Oui, très bien, sourit-elle en l'enlaçant.

Cette nuit-là, elle tenta l'impossible pour oublier sa conversation avec Sam. Mais elle eut beau se blottir contre Brock, les mots que Sam avait prononcés quelques heures plus tôt tourbillonnaient inlassablement dans son esprit.

22

Elle ne chercha plus à revoir Sam. A partir du 25 décembre, Annabelle devait passer une semaine avec son père. Alexandra la déposa au *Carlyle*, la mit dans l'ascenseur et sortit rapidement. De son côté, Sam ne s'était plus manifesté, et elle en conclut qu'il avait recouvré la raison. Tout comme elle, d'ailleurs... Ils avaient loué le cottage dans le Vermont entre Noël et le Nouvel An. Cette fois-ci, Alex dévala les pistes de ski telle une championne. Elle débordait d'énergie. Sa coiffure à la Jeanne d'Arc lui conférait, d'après Brock, un air à la fois distingué et sexy. Ils n'avaient plus évoqué Sam. Quelques jours plus tard, ils apprirent qu'il avait demandé le divorce. Oui, il s'était ressaisi, se répéta Alexandra, soulagée. Elle et Brock se marieraient en juin. Lors du réveillon du Nouvel An, ils parlèrent de leur lune de miel.

— J'irais bien en Europe, dit-elle, rêveuse.
— Ça peut certainement s'arranger, sourit-il.

Elle lui ébouriffa les cheveux en un geste maternel devenu familier. Ils avaient fait l'amour et étaient restés enlacés, heureux et somnolents, devant un beau feu de cheminée, sur l'épais tapis de laine.

Ils regagnèrent New York en voiture le 1er janvier, firent une halte chez Alex où Brock entreprit de défaire les bagages. En combinaison de ski, elle alla à pied au *Carlyle*, pour ramener Annabelle à la maison. Arrivée à destination, elle fit appeler Sam par le concierge.

— M. Parker vous prie de monter.

Elle hésita une seconde, puis se décida à répondre à son invitation, qui ne pouvait qu'être innocente. N'avait-il pas pris l'initiative de demander le divorce, preuve qu'il avait enfin renoncé au passé ? Il lui ouvrit la porte de sa suite, d'un air hagard qui rappela à Alexandra les affres dans lesquelles il se débattait. Elle le regarda et, d'un seul coup, tous les sentiments qu'elle s'était efforcée d'oublier la submergèrent. Inconsciente des angoisses de son père, Annabelle déclara qu'ils s'étaient amusés comme des fous.

— Tant mieux, ma chérie, dit Alexandra en la serrant sur son cœur, tandis que Sam la regardait avec tristesse, pardessus la tête rousse de leur fille.

— Tu m'as manqué, dit-il doucement peu après, alors qu'Annabelle rassemblait ses affaires dans la pièce voisine.

— Je te remercie d'avoir demandé le divorce, répondit-elle, ignorant sa remarque.

— Je te devais au moins ça, déclara-t-il sans se départir de son air malheureux, en cherchant fébrilement à accrocher son regard. Je te dois tant, Alex.

— Tu ne me dois rien, rétorqua-t-elle, un peu sèchement malgré elle.

— Mais si, tu le sais bien. Une vie entière ne suffirait pas à te rembourser ma dette.

La pensée qu'il l'avait trahie était devenue un tourment de tous les instants.

— Oh, Sam, ne sois pas bête. Arrête de ressasser cette vieille histoire.

Si seulement Annabelle pouvait se dépêcher ! Elle eut envie d'aller l'aider à boucler son bagage mais ne bougea pas. Une sorte d'appréhension lui interdisait l'accès de la chambre à coucher. C'était ridicule. Sam s'était rapproché. Il se tenait tout près d'elle maintenant. Ses yeux l'interrogeaient, implorants, effrayés, mais pleins de tendresse, de cette même tendresse qui l'avait conquise autrefois. Mais plus *maintenant,* se dit-elle farouchement. De l'eau avait coulé sous les ponts. Elle n'était plus la même. A moins que...

— Alex ?

Il avait chuchoté son prénom avec une ardeur qui la surprit. Elle recula mais Sam la retint. Il se pencha et lui effleura les lèvres d'un baiser. Elle aurait voulu le repousser, mais ne réussit qu'à se retrouver blottie dans ses bras. Lorsqu'il l'embrassa de nouveau, elle ne pouvait se rappeler pourquoi il fallait à tout prix lui résister, l'éconduire. Le souvenir de Brock la tira de son amnésie momentanée.

— Non !

Ce simple mot, net et tranchant, rompit le charme. Sam desserra son étreinte. Elle le regarda, au bord des larmes, le souffle court.

— *Non !* répéta-t-elle, plus fermement.

Il hocha la tête en se traitant mentalement de tous les noms. Il n'avait pas le droit de s'imposer. Dans quelques jours, il serait forcé de disparaître, pour des années peut-être. C'était la raison pour laquelle il avait déposé une demande de divorce au tribunal. Pourtant, à l'instant où ses lèvres s'étaient posées sur celles d'Alexandra, il avait renié ses bonnes résolutions.

— Pardonne-moi, ma chérie. Je n'ai pas pu m'en empêcher.

Son expression de gamin pris la main dans le sac arracha un sourire espiègle à la jeune femme.

— Eh bien, tâche de mieux te tenir dorénavant, le taquina-t-elle, incapable de lui en vouloir, incapable d'éprouver le moindre sentiment de colère.

Heureusement, Annabelle fit son entrée avec son bagage et un sac empli de jouets que son papa lui avait offerts à

Noël. Il les raccompagna au rez-de-chaussée, et les suivit des yeux tandis qu'elles s'éloignaient. Annabelle se retourna une bonne douzaine de fois pour saluer son père d'un signe de la main. Alexandra, elle, marchait d'un pas pressé et ne jeta pas un seul regard en arrière. Surtout pas. Elle s'était crue délivrée des liens du mariage, libre d'aimer un autre homme. A présent, le doute la gagnait, et avec lui la peur. La peur de s'être trompée. Mais non. Son avenir était avec Brock. Pas avec Sam. Sam appartenait au passé.

A la maison, elle passa les bras autour du cou de Brock, le tint étroitement enlacé.

— Que me vaut cet honneur ? s'enquit-il, agréablement surpris par la ferveur de ses baisers.

Tard dans la soirée, alors qu'Annabelle dormait et que Brock était sous la douche, le téléphone sonna. Elle décrocha dans le salon et sursauta quand elle entendit la voix de Sam. Elle pensait à lui, justement, on aurait dit qu'il l'avait senti.

— Je te présente mes excuses. Je n'aurais pas dû t'embrasser... Alex, j'ai une question à te poser.

— Laquelle ?

Elle se sentait coupable de lui répondre au lieu de lui raccrocher au nez. Bizarrement, les rôles s'étaient inversés. Brock faisait figure de mari et Sam avait endossé l'habit du soupirant.

— Regrettes-tu ce qui s'est passé ? Si tu ne m'aimes plus, dis-le-moi. Je ne t'importunerai plus, malgré mes sentiments à ton égard, dit-il avec une assurance agaçante.

— Je ne t'aime plus, affirma-t-elle sans conviction.

Il rit d'un petit rire malicieux, celui-là même qu'il avait plus jeune, lorsqu'ils s'étaient connus, et un frisson familier la parcourut.

— Menteuse !

Elle crut le voir sourire.

— Je dis la vérité, répondit-elle, se sentant plus coupable que jamais vis-à-vis de Brock, qui sifflotait sous la douche.
— Mais non. Tu ne regrettes rien. Tu as même répondu à mes baisers.
— Tu es infâme, sourit-elle, puis, plus sèchement : Cesse de me compliquer l'existence, Sam.
— Le problème se résoudra de lui-même dans quelques semaines, quand je serai dans une maison d'arrêt. Je veux te revoir, Alex.
— Mais on vient de se voir.
Elle avait simulé une fermeté qu'elle était loin de ressentir, en fait. Une partie de son cœur lui restait fidèle, et cette constatation ne faisait que renforcer sa volonté de résister.
— Tu sais bien ce que j'entends par là, insista-t-il. Dînons ensemble.
— Non, je ne veux pas.
— S'il te plaît.
Elle sentit ses nerfs flancher.
— Arrête, Sam !
— Alex... Je t'en prie.
Elle refusa obstinément. Brock sortit de la douche après qu'elle eut raccroché. Il n'avait pas entendu le téléphone sonner.
Le lendemain, nouveau coup de fil. Au bureau cette fois-ci.
— Que veux-tu, à la fin ? s'emporta-t-elle.
— Une soirée. Rien de plus. Après, tu n'entendras plus parler de moi.
— Mais pourquoi ?
— C'est important pour moi.
A bout de forces, elle accepta de le rencontrer. *Juste une fois.* Elle ne dit rien à Brock, sachant pertinemment que cette omission équivalait à un mensonge. Elle avait donné

rendez-vous à Sam un soir où Brock devait sortir avec des clients, et laissa Annabelle à la garde de Carmen.

— Tu as réussi à endormir la méfiance du cerbère ? plaisanta-t-il, sitôt qu'il la vit.

— Vaniteux ! jeta-t-elle d'un ton désapprobateur.

— Excuse-moi.

Ils se rendirent dans une trattoria d'East Eighties où il commanda des pâtes et du vin. Jadis, ils avaient fréquenté ce petit établissement au début de leur idylle, se rappela-t-elle. Sauf que c'était la fin, maintenant, et tous deux le savaient. Sam semblait plus calme que d'habitude. Bientôt, les grilles de la prison se refermeraient sur lui. Il ne l'ignorait pas.

Ils reprirent lentement le chemin du centre-ville en se remémorant mille choses : des gens qu'ils avaient connus, des endroits qu'ils avaient visités, des moments précis du passé. Avec l'impression de feuilleter un vieil album de photos jaunies. Alors qu'ils attendaient au coin de la rue avant de s'engager dans le passage clouté, il l'embrassa. Il faisait froid et sa chaleur enveloppa Alexandra. Elle se détesta d'avoir répondu à son baiser et traversa la rue presque en courant. Il l'embrassa à nouveau, à l'ombre d'une entrée d'immeuble.

— J'aurais payé cher pour que tu sois aussi tendre l'année dernière, murmura-t-elle d'un ton chargé de reproches.

— J'ai été stupide, je sais.

Stupide était un euphémisme, songea-t-elle tristement. Elle se revit seule, désemparée, dans l'appartement que Sam avait déserté. Mais ce souvenir ne parvint pas à raviver ses griefs. C'était comme si quelqu'un d'autre avait vécu cette période de sa vie. Ou comme si, après un long rêve, elle se réveillait à la réalité. Finalement le pardon venait peut-être avec l'oubli.

— Et moi, j'en ai tiré les leçons qui s'imposaient.

— Comme quoi ? demanda-t-il en l'attirant dans ses bras où elle resta blottie.

— Ne compter que sur soi. Ne jamais dépendre de personne. J'ai survécu par la seule force de ma volonté. Ne l'oublie pas, quand tu seras... seul.

Elle avait évité le mot « prison », mais il avait parfaitement saisi l'allusion.

— Je n'arrive pas encore à y croire. (Il lui sourit.) Merci pour cet ultime geste de générosité, Alex. Merci de me laisser t'embrasser une dernière fois. Tu aurais pu me chasser. M'insulter. Je suis content que tu ne l'aies pas fait.

— Moi aussi, soupira-t-elle. Tu me manqueras.

— Oh, non. Tu as Annabelle. Et ton jeune Tarzan, ajouta-t-il d'un ton sarcastique qui la fit rire.

Ils avaient repris leur marche.

— Il est formidable avec Annabelle.

— Avec toi aussi ?

— Absolument.

— Alors, tant mieux. J'en suis heureux.

Il ne l'était pas, naturellement. Il faisait contre mauvaise fortune bon cœur. Il l'avait perdue par sa faute. Il n'avait plus rien à lui offrir. Alors qu'ils s'engageaient dans la 76ᵉ Rue, elle dit :

— Prends soin de toi.

— J'essaierai. J'ignore dans quel pénitencier je purgerai ma peine. Probablement à Leavenworth. Pourvu que ce soit un endroit civilisé.

— Peut-être que Phillip accomplira un miracle de dernière heure, ou trouvera un arrangement avec le juge.

Il y avait peu de chances.

Devant l'entrée illuminée du *Carlyle,* il tenta de la persuader de monter. Elle tint bon. Alexandra avait déclaré qu'elle était parfaitement capable de rentrer seule. Elle habitait à quelques pâtés de maisons de là. Il ne voulut rien entendre. Son excessive courtoisie la mit sur ses gardes. En bas de son immeuble, elle lui effleura la joue d'un chaste baiser avant de disparaître dans le hall. Avec une précipitation inutile, au goût de Sam.

Brock ne posa aucune question le lendemain, au bureau. La matinée s'écoula dans une atmosphère pesante. Il avait su la veille par Carmen, qu'il avait eue au téléphone, que « madame était sortie ». A midi, pendant la pause déjeuner, n'en pouvant plus, il demanda :

— Tu étais avec lui hier soir, n'est-ce pas ?

— Qui donc ? fit-elle étourdiment, en mordant dans son sandwich.

Elle tenta de contrôler le rythme désordonné de sa respiration, craignant de se trahir.

— Ton mari, bien sûr.

Il l'avait compris. Son intuition ne l'avait jamais trompé.

— Sam ?

Elle marqua une pause, ne sachant que répondre, tiraillée entre la vérité et le mensonge. La jalousie exagérée de Brock l'effrayait. Pas si exagérée, en fait, dut-elle convenir. Ces derniers temps, ses propres sentiments étaient devenus singulièrement ambigus. Une vie entière la liait à Sam. Une année à Brock. Mais une année importante. Elle s'était longuement interrogée sur ses devoirs vis-à-vis des deux hommes. Et vis-à-vis d'elle-même.

— Oui, nous avons dîné ensemble, finit-elle par répondre. Il voulait me parler d'Annabelle.

— Pourquoi ne m'as-tu rien dit ?

— J'avais peur de m'attirer ta colère, avoua-t-elle franchement. Et j'avais envie de le voir.

— Pour quelle raison ?

— Parce qu'il s'en ira bientôt. Et parce que, comme tu le dis si bien, il est encore mon mari. Et puis...

Elle laissa sa phrase en suspens, mal à l'aise. Mais ses yeux l'avaient trahie.

— Est-ce qu'il t'a embrassée ?
— Brock !
— Tu n'as pas répondu à ma question.
— Eh bien, qu'est-ce que ça change ? s'emporta-t-elle, pleine de culpabilité.
— Beaucoup de choses.
— Oui, là, je l'ai embrassé avant de lui souhaiter bonne nuit. Et alors ?

Brock s'était mis à arpenter le bureau d'Alexandra.

— Ce type est une véritable ordure ! se déchaîna-t-il. Il est sur le point d'aller en prison et cela ne l'empêche pas de tout tenter pour te récupérer. Mais que cherche-t-il au juste ? Que tu l'attendes sagement pendant les dix prochaines années ? Son égoïsme dépasse les limites.
— D'accord, tu as gagné, il est égoïste. Il est humain, aussi. Il est mort de peur et, à sa manière, il m'aime.
— Et toi ? Tu l'aimes aussi ?
— Nous avons été mariés pendant dix-sept ans. Ça crée des liens. Des liens d'amitié pour le moins. Il veut simplement s'expliquer, panser de vieilles blessures, voir plus clair avant de partir. Il n'essaie pas de m'entraîner avec lui. Il a demandé le divorce, non ?
— Et s'il n'allait pas en prison, Alex ?
— Il n'a pas l'ombre d'une chance de s'en sortir, Brock.
— Supposons qu'il bénéficie d'une clémence exceptionnelle des autorités, s'acharna-t-il. En ce cas, reprendriez-vous la vie commune ?

Il venait de poser la question cruciale.

— Ça n'a rien à voir. Si je l'aimais, je serais retournée auprès de lui, quoi qu'il arrive. Je suis avec toi, Brock.
— Peut-être. Mais même s'il va en prison, il ne lâchera

pas prise. Il t'écrira. Tu lui rendras visite. Tu es encore amoureuse de lui, Alex, ne le nie pas.

Ces propos éveillèrent la colère de la jeune femme.

— Les vieilles blessures ne se referment pas en un an ! Sois un peu plus patient, Brock.

— Pourquoi refuses-tu de regarder la vérité en face ? Tu l'aimes. Je crois que tu reprendras la vie commune avec lui.

— Et toi, pourquoi refuses-tu de grandir ? Et de me laisser souffler cinq minutes ? hurla-t-elle. Pourquoi insistes-tu tant ?

Ils approchaient un tournant dangereux. Et elle ne pourrait bientôt plus supporter cette progression inexorable.

— J'insiste parce que je t'aime, murmura-t-il, les yeux brillants de larmes.

Elle n'avait cessé d'aimer Sam, il en était convaincu. Il ignorait si elle en avait conscience. Mus par un même élan, ils tombèrent dans les bras l'un de l'autre, en pleurs. L'ironie du sort ! aurait dit Sam. Encore *lui* ! Elle ne pouvait plus faire un pas sans se remémorer un geste, une mimique, une expression de Sam. Peut-être avait-elle tout simplement besoin de temps. Mais le temps n'était pas toujours un allié, elle était bien placée pour le savoir. Elle s'empressa de changer de sujet, effrayée par ses propres incertitudes. Dans l'espoir de dérider Brock, elle se mit à lui parler de sa sœur. Son expression lugubre l'arrêta.

— Brock, qu'y a-t-il ?

Il avait à plusieurs reprises essayé de lui en parler sans y arriver. Ç'avait été particulièrement difficile quand Alex avait dit, à Noël, qu'il fallait l'inviter à leur mariage.

— Ma sœur est morte, Alex. Elle est morte il y a dix ans. Elle a eu une mastectomie, comme toi. Puis une chimiothérapie, comme toi. Ça l'a rendue si malade qu'elle a arrêté le traitement. Elle a préféré la mort à la souffrance. Elle a baissé les bras.

Il se mit à pleurer, sous le regard désolé d'Alexandra. Durant un an, il l'avait soutenue, encouragée, incitée à poursuivre le traitement contre vents et marées. En lui faisant croire que sa sœur avait guéri.

— Elle s'est laissée mourir, reprit-il en sanglotant. J'avais vingt et un ans, j'ai pris soin d'elle durant cette année terrible. J'ai essayé de lui redonner goût à la vie mais elle était trop mal en point. Et sans chimio, on ne va pas très loin, dans ce cas-là. Son mari était un salaud, en fait, comme le tien. Il ne l'a pas aidée du tout. Quand elle est morte, il s'est remarié à peine six mois plus tard. Elle avait trente-deux ans, elle était si douce... si belle...

Il s'interrompit. Alexandra l'entoura de ses bras.

— Oh, mon Dieu. Pourquoi ne m'as-tu rien dit ?

— Pour ne pas te décourager. J'avais peur que tu arrêtes le traitement, toi aussi. Que tu te laisses aller. C'est la raison pour laquelle je t'ai tant poussée à te battre.

— J'aurais dû m'en douter, murmura-t-elle, songeuse, en lui tendant un mouchoir en papier.

— J'ai si peur que tu retournes avec lui, poursuivit-il en se mouchant. Il t'aime encore. Je l'ai vu sur son visage. Je ne le supporterai pas, Alex.

Elle se rabattit sur ses arguments habituels. C'était trop tard. Le passé était révolu à jamais. Etc. Elle sut en même temps que Brock avait vu juste. Que Sam l'aimait. Et qu'elle l'aimait en retour. Pourtant, elle s'accrochait à l'idée que le destin les séparerait bientôt. Qu'il ne resterait plus que quelques images, des lambeaux de souvenirs. Ces souvenirs que Brock craignait tant, précisément.

Le lendemain, c'était l'anniversaire d'Annabelle. Sam serait de la fête, naturellement. Au dernier moment, Brock décida de rester chez lui. C'était une sage résolution, malgré la déception d'Annabelle.

— Je me demande quel âge j'aurai quand je sortirai de prison, hasarda Sam en grignotant un morceau de gâteau d'anniversaire.

Son trait d'humour noir arracha un gémissement à Alexandra.

— Cent ans, j'espère. Tu seras trop vieux pour te souvenir de moi.

— N'y compte pas... Je voudrais dîner avec toi la semaine prochaine, avant le verdict, reprit-il. Il y a un tas de détails à régler concernant Annabelle. J'ai mis de côté de l'argent pour ses études.

Elle jeta un regard à la dérobée à leur fille, qui jouait avec ses petits invités à l'autre bout du salon.

— En tout bien tout honneur ? sourit-elle.

L'ennui, c'était qu'elle ne pouvait pas lui faire confiance. Pas plus qu'à elle-même. Ils se sentaient irrésistiblement attirés l'un vers l'autre. Néanmoins, elle ne lui céderait pas, elle se l'était promis. Ne serait-ce que par égard pour Brock.

— Emmène un garde du corps avec toi, sourit-il. N'importe qui, sauf Tarzan.

— Arrête de l'appeler comme ça. Son nom est Brock.

— Désolé. Je n'avais pas réalisé que tu tenais à ce point à lui. Je suppose qu'il deviendra le beau-père d'Annabelle ?

— Oui, je crois, rétorqua-t-elle d'une voix étouffée.

La tension entre elle et Brock s'apaiserait quand Sam serait parti, songea-t-elle avec tristesse. *Parti !* Elle en était venue à abhorrer ce mot.

— Est-ce que tu dîneras quand même avec moi ? dit Sam, revenant à la charge.

— J'essaierai.

— Le temps presse, Alex. C'est sérieux. Lundi soir au *Carlyle* ?

Elle acquiesça silencieusement.
Brock sauta au plafond quand elle le mit au courant.
— Pour l'amour du ciel, chéri ! J'aurais mieux fait de mentir.
— Que veut-il encore ?
— Il souhaite me remettre une somme d'argent pour Annabelle. Cela te suffit comme explication ?
— Dis-lui de t'envoyer un chèque.
— Enfin, Brock ! Tu as passé l'âge de faire des caprices. Tu n'as plus quatre ans. J'ai le droit de dîner avec mon ex-mari, point final !
Elle se réfugia dans sa chambre en claquant la porte. Lorsqu'elle en ressortit, il n'était plus là. Elle haussa les épaules, sans l'ombre d'un regret. Ses incessantes scènes de jalousie lui mettaient les nerfs à vif.
Le lundi, elle se rendit au *Carlyle,* à l'heure convenue. Sam la reçut sobrement, très élégant dans son costume d'alpaga anthracite, égayé d'une chemise blanche et d'une cravate Hermès grenat. Il avait passé l'après-midi avec ses avocats.
— Comment ça se présente ? demanda-t-elle.
— Pas très bien. Selon Phillip Smith, je risque plusieurs années de prison, en raison du cumul des peines... ce qui nous ramène au but de la soirée. (Ce disant, il posa deux chèques sur la table.) La vente de mon appartement m'a rapporté un million huit cent mille dollars. Après avoir réglé les dettes laissées par Daphné, il ne reste qu'un million cinq cent mille. Voilà cinq cent mille dollars pour Annabelle, que je te demande de confier à un fidéicommis. J'en garde cinq cent mille. Il reste cinq cent mille. Ils sont à toi, Alex. Tu mériterais davantage, mais je n'ai pas plus. La société est en liquidation et l'argent qui en proviendra servira à rembourser les clients floués.
— Oh... murmura-t-elle, étonnée. Je n'en veux pas.
— Tu l'as mérité.

— Pour quelle raison ? Pour avoir été ta femme ? En ce cas, les honoraires sont beaucoup plus élevés... Je plaisantais, Sam. Donne cet argent à Annabelle ou garde-le pour toi.

Il insista et elle finit par glisser les deux chèques dans son sac. Elle mettrait le deuxième sur un compte au nom de Sam Parker, décida-t-elle. Elle-même n'en avait pas besoin. Elle gagnait convenablement sa vie et n'était pas dépensière.

Il fit monter le dîner dans sa suite. Des huîtres et du homard thermidor, le tout arrosé d'un vin blanc frappé. A table, la conversation roula sur des sujets sans importance. Ils bavardèrent longtemps, comme deux vieux amis s'apprêtant à se faire leurs adieux. Sam semblait calme et posé. Il ne la toucha pas, ne lui fit aucune avance. Au moment où elle enfilait son manteau, il l'embrassa tendrement.

— Bonne nuit. Et merci d'être venue.

Il l'embrassa une deuxième fois. Le contact de ses lèvres sur les siennes enivra Alexandra. Elle s'immobilisa, effrayée de ne pouvoir lui résister.

— Il faut arrêter maintenant, murmura-t-elle.

Sans réfléchir davantage, elle lui entoura le cou de ses bras et ce fut elle qui chercha ses lèvres... « En souvenir du bon vieux temps », songea-t-elle obscurément comme en portant un toast silencieux.

— Pourquoi nous arrêter ? chuchota-t-il, et elle rit nerveusement.

— Je n'en sais rien, en fait.

Quelle situation étrange ! Se sentir coupable d'embrasser son mari. Comme dans un vaudeville. A ceci près que c'était la réalité. Et la réalité n'avait rien de drôle. Ils allaient divorcer et elle allait devenir Mme Brock Stevens. Et pourtant...

— Je t'aime, Alex.

Elle recula vivement, soudain apeurée, mais elle sentit les bras de Sam autour de sa taille, et abrita son visage au creux de son épaule. Leurs cœurs vibraient à l'unisson. Cette fois-ci, leur baiser ne fut pas tendre, il fut presque violent. Dans deux jours, il serait loin. Tout à coup l'instant présent avait pris une importance capitale. Il fit sauter les boutons de son manteau, qui glissa à terre. Ses doigts frôlèrent son sein droit, le préféré de leur fille quand elle était bébé, puis, malgré ses efforts pour ne pas toucher le côté gauche, il sentit sous sa paume la rondeur souple et ferme. Devant son air surpris, Alexandra eut un sourire.

— Il a repoussé ! déclara-t-elle malicieusement.
— Et tu ne m'as rien dit.

Il se demanda à quel moment elle avait eu recours à la chirurgie plastique.

— Ce n'était pas ton affaire.

Elle se serait dégagée de son étreinte si elle l'avait pu. Mais c'était impossible. Sam lui avait communiqué son désir. Un désir fou, insensé, et pas seulement « en souvenir du bon vieux temps ». Le présent avait aussi ses exigences. Ils se déshabillèrent, envoûtés par l'incroyable attirance qui les poussait l'un vers l'autre.

— Tu es belle... oh, comme tu es belle.

Il s'était légèrement reculé, afin d'admirer le corps de liane, comme une corole scintillante au milieu des vêtements éparpillés. De tout son être, Alexandra criait silencieusement au secours. Mais si son esprit se révoltait, son corps appelait Sam. Sam qu'elle ne verrait plus des années durant et qu'elle chérissait profondément. Ce serait sa façon de lui dire au revoir, un ultime don d'amour. Le passé était mort, l'avenir n'existait pas, ils n'avaient plus que le présent.

— Je t'aime, Sam, dit-elle avec simplicité.
— Moi aussi, mon amour, si tu savais combien...

Il la voulait comme un damné. Il l'aurait une dernière fois, après quoi il la laisserait repartir, libre, pour toujours. Il n'avait pas le droit de détruire sa vie. Mais cet ultime cadeau qu'elle s'apprêtait à lui offrir, il avait hâte de le prendre. Leurs lèvres s'unirent avec une égale ardeur. En s'accrochant à lui, elle ne pensa plus à rien, rien qu'à cet immense amour qu'elle n'avait jamais cessé de lui porter.

Leur étreinte fut lente et émouvante. Éblouis par la beauté magique du moment, ils sombrèrent dans les spirales du plaisir. Il n'y avait plus de regrets, plus de remords. La tendresse et la volonté de pardonner les erreurs passées l'emportèrent sur les reproches amers. Longtemps après, dans les bras l'un de l'autre, ils eurent la sensation d'avoir retrouvé leur place au cœur de l'univers.

— Je t'aime tellement, dit-elle en se dressant sur un coude pour le contempler.

— Moi aussi je t'aimais, répondit-il en souriant à travers ses larmes. Je t'aimais, je t'aime et je t'aimerai toujours. Non parce que je dois aller en prison, mais parce que je suis un imbécile de la pire espèce. Un crétin à qui la vie a donné une leçon magistrale. Sois plus intelligente que moi, Alex, ne gâche pas ta vie.

— Tu ne l'as pas gâchée, dit-elle, avec gentillesse.

— Eh bien, qu'est-ce qu'il te faut, rit-il amèrement. Regarde où j'en suis aujourd'hui. Et où j'échouerai dans deux jours. Quel désastre !

Elle se pencha sur lui, et l'embrassa, les yeux emplis d'une tendresse infinie. Sam eut un sourire plein de mélancolie. Brock Stevens avait une sacrée chance ! Il ne la méritait pas, lui non plus, pensa-t-il. Il était trop jeune. Trop immature. Mais il apprendrait. Brock se montrerait sûrement moins bête que lui. Ce qui n'était pas difficile.

Elle n'osa pas rester près de lui toute la nuit. Si Annabelle se réveillait... si Brock appelait... elle n'avait nulle envie de courir un tel risque.

— Je crois que je vais rentrer, dit-elle, avec tristesse.

— Tu imagines ? Être mariés et ne pas pouvoir passer la nuit ensemble...

— L'ironie du sort ! s'exclamèrent-ils en même temps avant d'éclater d'un rire complice.

L'instant suivant, Sam redevint sérieux. Dans un mouvement impétueux, il lui saisit les mains.

— Je voudrais que tu le saches. Je regrette de n'avoir pu agir autrement. Quand tu étais malade, je veux dire. La peur m'avait tétanisé. Je ne voyais rien, je ne voulais rien entendre. J'en étais incapable. Si c'était à recommencer, je serais à ton côté, Alex... Oh, Seigneur, jamais je ne me le pardonnerai.

Les larmes brillèrent dans ses yeux. Il avait détruit sa vie. Et il avait perdu la femme de sa vie en courant derrière une étoile filante nommée Daphné Belrose. Il avait abandonné l'amour véritable pour une illusion.

— Je sais combien tu avais peur, répondit-elle.

Elle lui avait déjà pardonné, du fond du cœur.

— Non, tu ne peux pas l'imaginer. Je ne pouvais pas te regarder sans revoir ma mère. Et c'est cette ancienne terreur qui m'a forcé à prendre la fuite. C'était plus fort que moi, Alex. Et maintenant que je l'ai enfin compris...

Il la serra très fort, désespéré.

— Oui, je sais. La vie nous joue de drôles de tours.

« Parce que tu vas le consoler, en plus ! » aurait fulminé Brock... Elle le balaya de son esprit. Cette nuit-là ne lui appartenait pas. C'était sa nuit, et la nuit de Sam. Un instant précieux que jamais elle n'oublierait.

Il la raccompagna à pied jusqu'en bas de son immeuble. Sur le perron, ils échangèrent un baiser. C'était étrange pour lui de se tenir devant son ancien appartement sans pouvoir monter. Ils restèrent un long moment accrochés l'un à l'autre, comme pour graver un souvenir inoubliable.

— Merci, murmura-t-elle en l'embrassant pour la dernière fois. A demain.

Demain, il passerait dire au revoir à Annabelle.

— Je t'aime, dit-il en la dévorant du regard.

Sur le chemin de l'hôtel, il se rendit compte qu'il pleurait.
Seule dans son lit, Alexandra se remémora la soirée. Le souvenir de leur étreinte fit éclore sur ses lèvres un sourire heureux. Ç'avait été comme avant... Mieux qu'avant... Ils avaient appris énormément de choses cette année, chacun de son côté. Ils s'étaient retrouvés l'espace d'un fabuleux instant. De nouveau, leurs chemins allaient se séparer. Mais, Dieu, qu'il allait lui manquer !

23

Les adieux furent déchirants. Sam serra dans ses bras Annabelle, tandis qu'Alex pleurait et que Carmen se tamponnait les yeux avec son mouchoir. Il avait expliqué à sa fille qu'il avait travaillé avec des « messieurs » qui avaient commis « de vilaines actions », comme par exemple « voler de l'argent », ce qui était très grave. Et qu'à présent, les « méchants messieurs » allaient en prison, afin d'êtres punis. Comment expliquait-on à une fillette de quatre ans qu'on était tombé sous le coup de la loi et qu'on allait expier ses fautes pendant des années ? Il aurait pu inventer un autre prétexte, un long voyage par exemple, mais lui qui avait toujours eu peur d'affronter la réalité en face avait opté pour la vérité. Il lui promit qu'un jour elle pourrait venir lui rendre visite, là où il serait, quand elle serait plus grande.

— Sois sage, ma chérie, prends soin de maman et n'oublie pas que je t'aime.

Il la tint un long moment enlacée, étouffé par les sanglots. Annabelle fondit en larmes. Elle n'avait pas tout compris. Ni pourquoi les « méchants messieurs » avaient pris l'argent, encore moins pourquoi papa devrait les suivre là où la justice les envoyait. La notion de « plusieurs années » lui échappait également, et alors qu'elle s'accrochait au cou de Sam, elle se demanda si ça ne voulait pas dire « pour toujours ».

Alex l'accompagna jusqu'à l'ascenseur. Sur le palier, elle se colla à lui, les yeux brûlants de larmes. Elle avait demandé à Brock de venir plus tard et il avait accepté de mauvaise grâce. Mais ce n'était pas à Brock qu'elle pensait à ce moment-là. La porte de l'ascenseur se referma comme un couperet sur le visage tourmenté de Sam. Elle se précipita chez elle, le cœur brisé, et un quart d'heure plus tard, elle l'appela au *Carlyle*.

— Ça va ?

Son inquiétude était à son comble. Son indignation aussi. Enfin, devait-on priver un homme de sa liberté sous prétexte qu'il avait été négligent ? Elle ne pouvait le croire. C'était pourtant bel et bien ce qui risquait d'arriver.

— Oui, ça va mieux maintenant. J'ai cru que je ne pourrais jamais quitter Annabelle. Toi non plus, d'ailleurs.

Mais il y était parvenu au prix d'un effort surhumain. Et maintenant, il ne ressentait plus qu'un vide immense. Il avait l'impression d'être mort. C'était comme si la foudre l'avait frappé et qu'il gisait à terre, inanimé.

— Je serai là-bas demain, murmura-t-elle.

Si elle s'était écoutée, elle aurait déjà été près de lui. Mais elle avait renoncé à cette idée. Après leur nuit d'amour, ils s'étaient sentis à nouveau soudés l'un à l'autre, comme ils l'avaient toujours été. Comme doivent l'être deux époux. Et cette certitude ne pouvait que leur compliquer l'existence. Elle avait Brock dans sa vie, et Sam devait partir. Il n'y avait pas d'autre choix. Ils parlèrent un moment au téléphone. Il ne lui demanda pas de venir. Il avait pris conscience d'un tas de choses : combien il tenait à elle, et comme il aurait voulu la chérir et la protéger jusqu'à la fin des temps.

— Oui, je te verrai au tribunal, répondit-il d'un ton qui se voulait léger. A demain.

Elle reposa le combiné et enfouit son visage dans ses mains. Brock, qui arriva en début de soirée, la trouva bouleversée.

Annabelle avait versé toutes les larmes de son corps, et s'était endormie, vaincue par la fatigue. Même Carmen ne semblait pas dans son assiette. Et quant à Alexandra, elle ne put toucher à son dîner.

— Nom d'un chien, maugréa-t-il, je serai bien content quand ce sera terminé.

On aurait pu croire qu'il attendait une exécution dont il se réjouissait secrètement, se dit-elle, la gorge sèche.

— Tout le monde sera content. Même Sam, dit-elle d'un ton tranchant.

Pourquoi ne se montrait-il pas plus compréhensif ? Désormais, il n'avait plus rien à craindre.

— Il ne l'a pas volé, si j'ose dire.
— Au nom du ciel, Brock, tu es juriste. Examine les faits !
— Les faits sont parlants, justement. Ton mari est un escroc, que tu le veuilles ou non.

Elle retint un cri de révolte. L'homme qui avait su faire preuve de tant de douceur un an plus tôt s'était transformé en un monstre d'insensibilité. S'il n'avait tenu qu'à lui, il aurait envoyé Sam Parker à la chaise électrique. Il avait hâte de se débarrasser de lui et ne se donnait pas la peine de dissimuler sa haine... Il monta sur ses grands chevaux quand Alexandra déclara qu'elle se rendrait au palais de justice le lendemain.

— Pour être près de lui quand le juge prononcera la sentence, expliqua-t-elle en détachant chaque mot, comme si Brock était un attardé.

— Je vois. Tu pourrais aussi bien l'accompagner jusqu'à l'échafaud, lâcha-t-il méchamment. (Mais sa véritable préoccupation rejaillit un instant après.) Et s'il n'était pas emprisonné, Alex ? Reviendrait-il ici ?

— Cesse de me harceler. Tu es complètement obsédé. Est-ce que je sais, moi, ce qui se passerait si jamais...

— Tu es toujours amoureuse de lui, coupa-t-il, accusateur.

— Je suis amoureuse de toi.

— De lui aussi... *surtout* de lui, je dirais.

— Oh, assez ! hurla-t-elle, à bout de nerfs, se moquant éperdument de réveiller Annabelle ou Carmen. Sur quel ton faut-il que je te le dise, Brock ? Je t'aime. Tu m'as aidée quand je n'avais personne. Sans toi, je ne serais peut-être plus en vie. Cela ne te suffit pas ? Tu voudrais que je renie mon passé pour te prouver mon amour ? Il est le père de ma fille. L'homme que j'ai épousé. Oui, oui, oui, il m'a terriblement blessée. C'est fini. Il s'en va demain. Et je ne sais pas ce qui se passerait s'il restait.

— Moi, je sais, jeta-t-il sombrement.

— Oh, Seigneur ! C'est notre relation que tu détruis en t'acharnant à le détruire. Brock, je t'en supplie, arrête.

Des larmes apparurent au coin de ses yeux. Elle se mit à pleurer sur ce qu'ils avaient tous enduré : elle, Annabelle, Sam, Brock et sa sœur, qu'elle n'avait pas connue.

— S'il ne part pas, je retourne dans l'Illinois.

— Mais pourquoi ?

— Ma place n'est pas ici. Tu lui appartiens encore et tu le sais. Et peu importe s'il t'a trahie. Tu l'aimes et on n'y peut rien. Je le sais, je le sens dans chaque fibre de mon corps. (Il s'était mis à pleurer, lui aussi.) S'il s'en va, tu seras libre. Et s'il reste, c'est moi qui partirai, Alex. Je peux rentrer chez moi maintenant. Je t'ai aidée à cause de ma sœur. Je me sentais responsable de son refus de continuer le traitement. J'aurais voulu qu'elle vive mais elle a opté pour un autre choix.

— Brock, tu m'as sauvé la vie.

— On ne sauve pas quelqu'un contre sa volonté. Tu aurais vécu de toute façon. Parce que tu es une battante. Et que tu n'abandonnes pas facilement. C'est pourquoi tu es encore attachée à Sam. Tu ne renonceras jamais à lui.

Il y avait du vrai dans ce qu'il disait, elle ne pouvait le nier. Pourtant, elle se sentait redevable de tout ce qu'il avait fait pour elle.

— Tu m'as sauvée, répéta-t-elle.

— Oh, ça ne veut rien dire... Je t'aimerai toujours, tu sais.

Ils échangèrent un regard brillant de larmes.

— On dirait que c'est toi qui pars et pas Sam.

Il haussa les épaules.

— Oui, et peut-être devrais-je m'en aller quoi qu'il arrive.

Durant les trois derniers mois leurs rapports n'avaient cessé de se dégrader. De façon étrange, ils se sentaient moins proches que quand elle était en chimiothérapie.

— S'il te plaît, ne t'en va pas. Il n'a aucune chance de rester en liberté.

Mais chaque phrase qu'elle énonçait semblait l'attrister au lieu de le réconforter.

— Oh, peu importe. Car même s'il est emprisonné, tu l'aimeras toujours.

— Oui, c'est vrai, admit-elle. Mais il appartient au passé et toi, tu es l'avenir. A toi de décider si tu peux vivre avec moi, en sachant pourtant que je l'aime.

Il ne répondit rien. Peu après, il déclara qu'il était préférable qu'il rentre chez lui. Ils se disputaient beaucoup trop ces derniers temps. Elle ne le retint pas. Et lorsqu'il ne fut plus là, elle eut la sensation que c'était la dernière fois qu'elle le voyait. Elle l'avait senti à l'expression de ses yeux. Il était incapable d'accepter son passé avec Sam. Ni le fait qu'elle ne le détestait pas. Il aurait voulu qu'elle soit seule, sans attaches, sans aucun autre lien. Mais la vie n'était jamais simple. La vie vous mettait devant des choix difficiles. Sauf qu'elle n'avait pas à choisir. Sam allait être incarcéré. Et Brock allait devoir accepter de grandir, sinon ils se quitteraient. Leur différence d'âge avait peu à peu creusé un abîme entre eux. D'une certaine manière, ils s'étaient aidés l'un l'autre. L'an passé, elle avait appris l'acceptation. S'il le fallait, elle vivrait seule. Car elle était sur le point de perdre les deux hommes auxquels elle tenait par-dessus tout. Peut-être était-il temps qu'elle prenne en main son propre destin.

Ce soir-là elle eut du mal à trouver le sommeil. Le visage juvénile de Brock aux yeux si tristes la hantait. Mais c'était vers Sam que voguaient ses pensées. Vers Sam que bondissait son cœur. Elle réalisa qu'ils faisaient partie d'un seul et même être. Pour toujours. L'aube la trouva étrangement calme.

Elle se leva à six heures du matin, se doucha, passa un tailleur noir. Elle n'avait pas mis Annabelle au courant, mais Carmen savait. Elle avala une tasse de café avant de prendre le chemin du tribunal.

La salle d'audience était bondée. La nouvelle avait fait le tour des agences de presse comme une traînée de poudre. Simon Barrymore s'était enfui la veille au soir. Ainsi le faux aristocrate britannique s'était dérobé à la justice des États-Unis alors qu'il était en liberté provisoire. Il avait commis un nouveau délit qui ne ferait qu'aggraver son cas. Le juge, furieux, lança un mandat d'arrêt international contre lui, avant de se tourner vers ses complices.

Une fois de plus, il appela d'abord Larry et Tom. Chacun fut condamné à cinq ans de réclusion et à un million de dollars d'amende. Un remous agita la foule des reporters, qui furent dûment rappelés à l'ordre.

A présent, le juge prononçait le nom de Sam. Celui-ci s'était redressé, digne et parfaitement calme, alors qu'un frisson d'attente parcourait l'assemblée. Tous savaient que son cas était un cas à part. Son avocat espérait qu'il bénéficierait de circonstances atténuantes. Lors de sa plaidoirie, il avait peint le portrait d'un homme faible mais profondément honnête, dont le seul tort consistait à trop faire confiance aux gens. Les jurés en étaient convenus, pour ce qui concernait l'accusation de détournement de fonds. Ils l'avaient néanmoins reconnu coupable de fraude, de complicité et de conspiration... Le juge le fixa un long moment. La salle retenait son souffle. On aurait pu entendre voler une mouche.

— Samuel Livingston Parker, déclara le magistrat, avec une lenteur délibérée, vous êtes condamné à cinq cent mille dollars d'amende et à trois ans de prison...

Un tumulte de voix éclata, obligeant le juge à taper du marteau pour rétablir le silence. Les mains crispées sur les accoudoirs de son siège, Alexandra ferma les yeux, prise de vertige.

— ... trois ans de prison, reprit le magistrat quand l'ordre fut enfin rétabli, avec sursis, assortis d'une interdiction d'exercer votre profession. La cour ne saurait trop vous recommander de changer de métier, monsieur Parker. Ne vous approchez plus des aléas du capital-risque, ni de Wall Street.

Sam resta debout, les yeux rivés sur le juge. Pendant un instant, il crut rêver. *Trois ans avec sursis*. Il était libre. Ou tout comme. Et soudain, la salle d'audience se transforma en ruche... Ses avocats échangeaient des poignées de main et les photographes brandissaient leurs appareils, tandis que des policiers en uniforme entraînaient Tom et Larry hors du tribunal. Alexandra s'élança vers lui, se fraya péniblement un chemin dans la cohue. Phillip Smith avait eu gain de cause ! Et ils avaient eu la chance de tomber sur un juge qui prenait son métier à cœur. Ce dernier, ayant compris que Sam avait été victime d'une machination, avait mené des recherches de son côté, avant de se faire son opinion. Alors, s'étant rendu compte que, contrairement à ses associés corrompus, Sam Parker n'avait rien d'un criminel, il s'était adressé au responsable de probation et il avait obtenu l'accord... *Cinq cent mille dollars d'amende et trois ans avec sursis...* Alexandra repensa au chèque qu'elle avait refusé d'encaisser, deux jours plus tôt. Elle parvint à approcher Sam dans le hall. Elle félicita Phillip Smith et ses coéquipiers, puis regarda Sam, qui lui souriait d'un air penaud, presque intimidé.

— Pour une surprise, c'en est une, hein ? murmura-t-il, encore étourdi par trop d'émotions.

— Oui, sourit-elle. Et dire que j'avais fait mes provisions d'oranges.

Il éclata d'un rire sonore, avec l'impression de revenir parmi les vivants, comme Alexandra à la fin de son traitement.

— Pauvre Annabelle, nous l'avons bouleversée pour rien. Allons la chercher ensemble à l'école... En attendant, si nous allions discuter quelque part ? acheva-t-il, la scrutant d'un drôle d'air, dans le bruit ambiant.

— A ton hôtel ? chuchota-t-elle à son oreille.

Il inclina la tête, ravi.

— Je t'y rejoins dans une demi-heure.

Il suivit Phillip Smith vers la sortie.

Elle songea à téléphoner à Brock, mais pour lui dire quoi ? Que ses craintes s'étaient avérées exactes ? Comment s'y prendrait-elle maintenant pour le rassurer ? Le pire, c'était qu'elle n'en avait plus envie. A l'issue de leur dernière dispute, elle avait réalisé qu'ils n'étaient pas faits l'un pour l'autre. Brock l'avait compris, lui aussi, apparemment, car il ne l'avait pas rappelée.

Sam était revenu dans sa vie sans crier gare. Et avec lui, leur passé commun avait resurgi. Elle ne savait rien de plus. Sauf qu'elle n'avait cessé de l'aimer. Mais pouvait-elle lui faire confiance ? Tiendrait-il ses engagements ou le cauchemar recommencerait-il ? Et Brock ? Mais Brock n'était pas la solution, tous deux en avaient conscience. C'était Sam, l'homme de sa vie, avec ses qualités et ses défauts. Ses côtés lumineux et ses zones d'ombre. La vie n'offrait jamais de garanties, seulement des promesses. Et des déceptions lorsque vos rêves se brisaient.

La tête lui tournait dans le taxi qui l'emmenait au *Carlyle*. En arrivant, elle vit Sam qui arpentait le trottoir, l'air impatient. Le taxi s'arrêta, et le portier vint au-devant d'elle. En descendant de voiture, ses yeux croisèrent ceux de Sam. Elle sut alors que Brock avait vu juste. Ils s'aimaient. C'était aussi simple que ça.

Sam avait perdu la tête et leur union avait failli sombrer. Mais au fond, rien n'avait changé. A ceci près qu'ils étaient sortis enrichis de cette épreuve. Elle avait voulu prouver à Brock qu'il avait tort... Comme elle avait voulu se prouver qu'elle était forte. Et moderne. Mais elle ne l'était pas. Elle était humaine. Loyale. Et elle aimait toujours son mari.

— Bonjour, Sam, murmura-t-elle doucement, alors qu'il passait son bras sous le sien pour entrer dans l'hôtel.

Il avait l'air de sortir d'un mauvais rêve.

— On peut monter ? s'enquit-il poliment.

Ils venaient de franchir la porte tambour et traversaient le hall du palace vers les ascenseurs. Elle acquiesça.

— On peut.

Ils allaient repartir de zéro. Mais qui était en mesure de prédire l'avenir ? Près de lui dans la cabine, elle se demanda par quel miracle ils parviendraient à recoller les morceaux. Que diraient-ils à Annabelle ? Et comment Brock réagirait-il ? Mais Brock le savait déjà. Au même moment, il faisait ses bagages. Ils s'étaient dit adieu la nuit précédente, sans tout à fait s'en rendre compte encore.

Lorsqu'ils arrivèrent au huitième étage et que Sam se tourna pour la regarder, les inquiétudes d'Alexandra se dissipèrent. Il tira sa clé de sa poche et elle lui sourit. Il y avait de la tristesse dans ce sourire, à laquelle se mêlait une grande sagesse. Ils avaient beaucoup appris lors de cette année épouvantable. A présent, l'ouragan s'était apaisé. Ils étaient à nouveau ensemble... pour le meilleur et pour le pire. Oui. Brock avait raison. Malgré tout, Sam était toujours son mari.

La clé tourna dans la serrure et la porte s'ouvrit doucement. Il prit Alexandra dans ses bras et, semblables à de jeunes mariés, ils franchirent le seuil de la pièce. Il plongea de nouveau son regard dans le sien comme s'il quémandait son assentiment. Elle répondit par un simple hochement de tête. Ils venaient de s'accorder une seconde chance. Une précieuse chance que ni l'un ni l'autre n'avaient l'intention de laisser passer. Il la reposa par terre et ils se dévisagèrent un long moment, souriants et émus, se rappelant un autre temps, une autre vie enfin retrouvée. La porte se referma doucement derrière eux.

Aubin Imprimeur
LIGUGÉ, POITIERS

Cet ouvrage est imprimé
sur du papier sans bois et sans acide

Achevé d'imprimer en janvier 1997
pour le compte de France Loisirs
123, bd de Grenelle, 75015 Paris
N° d'édition 27817 / N° d'impression L 53134
Dépôt légal, janvier 1997
Imprimé en France

V